치이

"가, 갑자기 뭐, 뭔가요?!"

랑이

"성훈이 보기에 어떠하느냐?
마음에 드느냐?"

나와 호랑이님 2

나가 죽는 거예요~ ♡

카넬 지음
영인 일러스트

목차

다시 시작하는 이야기

간지럽고— 축축하다.

내 바보짓으로 인한 랑이 가출 & 투정 & 반항 사건으로 가뜩이나 피곤해서 죽겠는데, 내 볼을 간질이는 이것들은 도대체 뭐냐. 따듯하면서 물기 어리고, 조금은 까칠한, 한 번도 느껴본 적 없는 그 감촉에 나는 잠에서 깨고 말았다. 익숙하지 않은 천장, 아니, 슬슬 익숙해져 가는 천장이 보인다. 그 천장을 배경 삼아 두 명의 어린 소녀가 혀를 내밀고 있는 모습도.

왼쪽에 있는 것은 호랑이 요괴, 랑이. 본신은 이 지리산으로, 지금은 인간의 모습을 하고 있다. 하늘이 점지해준 이름, 쉽게 말해 진짜 이름은 범이다. 그 이름에는 알 수 없는 힘이 있다 해서 나는 보통 호랑이라는 이름에서 따온 랑이라는 애칭으로 부른다.

오른쪽에 있는 것은 개의 요괴, 바둑이다. 진짜 이름은 신아. 바둑이는 할아버지께서 붙인 이름이라고 하는데, 생각해

9
다시 시작하는 이야기

보면 보통 황구는 누렁이라고 이름 짓지 않나? 하지만 여기서 할아버지의 이름 짓는 센스가 돋보인다. 하긴, 우리 아버지의 성함을 생각해보면 바둑이의 이름이 바둑이인 것도 이상할 것은 없지. 그런데 말이야. 왜 이 녀석들이 혀를 내밀고 있는지 모르겠다. 그리고 랑이가 내 쪽으로 왜 얼굴을 들이대는지도.

"어이."

뭔가 말을 하려는데 랑이가 혀를 날름, 내 볼을 핥았다.

"?!"

깜짝 놀라는 동시에 깨달았다. 아까부터 내 뺨을 간질인 게 도대체 무엇이었는지. 그런 깨달음의 순간에도 바둑이가 날름하여 반대쪽 볼을 핥았고, 다시 랑이가ㅡ.

"뭐하는 거야!"

나는 랑이를 향해 손바닥을 내밀었다. 당연히 멈출 것이라 생각했던 내 생각과는 달리 이 녀석은 그대로 내 손바닥을 핥아버렸다. 히익?!

"응?"

손바닥을 핥고 나서야 뭔가 이상하다는 것을 깨달았는지, 랑이가 머리 위로 물음표를 만들었다.

"이건 손바닥의 맛이로구나?"

너는 거짓말하는 맛을 알 수 있을 것 같다. 옆의 상황은 신경도 안 쓰는지 바둑이가 고개를 숙여 내 볼을 핥으려 한다. 나는 방금 전의 실패를 교훈 삼아 바둑이의 목덜미를 잡아 뒤로 끌었다. 아슬아슬하게 혀가 내 볼을 스친다. 그렇게 내 잠을 깨운 원인들을 제거한 뒤 몸을 일으키려고 하자,

"으냐앗!"

랑이가 귀엽게 으르렁거리며, 내 가슴을 두 손으로 누르며 말했다.

"누워 있어라! 아직 일어나면 안 되느니라!"

"그래요, 도련님! 아직 치료가 안 끝났어요!"

치료? 무슨 치료. 어이, 설마.

"치료라는 게 혀로 핥는 걸 말하는 거냐?"

내 말에 랑이는 깜짝 놀라더니, 곧 의기양양하게 가슴을 펴고 그 위에 주먹을 대며 말했다.

"그러하느니라. 역시 내 낭군님은 아는 것도 많구나. 세희가 알려주었느니라. 나의 침에는 신묘한 힘이 있어 이렇게 혀로 핥아주는 것만으로도 아픈 것이……."

"낫겠냐!"

"우냐악?"

랑이가 깜짝 놀라 뒤로 발라당 넘어져서 뒤로 데굴 굴렀다. 나는 이불을 가슴팍까지 끌어 올리며 몸을 일으켜 소리쳤다.

"세에에에히이이이의! 당장 튀어나와!"

"아침 장 보러 가서 집에 없어요."

도망쳤구나, 이 인간. 아니, 이 귀신. 이 녀석들에게 그런 말을 하면 무슨 일이 일어날지 모를 리가 없을 텐데.

이런 생각을 하고 있는 내가, 랑이가 보기에는 뭔가 걱정거리가 있는 사람처럼 보이나 보다. 랑이가 벌떡 몸을 일으켜서 내 무릎 위를 당당하게 차지한 뒤, 송곳니를 드러내며 웃는다. 아마 나를 안심시키려고 하는 것 같다.

"걱정 말거라. 예로부터 호랑이는 몸이 허한 사람의 기운을 보호해주는 데 최고라 하였느니라. 내가 힘만 쓴다면 죽을 것 같은 사람도 살릴 수 있느니라."

불로초냐, 넌. 확실히 한방 쪽에 호랑이는 영약 중의 영약이라는 말도 있지만, 그건 너 같은 요괴가 아니라 일반 호랑이를 이야기하는 거다. 이 녀석의 그릇된 상식을 어떻게 고쳐줄까 생각하고 있는데, 랑이가 아, 하며 머리카락으로 물음표를 만들었다.

"그런데 세희가 말하길, 너를 낫게 하려면 내가 먹히는 게 제일 좋다고 했는데 무슨 뜻인지 아느냐?"

"저도 양기를 돋우기 위해서 여름에 세 번씩 저를 먹는다고 들었어요. 그래서 말인데요, 도련님."

바둑이가 순진무구한 표정으로 자신을 손가락으로 가리키며 말했다.

"저 드실래요?"

……장을 보러 어디로 갔는지는 모르겠지만 지금 만나러 가겠습니다.

내가 지금 있는 곳은, 자신이 죽었다는 거짓말로 한 번도 본 적 없는 손자를 속인 뒤 해외여행을 떠난, 괴상망측하기가 아버지 뺨치는 할아버지의 기와집이다. 기와집이라고는 해도 겉모습만 기와집이지 내부는 사람이 생활하기 편하게 개조한 현대식 기와집이라고나 할까. ㄱ자 형태로 돼 있어서 그 끝에서

부터 내방, 빈방, 마루, 안방, 부엌, 욕실로 이어지고, 마당의 건너편에는 화장실이 있다. 꽤 넓은 마당에는 잘 가꾸어진 화원과 지금은 쓰지 않는 것 같은 사랑방, 창고, 외양간, 장독대, 간단하게 씻을 수 있는 수도 같은 것도 있지만 그런 건 큰 상관이 없는 이야기겠지. 지금 중요한 것은 내가 며칠 전에 할아버지의 부고 소식에 서울에서 이곳으로 내려왔고 할아버지의 무덤을 보는 대신 내 인생의 무덤이 되고 싶다고 말하는 랑이와 만나게 되었다는 거다. 그 후로 지금까지 일어난 일들은 내 인생에서 가장 인상 깊은 추억으로 남게 될 것 같다. 뭐, 여러 가지 일이 있었으니까. 좋은 쪽이든, 나쁜 쪽이든 말이야.

"세희의 말로는 산 채로 먹는다고 들었는데, 그게 무슨 뜻이냐?"

"아침에 일어났을 때는 먹을 준비가 되어 있다고 했는데, 그게 무슨 뜻이에요?"

아니, 나쁜 쪽이 절대로 많다. 순진한 얼굴로 위험한 말을 하는 두 녀석의 엉덩이를 뻥! 하고 발로 차서 방에서 내쫓았다.

어젯밤. 치료를 위해서 팬티 한 장 차림이 돼버렸던 나는 지금도 당연히 팬티만 입고 있다. 이 상태로는 나갈 수도 없으니까 어딘가 옷이 없을까 해서 둘러보는데 역시나. 아무것도 보이지 않는다.

"……옷도 없냐."

"준비해 왔습니다, 주인님."

깜짝이야! 화들짝 놀라서 움찔하고 뒤를 돌아보니, 원래부터 그곳에 있었다는 듯이 세희가 무릎을 꿇고 다소곳이 앉아 있었다. 그녀는 랑이의 창귀로, 남을 음험하게 괴롭히는 것이 취미인 요괴, 아니, 귀신이다.

지금처럼.

"갑자기 뒤에서 나타나지 마!"

"주인님께서 제가 말을 거는 것에 익숙해지신 것 같아서 일부러 그랬습니다."

"일부러 그러는 거냐?"

"이제 아셨습니까?"

참을 인 자 세 개면 살인도 면한다고 하지만 너는 귀신이니까 해당 사항 없다. 조심해라.

"그런데 언제 왔냐?"

"매정하시군요, 얼굴 가죽을 찔러도 피 한 방울 안 나올 것 같은 주인님. 새벽에 장을 보러 나가 막 돌아와, 주인님의 곤란해하시는 목소리가 들려서 만사를 제쳐두고 찾아온 제게, '그런데 언제 왔냐?' 라니요."

아, 참고로 세희는 혀를 놀리는 것만으로 사람을 죽일 놈으로 만드는 게 특기인 녀석이다. 일일이 신경 쓰면 안 된다.

"알았어. 미안. 그리고 고마워."

"엎드려 절 받기라는 것이 이런 것이군요."

무시하자.

"그것보다 내 옷은?"

"넝마가 되었기에 버렸습니다."

그랬다. 내 옷은 랑이의 호랑이 펀치에 더 이상 의복의 기능을 기대할 수 없게 됐다. 내 몸도 옷하고 똑같은 운명을 맞이할 뻔했지. 옷을 제대로 입고 있었던 것 같았지만 사실 그것은 이미지 영상입니다.

"그래서 여기에 준비해 왔습니다."

세희가 건네준 옷을 받아서 펼쳐본 후…….

나는 그대로 바닥에 내던졌다.

"이런 걸 나보고 입으라고?!"

이번에는 내가 나쁜 녀석처럼 보일 것 같지만, 내 이야기를 먼저 들어봐라. 세희가 건네준 옷은, 평소 랑이가 입고 다니는 옷이었다. 그러니까 옆이 탁 트인 상의에, 허벅지도 겨우 가리는 반바지라 이 말이다. 그게 크기만 좀 커졌을 뿐, 다른 점은 아무것도 없다.

이런 걸 내가 입을 수 있겠어?

세희는 옷을 한 손으로 주워 들고 내 말을 어디서 개가 짖었냐는 듯 받아들이며 무표정한 얼굴로 말했다.

"제 취향입니다."

"내 취향은 아니다."

"제 취향입니다."

세희는 물러날 생각이 없는 듯 보이지만, 이번에는 나도 질 수 없다. 생각해봐. 이런 옷은 랑이가 입기 때문에 소화할 수 있는 거다. 그런 옷을 내가 입는다고? 굵은 밧줄을 들고 튼튼한 나무를 찾아 깊은 산속으로 들어갈 일 있냐?!

"내가 이런 옷을 입는 게 취향이라고?"

"취향입니다, 존중해 주시지요."

취향은 무슨 취향이냐, 날 가지고 놀려고 그러는 거지. 더이상의 반론은 용납 못한다는 듯 세희가 눈을 부릅뜨고 나를 노려본다. 평소라면 여기서 꼬리를 내리겠지만 오늘만은 절대 그럴 수가 없다. 나 역시 눈에 힘을 주며 받아쳐준다. 잠시 동안의 눈싸움이 계속된 뒤,

"……이러시면 곤란합니다, 주인님."

"곤란한 건 나다. 그리고 어제부터 말하고 싶었는데, 그 주인님이라고 부르는 것 좀 그만둬라. 뭔가 기분 나쁘니까."

세희에게 주인님이라고 불리고 싶은 생각은 조금도 없다. 주인님이라는 단어는 자라나는 청소년인 내게 이상한 기분이 들게 만드니까. 그러니까……, 조금은 야한 기분 말이다.

지금까지 살아오면서 야한 사진이나 소설, 만화책, 동영상을 단 한 번이라도 본 적 없는 사람이 있다면 내게 돌을 던져라.

그런 야한 기분을 느끼게 하는 말을 세희에게서 듣고 싶지는 않다. 이왕 들을 거라면 치마가 짧고 가슴이 파인 메이드 복을 입고 얼굴을 붉히며 부끄러운 듯 말하는 나래나 프릴이 잔뜩 달린 귀여운 메이드 복을 입은 랑이가 좋…… 아니, 갑자기 왜 이런 생각만 드는 거야.

"주인님이라고 부르라고 하신 것은 주인님 아니십니까?"

그런 말 한 적 없다.

"아니거든? 나는 평범한 옷과 평범한 호칭을 요구한다! 이런

거 말고! 어설프게 바둑이가 입는 옷이나, 네가 입는 옷 주면 나 정말 화낸다?!"

"쳇."

세희가 혀를 차며 고개를 숙였다. 내가 말 안 했으면 진짜로 줄 생각이었냐?

"도련님께서 물벼룩 같이 평범한 옷을 원하신다면 어쩔 수 없는 일이지요."

나에 대한 호칭을 도련님으로 낮춘 세희가 내게 티셔츠와 바지를 건네주었다.

"그러면 저는 아침 식사를 준비하러 가겠습니다."

"그래."

세희는 들어올 때만큼이나 소리 소문 없이 방에서 사라졌다. 저 녀석에게 문이라는 건 도대체 무슨 의미가 있는 걸까.

마당에 있는 수돗가에서, 더운 여름에도 한겨울같이 차가운 지리산의 지하수로 세수를 하고 머리를 감는다. 욕실로 가도 되겠지만 세희가 있을 부엌을 지나쳐야 하니 차라리 여기가 편하다. 마음고생보다는 몸 고생이 훨씬 낫지.

그런데 머리를 다 감고 나서야 수건을 안 가지고 왔다는 것을 깨달았다. 아차차. 어떻게 하지?

"여기요."

그런 내 앞에 뭔가 불쑥하고 튀어나왔다. 수건이다.

"아, 고마워."

나는 그걸 받아 들어 머리와 얼굴의 물기를 닦은 다음에 옆을 돌아보았······.

"네, 네가 왜 여기 있냐?!"

깜짝 놀라서 후다닥 뒤로 물러난다. 내게 수건을 건네준 것은 다름 아닌, 곰의 일족의 수장이자 놀랄 만한 몸매의 주인공, 정미였던 것이다! 사실 내가 방금 뒤로 물러난 건 고개를 돌리자 바로 눈앞에 깊게 파인 가슴골이 있었다는 또 다른 비밀이 숨겨져 있다!

"어제도 말했지만 제가 당신보다 적어도 세 살은 연상이라는 걸 잊지 말아줬으면 하는데요."

어제는 하지 못한 말을 꺼내본다.

"제가 열일곱 살이니까 적어도 열 살 정도는 차이가 날 것 같은데, 실례지만 춘추가 어떻게 되시나요?"

정미의 안경테 위로 선명한 핏줄이 드러난다.

"스물한 살이에요! 만으로 하면 스무 살이고요! 그러니까 일부러 춘추라는 말을 쓸 필요 없어요!"

"거짓말! 적어도 스물일곱 살은 넘을 것 같······."

쾅!

깊게 파여 버린 마당을 보고 여자에게 나이 이야기는 꺼내지 않는 것이 좋다는 진리를 다시 한 번 깨달았다.

"죄송합니다, 누님."

"누나면 돼요."

"예, 누나."

그녀가 화가 나서 붉어진 얼굴로 고개를 돌리며 안경을 고쳐 쓴다. 곰의 일족들은 다들 이렇게 다혈질인 걸까? 나래도 그렇고 이 누나도 이렇고.

"그래서 누나는 왜 여기 있나요? 웅녀한테 가서 사정 설명을 해야 하는 거 아닌가요? 전 어제 바로 갈 줄 알았는데."

"축지법이라는 게 그렇게 쉬운 요술이 아니랍니다. 하루에 두 번이나 먼 곳으로 가는 건 힘들다고요."

난 쉬운 일이라고 생각한 적 없다. 애초에 난 그런 거 쓰지도 못한다고.

……그리고 조금 신경 쓰이는 것도 있고요.

"예?"

"아니요. 혼잣말입니다."

혼잣말은 혼자 있을 때 해줬으면 좋겠다. 그런데 아까부터 머리카락에서 물이 뚝뚝 흘러 내려오는 게 신경 쓰인다. 나는 수건을 목에 두르고 젖은 앞 머리카락을 뒤로 넘겼다.

"……."

"……왜 그러세요?"

왜 그렇게 사람을 빤히 쳐다보나 모르겠다.

"아니요. 그저, 당신에게 어제 일을 사과하고 싶었습니다."

"저 말고 랑이나, 나래한테 하세요. 전 별로 신경 안 쓰니까."

내가 지금 신경 쓰이는 건, 그 커다란 가슴을 이기지 못하고 와이셔츠의 단추가 네다섯 개 정도 풀어져서 빼꼼 고개를 내민 정미 누나의 보라색 속옷이나, 그 속옷으로 잘 모여진 가슴이다. 신의 은혜를 찬미해야 할 것 같은 모습을 보고 있자니

22
나와 호랑이님 2

크고 아름답습니다, 라는 말이 절로 나올 것 같다. 아니, 그랬다가는 성희롱범으로 잡혀 들어갈 테니까 나는 재빨리 아무 말이나 내뱉었다.

"저기, 팔짱 한 번 껴보실래요?"

그것은 상당히 욕망에 충실한 말이었다.

"……왜요?"

왜일까? 나도 왜 그런 말을 했는지 이해가 안 된다. 아니, 하고 싶지 않아. 정미 누나는 내 말이 무슨 뜻인가 곰곰이 생각에 잠긴 눈치다. 나는 경찰서에 끌려가거나 부모님 소환을 당하고 싶지 않아서 재빠르게 말을 돌렸다. 이번에는 정신을 제대로 차리고 나서.

"그것보다 어제 한 말은 확실한 거죠?"

어제, 나와 정미 누나는 한 가지 약속을 했다. 내가 랑이를 제정신으로 돌려놓으면 정미 누나는 웅녀를 설득시켜 주겠다는 약속을. 정미 누나가 고개를 끄덕였다.

"예. 걱정 마세요. 웅녀님은…… 사랑 앞에 과격하신 분이지만, **확실한 증거만 있다면** 믿어주실 겁니다."

그것 참 다행이다.

"그런데, 하고 싶은 말이 있어요."

"예."

"이제는 더 이상 그런 관계도 아니니까, 당신한테 말 놓아도 되나요?"

정미 누나는 더 이상 우리들이 적대적인 관계가 아니라는 것을 어필하고 싶은 것 같다. 이제는 별 상관없겠지. 나는 고개를 끄덕이며 대답했다.

"그러세요. 저도 좀 이상하기도 하고 그 편이 낫겠네요."

정미 누나가 기다렸다는 듯이 말을 놓았다.

"고마워. 나도 말 놓는 게 편하거든. 동생 같은 애한테 존댓말을 계속 하자니 우습기도 하고."

그렇게 말하며 밝게 미소 짓는 것을 보니, 이 누나도 생각보다 나쁜 사람은 아닌 것같이 보인다.

"그러면 사과도 했겠다, 말도 놓았겠다. 하고 싶은 건 다 했네. 그럼 나는 이만 가볼게."

"예? 벌써요? 좀 더 보고…… 아차차."

나도 모르게 속마음이 나오고 말았다. 남자란 슬픈 짐승이다.

"뭘 보고 싶은 건데?"

정미 누나가 왼팔로 가슴을 받치며 오른손으로 턱을 괴기에, 시선이 나도 모르게 한곳으로 몰려버렸다. 아, 안 돼. 나는 본능과 싸워 이겨 하늘을 바라보며 말했다.

"아, 아니에요. 그런데 왜 벌써 가세요?"

"나래라는 애한테도 확실히 사과해야 하니까."

"아, 그러네요. 제대로 사과해 주셔야 돼요, 누나."

"알고 있어. 내가 그 애한테 못된 짓을 한 것 정도는."

정미 누나는 씁쓸하게 미소 지었다.

"그래서 창귀……. 아, 이렇게 말하면 싫어하겠네. 세희한테 그걸 맡기기로 했으니까, 조금은 사과의 표시가 되려나?"

"……뭘 맡겼다는 거예요?"

"나중에 직접 물어봐."

정미 누나는 악동같이 짓궂은 미소를 지으며 내 머리에 손을 올렸다. 덕분에 내 눈에는 뭔가 만져보고, 얼굴을 파묻고 싶은…… 아니, 나 자꾸 너무 솔직하게 반응하고 있는 거 아니야?!

"그럼 나중에 봐, 도련님."

왜 누나까지 절 도련님이라고 부르시나요, 라고 묻고 싶었지만 누나는 그야말로 눈 깜짝할 사이에 어디론가 사라져서 말을 할 타이밍을 놓치고 말았다.

축지법 쓰는 거 힘들다면서?

정미 누나가 떠난 뒤. 나도 내 방으로 돌아가려는데 갑자기 대문 쪽에서 소리가 들렸다. 누군가 탁, 탁 하고 대문 문고리를 잡고 두들기는 것 같다. 누구지? 이 요괴 소굴에 자진해서 오는 사람이 있다니 신기할 뿐이다. 나는 누가 왔는지 궁금해져서 대문을 열어 보았다.

대문 앞에는 서른 살 후반에서 마흔 살 초반으로 보이는 아줌마 한 분이 서 계셨다. 뽀글뽀글한 아줌마 파마에 총천연색의 헐렁한 상의와 멋이라고는 느껴지지 않는 주름치마. 그야말로 한 시대를 풍미한 아줌마 패션을 충실하게 재현한 옷차림이다. 조금 특이한 점이 있다면 헐렁한 상의로도 두드러지는 큰 가슴과 짙은 녹색의 머리카락, 붉은 눈동자와 길고 얇은 동공이 눈에 띈다는 것일까. 그 특징들이 한 가지 사실을 내게 말했다. 이 아줌마는 요괴라고.

요괴 아줌마가 말했다.

"헤에……. 네가 성훈이니?"

나는 고개를 끄덕이며 대답했다.

"예. 그런데요."

"호랑이님하고 혼약을 맺은 아이 맞지?"

혼약은 누가 혼약이야. K—1에서 날치기 통과한 것 같은 일인데. 아니, 그보다 이 아줌마는 누구기에 그런 걸 알고 있지?

"그런데 아줌마는 누구세요?"

내 말에 아줌마가 인상을 찌푸렸다.

"아, 아, 아줌마? 나보고 아줌마라고?"

어딜 봐도 8, 90년대의 전형적인 아줌마 상입니다. 왜 그렇게 당황하십니까?

아. 초면에 아줌마라고 불러서 그런 건가?

"아. 죄송해요, 아주머니. 제가 아주머니께 실례를 했네요. 처음 뵙는 아주머니한테 제가 아줌마라고……."

"아주머니?!"

아주머니의 비명 섞인 목소리에 귀청이 떨어지는 줄 알았다. 이 아주머니 왜 이래? 아주머니는 얼굴이 새파랗게 질려서 가슴에 손을 얹고 격해진 목소리로 말했다.

"아, 아무리 내가 그동안 애들을 키우느라 관리를 안 했어도 그렇지. 아주머니라고 불릴 정도는 아니잖아? 그렇지? 응? 누나. 누나 정도가 맞지 않니?"

나는 아주머니의 기분을 맞춰주기 위해서 그렇다고 말하고 싫었지만 내 양심을 속일 수는 없었다. 주름 같은 것은 거의 보이지 않는 매끈한 피부는 확실히 나이에 맞지 않지만, 어딜 봐도 아줌마인 여자를 누나라고 부르다니. 말도 안 된다. 내 몸에 흐르는 누님파의 피가 용납 못한다.

"아니, 그래도 그건 아니죠, 아주머니. 머리 스타일 하며 입고 있는 옷을 보면 어딜 봐도 아주머니…… 저기, 아주머니?"

왜 그런지는 모르겠지만 정체불명의 아주머니가 내 앞에 털썩 주저앉았다. 그러고선 손으로 흙을 한 움큼 파서 쥐고 부들부들 떨며 알아들을 수 없는 말을 중얼거리기 시작했다.

"이게 다 그 아이 때문이야. 이 나라에서 여자 혼자서 아이들을 키우는 게 얼마나 힘든 줄 알아? 그 아이만 없었다면 내가……"

어라? 내 말이 너무 심했나? 그러고 보니 처음 보는 아주머니한테 할 말은 아닐 수도 있다는 생각이 이제야 들었다. 뭔가 사과를 해야 할 것 같아서 머리를 굴리고 있는데, 아줌마가 벌떡 일어나더니 불길이 치솟는 눈으로 나를 노려보며 소리쳤다.

"너! 너도 두고 보렴! 이 원한은 잊지 않을 테니까!!"

대문이 쾅 하고 닫혔다.

뭐, 뭐야, 저 아주머니? 아주머니라고 불리는 게 그렇게 화가 나는 일인가? 나는 대문을 열고 밖으로 나가 사과를 하기 위해 주위를 둘러보았다. 아무도 없다. 내 참. 이상한 아주머니네. 요괴들 중에는 제정상인 사람이 없는 건가?

나는 머리를 긁적이며 내 방으로 돌아갔다.

아침 식사 후. 방금 전에 먹은 밥이 위 속에서 식도를 타고 올라와 다시 입으로 나올 것 같은 긴장감이 온몸에 흐른다. 지금 내가 손에 들고 있는 것은 휴대폰. 세희가 커피를 마시면서 건네준 이상하리만큼 멀쩡한 휴대폰을 확인했을 때, 나는 움찔하고 굳어버렸다. 울리지 않기로 유명한 내 휴대폰에 문자가 하나 와 있었던 것이다.

보낸 이: 나래
내용: 보는 즉시 전화해.

문자를 보낸 시간은 어제 오후 11시. 그리고 지금 시간은 나래가 어느 때보다 잔인해진다는 아침 9시. 꽤 시간이 지났다 이거죠. 음, 도망치고 싶다. 하지만 지금 전화를 하지 않으면 나중에 무슨 꼴이 날지 눈에 선하다. 좋아. 매도 먼저 맞는 게 낫다는 말이 있잖아? 나는 식은땀이 흐르는 손을 바지에 쓱 닦고 나래에게 전화를 걸었다. 컬러링이 조금 흐르기도 전에 나래가 전화를 받았다.

"저기—."

[어떻게 됐어?]

휴대폰 너머로 들려온 나래의 목소리는 차가운 분노로 가득차 있었다. 나래가 발로 바닥을 치면서 아랫입술을 깨무는 모습이 바로 눈앞에 있는 것처럼 선명하게 떠오른다.

"아, 저기 잘 되었습니다. 지금 랑이와 함께 잘 있습니다. 걱정하실 것은 아무것도 없습니다."

26
나와 호랑이님 2

내가 왜 극존칭으로 대답하고 있는지에 대한 생각이 정리되기도 전에, 전화기 너머로 나래의 안도 어린 한숨이 흘러나왔다.

[휴―. 다행이다. 정말, 아무 연락도 없어서 걱정했잖아.]

"아, 미안. 방금 일어났거든."

[그런데 너는?]

"에?"

갑자기 화제가 옮겨져서 대화를 못 따라가고 있자, 짜증 섞인 목소리가 들려왔다.

[너도 괜찮냐고! 어디 다치진 않았어?]

사실대로 말하면 이 젊은 나이에 삼도천을 건널 뻔했지만, 그런 걸 말해서 나래를 걱정시키고 싶지 않다.

"어, 아니. 나도 괜찮아."

[다쳤구나.]

세희가 따로 없다.

"아니, 정말 괜찮아. 안 다쳤어."

[그러면 너, 거기 주소 불러봐.]

"……예?"

[너 거짓말하면 얼굴에 다 나오잖아.]

우리 지금 전화로 이야기하고 있는데요.

[내가 지금 당장 거기로 가서 내 눈으로 직접 확인하게 주소 부르라고! 지금 누구한테 거짓말이야? 내가 모를 줄 알아?!]

들컸습니까? 아니, 그전에 내가 거짓말한 걸 어떻게 알았냐? 내 휴대폰에는 영상 통화 기능도 없는데?

"사, 사실대로 말하면 조금 다치기는 했는데 지금은 세희의 요술로 다 나았습니다. 정말 괜찮습니다. 말짱해요. 진짜입니다."

내 모습이 보일 리가 없는데도 나는 연방 머리를 숙이며 말했다. 뭔가 비굴해 보이지만, 어쩔 수 없잖아. 나래가 화나면 정말 무섭다고.

[……알았어.]

내 진심이 통한 것 같다. 나는 안도의 한숨을…….

[그래도 거기에 볼일이 있으니까 주소 좀 말해줘.]

너무 빨리 내쉬었다.

"예?"

[네가 걱정돼서 그런 게 아니야. 세희한테 직접 할 말이 있어서 그래.]

전 이유가 궁금한 게 아니었습니다.

"아니, 금방 올라갈 거 같은데 일부러 여기까지 올 필요는 없잖아? 거리도 멀고."

[있어!!]

나는 휴대폰을 귀에서 떼어놓았다. 아, 깜짝이야.

"자, 잠깐만. 잠깐 진정을 하고……."

나래의 비명과 같은 소리가 내 말을 끊었다.

[진정하라고? 어제 세희가 내 가슴 가지고 무슨 짓을—?!]

정적.

그 뒤에 무슨 말이 생략되어 있는지 나는 알고 있기 때문에 아무 말도 할 수 없었다. 나래는 그런 이야기를 남한테 하려고 했다는 사실에 말문을 잃은 것 같다.

나와 나래는 한마음 한뜻이 되어 입을 다물었다.

"······."

[······]

먼 산, 바람에 나뭇잎이 흔들리고 어디선가 산새가 지저귀는 소리가 들린다. 그리고 아무런 예고 없이 전화가 끊겼다.

"저기, 나래야?"

뚜, 뚜, 뚜 하는 통화 단절 음이 대답해준다. 나래에게 다시 전화를 걸어봤지만, 전화기가 꺼져 있어 소리샘으로 연결한다는 안내음이 반겨준다.

나는 휴대폰을 내려놓고 시선을 돌려 하늘을 올려다보았다. 여름철의 하늘이 아름답다. 가을의 하늘은 높아 보이지만 여름철의 하늘은 푸르구나.

······현실 도피는 여기까지 할까. 어제 세희가 말해줘서 이미 알고 있었잖아. 응. 그러니까 아무것도 못 들은 거로 하자. 그게 좋겠다. 지금은 당황하고 있을 테니까, 나래에게는 나중에 전화를 걸어보자. 그러면 그 때를 위해 세희에게 서울로 언제 올라갈 건지 물어보러 가볼까.

나는 식사 뒷정리를 하러 간 세희가 있을 부엌으로 들어갔다. 검은색 개량 한복에 흰색 앞치마를 두른 세희가 안에 있었다. 헤—. 앞치마를 두르고 있으니까 뭔가 분위기가 여성스럽구나. 나래가 보여줬던 앞치마 차림에 비교해서는 어딘가 많이 모자란 것 같지만. 마침 설거지가 끝났는지, 세희가 고무장갑을 손에서 빼며 말했다.

"멋대로 실망하지 말아주시지요, 도련님."

윽, 역시 눈치챘냐.

"아, 미안."

"저희 때에는 이 정도가 기본 사이즈였으니까요."

"옛날 사람들은 다 가슴이 작—."

았냐, 라고 말하려는 순간. 세희가 던진 부엌칼이 휙휙 날아와 얼굴 옆을 스쳐 지나가 벽에 꽂혔다. 히익?!

"부엌에서는 농담을 하거나 장난을 치면 안 됩니다, 도련님. 아궁이에 넣어버릴 수도 있고, 점심상에 올려버릴 수도 있으니까요."

"그, 그래도 칼을 던지는 건 위험하잖아!"

"걱정 마시길. 이 부엌칼은 주인님의 발톱으로 만든 것이라 살아있는 생명을 해하지 않습니다."

"그게 말이 되냐?!"

"됩니다."

"야, 아무리 그래도……."

"됩니다."

우주 탄생의 비밀이 담긴 듯한 그 말에 나는 따지는 것을 포기했다.

"……그래, 내가 졌다. 그럼 난 바깥에서 기다릴게."

나는 일단 마루로 나갔다. 마루에 앉아 있자니, 마당에서 랑이와 바둑이가 서로 장난을 치는 모습이 보인다. 정말, 이 녀석들. 보는 사람 훈훈하게 만들긴. 랑이와 바둑이가 뛰어노는 모습을 지켜보는 것만으로도 하루가 훌쩍 지나갈 것 같다. 그렇게 멍하니 두 아이들의 사랑스러운 모습을 보고 있자니, 어느새 앞치마를 풀고 나온 세희가 자연스럽게 내 왼쪽에 앉았다. 나는 세희에게 말을 꺼냈다.

"저기, 서울에 언제 올라갈 거야?"

"모릅니다."

네가 모르면 누가 아냐.

"도련님께서 정하실 일이니까요."

세희의 말이 단순히 가고 싶으면 가라, 라는 것이 아니라는 것을 이번에는 알 수 있었다.

"내가 정해도 되는 거야?"

세희가 입꼬리를 살짝 올렸다.

"조금은 성장하신 것 같습니다, 도련님."

"그런 일이 있었으니까."

"죽을 위기를 넘기면 강해지는 전투 민족이십니까?"

"……넌 만화 좀 그만 봐라."

이야기가 새는군.

"어쨌든, 괜찮은 거야?"

"다시 말씀드리지만, 주인님께서는 이곳을 떠나신다 하더라도 큰일은 없을 겁니다."

"너희들한테 큰일이 뭔지 모르겠으니까 문제지."

너희들의 작은 일 때문에 나는 죽을 뻔했다고. 세희는 내 말에 엷은 미소로 답해주며 말을 돌렸다.

"지금은 그런 이야기를 하는 것보다 더 중요한 것이 있습니다."

중요하다는 말에 나도 모르게 긴장된다.

"뭔데?"

"도련님께서 주인님과 놀아주시는 겁니다."

내 긴장 물어내라. 난 또 무슨 큰일이라도 있는 줄 알았잖아!

"갑자기 무슨 소리야. 랑이는 바둑이하고 잘 놀고 있는데."

"그렇게 보이십니까?"

나는 마당 쪽으로 시선을 돌렸다. 바둑이는 어디로 갔는지, 랑이가 혼자서 마당 한편에 있는 화원에 쪼그리고 앉아, 주위를 날아다니는 하얀 나비를 눈으로 쫓고 있었다.

그래, 내가 틀렸다.

"혼자서 잘 놀고 있다로 정정하마."

"그렇게 생각하시면 잠깐 지켜보시죠."

뭐, 급하게 들을 필요는 없으니까 세희의 말대로 해볼까. 랑이는 여전히 나비를 쫓아다니다가 손으로 툭툭 건드리며, 장난을 치고 있었다. 그러다가,

"앗?!"

나비가 높게 날아오르자, 놓치고 싶지 않았는지 자신도 그자리에서 폴짝 뛰어올랐다. 뒤에서 보고 있자니, 가히 한 마리의 개구리가 용과 같이 하늘로 승천하는 모습으로 보였다. ……지붕을 뛰어넘을 만큼 높게 뛰었거든. 나비는 저 아래에 있고.

"우웃. 이, 이건 실수이니라."

땅에 다시 내려온 랑이는 조금 민망했는지 붉어진 얼굴로 나를 힐끗 보며 하지 않아도 될 변명을 하고, 이제는 담벼락을

넘어가는 나비를 향해 다시 한 번 폴짝 뛰었다.

그 순간, 랑이는 바람이 되었다.

……아니, 농담이 아니라 진짜로. 잔상이 보일 정도로 빠르게 뛰어오른 랑이가 담벼락 너머로 사라졌을 때, 꿍음과 함께 바람이 불며 먼지가 일어났다니까?! 이거 소닉붐 아니야? 소닉붐 맞지? 너는 나비를 잡고 싶은 거냐, 나비를 산산조각 내고 싶은 거냐?! 어린아이의 잔인함은 요괴의 힘과 만났을 때 상상을 초월하는 일을 벌이는구나!

그런 생각을 하고 있을 때, 랑이가 울상인 얼굴로 담벼락을 뛰어 넘어왔다. 잡으려고 했던 나비를 산산조각 내서 못내 마음이 아픈 것—.

"우—. 놓쳐버렸다."

"놓쳤냐?!"

뭐야?! 이곳의 나비는 도대체 어떻게 돼 있는 거냐? 서당 집 3년이면 풍월을 읊는다고, 랑이 집 3분이면 요괴가 되어 버리냐? 그렇다면 저는 이미 요괴 후보생입니까?

랑이는 침울해져서 나를 힐끔힐끔 보며, 자신이 우울하고 있다, 심심하다, 놀아줬으면 좋겠다, 아니, 놀아주거라, 이이잉, 왜 나하고 안 놀아주느냐? 이리 오너라, 라고 시선으로 말했다. 이제는 대놓고 나를 보며 마당에 있는 돌멩이를 툭툭 발로 차기 시작한다. 시위 한 번 귀엽게 하네.

"미안. 나는 지금 세희하고 할 이야기가 있어서. 조금 있다가 놀아줄게."

"……알겠느니라. 착한 나는 기다려 주겠느니라."

다행히도 그런 나를 대신해서 어디론가 사라졌던 바둑이가 나타났다. 손에 노란색 원반을 들고서.

"주인님, 그러면 저하고 이거 가지고 놀아요."

바둑이가 꼬리를 좌우로 흔든다.

"오. 이건 오랜만이로구나."

침울해져 있던 표정이 순식간에 밝아졌다. 바둑이가 안 보였던 건 저걸 가지러 간 것 때문이었나 보다.

잘했다, 바둑아. 역시 애는 애들끼리 놀아야 재밌지. 랑이는 바둑이에게서 원반을 받아 들고,

"자, 가지고 오너라!"

원반을 하늘 높이 던졌다.

90도에 가까운 직각으로.

자연스럽게 내 시선은 위로 향했고, 푸른 하늘에 높이높이 올라가는 원반을 볼 수 있었다. 이제는 작은 점으로밖에 보이지 않는다.

"……누가 개한테 원반을 던져줄 때 하늘 위로 던지냐?"

그래서야 바둑이가 불쌍하잖아. 어쩔 수 없네. 이야기는 조금 나중에 하기로 하고, 랑이에게 제대로 된 원반던지기를 가르쳐 주려고 엉덩이를 떼려는데, 옆에서 세희가 말했다.

"제대로 던지신 것 맞습니다."

"그게 무슨 소리야."

네 눈에는 닭 쫓던 개 신세가 돼서 멍하니 하늘을 쳐다보는 바둑이가 안 보이냐? 저렇게 불쌍하게 하늘만 쳐다보고…… 있던 바둑이가 무릎을 굽히더니 먼지를 일으키며 갑자기 사라

졌다. 설마 하는 생각에 고개를 들어 하늘을 보니, 하늘에 떠 있는 작은 점이 두 개가 되어 있었다.

"헐."

이윽고, 땅을 울리는 굉음과 함께 내려온 바둑이의 입에는 방금 전에 랑이가 던진 것이 확실한 노란색 원반이 물려 있었다.

"……손으로 잡아와도 되잖아."

"개니까 입이 편한 것이죠."

하긴, 개니까 어쩔 수 없지……가 아니잖아! 나 지금 너무 당연하게 바둑이를 그냥 개라고 생각하고 있었어! 나, 이래도 되는 거야?

그런 생각을 하고 있자니 나도 모르게 깊은 한숨이 터져 나왔다.

"주인님, 저 잘했죠?"

그런 내 고민을 모르는 바둑이는 꼬리를 흔들며 랑이에게 달라붙었다. 랑이는 그 모습에 미소 지으며 바둑이의 머리를 쓰다듬었다.

"헤헤헤헤."

그 손길이 마음에 드는지 바둑이가 온 세상을 다 가진 것 같은 미소를 지으며 땅바닥에 벌렁 드러누워 배를 보였다. 랑이가 마당에 누운 바둑이의 배를 쓰다듬고, 목덜미를 간질인다.

"기분 좋으냐?"

"좋아요, 주인님."

하는 짓은 둘째 치고 둘이 잘 노는 것 같네.

"어쨌든 랑이하고 놀아줄 필요는 없는 것 같고, 하던 이야기나 계속하지?"

나는 느긋하게 랑이와 바둑이가 노는 것을 바라보면서 세희와 이야기를 계속하기로 했다. 뒤에 화사한 꽃들이 피어날 것 같은 저 둘의 공간에 나 같은 녀석이 끼는 건, 누구도 바라지 않을 것이다. 세희를 빼고는.

"슬슬 도련님께서 놀아주시지 않으면 귀찮은 일이 벌어질 것 같습니다. 다시 한 번 재고를 해주시지요."

"어딜 봐서?"

다시 봐도 사이좋게 놀고 있는 개와 주인 같은데, 무슨 문제가 있다고? 그런 생각을 하고 있자니, 랑이가 바둑이의 목을 간질이다 말고 일어나며 말했다.

"나도 기분이 좋으니 조그마한 상을 주겠느니라."

"앗? 정말이세요, 주인님?"

"그러하느니라."

도대체 무슨 상을 준다는 걸까? 나도 조금 흥미가 돋아서 턱을 괴고 흐뭇한 미소를 지으며 랑이와 바둑이에게 집중했다. 나중에 바둑이하고 놀아줄 때 참고해야지.

그리고 땅바닥에 누워 미소 짓는 바둑이를, 랑이가, 발로, 걷어찼다.

"一에?"

얼빠진 소리가 입에서 튀어나오며 내 시선은 날아가는 바둑이를 따라갔다. 바둑이는 그야말로 화살같이 날아가 꽹음과 함께 담벼락을 허물며 잔해 속에 파묻혔다.

"바, 바둑아?!"

벌떡 일어나 비명 같은 소리를 지르며 허물어진 담벼락 쪽으로 뛰어간다.

"응? 성훈아, 왜 그러느냐?"

뒤에서 랑이의 말이 들린다. 야, 이놈아! 지금 그걸 말이라고 하냐? 너 지금 할 말이 그게 아니잖아! 너 지금 내가 왜 이러는지 몰라서 물어?

그 때였다.

부스럭—.

무너진 담벼락 아래에서 뭔가 움직이는 소리가 들리더니, 갈색 꼬리가 잔해 속에서 팟! 하고 튀어나왔다. 어떤 영화의 마지막 장면을 보는 것 같은 기분이 드는 건 왜일까.

"주인님!!"

돌무더기에서 상처 하나 없이 말짱한 바둑이가 툭 튀어나오더니 랑이에게 네 발로 달려갔다. 어, 어—?

"기분 좋았어요, 주인님. 한 번 더, 한 번만 더 해주세요."

"그러하느냐? 오랜만이기도 하고, 좀 더 해줄까?"

"예!"

그리고 랑이의 발길질. 다시 날아가는 바둑이. 담벼락이 무너지고. 상처 하나 없이 바둑이가 잔해 속에서 뛰쳐나온다. 꼬리는 격하게 흔들리고 있고 볼의 홍조는 평소보다 짙어져 있다. 뭐야, 이거. 누가 나한테 설명 좀 해봐.

"바둑이에 대한 주인님의 상입니다."

세희가 있다는 것이 이렇게 고마울 줄이야.

"저게 상이라고?"

"바둑이는 저런 것을 좋아합니다."

그러고 보니까 돌무더기에서 빠져나온 바둑이는 온몸으로 기쁨을 표현하고 있다. ……뭔가 위험하게 말이야.

"아, 도련님께서는 모르시는군요. 바둑이는 기본적으로 마조……."

"됐어. 거기까지. 말하지 마. 알고 싶지 않아."

요괴들은 정상인 놈들이 하나도 없는 거냐?

"정작 본인은 잘 모르는 것 같습니다만."

그런 사실은 평생 몰라도 된다고 생각합니다.

"그보다 이대로 가면 주인님께서 바둑이에게 새로운 세계를 열어주실 것 같으니, 슬슬 주인님과 놀아주시겠습니까?"

"아, 그래야겠다."

"담벼락을 수리하는 건, 저니까요."

너 사실 바둑이는 어찌돼도 상관없는 거지?

랑이가 바둑이의 요청을 들어주기 위해 발을 들어 올리는 순간, 나는 급하게 랑이를 뒤에서 안아 들었다. 랑이의 발이 허공을 가르며 바람을 일으켰다.

"응?"

랑이가 그대로 목을 뒤로 젖히며 나를 올려다본다. 그 표정에는 바둑이와 잘 놀아주고 있는데 왜 방해했을까? 라는 생각이 그대로 드러나 있었다. 아주 잠시 동안 생각에 잠긴 랑이가, 내가 기겁할 만한 결론을 내렸다.

"아, 성훈아. 네가 바둑이에게 상을 주려는 것이냐?"

네가 말하는 상을 준다는 것이, 발로 차는 건 아니겠지. 이런 내 생각을 알 리가 없는 바둑이는, 방금 전보다 한층 더 얼굴을 붉게 물들이면서 몸을 배배 꼬며 살짝 젖은 눈망울로 나를 올려다보았다.

"아, 으……. 저도 도련님이 걷어차 주시면, 저기, 평소보다 기분이, 더 좋을 것 같아요."

그리고 나는 전자발찌를 차게 되겠지.

"로리콘인 시점에서 이미 늦었다고 생각합니다."

"누가 로리콘이야."

어느새 따라온 세희의 말에 딴죽을 걸고, 일단 랑이를 내려놓으며 말했다.

"이런 건 하지 마. 실수로 바둑이가 다치면 어떻게 할 건데?"

그제야 내가 왜 말렸는지 깨달은 랑이가, 환한 미소를 지으며 말했다.

"아, 걱정 말거라. 바둑이는 내 아해들 중에서도 힘이 센 편이라, 네가 걱정할 만한 일은 일어나지 않느니라."

아니, 있습니다. 지금 댁 앞에서 어린 소녀가 이상한 취미에 눈을 떠가고 있거든요?

"더, 하아, 더 해주, 으응, 해주세요, 주인님."

"그러하겠—."

"하지 마!!"

두 어린 소녀가 우우— 하며 나를 올려다본다. 내가 자신들이 노는 것을 이유 없이 방해하고 있다는 생각이 눈동자에 그대로 보인다. 하지만 나도 뭐라고 말을 할 수 없는 상황. 이유를 어떻게 설명하라고! 그런데 왜 그렇게 억울한 듯이 나를 올려 보냐? 어이, 지금 나 악역인 거야? 어딜 봐도 내가 잘못한 건 없잖아?

이, 이럴 때는 관심을 돌리자. 아이들이 좋아할 만한 놀잇거리. 그러면서 좀 더 건전하게 놀 수 있는 방법이 있을 것이다. 그래! 여름의 깊은 산속! 그렇다면 계곡이지!

나는 뒤에서 상황을 관망하고 있는 세희에게 말했다.

"여기 근처에 물놀이할 만한 곳 없어?"

세희의 표정이 살짝 일그러졌다. 응? 내가 뭐 해서는 안 될 말이라도 했나? 하지만 세희가 눈 깜짝할 사이에 평소와 다름없는 모습으로 돌아왔기에, 나는 그리 신경 쓰지 않기로 했다.

"있습니다."

좋았어. 나는 계속해서 내게 놀고 싶다는 반짝반짝 초롱초롱 시선을 보내고 있는 두 소녀에게 한 가지 제안을 했다.

"그러지 말고, 날도 좋은데 물놀이하러 가자. 집 안에서 노는 것보다는 밖에서 노는 게 더 재미있잖아. 응?"

랑이의 귀가 쫑긋 서고, 바둑이의 꼬리가 좌우로 쉴 새 없이 흔들린다.

"물놀이요?!"

"좋은 생각이니라!"

방금 전까지 있었던 일을 잊고 서로의 손을 잡고 빙빙 돌며 신나 하는 둘을 보고 있자니, 역시 애들은 애들이구나, 같은 생각이 들었다. 아, 나도 나중에 결혼하면 저런 딸들을 낳고 싶다.

아니지. 머리에 동물의 귀가 달려 있고 엉덩이에 꼬리가 난 애는…….

"좋아하시는 것 같습니다."

"뭐, 뭐, 뭐가?!"

깜짝 놀라서 뒤를 돌아본다.

"물놀이 말입니다."

아, 그런 이야기였습니까. 순간적으로 내 생각을 들킨 줄 알고 마음을 졸였잖아. 휴우—.

"주인님과 도련님의 자제분이 어떤 모습으로 태어나실지는 저도 궁금하군요."

"솔직히 말해. 너 독심술도 쓸 줄 알지."

"그럼 저는 잠시 준비를 하러 가겠습니다."

세희는 대답을 피하고 몸을 돌려 집 안으로 들어갔다.

부정 안 하는 거냐?!

세희의 뒤를 따라 들뜬 랑이와 바둑이의 손을 잡고, 유치원 인솔 교사의 기분을 느끼며 산길을 걷는다. 자동차 한 대가 겨우 지나갈 것 같은 흙 길이다. 길가 쪽에는 화려한 이름 모를 꽃들이 흐드러지게 피어 있다. 있는 듯 없는 듯 코끝을 간질이는 꽃향기가 아득하다.

"아!"

사소한 잡담을 하며 걸어가던 랑이가 내 손을 놓고 길가 쪽

으로 달려간다. 뭘 하려는 걸까. 랑이가 허리를 굽혀 그중 빠
알간 꽃을 하나 따더니, 자신의 머리에 꽂았다.

그리고 종종걸음으로 이쪽으로 다가와 살짝 무릎을 굽히고
양손을 펴며 나를 올려다보았다.

"어떠냐? 이쁘냐?"

정신을 차리고 보니까 랑이를 껴안고 있었다.

"으냐아?"

아, 아차! 내가 지금 무슨 짓을? 랑이의 귀여운 모습에 잠시
이성이 먼 곳으로 날아가 버렸다. 나는 급하게 랑이를 놓아주
고 험험, 헛기침을 하며 말했다.

"어, 어울려. 응. 예쁘다."

"히힛."

랑이가 쑥스러운 듯 얼굴을 붉히며 웃었다.

"도련님, 도련님! 저는요?"

언제 꽃을 따왔는지 모르겠지만, 바둑이도 머리에 노란색
꽃을 꽂은 채 내게 물어왔다. 방금 전 랑이에게 한 부끄러운
짓만 아니었다면 껴안아 주고 싶을 정도로 귀여웠다.

"바둑이도 예쁘네."

나는 꽃이 떨어지지 않도록 조심하면서 바둑이의 머리를 쓰
다듬어 주었다. 그리고,

"푸훗?!"

어느새 세희의 머리에 하얀색 꽃이 꽂혀진 것을 보고 당황

했다. 너, 너 갑자기 왜 그래?! 뭐 잘못 먹었냐?

다행인 것은 세희가 스스로 머리에 꽃을 단 게 아니었다는 것이다.

"세희도 이렇게 하면 예쁘지 않느냐?"

다시 말해 랑이의 작품이었다는 거지. 하긴, 세희의 머리에 꽃을 달 수 있는 사람이 랑이 말고 또 누가 있을까. 그런데 왜 나는 세희의 저런 모습을 보니까 귀엽다, 잘 어울린다는 말이 아닌, 이상해, 안 어울려, 세계 멸망의 때가 도래했도다! 같은 말이 먼저 나오려는 걸까.

"……그 시선은 실례가 아닐는지요."

미안하다.

"아! 성훈도 달아 주겠느니라!"

랑이가 자신과 같은 붉은 꽃을 들고 내게 몸을 숙이라는 듯이 손짓을 한다. 이 녀석이 끔찍한 소리를 하네?!

"아니. 난 됐거든? 그런 건 너희들이나……."

"그러지 말거라. 성훈도 예쁠 것이니라! 자, 자! 빨리 몸을 숙이거라!"

"그래요, 도련님. 도련님도 잘 어울릴 거예요."

나는 두 소녀의 시선을 이길 수 없었다.

"푸훗?!"

그런 나를 보고 세희가 보란 듯이 웃음을 터트렸다.

"……그 웃음은 실례가 아닐는지요."

"웃긴 건 어쩔 수 없습니다."

그 말을 방금 전의 너에게 들려주고 싶다.

그렇게 머리에 꽃을 꽂은 무시무시한 4인조가 도착한 곳은 멋들어진 계곡이었다. 한편에 작은 정자가 있었고, 그 옆에는 물이 고여져 있는 넓은 웅덩이가 있었다. 그렇다고 물이 더러운 것도 아니다. 웅덩이의 양 끝은 계곡과 연결되어 있어서 계속해서 새로운 물이 들어와, 그 밑이 선명하게 보일 정도로 깨끗하다. 어딜 봐도 사람의 손으로 만든 것같이 보인다. 누군지는 모르겠지만, 내 선조 중 한 명이겠지. 조상님께 감사의 인사라도 해야 하나?

세희는 먼저 정자에 올라가서 가지고 온 바구니에서 돗자리를 꺼내 깔고서, 그 위에 여러 가지 것들을 꺼내기 시작했다. 수건, 접시, 비닐 봉투, 음료수, 과자, 샌들, 수영복, 갈아입을 옷, 도마, 칼, 구급상자, 튜브, 수박, 산소 호흡기.

"잠깐? 절대로 바구니에서 나올 양이 아니잖아?!"

"무슨 문제라도 있습니까?"

"……말을 말자."

따져 봤자 왠지 요술입니다, 한 마디에 입을 다물어야 할 것 같으니까.

"그렇다면, 죄송하지만 도련님. 수박을 계곡물에 담가주시죠. 물에 젖는 것은 싫으니까요."

"그래."

이 정도의 부탁도 못 들어줄까. 질량 보존의 법칙이 적용된다면 엄청나게 무거울 정체불명의 바구니까지 들고 와줬는데.

수박을 대충 계곡물에 담가놓고 정자로 돌아와 주위를 살펴본다. 그 때 랑이가 내 손을 꾸욱꾸욱 잡아당기며 말을 걸어왔다.

"성훈아, 빨리 들어가자!"

"옷은 갈아입어야지."

고개를 갸우뚱.

"응? 그래야만 하느냐?"

그렇게 말하니까 나도 잘 모르겠네. 지금까지 계곡에 놀러 간 적이 있어야지 말이야. '계곡에 들어갈 때 옷을 갈아입는 게 이상한건가?'라고 생각하는 순간,

"멍!!"

살색의 무엇인가가 휙 하고 날아가, 풍덩 하고 물에 들어갔다. 사방으로 튀기는 물을 손으로 받아내며 보니, 그곳에는 발가벗고 물속에 들어간 바둑이가 헤엄을 치고 있었다. 머리와 꼬리가 드러난 뽀얀 엉덩이만을 물 위로 내보인 채, 물 아래 있는 손과 발을 열심히 움직이고 있다. 역시 개헤엄인가—가 아니라! 이 녀석! 준비 운동은 하고 들어가야지!

아니, 아니! 그것도 문제지만!

"바둑아! 너 옷은?!"

너무나 타당한 내 말에 바둑이가 엉뚱한 대답을 했다.

"옷 입고 들어가면 젖잖아요?"

옷이 젖는 게 싫으면 수영복을 입으면 되지, 왜 알몸이냐고!

무엇보다 바둑이의 말이 내 옆에 있는 누군가에게 영향을 끼친 것이 문제였다.

"아! 그것이 걱정이었느냐? 그러면 나도 옷을 벗고 들어가겠느니라."

그건 아니겠지!

내 마음의 비명을 무시하고, 어느새 옷을 홀딱 벗은 랑이가 당당하게 나신을 전부 드러내고 내 손을 잡아끌며 말했다.

"성훈도 같이 들어가자꾸나!"

자연스럽게 시선이 랑이의 몸으로 향해진다.

귀엽다. 이미 몇 번을 보았지만, 부끄러움을 모르며 나를 올려다보는 랑이는 이대로 꼭 껴안아 주고 싶을 정도로 귀여웠고, 그것이 당연하게 여겨질 정도로 매력적이었다. 봉긋하게 솟아오르기 시작하는 가슴과 살짝 들어간 허리에서, 어제 잠깐 보았던, 랑이가 어른스러워졌던 모습이 기억난다.

"윽!"

얼굴이 붉게 달아오른다. 지금 왜 그런 생각이 든 거야?!

"어? 성훈아, 어디 아픈 것이냐? 갑자기 얼굴이 붉어졌느니라!"

사람 살려! 랑이가 손을 들어 내 이마를 만지고 볼을 쓰다듬는다. 거기다가 지금은 내가 몸을 숙여가지고 랑이의 알몸이 아까보다 더 선명하게, 아니, 바로 눈앞에 있어! 왜 숙였는지는 묻지 마라. 묻지 마!

"설마 어제의 상처가 아직 낫지 않은 것이느냐? 아침에 핥아 준 것으로는 모자랐던 것이느냐?"

오해가 가속된다. 내가 진심으로 걱정이 되는지, 방금 전까지만 해도 신나서 방긋거리던 랑이의 얼굴이 굳어 가고 있다. 이, 일단 아무 말이나 하자!

"아니, 그런 게 아니라ㅡ"

네가 신경이 쓰여서 그렇다고 어떻게 말할 수 있겠냐.

"어, 어쨌든 아픈 게 아니야! 아픈 게 아니니까 걱정 안 해도 돼!"

"아프면 아프다고 말해도 괜찮으니라! 아픈 곳을 말하거라! 내가 바로 핥아주겠느니라!"

핥으면 안 됩니다. 예, 안 돼요. 지금 네가 그런 짓을 하면 큰일이 일어난다고.

아악, 지금 제정신이 아니야! 빨리 이 상황에서 어떻게든 벗어나야 한다. 지금 바둑이도 이쪽의 상황을 눈치채고 밖으로 나오려고 하고 있단 말이야! 이러다가는 상황이 더 악화되고 말아! 누구, 누구 없나? 나를 도와줄 사람이?

아, 세희! 나는 세희에게 도움을 요청하기 위해 시선을 돌렸다. 세희는 이쪽을 바라보며 입꼬리를 올리고 명백한 비웃음을 짓고 있었다.

야, 인간아. 네 주인님 좀 어떻게 해봐라. 왠지 세희가 '제가 왜 그럽니까?' 라고 말하는 것 같다. 그러지 말고 좀 살려줘! 랑이가 내가 아픈 줄 알고 걱정하잖아!

내 필사적인 시선이 통했는지 세희가 가벼운 한숨을 쉬며 말했다.

"주인님. 도련님의 상처는 모두 나으셨으니 걱정하실 것 없습니다."

살았다!

"그러면 성훈이 왜 이렇게 괴로워하고 있느냐? 그리고, 봐라. 내 눈에는 이곳에 조금씩 기운이 모여들고 있는 것이 보이

48
나와 호랑이님 2

니라. 이건 이상한 것 아니느냐?"

랑이가 손을 들어 어느 부분을 가리킨다.

……수치심에 혀를 깨물고 싶은 기분이 들었다. 너, 그런 것
도 보이는 거냐.

"괜찮습니다. 남자라면 누구나 그런 것이니까요. 어떻게 보
면 도련님께서 건강한 남자라는 증거입니다. 주인님께서 걱정
하실 것이 아닙니다."

랑이가 머리카락으로 물음표를 만들며 말했다.

"그런 것이느냐? 성훈아, 정말, 정말 안 아픈 것이느냐?"

랑이가 두 주먹을 꼭 쥐며 고개를 숙이고,

"저어어어엉말?"

있는 힘껏 말한 뒤 고개를 들어 나를 올려다본다. 랑이가 걱
정하지 않도록 나는 최대한 평정을 가장하여 말했다.

"응. 괜찮으니까, 잠깐만 바둑이랑 놀고 있어. 나도 금방 들
어갈게."

"우──웅."

그래도 걱정이 되는지 울상인 랑이는 세희를 한 번 바라보
고는 다시 나를 보며 고개를 끄덕였다.

"알겠느니라. 아프면 절대로 들어오지 말거라."

"괜찮다니까."

나는 씨익 웃어주었다. 그제야 랑이는 안심하고 고개를 끄
덕이며 물속으로 뛰어 들어가, 선객인 바둑이와 물장구를 치
며 놀기 시작했다. 그러면서도 나를 힐끗힐끗 보는 게 내가 꽤
나 신경 쓰이는 것 같다.

랑이를 위해서는 지금 당장이라도 들어가야겠지만, 나는 일단 그 자리에 주저앉아 한숨을 내쉬었다. 하아……. 죽는 줄 알았다.

"빼도 박도 못하게 되셨군요, 도련님."

얼굴이 확 달아오른다. 안도의 한숨을 내쉬기에는 아직 이르다는 거죠.

"시, 시끄러. 그런 게 아니라고."

잠깐 방심한 것뿐이다. 그뿐이라고.

"두 분의 관계에는 정말 바람직한 일이라고 생각합니다만, 도련님의 인간성에 약간은 문제가 있다는 결론이 나오는 것은 어쩔 수 없군요."

이 로리콘. 나는 세희에게 뭐라고 할 말이 없었다. 그래서 나는 화제를 돌리기로 했다.

"그보다, 너는 같이 안 놀아?"

"기억력도 나쁘시면 구제불능입니다."

"뭔 소리야?"

세희는 물가에서 엉겨 붙어 놀고 있는 랑이와 바둑이를 바라보던 시선을 내 쪽으로 향하며 말했다.

"전 물에 닿으면 젖습니다."

아, 예. 그렇지요. 물에 닿으면 젖지요.

"그리고 그 말은 도련님께서 하실 말씀이 아닙니다. 빨리 들어가시지 않으면 주인님께서 걱정하실 겁니다."

알고 있다. 이제 괜찮아졌으니 바로 들어갈 거야. 그 전에,

"혹시, 수영복 있어?"

그냥 들어가도 상관없지만, 나는 갈아입을 옷을 안 가지고 왔다. 아니, 할아버지 댁에는 내 옷이 없어서 가지고 오고 싶어도 못 가지고 왔다고. 이대로 들어갔다가 물에 축 젖어서 집까지 걸어가고 싶지는 않다. 세희의 요술이 있기는 하지만, 그런 힘에 너무 익숙해질 생각은 없다.

"있습니다. 하지만 벗고 들어가시는 게 좋지 않습니까?"

"절대 그러고 싶지 않으니까, 수영복 내놔."

"그렇게 말씀하신다면, 여기 있습니다."

세희가 건네준 몸에 딱 달라붙을 것 같은 검은색 삼각 수영복을 들고 나는 잠시 생각에 잠겼다.

"장난하냐?"

"장난합니다."

방금 전에 도와준 게 없었다면 진짜 한 대 때렸다.

"여기 있습니다."

정말로 장난이었다는 듯 세희가 삼각 수영복을 받아서 바구니에 넣고, 트렁크 수영복을 내게 건네주었다.

"……어디서 갈아입냐?"

"여기서 갈아입으시죠. 사진도 찍어 드리겠습니다."

세희의 도움은 여기까지만 받기로 했다.

수풀 속에서 수영복으로 갈아입고 나와, 계곡에 발을 담가본다. ―으. 역시 차갑다. 하지만 한여름에는 이 정도가 딱 좋을까? 나는 슬쩍 가운데 쪽으로 걸어갔다. 계곡 물은 그리 깊지 않아서 내 골반까지밖에 오지 않는다. 다른 말로 하면 바둑이는 서 있어도 얼굴만 빼꼼 나오는 정도고, 랑이는 어깨까지만 나온다는 말. 그 아래는 수면의 일그러짐으로 잘 보이지 않는다. 자연 과학 만세! 빛의 굴절 만세!

바둑이의 손을 잡고 이리저리 끌고 다니던 랑이가, 내가 들어온 것을 보고 걱정스러운 듯 내게 물었다.

"성훈아. 정말 괜찮은 것이냐?"

"괜찮아."

"정말이느냐?"

"진짜라니까. 내가 너한테 거짓말할 것 같냐?"

랑이는 고개를 끄덕였다. 야.

"날 사랑하면서도 안 한다고 거짓말하지 않았느냐?"

"시끄러."

홱 고개를 돌린다. 곁눈질로 랑이를 훔쳐보니, 랑이는 기쁜 미소를 짓고 있었다.

"착한 거짓말쟁이 성훈에게는 이렇게 하겠느니라!"

응? 갑자기 랑이가 바둑이의 손을 놓고 물 아래로 잠수했다. 엉덩이에서 이어진 꼬리가 물 밖으로 나와서 점차 내 쪽으로 다가오고 있다. 아니, 그 전에 물 아래로 내 쪽으로 헤엄쳐 오는 게 다 보이지만. '이 녀석 지금 뭘 하려는 거지?'라고 생각하는 순간, 랑이가 내 두 다리를 잡았다.

설마? 그 설마가 잡은 사람의 이름에 다시 한 번 내 이름이 추가되었다. 랑이가 내 다리를 잡아당긴 것이다. 중심을 잃은 나는 물에 빠지고 말았다.

"아푸?!"

벌떡 일어나려고 했지만, 랑이가 아직 발을 붙잡고 있어서 그럴 수도 없다. 어쩔 수 없이 일단 손으로 물을 치며 얼굴만 물 위로 내미는데, 그새 랑이가 뒤로 돌아가 겨드랑이 사이로 팔을 집어넣고는 등에 엉겨 붙으며 어깨 너머로 머리를 내밀 었다. 고개를 돌려 옆을 보니 장난꾸러기 같은 미소를 짓고 있다.

"우냐냐냐앗. 해냈느니라."

그 승리에 찬 웃음소리보다, 랑이의 없지만 정말로 없는 것 은 아니라고 주장하는 앙증맞은 가슴이 내 등에 달라붙은 게 신경 쓰인다. 둘 다, 위쪽에는 옷을 안 입고 있어서 맨살 To 맨 살이란 말이야. 내가 지금 어떤 것에 신경 쓰고 있는지 말 안 해도 알겠지?

"그렇게 멍하니 있으면 내게 잡아먹히느니라!"

랑이가 헤헤 하고 기분 좋게 웃으며 내 귀를 한 번 이빨로 살 짝 깨물고는, 내 몸을 뒤로 질질 끌어간다. 이대로 당하고 있 어서야 인간의 체면이 안 설 것 같다.

"기습해 놓고 잘난 척이냐, 이 녀석!"

팔을 뒤로 돌려 랑이의 옆구리를 간질인다.

"우냐앗?!"

꼬리를 삐쭉 세우며 떨어져 나가는 틈을 타, 몸을 돌리고 물 장구로 랑이를 공격! 랑이는 한 손으로 얼굴을 가리며 반격을 했지만, 물 양은 내가 위다! 하하핫! 억울하면 자라던가!

"바, 바둑아!"

"알겠어요, 주인님!"

이런! 실수다! 지금 물 안에 들어가 있는 건 랑이뿐만이 아니었다. 바둑이도 있었어! 바둑이는 어디 있지? 물장구를 계속하며 주위를 둘러보지만 보이지 않는다. 그렇다면?

위다!

"멍!"

위를 올려다보니, 하늘에서 내려오고 있는 바둑이가 보였다. 태양을 등지고 있어서 다행이다.

바둑이가 내 등 뒤 쪽에서 풍덩 하고 물보라를 일으키며 내 시야를 차단하고, 그대로 내 허리를 뒤로 잡아끈다. 하지만 바둑이 같은 아이의 힘에 넘어갈 리가 없잖…….

"어, 어어?"

그런데 어째서 눈에 비치는 풍경이 점점 바뀌는 거지? 마지막으로 보인 건 푸른 하늘이었고, 나는 눈을 감았다.

풍덩!

"푸핫!"

이 녀석 요괴의 힘을 썼구만? 벌떡 일어나 물에 젖은 머리를 뒤로 넘기고 주위를 두리번거리고 있자니, 랑이와 바둑이가 승리를 자축하며 서로 껴안고 빙글빙글 돌고 있었다. 물속에서 재주도 좋네.

"저 잘했죠?"

"잘했느니라!"

이 녀석들이 사람을 물에 두 번이나 빠뜨리고 좋아하고 있네. 그렇다면 나도 봐주지 않는다!

"너희들 각오해!"

나는 과장스럽게 두 팔을 벌리고 랑이와 바둑이를 향해 성큼성큼 물을 튀기며 달려들었다.

"우냐?! 성훈이 화났느니라!"

"도련님이 화나셨어요!"

그렇게 즐거운 물놀이는 한동안 계속되었다.

"그야말로 범죄자의 모습입니다."

……아니거든.

두 번째 이야기

점심을 먹을 시간이 다 돼서야 물놀이가 끝이 났다. 랑이와 바둑이는 더 놀고 싶어 하는 눈치였지만, 봐줘라. 나는 어린애도 아니고 요괴도 아닌 평범한 고등학생의 삶에 찌든 청소년이다. 다음에 다시 온다는 약속을 하고서야 랑이와 바둑이는 집에 돌아가는 것에 아쉬워하면서도 고개를 끄덕여 줬다.

"그럼 난 옷 좀 갈아입고 온다."

수건 한 장을 들고 다시 수풀 속으로 들어가려는데 랑이가 물기를 닦다 말고 머리카락으로 물음표를 만들며 말했다.

"아까도 그러하던데, 왜 그러느냐? 그냥 여기서 갈아입으면 되지 않느냐?"

아, 저 순진무구한 눈망울을 봐라. 내가 여기서 무슨 말을 해도 씨알도 안 먹힐 것 같다.

"그런 게 있어."

나는 그리 말하며 세희를 슬쩍 바라보았다.

"이해해 주시기 바랍니다, 주인님. 남자들은 혼자 있어야 할 수 있는 것이 있으니까요. 특히, 지금처럼 기억에 선명하게 남아 있을 때 자기위……."

평범하게 도와줄 리가 없지.

"야, 인마. 애들 앞에서 이상한 소리 하지 마."

세희에게 내가 없는 동안 이상한 말을 하지 않을 것이라 확언을 받아낸 다음, 나는 수풀 속으로 들어갔다. 랑이들이 숲에 가려서 보이지 않을 정도가 돼서야 나는 수영복을 벗고 수건으로 몸을 닦았다.

휴. 조금 피곤하지만 재미있었다. 그러고 보니까 계곡에서 논 건 난생처음이었네. 어렸을 때부터 아버지는 방에서 나갈 생각을 하지 않았고, 어머니는 일 때문에 집에서 계실 때가 손에 꼽을 정도였으니까. 이모 댁도 시골이기는 했지만 근처에 물놀이할 만한 곳이 없었다.

뭐, 옛날 일은 옛날 일이고 지금은 옷이나 입자. 랑이가 찾아올라. 나는 팬티를 입고, 바지를 입으려고 몸을 굽혔다.

그 때. 저 먼 하늘에서 무슨 소리가 들려왔다. 그건 마치 비행기가 날아갈 때와 같은 소리였다. 그래서 비행기인가 보다 하고 무시하려고 했지만, 바람을 가르는 소리는 점점 커져 갔고,

"아우우!!"

이제는 이상한 소리마저 들린다. 무슨 소리인지 궁금해져 고개를 들어보았다.

하늘에서 치마가 뒤집어져 새하얀 다리와 연푸른색과 하얀

색의 줄무늬 팬티를 그대로 드러낸 채, 여자아이라 추정되는 것이 이쪽을 향해 맨발로 날아오고 있었다. 그것도 제대로 보이지 않을 정도의 빠른 속도로. 나는 미처 피할 생각도 하지 못하고 그대로 굳어버렸다. 결과적으로는 그것이 옳았다. 엄청난 힘이 실린 날아 차기, 날라 차기가 아닌 날아 차기가 내 머리 위를 스치듯이 지나가 내 뒤에 있던 나무에 내리꽂힌 것이다!

콰지직!

기괴한 소리가 나며 나무가 산산조각이 났다.

……어. 저거 맞았으면 내가 나무처럼 됐겠지? 나 지금 죽을 뻔한 건가?

"아우우. 운이 좋군요, 당신."

살인 미수자의 모습을 그제야 제대로 볼 수 있었다. 위에는 몸에 비해 두 치수 정도는 커서 양쪽 어깨가 살짝 드러난 색동저고리를, 아래에는 허벅지를 간신히 덮는 한복 치마를 입고 있다. 또, 부스스한 단발에 귀 위 머리가 덥수룩한 것을, 깃털 같이 생긴 머리끈으로 묶고, 긴 꽁지머리는 하얀 머리끈으로 감고 있다. 맨발에 달그락거리는 발찌를 양쪽 발목에 차고 나이에 비해서 좀 커 보이는 가슴이 인상적인, 꽤나 귀여운 꼬마 애가 살인 미수자라는 말이다.

그러니까 이 녀석은 인간이 아니다. 일주일 전의 나라면 지금 당황하면서 '이 녀석 뭐야?!' 라고 생각하고 있겠지만, 인간은 발전하는 법. 이 녀석은 요괴고, 무슨 이유인지는 모르겠지만 나를 죽이려고 한다. 그런데 나 지금 뭘 이렇게 담담하게 말하고 있는 거야?! 나 지금 죽을 위기에 빠졌다고!

"이번에는 제대로……."

소녀는 부러진 나무에서 폴짝 뛰어 맨발로 내려와 내 앞에 섰다. 그리고 퐁! 하고 얼굴을 붉혔다.

"아우, 아우우, 아우우우!! 휴, 흉측한 걸 보이지 마세요!"

내게 삿대질을 하며 귀 위 머리를 파닥거린다. 머리카락이 저렇게 움직일 수도 있는 건가. 요괴들은 모두 저런 짓을 할 수 있는 거야? 질문의 대답은 나중에 찾기로 하고 일단 도망가자. 목숨이 위험하다. 랑이가 있는 곳으로 도망치자.

"사람 살려!!"

나는 비명을 지르며 달리려다가, 뭔가가 발에 걸려 넘어졌다. 나는 그제야 내가 바지를 입던 중이었다는 것과, 내 발이 바지에 걸렸다는 것, 그리고 저 소녀가 무엇 때문에 얼굴을 붉히고 두 손으로 눈을 가리고 있었는지를 한꺼번에 깨달았다. 세 가지 깨달음은 땅에 엎어지는 고통과 함께 찾아왔다.

"그, 그런 휴, 흉측한 걸 내놓고 다니다니, 당신은 역시 변태 군요!"

이런 상황에서도 입이 멋대로 움직인다.

"그러는 너도 방금 전에 팬티 보였다."

"아우웃?! 드, 듣던 대로 파렴치한 인간이군요! 역시 여기서 죽여 버려야겠어요!"

보고 싶어서 본 것도, 보이고 싶어서 보인 것도 아닌데 사람을 죽이려 드는 건 너무하지 않냐? 아니, 너 처음부터 날 죽이려고 들었잖아!

소녀가 옷소매를 걷어 올렸다. 드러난 소녀의 손은, 내 눈에는 인간의 것이 아닌 새의 날개로 보였다. 아니, 새의 날개다.

"일단 그 썩은 동태 눈깔부터 파드리겠어요!"

"내 눈이 초롱초롱하지는 않지만 썩은 동태 눈깔은 아니거든?!"

"말린 오징어 눈깔이군요!"

뭐가 다른 거냐, 뭐가!

뭐라고 할 말은 많았지만 내 말은 더 이상 듣고 싶지 않다는 듯이 소녀가 날개를 내려찍는다. 나는 요괴의 힘 앞에는 부질없다는 걸 알면서도 반사적으로 두 손을 머리 위로 들며 눈을 감았다. 아이고, 나 죽어. 이대로 어이없이 가는 거야? 하지만 아무리 기다려 보아도 끔찍한 일은 일어나지 않았다.

"……네놈은 어떻게 내 땅에서 성훈을 해하려 하느냐."

랑이다.

익숙하지만 뭔가 다른 느낌의 목소리에 눈을 뜬다. 눈앞에는 소녀의 날개를 한 손으로 받은 랑이가 서 있었다. 내 비명 소리를 듣고 급하게 달려왔는지, 위의 옷은 어디 가고 반바지만 입고 있었다. ……그런데 랑이가 왔는데 왜 이렇게 불안한 걸까. 아, 나는 그 이유를 알 것 같았다.

랑이가 진심으로 화나 있는 거다. 내게 등을 돌리고 있어서 얼굴은 보이지 않지만 꼬리가 부풀어진 채로 곤두서 있거나, 은빛과 같은 하얀색 머리카락이 요기에 휩쓸려 공중으로 풀풀 날리는 것을 보니까 얼굴을 안 봐도 알 수 있다. 무엇보다 그 요기를 정면으로 받고 있는 소녀의 얼굴이 새파랗게 질려가고 있다는 것이 그 확실한 이유다.

"비, 비키세요, 호랑이님. 저, 전 그 사람을……."

"닥치거라."

그 말 한 마디에 아무런 소리도 들리지 않게 되었다. 힘껏 지저귀던 산새도, 시원한 바람에 흔들리는 나뭇잎도, 계곡을 흘러가는 물도, 더 이상 아무 소리도 내지 않는다. 들리는 것은 이곳에 있는 한 명과 두 요괴의 숨소리뿐이다.

"감히, 감히 네까짓 것이 나의 성훈을 해하려 들고도 잘도 내 앞에서 그 입을 놀리고 있구나!"

랑이의 호령에 동조하듯 땅이 떨렸다. 그것뿐일까.

[————————————————————!!]

산천을 찢어발기는 듯한 포효에 세상이 무너지려고 한다. 물론, 나한테는 그저 호랑이가 '어흥, 잡아먹겠다~.' 하는 정도로밖에 와 닿지 않지만, 그건 어디까지나 나의 이야기.

"아, 아, 아우—."

랑이의 앞에 서 있던 소녀는 랑이의 포효에 다리에 힘이 풀렸는지, 털썩 주저앉아 부들부들 떨기 시작했다. 한겨울에 속옷 차림으로 밖에 나간 것같이 몸을 떨며, 이빨을 부딪치던 소녀에게서 갑자기 이상한 냄새가 나기 시작했다. 그러니까……. 화장실에서 자주 맡는 지린내다. 소녀의 치마 아래에서 노란 물줄기가 흙을 타고 흘러내려 랑이 쪽, 다시 말해 내쪽으로 오고 있다. 우왓. 이거 앉아 있을 때가 아니네. 나는 바지를 올리며 일어나서 일단 옆으로 자리를 피했다. 자연스럽게 랑이가 내 앞쪽으로 자리를 옮겼다. 그 행동에 잠시 정신을

찾은 듯한 소녀가 시선을 아래로 내리더니,

"······?!"

얼굴이 새빨개졌다. 여자애가 사람들 앞에서 오줌을 지리다니, 좀 불쌍해지는데? 하지만 랑이는 그런 생각이 안 드는지, 손을 호랑이의 것으로 변화시키며 높이 들어 올렸다.

"그 보잘것없는 목숨으로 죗값을 받아낼 것이니라!"

이 녀석, 진심이다. 죽일 생각이다. 야, 인마. 그렇다고 해서 죽이는 건 아니잖아? 넌 함무라비 법전밖에 모르냐? 거기다가,

"주, 죽이세요."

소녀도 그런 말을 하며 눈을 감았다. 어딜 봐도 죽는 것을 각오한 모습이다. 하지만 무서운 것은 어쩔 수 없는지 온몸을 부들부들 떨더니, 갑자기 고개를 푹 떨어뜨렸다. 랑이의 기운을 못 이기고 기절한 것같이 보인다.

말리자. 아무리 나를 죽이려고 했던 녀석이라고 해도 아직 어린애다. 그리고 무엇보다, 랑이 때문에 안심이 되자 **나는 저 아이에게 궁금한 것이 생겼다.**

나는 급히 뒤에서 랑이의 겨드랑이 사이에 손을 집어넣어 껴안으며 내 쪽으로 당겼다. ······이 녀석이 옷만 제대로 입고 있었어도 편하게 가슴 쪽을 껴안았을 텐데.

"우냐앗?!"

내게 잡힌 랑이가, 방금 전까지의 권위와 패기는 어디 갔는지 깜짝 놀라며 꼬리를 가랑이 사이로 빼서 배에 착 하고 달라붙였다. 어느새 손도 인간의 것으로 변해 있었다.

"뭐, 뭐하는 것이냐?"

"뭐하긴. 사람 하나 살리자는 거지."

사람이 아닌 요괴지만.

"왜 그래야 하느냐? 저것은 너를 해하려 했느니라!"

"그렇긴 하지만……."

흠. 랑이가 이해하기 쉬운 이유를 대자.

"불쌍하잖아? 그리고, 너도 그런 걸 좋아하는 건 아니고."

"하지만, 하지만."

랑이는 나와 기절한 소녀를 번갈아 본다. 그런 랑이의 머리에 턱을 올려놓으며 말한다.

"부탁이야, 랑이야. 네가 저 녀석을 죽이면 내가 곤란해져. 너는 내가 곤란해져도 좋아?"

"윽. 치사하느니라."

랑이가 뜨악하는 표정을 지으며 나를 올려다보다가 이내 고개를 숙였다.

"알겠느니라. 지아비의 뜻을 따르는 것이 지어미의 도리이니라."

누가 지아비고 누가 지어미냐, 라고 말해주고 싶지만 이번에는 넘어가주자.

"고마워."

나는 랑이를 내려놓고 그 머리를 쓱쓱 쓰다듬어 주었다. 랑이가 꼬리를 살랑거리며 기뻐한다. 자, 그럼 이제 어떻게 하지? 여기서는 뭘 어떻게 할 수도 없으니까 일단 집으로 데려가자. 일단 저 녀석이 정신을 잃은 것도 문제고.

"괜찮으신 것 같아서 다행입니다."

여전히 언제 왔는지 모를 세희가 내 오른쪽에서 말을 걸어왔다. 이제는 놀라기도 힘들다.

"아, 마침 잘 왔어."

"그 아이는 누구입니까?"

"아, 그게ㅡ."

설명을 하려는데 소녀를 한 번 훑어본 세희가 눈을 가늘게 뜨며 말했다.

"죄송합니다, 도련님. 설마 이렇게까지 욕구가 쌓이셨다고는 생각하지 못했습니다."

"그렇게 날 범죄자로 만들고 싶냐?"

"집으로 돌아가면 제가 상대해 드리겠으니 그 아이는 놓아주시지요."

도대체 무슨 생각을 하는 거냐. 세희가 더 이상 이상한 말을 하기 전에 재빠르고 간략하게 상황을 설명하기로 했다.

"저 아이가 갑자기 날 죽이려 들었다고."

세희가 나를 비웃었다.

"이 땅에서 도련님을 해치려 했단 말입니까? 거짓도 정도가 있습니다."

"내가 그런 일로 거짓말을 해서 뭐하냐?"

"⋯⋯잠시 실례하겠습니다."

세희는 그대로 단아하게 앉아 인간의 것으로 변한 소녀의 손목을 잡았다. 꼭 맥을 짚는 것같이 보인다. 잠시 그 손목을 잡고 있던 세희가 뭔가 마음에 안 드는지 얼굴을 찌푸렸다.

"사실이군요."

"난 아무 말도 안했는데."

"이 까치 요괴를 살펴보니 알 수 있었습니다."

"까치 요괴라는 것도 알 수 있냐?"

세희가 고개를 끄덕였다.

"무능하신 도련님과는 다르게, 저는 여러모로 유능하기 때문에 알 수 있습니다."

"그러면 유능하신 세희 님께서는 이 까치 요괴가 저를 습격하신 이유도 알고 계시겠네요?"

"짐작 가는 것이 너무 많아서 딱 집어 말할 수가 없군요."

"알고는 있다는 거냐?"

"아직 제 입으로 말씀드릴 생각은 없습니다."

그럴 줄 알았다. 그러면 일단 이 정체불명의 여자아이, 아니 까치 요괴를 줄여서 까치를 집으로 데려가서 직접 이야기를 들어보자.

하지만 까치를 집으로 데려가는 것은 시작부터 만만치 않았다. 누구보다 제일 먼저 반대한 것은, 믿기지는 않지만 만사태평으로 이름이 드높은 바둑이였다.

"안 돼요."

바둑이가 정색을 하고 말하는 것은 내게 있어서 처음 겪는, 정말로 신기한 일이었기에 조금 당황하고 말았다.

"도련님을 노린 나쁜 애예요. 여기서 냠해서 흔들흔들 하는 게 당연해요. 집에 데려간다는 건 정말 안 돼요."

무서운 말을 아무렇지 않게 하는 바둑이의 결의에 찬 시선에 나는 할 말을 잃고 랑이에게 시선을 돌렸다.

"……사실 나도 그리 생각하느니라."

브루투스에게 배신당한 시저의 심정이 이렇지는 않겠지. 랑이는 내 눈치를 살살 살피면서도 자신의 의견을 말했다.

"이것은 내 땅에서 네 목숨을 노렸느니라. 그런 것을 집으로 데려가다니, 나도 이건 양보 못 하느니라!"

두 소녀의 "우리들은 결사반대이니라, 에요." 시선을 한 몸에 받으니 곤란하기 짝이 없다. 나는 일말의 기대도 하지 않고 세희 쪽을 보았다.

"집에 가지고 가시면 점심 반찬으로 올려드리겠습니다."

기대를 안 하니 실망할 것도 없다.

랑이들의 의견이 옳다는 건 알고 있다. 어찌되었건 이 아이가 내 목숨을 노렸다는 것은 사실이고, 실제로 난 죽을 뻔했다. 이 녀석의 실수와 날 살려준 랑이가 없었다면 정말로 죽었을 것이다. 그런 위험한 녀석을 집으로 데려간다, 라는 말을 하고 있는 내가 이상한 거다. 그게 이성적인 판단이다.

하지만, 나는 궁금하다. 어째서 이 아이가 내 목숨을 노리게 되었는지 말이야. 그 이유를 알아야 한다. 그래야만…… 아니, 그건 일단 됐고.

"그래도 데려가야 돼."

"성훈아!"

랑이가 내 다리에 달라붙어서 바지를 잡아 잡아당긴다. 야, 하지 마라. 내려가겠다.

"혹시라도, 정말 만약에 이것을 집으로 데려갔는데 네가 상처 하나라도 입는다면 난 엉엉 울지도 모르느니라!"

협박이냐.

"난 그런 일이 절대로 일어나지 않을 거라고 자신 있게 말할 수 있어. 네가 아까처럼 지켜줄 테니까."

"……우."

랑이가 할 말을 잃고 볼을 부풀리며 나를 올려다본다. 너도 그럴 자신이 있어서 부정은 못 하겠지? 하지만 그 시선은 여러 가지 의미로 내 마음을 쿡쿡 찌른다. 랑이에게 미안한 기분이 들어서 고개를 돌려 세희를 보며 말했다.

"무엇보다 신경 쓰이는 일이 있어. 알고 있는 녀석은 말을 안 해주니 내가 직접 알아봐야지."

세희가 옅은 미소를 지었다. 그 미소가 나를 칭찬해 주는 것 같아서 아주 약간, 기분이 좋아졌다.

"알겠습니다, 도련님."

자신의 든든한 아군이 갑자기 최악의 적이 되었다는 사실에 랑이가 깜짝 놀랐다.

"으냐?! 세희야? 왜 그러느냐?!"

"도련님께서 생각하시는 바가 있으신 것 같습니다, 주인님. 이럴 때는 지아비의 체면을 세워주시는 것이 지어미의 도리라 생각합니다."

"우─읏."

랑이가 지어미라는 말에 고민하기 시작한다. 단어의 선택이 올바르지는 않지만, 어찌되었건 랑이를 설득시켜 주는 건 고맙다. 그래도 다른 방법은 없었다.

"알겠느니라. 바둑아, 너도 발톱을 거두거라."

"……알겠어요, 주인님."

겨우 그렇게 해서 까치는 목숨을 구할 수 있었다. 정작 자신은 정신을 잃어서 모르고 있지만.

그런데 말이다. 아무리 모르고 있다고 해도 겨우 구한 목숨을 함부로 버리려는 건 아니지 않냐?

방으로 옮긴 까치가 정신이 들고 나서 한 행동은 육탄 돌격이었다. 가슴이 큰 누님의 돌격이라면 나름대로 못 이기는 척받아줄 수 있겠지만, 손을 새의 날개로 만들어서 죽이려고 달려드는 소녀라니. 미안, 무리다.

내가 아니라 랑이가 말이야.

"이것이!!"

놀라서 멍하니 있던 내 앞을 랑이가 대노하며 가로막고, 어느새 호랑이의 것으로 변한 손을 한 번 휘둘렀다. 까치가 방문을 부수며 마당으로 굴러떨어졌다.

내 목숨을 다시 한 번 지켜준 랑이는 크게 으르렁거려 다시한 번 천지를 진동시켰다. 지금이라도 당장 저 아이를 죽이기위해 달려들 것만 같다.

아니, 이미 랑이보다 먼저 움직인 사람이 있었다. 바둑이다. 바둑이는 인간의 모습으로 네 발로 바닥에 낮게 웅크려, 생전처음 보는 사나운 표정으로 날카로운 이빨을 드러내며 까치의뒤로 돌아가 퇴로를 막고 있었다. 내가 여기서 물어! 라고 말하면 당장 그 아이의 숨통을 끊을 것 같은 기세다. 아니, 내 말이 없어도 끊을 기세다. 말리자. 이래서야 집에 데려온 이유가 없다.

성큼성큼, 내가 보기에는 종종걸음으로 방을 나서는 랑이의 뒤에서 겨드랑이 사이에 두 팔을 집어넣고 가슴을 껴안아 내 쪽으로 들어 올려서, 슬쩍 몸을 하늘로 띄운 다음 그 통통한 허리를 껴안았다.

"우에?"

진지한 모습은 3초 이상 지속되지 않는다는 듯, 이상한 소리를 내며 내 품에 쏙 안겨서 몸을 굽힌다. 갑작스런 내 행동에 당황해서 나를 올려다보던 랑이는 뭔가 곰곰이 생각하다가 꼬리를 쭈욱 뻗었다. 오, 눈치챘냐?

"앗?! 설마 또 살려두라는 것이냐?"

"그 설마다."

'우리 랑이 착하지, 착하지, 내 말 들으렴.' 이라고 말을 이으며 좋은 향기가 나는 랑이의 머리에 볼을 비빈다.

"에헤헤, 네 마음대로……가 아니니라!"

첫. 안 넘어가네.

"무슨 수를 썼는지는 모르겠지만 나의 영토에서 너의 목숨을 두 번이나 노린 것이니라! 그것도 이번에는 내가 바로 네 옆에 있는데 말이다! 나는 저것이 살아있는 것을 허락하지 않노라!!"

[━━━━━━━━━━━━━━━━━━━!!]

이번에는 말려도 듣지 않겠다는 듯, 내가 지금까지 들었던 그 어떤 것보다 커다란 포효를 내지른다.

그것에 집 안은 말 그대로 혼비백산. 까치의 경우, 이를 악물면서 버티려고 하지만 몸은 정직한지, 뒤에 자기를 향해 이빨을 드러내고 있는 바둑이가 보이지도 않는다는 듯 엉덩이를 질질 끌며 뒤로 도망친다. 바둑이는 까치가 가까워지는 것에 신경도 못 쓰며 랑이의 기세에 눌리지 않기 위해 털을 부풀렸고, 그 세희조차도 긴장한 모습이 역력하다. 그리고 그 포효를 가장 가까운 곳에서 듣고 있는 나는……

그런 모두를 관찰할 수 있을 정도로 느긋하다. 이대로 있다가는 심심해서 하품까지 나올 것 같다. 내가 이상한 게 아니다. 상식적으로 생각해봐라. **랑이가 아무리 화가 났다 해도, 내 털끝 하나 건드릴 짓을 할 리가 없다는 건 상식 중의 상식이다.** 거기다 지금 랑이는 나한테 들려 있는 모습이라고. 이런 자세로 화를 내봤자 전혀 안 무섭다. 그래서 유일하게 혼자 태평한 내가 랑이를 말려야만 했다.

"야 인마. 일단 진정해라."

"크아아앙!!"

무시당했습니다.

"랑이야?"

"크앙! 크아앙!"

성난 고양이 같네. 이 녀석, 말로는 티끌도 안 먹힐 것 같다. 쳇. 어쩔 수 없지.

"내 말 좀 들어줘."

고개를 숙여 랑이의 뺨에 살짝 입을 맞춘다. 별다른 뜻이 있는 건 아니고 랑이를 진정시키기 위해서다. 애들은 스킨십을 하면 기분이 안정되니까. 봐라. 방금 전까지만 해도 내가 놓아주기만 하면 날뛸 만반의 준비를 마친 랑이가 깜짝 놀라더니 나를 돌아보잖아. 나는 당황한 랑이에게 미소를 지어줬다. 팔을 들어 자신의 뺨에 손가락을 댄 랑이가 얼굴을 확 붉히더니, 갑자기 고개를 반대쪽으로 획 돌렸다. 왜 그러나 했는데, 슬쩍 반대쪽 뺨을 손가락으로 톡톡 두드리는 걸 보니 그 이유를 알겠다. 정말 욕심 많은 호랑이님이시다. 나는 그쪽 뺨에도 살짝 입을 맞춰줬다.

"……."

어쭈? 이제는 자기 입술을 손가락으로 누른다. 야. 이런 자세로는 입술은 무리라고. 그 대신이라고 할까. 나는 랑이의 배를 꼬집었다.

"아얏!"

"정도껏 해."

사람들 보는 앞에서 도대체 무슨 짓을 하라는 거야?

"……우. 하지만 너무너무 화나느니라. 도대체 성훈은 왜 저런 아해를 살려두라는 것이냐?"

랑이의 질문에 대답한 건 평소의 모습으로 돌아온 세희였다.

"로리콘이기 때문입니다."

랑이의 꼬리가 내 허리를 휘감았다.

"설마 저것이 마음에 든 것이냐?! 무엇이……."

랑이는 말을 멈추고, 까치를 쭈욱 훑어보더니 가슴에서 시선을 멈췄다.

"반대, 반대다! 절대 반대이니라!"

랑이가 경악하며 몸을 바둥거렸다. ……야, 이 자식아. 넌 도대체 날 어떻게 생각하는 거야?

"네가 생각하는 그런 게 아니야."

"그럼 무엇 때문에 그러느냐?!"

이유야 많지. 네가 누군가를 죽이는 게 싫은 것이 첫 번째. 살인에 대한 거부감이 있는 것이 두 번째. 마지막으로 저 요괴 소녀에게 궁금한 게 있는 것이 세 번째다. 그래. 이런 말을 하는 것 자체가 웃기지만, 나는 난생처음 보는 요괴가 문답 무용으로 죽이려 들 정도의 짓을 한 기억이 없다. 생애 최초로 본 요괴가 세희, 아니, 바둑이었으니까. 그런데 난생처음 보는 요괴가 갑자기 내 목숨을 노렸다. 그것도 두 번이나. **이번에는 랑이가 내 옆에 있기 때문에 실패할 게 뻔한데 말이다.**

뭔가가 있다. 나도 그 정도는 알 수 있다.

그렇다고 랑이에게 이런 이야기를 해줄 수 있겠냐. 그래서 나는 첫 번째 이유만을 말했다.

"난 우리 귀엽고 사랑스러운 랑이가 나 때문에 그런 짓을 하는 걸 보고 싶지 않아."

재수 없다. 지금 한 말을 녹음한 다음 나중에 들려주면 사약을 이온음료 마시듯 벌컥벌컥 마실 자신이 있다. 그래도 다행인 것은 이런 말이 랑이에게 통한 것 같다는 것이다. 랑이는 볼에 홍조를 띠고 손가락을 꼼지락거리며 내 손을 툭툭 쳤다. 놓아달라는 뜻이다. 나는 랑이를 놓아주고 마루에 걸터앉아서

74
나와 호랑이님 2

내 무릎을 탁탁 쳤다. 랑이가 쪼르르 달려와 내 무릎에 걸터앉으며 말했다.

"그렇게까지 말하면 어쩔 수 없느니라."

랑이의 기백이 사라지자 까치도 어느 정도 안정을 찾았는지, 자신이 등을 대고 있던 것이 이빨을 드러낸 바둑이라는 것을 깨닫고,

"아우우?!"

깜짝 놀란 듯 귀 위 머리를 파닥인다. 이제 알겠군. 이 녀석은 뭔가 놀라거나 당황하게 되면 머리카락을 움직이는 것 같다. 신기할 만하지만 랑이의 물음표를 본 이후라 큰 감흥은 없다.

당황하고 있는 까치에게 랑이가 말했다.

"네 이것! 낭군님의 넓은 마음에 감복하여 더 이상 어리석은 짓을 하지 않는다고 네 이름을 걸고 맹세하면, 그 버러지만도 못한 목숨을 해치지 않겠노라!"

랑이가 내 무릎 위에 앉아 있는 부끄러운 자세로 위엄 넘치는 호통을 치자…… 어? 갑자기 까치의 분위기가 달라졌다. 방금 전까지 겁먹었던 그 모습은 어디로 사라졌는지, 커다란 두 눈을 부릅뜨고 주먹을 불끈 쥐며 떨리는 작은 입술로 당당하게 외친 것이다.

"상관없는 거예요! 저를 죽이신다 해도 상관없어요! 아니, 죽이세요!! **어차피 저나 저 인간이나 누구 하나는 죽어야 하니까요!**"

그 말을 듣는 순간 정말 상쾌하게 이성이 날아갔다. 뭐, 인

마? 어차피 누구 하나는 죽어야 된다고? 그게 어린애가 할 말이냐? 요즘 애들은 도대체 사람 목숨을 뭐라고 생각하는 거야? 죽어도 15초 후면 다시 살아난다고 생각하는 거냐? 이놈이고 저놈이고!!

"······성훈아?"

화가 치밀어 오른다. 왜 그런지 모르겠지만 나를 휘둥그레진 눈으로 올려다보는 랑이의 허리를 안아서 내 옆에 내려놓고, 마당으로 내려가며 바둑이에게 말했다.

"그 녀석이 딴짓 못하게 잡고 있어. 할 수 있지?"

"예, 도련님."

바둑이가 까치를 뒤에서 끌어안는다.

"이, 이거 놔요! 무슨 짓이에요?!"

까치는 바동바동거리면서도 쉽사리 바둑이의 손을 풀지 못했다. 그런 상태로 나를 똑바로 올려다보는 까치에게, 나는 손을 최대한 들어 올려 과장되게 큰 동작으로 그 머리에 꿀밤을 먹였다. 진심이라 많이 아플 거다.

"아우욱!!"

"어린애가 그런 말 하는 거 아니야!"

"아우우? 당신이 그게 무슨 상관인가요?! 어따 대고 큰소리예요?!"

그러네? 확실히 이 녀석하고 만난 건 오늘이 처음이고, 그 첫 만남도 그리 유쾌하지 않았다. 살인 미수자와 피해자. 내가 이 녀석을 위해 화를 내줄 이유는 없다. 그런데 말이야.

나는 바로 어제, 내 눈앞에서 나 때문에 죽으려고 했던 바보 녀석을 알고 있다. 제멋대로 나를 위해서 목숨을 포기하려 했던 녀석이 바로 내 등 뒤에 있다.

그게 바로 어제의 일이다. 그 상처가 아물지도 않았는데, 내 눈앞에서 대놓고 목숨을 포기하고 죽으려 드는 녀석이 있다. 그런데 내가 가만히 놔둘 수 있겠어?!

……물론 이런 이야기는 부끄러워서 말 못 하지만.

그런데, 그 부끄러운 이야기의 주인공이,

"네 이것! 너는 은혜도 모르느냐? 생명의 은인에게 그 무슨 말버릇이느냐! 내 너를 벌하는 것으로 끝내지 않고, 삼대를 엄히 다스리겠느니라!"

부끄러운 줄도 모르고 큰 소리로 호통을 치며 이쪽으로 걸어왔다. 그 말에 까치의 안색이 새파랗게 질렸다. 바둑이가 잡고 있지 않았다면 절이라도 할 기세로 고개를 흔들며 절박하게 외쳤다.

"아, 아우우! 그러지 마세요! 그러면 나쁜 거예요! 부모님은 아무런 잘못도 없어요! 죽이려면 저만 죽이면 되는 거예요! 제발, 제발 그래 주세요!"

……요 꼬맹이 녀석들이 내 앞에서 대하 막장 사극을 찍고 있네.

가만히 놔두다가는 죽이니, 사니, 눈물 없이는 볼 수 없는 신파극까지 찍을 기세라 나는 두 꼬마 녀석들의 머리에 사이 좋게 꿀밤을 먹여줬다.

"아얏!"

"아웃!"

나는 랑이의 억울함이 가득한 시선을 슬쩍 넘기며, 허리를 숙여 까치와 눈높이를 맞추며 말했다.

　"그건 됐고. 너 이름이 뭐냐?"

　까치가 고개를 휙 돌리며 퉁명스럽게 말했다.

　"당신한테 알려줄 이름 같은 건 없는 거예요."

　그러십니까. 사실 나도 네 이름 같은 건 별로 궁금하지 않았다.

　"그렇다면 지금부터 널 까치라고 부른다."

　그 말에 까치가 깜짝 놀라 머리카락을 파닥이며 소리쳤다.

　"제 이름을 어떻게 아셨어요?!"

　나는 잠시 할 말을 잃었다. 이름이 까치라니. 너희 부모님의 이름 짓는 센스도 최고다.

　"……어쨌든, 내 이름은 성훈이다. 강성훈."

　"알고 싶지 않아요."

　예의 없는 꼬맹이일세. 하지만 지금은 어른의 관대함을 보여주자.

　"아, 그러냐? 그럼 내가 잘못했다."

　내가 사과를 할 줄은 몰랐는지 적의로 가득 차 있던 까치의 눈동자가 살짝 흔들렸다. 후후후, 이것이 어른의 여유라는 것이다.

　"그런데 말이야. 너는 왜 날 죽이려 드는 거냐?"

　까치가 오히려 내게 반문했다.

　"그런 것도 모르는 거예요? 그건 상식 아닌가요? 바보네요."

　"그딴 상식이 어디 있어?"

"저희들에게는 상식인 거예요."

요괴들의 상식을 나한테 강요하지 마라. 거기다, 봐라. 여기에 있는 요괴들 중에서 그런 상식을 알고 있는 건 아무도 없……지 않았다. 기대도 하지 않은 랑이와 바둑이는 내 예상대로 저게 무슨 소리인가 하고 고개를 갸우뚱거리며 의아해하고 있었지만, 세희만은 미소를 짓고 있었다. 나와 시선이 마주치자 세희가 고개를 돌린다.

이 자식. 알고 있다. 계속 시선을 피하는 꼴을 보니 나한테 말해줄 생각은 없는 것 같지만. 하긴, 말하려고 했으면 진작 말했을 거다. 자기가 하고 싶은 말은 누가 뭐래도 이야기 사이에 끼어들어 주절주절 잘 떠드는 녀석이니까. 결국, 세희의 설명은 포기하고 내가 직접 까치에게 이야기를 들어야 한다는 말이군.

"내가 원래 상식하고 담 쌓고 사는 놈이니까 설명 좀 해봐."

"싫어요. 제가 왜 그런 짓을 해요?"

까치가 사람 속을 긁는 소리를 하며 혀를 빼 하고 내민다. 네가 네 무덤을 팠구나. 좋게 좋게 말할 때 대답해주지 않으니 나도 강경 수단을 쓸 수밖에. 날 원망하지 마라.

나는 허리를 펴며 랑이를 보았다. 조금 전부터 나한테 꼬박꼬박 말대꾸를 하는 까치가 영 마음에 들지 않는지 눈살을 찌푸리고 있다. 나는 랑이의 포동포동한 엉덩이를 툭 두드렸다. 랑이가 고개를 들어 나를 본다. 나는 랑이의 귀에 속삭였다.

"살짝 겁 좀 줘라."

랑이가 고개를 끄덕였다. 그와 동시에,

"크아아앙!! 말 안하느냐?!"

포효하며 두 손을 호랑이의 그것으로 변화시켰다. 한 번 휘두르는 것으로도 바람이 일어 까치의 머리가 펄럭거린다.

"꺄우우우!! 혀, 협박인가요?! 그, 그런다고 제가……."

다시 한 번 툭.

"삼족을 몽땅 냠냠하겠느니라!!"

참으로 무서운 협박이다.

"마, 말하면 되잖아요!"

부들부들 떨며 살려달라고 온몸으로 말하는 까치를 보고 겁주는 것에 재미가 들렸는지 랑이가 눈을 반짝반짝, 귀여운 콧김을 흥 하고 내쉬며 까치에게 달려들려고 한다. 어이쿠, 그러다가 까치 한 마리 잡겠다.

나는 막 도약하려는 랑이의 머리를 쓰다듬는 척, 실제로는 아래로 누르며 말했다.

"그 정도면 됐어."

"으냐?"

그게 무슨 소리냐고 나를 올려다보다가,

"……에헤헤."

머쓱한 웃음을 지으며 뒷머리를 긁적인다. 그 모습에 눈치 챘다. 이 녀석, 내 말 까먹었구만?

"조련사 다 되셨군요."

시끄럽다, 너. 이렇게 된 이유가 너 때문이라는 걸 알긴 아냐?

하지만 지금은 세희와 말다툼을 하는 것보다, 까치의 이야기를 듣는 게 먼저다. 마당에서 이야기를 하는 것은 뭐하니까 일단 방으로 돌아가자. 바둑이보고 언제까지 까치를 잡고 있으라고 할 수 있는 것도 아니고 말이야.

"그럼 그 이야기는 방 안에서 듣자."

나는 안방으로 들어가려다가,

"……너 뭐하냐?"

까치를 붙잡은 채 뒤뚱뒤뚱 걸음을 옮기고 있는 바둑이에게 말을 걸었다. 마치 펭귄이 걷는 것같이 보여 웃음이 나오려고 한다.

"붙잡아 둬야 하니까요."

"아니, 그럴 필요가 있냐?"

"이것은 지금도 도련님에 대한 살의를 거두지 않았어요."

바둑이의 말에 나는 내 생각이 얕았다는 것을 깨달았다. 랑이의 위협이 사라진 지금. 까치는 방금 전에 벌벌 떨었다는 것이 거짓말이라는 듯, 요괴는 시선만으로 인간을 죽일 수 있을지에 대한 실험을 열심히 하고 있었다.

되겠냐, 이 자식아.

"야."

"제 이름은 까치라는 거 알고 있잖아요."

"내 이름은 성훈이다."

"인간 따위는 당신으로 족한 거예요."

그렇게 말하면서도 계속 존댓말을 쓰고 있다는 걸 깨닫지 못하고 있는 건가, 이 녀석.

"그럴 거면 반말을 하던가."

"이건 제 말투인 거예요. 고칠 생각은 없는 거예요."

마음대로 해라. 지금 중요한 건 그게 아니니까.

"그래서, 까치야."

내가 져주자 까치가 의기양양하게 미소를 지으며 말했다.

"왜 그러나요."

"일단 집 안에서는 평화 조약, 휴전 협정을 맺는 게 어떠냐?"

까치는 자신이 아직 어린아이라는 것을 온몸으로 표현했다. 곧, 내 말이 무슨 뜻인지를 고민하기 시작했다.

"우리 집에서 날 죽이려 드는 짓은 하지 말라는 뜻이야. 우리들도 널 해치지 않을 테니까."

"오, 오해하지 마세요! 저도 알고 있는 거예요! 전 당신이 왜 그런 말을 하는지 생각하고 있었던 거라고요!"

오해해서 미안하다.

"그런데 제가 왜 그래야 하는데요?!"

랑이의 눈이 다시 번뜩인다. 밝은 대낮에 눈이 번쩍이다니 신기하네. 나는 랑이의 눈을 내 손으로 덮으며 잠시 생각해 보았다.

흠. 아까의 반응을 생각해보면 가족들을 걸고 넘어가면 내 말을 들어줄 것 같지만, 어린애를 상대로 협박이라니 못할 짓이지. 내가 악당도 아니고. 그 방법은 마지막까지 미뤄두자.

아직 방법은 남아 있으니까.

먼저 부탁.

"부탁이다."

"싫어요."

회유.

"사탕 줄게."

"저, 전 어린애가 아닌 거예요!"

그렇게 말은 하지만, 까치의 귀 위 머리가 요란하게 펄럭이기 시작했다. 말은 저렇게 하지만 먹고 싶기는 한 것 같다. 나는 뒤를 돌아 세희를 보았다. 세희는 내 시선이 뭘 의미하는지 눈치채고는 한숨을 쉬며 소매에서 오렌지 맛 사탕을 꺼내서 내게 건네주었다. 나는 사탕 껍질을 벗기고 까치에게 말했다.

"아."

"아ㅡ."

아무것도 모르고 일단 입을 벌린 까치의 입에 사탕을 넣어준다. 행복한 얼굴로 귀 위 머리를 파닥이며 사탕을 혀로 굴리던 까치가, 앗! 하고 자신이 한 짓을 깨닫고 얼굴을 붉히며 소리쳤다.

"이, 이건 아니에요!"

"그래, 아니다."

뭐가 아닌지는 모르겠지만 어린애한테 사탕 하나 주는 것 가지고 생색내고 싶지는 않다. 까치는 자기도 모르게 사탕을 받아먹었다는 것이 부끄러웠는지, 사탕을 이빨로 깨서 순식간에 녹여 먹었다. 다행히 뱉지는 않는구나.

자, 그럼 마지막으로 협상을 해볼까.

"그러면 뭐 가지고 싶은 거 없니?"

"당신 목숨이요."

협상은 순식간에 결렬된 것 같다. 그것도,

"이것이!!"

패왕 랑이의 화를 돋우는 형식으로.

"아우웃!"

겁먹은 까치에게 나서려는 랑이의 손목을 잡아 말리며 고개를 저었다. 모든 것을 힘으로 해결해서야, 결국 랑이에게도 좋지 않다. 랑이는 내 만류에 볼을 빵빵하게 부풀리면서도 내 뜻을 존중해 줬는지, 슬쩍 한 발 뒤로 물러나 내 허리를 껴안았다. 나름대로 불만의 표시인 것 같다. 그래 봤자 귀여워서 효과가 없다고. 나는 그 볼을 쿡 찔러봤다.

"푸—."

바람 새는 소리가 귀엽다. 아니, 지금 랑이하고 놀 때가 아니지.

"음……."

머리를 굴려본다. 이 녀석이 내 말을 듣게 만들 거리가 어디 없나? 역시 매를 들어야 하나? 이왕이면 평화롭게 하고 싶은데. 그런데 내가 이 녀석에 대해 아는 게 있어야지. 내가 조류에 관심이 있는 것도 아니고 말이야. 까치에 대해 내가 아는 것이라곤 아침에 지저귀면 반가운 손님이 찾아온다는 설화와 어렸을 때 읽은 전래 동화밖에 없다.

……음?

"이런 건 어떨까?"

"제가 당신의 말을 들을 이유는 없는 거예요."

"난 랑이한테서 네 목숨을 두 번이나 구해줬는데도?"

"─아욱."

반응이 있다. 까치는 몸을 움찔 떨며 귀 위 머리를 축 늘어뜨리며 내 시선을 피했다. 현실 도피에 열심이지만, 나는 봐줄 생각이 없다.

"와, 실망이다. 은혜 갚은 까치라는 것도 사실 거짓말 아니야?"

"아우우! 아니에요! 아니라고요!"

까치가 눈을 부릅뜨며 내게 소리쳤다. 왜 그렇게 화를 내는 거야?

"알았어요. 들어주면 되는 거잖아요, 들어주면! 집 안에 있을 때는 당신을 해하지 않기로 **제 이름을 걸고** 약속해요. 됐죠?!"

"약속이다?"

까치가 고개를 끄덕였다.

"저는 치사하고 거짓말쟁이인 당신 같지 않아서 한 번 한 약속은 반드시 지키는 거예요."

이 녀석도 세희만큼 배배 꼬인 성격인 것 같다. 휴우. 세상에 랑이나 바둑이 같은 애들만 있으면…… 세상이 난리가 나겠군. 끔찍한 일이다.

랑이가 해맑게 웃으며 바둑이를 발로 차는 세상을 상상하고 있자니.

"하지만 그건 이 집 안에서만 그런 거예요. 밖에 나가면 전 무슨 일이 있어도 당신의 목숨을 노릴 거예요. 절대로요."

까치가 나는 생각하지도 못한 말을 꺼내며 선수를 쳐왔다.

아, 그런 방법이 있었네.

"알았어."

그래도 일단 집 안에서의 안전은 확보했으니까, 그거로 만족하자.

"바둑아, 놓아줘도 돼."

"알겠어요, 도련님."

까치는 바둑이가 손을 놓자마자 잽싸게 거리를 벌리고 불안한 눈초리로 바둑이를 한 번 노려보더니, 내가 방으로 걸음을 옮기자 잽싸게 내 뒤를 따라왔다.

랑이의 매서운 눈초리를 한 몸에 받으며 말이야.

"쿠울—."

바둑이는 까치가 자신의 이름까지 걸고 약속했다는 것에 안심을 했는지, 그늘에 몸을 뻗고 엎어져서 잠을 자기 시작했다. 방금 전까지 있었던 일은 신경도 안 쓰이는 거냐? 저런 태평함은 정말 부럽다. 랑이는 내 무릎에 앉아서 매서운 눈으로 까치를 노려보고 있었고, 세희는 까치와 내 옆에 앉았다. 내 맞은편에 앉은 까치는 랑이의 눈치를 살피면서 슬금슬금 이야기를 털어놓았다.

숨어 지내는 요괴들의 귀에 소문이 돌기 시작한 것은 5일 전의 이야기다. 그 소문은, 서울에서 내려온 한 놈팡이 쓰레기 로리콘 페도필리아 만년 발정한 수캐와 같은 사기꾼 인간이 자신들의 주인이며 요괴들의 세상을 열게 할 호랑이님을 속여서 자신의 노리개로 삼았다는 것이었다.

나는 손을 들어 까치의 말을 끊었다.

"놈팡이 쓰레기 로리콘 페도필리아 만년 발정한 수캐와 같은 사기꾼 인간이 자신들의 주인이며 요괴들의 세상을 열게 할 호랑이님을 속여서 자신의 노리개로 삼았다는데, 그 인간이 도대체 누구냐."

까치의 머리카락이 나를 가리킨다. 저런 용도로도 사용될 수 있다는 걸 이런 식으로 알고 싶지는 않았다.

"당신인 거예요."

뿌득, 이빨이 갈렸다.

"그 소문 누가 냈냐."

"모르는 거예요."

누군지 모르겠지만 잡히기만 해봐라. 내 분노를 보여주마. 그리고 세희. 넌 뭐가 그리 좋아서 웃고 있냐? 내가 그런 취급을 당하는 게 즐겁냐?

"그럼 계속 이야기하는 거예요."

"그래."

까치가 이야기를 계속 이었다.

그 소문을 들은 요괴들은 발칵 뒤집혔다. 이제야 호랑이님의 봉인이 풀려 자신들이 숨어 지내야 했던 인간들의 시대가 막을 내리고, 마음껏 활개 칠 수 있는 요괴들의 시대가 열리게 될 예정이었는데, 그런 인간 나부랭이가 감언이설로 호랑이님을 꾀어 자신의 노리개로 삼은 것이다. 요괴들의 분노가 하늘을 찌르는 것도 이상한 일이 아니었다. 요괴들은 아직 순진하신 호랑이님 대신, 사악하고 흉악한 간계로 이름이 높으신 세희 님에게 도대체 어떻게 된 일인지 물어보려고 은신처에서 벗어나 지리산으로 모여들었다.

"그렇다는데?"

"무슨 문제라도 있습니까?"

세희가 너무 대범해서 멋져 보인다.

그 때. 호랑이님의 포효가 산천에 울러 퍼졌다. 그것은 그 누구라 할지라도 자신을 귀찮게 구는 것이 있다면 엄히 다스리겠다는 경고였다. 그 때 내가 느낀 것은 기분 탓이 아니었던 것이다. 그렇게 요괴들이 이러지도 저러지도 못하고 전전긍긍하고 있을 때. 그러니까, 바로 어제. 랑이가 자신의 굴로 돌아가 누구도 방해하지 말라고 포효한 뒤, 억지로 봉인을 깨려고 했던 것에 요괴들의 불안감이 폭주했다고 한다. 다행히 봉인을 깨는 것은 도중에 멈추었지만, 요괴들은 궁금해했다. 도대체 왜, 몇 년만 더 있으면 스스로 깨질 봉인을 호랑이님이 억지로 깨려고 했을까. 그리고 어제 저녁. 내가 랑이의 봉인을 억지로 풀게 만들었다는 소문이 삽시간에 퍼졌다.

……틀린 말은 아니지만 나는 랑이가 그런 짓을 하는 걸 원한 적이 없다고.

"그래서 당신은 요괴의 공적인 거예요. 당신만 없으면 곧 호랑이님의 봉인이 풀려서, 우리들의 시대가 오는데 그 세 치 혀로 호랑이님을 속였으니까요."

"잠깐만."

다시 한 번 까치의 말을 끊는다.

세희가 나한테만 봉인에 대한 진실을 말한 것은 알고 있다. 하지만 내가 랑이를 속였다는 것도, 랑이의 봉인을 일부러 풀려고 했다는 것도 사실과는 다르다. 어째서 그런 소문이 난 건지 모르겠다.

나는 이 일에 대해 상담할 수 있는 유일한 사람인 세희 쪽으로 시선을 돌렸다. 이게 무슨 소리인지 물어보려고 했지만, 세희가 먼저 선수를 쳤다.

"따로 자리를 마련하여 사정을 말씀드리겠습니다. 지금은 일단 저것의 이야기를 들으시지요."

그 말에 머릿속에서 한 가지 가설, 아니 확신이 들었다.

너, 좀 이따 보자.

"그래. 아, 미안. 계속 이야기해줘."

"그래서 어제, 한 분이 저를 찾아왔어요. 당신을 죽여 달라고요. 당신을 죽이거나, 혹은 실패한다 하더라도 제 가족들을 평생 돌봐준다는 약속과 함께요. 하늘이 점지해준 이름을 걸고 한 약속이었어요."

"그래서 나를 죽이려 들었다?"

까치가 뭔가 불만인 듯 뚱한 표정으로 고개를 돌리더니 머리카락을 펄럭였다.

"사실 이런 이야기까지 해줄 필요는 없지만, 원치 않게 목숨을 두 번이나 빚졌으니까 어쩔 수 없이 말해준 거예요. 이거로 쌤쌤이에요."

묘하게 철저한 녀석이다. 하지만 내 목숨 값이 세희도 알고 있는 소문 정도라는 게 슬프다. 그래도 까치가 내 목숨을 노리는 이유와, 왜 죽는 걸 두려워하지 않았는지 알게 되었으니까 이 정도로 만족하자.

"알았어. 이거로 끝이다. 그래도 집 안에 있을 때는 날 노리지 않는 거지?"

내 말에 까치가 기분이 상했는지 인상을 팍 쓰며 말했다.

"저는 당신하고는 다르게 약속을 지키는 착한 요괴인 거예요!"

누가 들으면 내가 입만 열면 거짓말밖에 안 하는 사기꾼으로 생각하겠다.

"알았어."

이제 필요한 건 생각을 정리할 시간이다.

턱을 괴고 까치가 한 말을 다시 한 번 되새기고 있는데, 뭔가가 내 옆구리를 툭툭 친다. 랑이의 꼬리다. 랑이는 기분이 상당히 나쁜지 눈썹을 치켜 올리고 미간에 주름을 만들며 까치를 노려본 채 꼬리만으로 내 주의를 자기한테 돌리고 있다. 그 사나운 눈총을 한 몸에 받고 있는 까치는…… 무릎을 꿇고 앉아 있는 상태로 슬금슬금 뒤로 물러나는 묘기를 선보이고 있었다. 그러면서도 태연한 척하는 게 불쌍해 보인다.

"왜 그래?"

랑이가 두 눈에 불평불만이라고 쓰며 내게 시선을 돌렸다.

"결국 저것의 말은 네가 나쁜 놈이라는 소문이 돌고 있다는 것이 아니냐?"

"그렇지."

"ㅇㅇㅇㅇㅇㅇㅇㅇㅇㅇ."

폭발할 것 같은 모습이기에 나는 랑이의 머리에 툭, 턱을 올려놓으며 진정시켰다.

　"난 그런 소문 신경 안 쓴다. 너희들만 알아주면 되니까."

　오해하지 마라. 다른 요괴들하고는 알고 지내기 싫다는 말일 뿐이니까.

　내 말에 랑이는 화를 가라앉히는 것 같더니, 다시 원래대로 돌아갔다.

　"그래도 난 그런 소문이 도는 게 마음에 들지 않느니라! **그 문제는 내가 어떻게든 하겠느니라!**"

　믿음이 안 가는 말씀을 하고 계십니다.

　"괜찮다니까."

　"내가 싫으니라! 성훈은 안 나쁘다! 안 나쁘단 말이다! 왜 그런 오해를 받고 나쁜 짓까지 당해야 하느냐?!"

　완전히 자기가 좋아하는 여자애를 몰래 욕하는 걸 들은, 남자애 같은 모습이다. 그게 조금 기분이 좋았다. 길길이 날뛰던 랑이가 이상한 소리를 해서 금방 사라지고 말았지만.

　"아! 그리하면 되겠구나?!"

　랑이가 얼굴에 꽃을 피우며 나를 올려다본다. 뭔가 좋은 생각이라도 났나 보다.

　"뭔데?"

　"착한 성훈을 나쁘다고 오해하고 나쁜 짓을 하려는 아해들에게, 내가 이곳에서 저것을 죽여 본보기로……."

　넌 매를 버는 소리를 때리기 좋은 곳에서 하는구나. 랑이의 머리에 올려놓은 턱을 살짝 자리를 옮겨서 귀를 꾸욱 누르고 힘을 준다.

"으냐아아앗! 라, 랑이 살려라!"

정말 아픈 것 같아서 턱을 떼며 랑이에게 말했다.

"벌 받을 소리를 했으면 벌을 받아야지. 넌 사람, 아니, 요괴 목숨을 뭐라고 생각하는 거냐."

"우우우……."

두 손으로 귀를 감싸 안으며 억울해서 눈물 맺힌 눈으로 나를 올려다보는 랑이를 보고 있자니 왠지 모를 죄책감이 든다. 하지만 난 잘못한 것 없다고. 응. 잘못한 것 없다. 그렇게 랑이에게서 시선을 피하고 있자니,

"그러면……."

세희가 까치에게 말을 걸었다.

"도련님께서 아셔야 하는 이야기가 끝난 것 같으니 이만 죽어주시지요."

넌 내가 방금 전에 무슨 말을 했다고 생각하냐?

"야."

세희가 고개를 돌려 나를 본다. 무슨 할 말이라도 있냐는 듯한 태도다.

"뭐가 죽어주시지요야?"

"저것을 지금까지 살려둔 이유가 방금 전에 사라지지 않았습니까? 그렇기에 처리하자는 것입니다."

세희는 그 표정 변화 없는 얼굴 때문에 무슨 생각을 하고 있는지 눈치채기가 힘들다. 진짜로 까치를 죽일 생각인지, 아니면 단순히 겁을 주려고 하는 말인지 얼굴만 봐서는 짐작도 하

기 힘들다. 좀 더 내 쪽에서 대화를 이끌어 나가 속을 떠보려고 했지만, 세희가 한 수 위였다.

"도련님께서도 단지 그 이유 하나 때문에, 저것을 살려두기로 한 것 아니셨습니까?"

그건 아니다. 물론 어째서 생판 처음 보는 녀석이 나를 죽이려고 했는지에 대한 궁금증도 있었지만, 그게 전부는 아니었다.

"혹시나 해서 하는 말이지만, 그 후에도 저것을 살려두실 생각이셨습니까?"

문제는 그 이후. 나는 까치를 어떻게 할 것인지를 생각도 한 적 없다. 당황하는 나를 보며 세희가 한탄하듯 말했다.

"결국, 도련님은 도련님이라는 겁니까. 남자아이는 괄목상대한다는 것도 옛말이 되었군요."

큭. 할 말이 없다. 그렇다고 해서 당하고만 있자니 뭔가 속이 부글부글 끓어오른다. 나도 나름대로 열심히 하고 있다고!

어떻게 하면 세희에게 한 방 먹일 수 있을까 고민하고 있는데, 까치가 내 생각을 끊었다.

"죽여도 상관없어요. 이왕이면 당신이 죽는 것이 좋겠지만, 제가 죽는다고 해도 괜찮아요. 각오했으니까요. 제 목숨으로 저희 부모님이 행복하게 되신다면 저는 이 한 몸 희생해도……. 당신은 왜 그러시나요."

까치가 나를 보고는 말을 돌린다. 랑이도 뭔가 이상한지 위를 한 번 올려다보고는,

"……흐냐앗?!"

제자리에서 폴짝 뛰더니 세희에게 쪼르르 달려가서 그 뒤에
숨는다. 세희를 벽 삼아 나를 훔쳐보는 모습이 귀엽지만, 지금
은 그런 랑이를 흐뭇하게 바라보고 있을 기분이 아니다. 그러
니까, 까치의 말을 듣다보니까 화가 났다는 거죠. 무지하게 말
이야. 화가 나서 지금 얼굴 표정이 좀 말이 아닌 것 같다. 랑이
가 도망칠 정도로. 그래도 이해해 줘라. 지금은 화가 나는 게
당연하잖아?

방금 그 말, 하나하나가 내 상처를 건드렸다고.

뭐가 제가 죽어서 저희 부모님이 행복하게냐. 뭐가 이 한 몸
희생해도냐. 뭐가 행복했던 시간이냐. 뭐가 **'넌, 꼭 행복해야
해.' 냐?!**

그래. 부끄럽고 자시고 그딴 것을 다 집어치우고 솔직하게
말하자면, **나는 저 건방진 꼬맹이 까치 요괴를, 귀엽고 사랑스
럽고 깜찍한 랑이의 모습과 겹쳐보고 있다.** 자신의 죽음으로
가족을 행복하게 만든다는 아집에 가득 찬 저 자식이, 나 때문
에 자신을 희생하려고 했던 랑이로 보인다.

그래서 열 받는다. 짜증 나. 가슴이 욱신욱신 쑤시잖아.

아무리 요술이라 해도 하룻밤 사이에 아물게 할 수 있는 건
몸의 상처뿐인가 보다.

"그런 식으로 해봤자, 아무도 행복해지지 않아."

자신을 희생해서 다른 누군가를 행복하게 만든다. 말도 안
되는 소리다. 말도 안 되는 소리를 하는 까치를 정면에서 부정
한다. 자신의 각오를 부정당한 까치가 발끈했다.

"당신이 뭘 안다고 그러는 거예요?!"

"내가 그런 식으로 남게 된 적이 있으니까 하는 말이다!"

그것도 바로 어제!

나는 랑이를 보았다. 내 시선을 눈치챈 랑이가 움찔 몸을 떨더니 꼬리를 만지작거리며 미안하다는 듯이 고개를 숙였다. 걱정 마라. 너한테 화를 내는 게 아니니까. 너는 그게 틀렸다는 것을 깨닫고 지금부터는 계속 내 옆에 있어 주기로 했잖아.

나는 다시 까치 쪽으로 시선을 돌렸다.

"그러니까, 헛소리하지 말고 집으로 돌아가. 넌 정말 너희 가족이 네가 죽는 걸로 행복해질 거라고 생각하는 거냐? 이 바보 자식아?!"

"제 사정도 모르는 당신은 헛소리 작작하는 거예요!"

까치는 토해내듯 말한 뒤, 황급히 입을 다물었다. ……역시 뭔가 사정이 있는 거구나. 까치는 아차 하며 입을 다물었고, 나는 까치 같은 어린 요괴가 부모를 위해 목숨을 버리려고 할 만한 이유를 생각하느라 머릿속이 바빠졌다. 그래서 잠시 우리 사이에 침묵이 흘렀다.

그 침묵을 깬 것은 세희였다.

"그 모든 것이 자신의 바보 짓 때문이었다는 말을 쏙 빼놓은 대화 도중에 죄송합니다만, 도련님. 논점이 빗나가고 있습니다."

그것도 내가 반박할 수 없는 말로 내 속을 긁으면서.

"난청이 있으신 것 같은 도련님께서는 상관없으신 것 같습니다만, 제가 하던 이야기는 저것을 처리하겠다는 것이었습니다."

"그래서."

"저것의 의사와 각오, 그 가족의 행복과 불행. 도련님의 생각 같은 것은 여기에 아무런 연관도 없다는 것입니다. 제게 중요한 것은 주인님의 행복. 저는 저것을 죽일 겁니다. 그것이 **이 일을 해결할 방법 중**, 가장 쉬우면서 간단한 것이니까요."

세희는 진심이었다. 말 하나하나에 살을 찌르는 듯한 분위기가 담겨 있었고, 어설픈 반론은 무시하겠다는 의지가 보였다.

그래서 한심하지만 랑이에게 의지하기로 했다.

"너도 그렇게 생각해?"

"……으냐아."

랑이는 잔뜩 곤란한 표정으로 대답을 피하며 세희의 뒤에 몸을 숨겼다.

이해한다. **내가 랑이의 입장이라면, 나도 랑이처럼 행동할테니까.** 그런 일은 없겠지만 말이야.

가장 든든한 아군이 표면상 중립을 선언하고 나니까, 뭐라고 할 말이 없다. 세희는 내 침묵을 잠정적 승낙으로 받아들였는지, 까치에게 한 발자국 다가가며 소매에서 무엇인가를 꺼냈다. **뼈 모양의 몽둥이**다. 나이스한 몸매가 딱 내 취향이었던, 아니, 그 커다란 가슴에 얼굴을 묻고 잠깐이나마 비비고 싶던…… 나는 왜 그 누나만 생각하면 어떤 상황에서도 이런 생각만 하게 되는 걸까. 어찌되었건, 정미 누나가 들고 있던 웅녀의 뼈였다.

"그걸 왜 네가 가지고 있어?!"

"화해의 뜻으로 이걸 며칠간 저희에게 맡기셨다고 정미 님이 말씀드리지 않았습니까?"

분명 그런 말을 했지. 세희에게 사과의 뜻으로 뭔가를 맡긴다고. 하지만 아무리 그래도 저런 걸 줘도 되는 거야?!

"그거 위험한 거 아니야?"

"위험합니다. 물벼룩만큼 요력이 없는 도련님께서 휘두르셔도, 잘못 맞는다면 웬만한 요괴 정도는 일격에 죽일 수 있을 정도니까요. 특히 전북익산이라고 외치시면 두 배의 위력을 발휘합니다."

잘은 모르겠지만 뒤의 말은 농담일 테니 무시하자.

"그런 걸 줘?!"

"괜찮습니다. 그 대신이라고 하긴 모자라지만, 주인님의 부끄러운 사진을 몇 장 선물해 드렸으니까요."

역시나 요괴와 관련된 사람들 중에서, 나 말고는 제정신인 사람이 없는 것 같다. 그런데 왜 나를 보고 있나? 내가 잠시 딴생각에 빠져 있을 때, 세희가 까치의 손을 잡아 일으켰다.

"어찌되었건 집 안에서는 해치지 않기로 도련님께서 약조를 하셨으니, 밖에서 죽여 드리겠습니다."

"혼자서 가겠어요."

까치는 한겨울에 의연하게 피어난 꽃과 같이, 자신의 죽음을 받아들이고 세희보다 앞서 문을 열고 방을 나섰다. 세희가 그 뒤를 따라가려고 하기에 급하게 말을 던졌다.

"잠깐만."

세희가 고개를 돌린다.

"왜 그러십니까, 도련님."

"죽일 것까지는 없잖아. 그냥 내쫓으면 안 되나?"

내 말에 세희는 사람 같지 않은, 그야말로 귀신의 미소를 지었다.

"어리석은 도련님. 지금 상황은 도련님께서 생각하시는 것처럼, 모두가 행복하게 살았습니다, 로 끝날 수 있는 것이 아닙니다. 듣지 않으셨습니까? 이것에게 도련님을 죽일 것을 요구한 요괴는, 하늘이 점지해준 이름을 걸고 대가를 약조하였다는 것을. 그러한데 이것이 그러지 않을 리가 없지 않습니까."

그건…… 지금까지 생각 못했다. 그래서 랑이가 아무 말도 못한 건가. 나는 랑이보다 멍청했다.

"이것이 살아있고 약조를 무르지 않는 이상 무슨 수를 써서라도, 무슨 짓을 해서라도 도련님을 죽이려 들 것입니다. 그것이 주인님께 어떠한 영향을 줄지 생각해 보시지요. 이 멍청한 도련님."

윽. 나는 할 말을 잃었다. 그렇게 생각하면 나는 세희를 말릴 수 없다. 아니, 그 전에 내가 무슨 말을 하더라도 세희는 내 말을 듣지 않을 거다. 이 녀석의 최우선 사항은 랑이의 행복이니까. 이런 말하기 뭐하지만, 현재로서 랑이의 행복의 척도는 나다. 그런 나를 죽이려는 것이 어디엔가 살아있다고 생각하면 랑이의 마음이 편할 리 없다.

그렇지만, 나는 까치를 살려주고 싶다. 이미 한 번 말했으니까, 두 번은 말 못 한다.

문제는 어떻게 세희를 설득하느냐. 어떻게 하면 까치 때문에 랑이가 행복해질 수 있다고…….

그 때. 거짓말같이 한 가지 기막힌 방법이 떠올랐다. 지금 이 상황을 타파할 수 있는 방법이 말이다.

말 그대로 기가 막히는 방법이지만, 지금은 그 방법밖에 떠오르지 않는다. 다른 방법 같은 걸 생각할 시간이 없다. 내가 생각에 잠겨 있는 사이, 이미 세희와 까치는 마당으로 나가고 있었으니까.

하자. 해야 한다. 할 수밖에 없다. 괜찮아. 랑이도, 까치도 내가 무슨 말을 하는지 이해 못할 거야. 세희한테 놀림 받는 것만 참으면 된다. 그런 것 때문에 까치가 죽게 내버려 뒀다가는 죽을 때까지 이 순간을 후회하게 될 거야.

나 때문에 누군가 죽게 되었다는 죄책감에 시달려서!

"……를 위해서야."

작은 목소리였지만, 세희의 발걸음을 멈추기에는 충분했다.

"뭐라고 하셨습니까?"

주먹을 꽉 쥐고, 얼굴에 피가 몰리는 것을 알면서도 나는 마음을 굳히고 큰 소리로 외쳤다.

"랑이를 위해서라고!!"

내가 생각해도 어이가 없는 말이다. 세희와 까치도 그렇게 생각했는지 몸을 돌려 나를 보았다.

"인간의 언어는 짐승의 언어와 그 궤를 달리합니다, 도련님."

뇌 내 필터를 거치니까 제대로 설명하라는 말로 들린다. 나는 수치심에 미칠 것 같으면서도, 내가 생각해낸 그 기가 막히는 방법을 말했다.

"나는 동정이라 랑이와의 첫날밤을 위해서 연습 상대가 필요하다, 이 말이다!!"

17년의 인생. 이렇게 불어오는 바람이 시원하게 느껴진 적이 있던가. 없다. 앞으로도 없을 것이다. 없으리라 믿고 싶다.

잠시 동안의 침묵 후.

"……."

세희는 황당하다는 듯 입을 살짝 벌린 채 나를 보았고,

"동정이 무엇이느냐?"

랑이는 내 바지를 잡아당기며 설명을 요구했다. 바둑이는 귀만 슬쩍 들어 올리고서는 다시 내렸고, 마지막으로 까치는……,

"꺄, 까우우우우—!!"

얼굴을 새빨갛게 물들이며 비명을 질렀다.

……잠깐.

어이, 설마?!

그 사실을 깨닫는 순간 내 얼굴도 까치에게 지지 않게 새빨갛게 달아올랐다.

"너, 너 아, 아는 거냐?!"

"다, 당연하죠!!"

"그게 어떻게 당연해?! 이 발랑 까진 꼬맹이 녀석아!"

"누가 발랑 까진 꼬맹이에요! 당신은 바보인가요? 제 나이는 벌써 오백 살이 넘었어요! 이 나이가 되고도 그런 걸 모를 거라 생각했나요? 이 색마 같으니라고!"

"후낭?"

나이 4천 살 먹고도 아무것도 모르는 랑이는 대화에 따라가지 못하고 머리카락으로 물음표를 만들고 있다.

그런 가운데 세희가 입가를 씰룩거리며 터져 나오려고 하는 웃음을 애써 참으며 말했다.

"지, 지금 하신 말씀, 진심으로 하신 겁니까?"

더 이상 물러날 곳도 없다. 까치의 목숨과 내 수치심! 저울질하기에는 뭔가 이상하기는 해도 한 사람의 목숨이 소중하다는 건 다르지 않다!

"지, 진심이다!"

그래도 목소리가 떨리는 건 어쩔 수 없었다.

"아무런 겨, 경험도 없이 랑이와 그, 그러면 랑이가 아프기만 하고 좋아할 리가 없잖아! 그러니까 경험이 필요해! 랑이와 비슷한 나이 또래의 애로! 그래! 저 까치가 딱 좋다!!"

죽었다. 내 안의 무엇인가가 죽었다.

"변태! 로리콘! 발정 난 수캐!!"

내 희생을 몰라주는 까치가 얼굴이 새파랗게 질려서 비명을 지른다.

"성훈아, 도대체 지금 무슨 이야기를 하고 있는 것이느냐? 뭐가 아프고, 뭐를 좋아하는 건지 도저히 모르겠느니라."

랑이야. 지금 네가 무슨 말인지 몰라준다는 게, 내가 살아갈 수 있는 유일한 이유다. 절대 알려고 하지 마.

"푸, 푸하하하핫!!"

세희가 더 이상은 못 참겠는지 허리를 꺾으며 웃음을 터트렸다. 다시 들어도 정말 어울리지 않는 웃음소리다. 세희의 웃는 소리에 랑이가 꼬리를 바짝 세우며 깜짝 놀란다. 까치는 이 여자가 갑자기 왜 이러나, 하고 있는 것 같고. 이 중에서 바둑이만이 이 난장판에서 멀찌감치 떨어져서 한가로이 낮잠을 자고 있었다.

아, 개 팔자가 상팔자구나.

"아…… 정말. 도련님은 제 예상을 뛰어넘는 괴짜이시군요. 피는 못 속이는 겁니까?"

"누가 괴짜라는 거야, 누가?!"

세희는 손가락을 들어 나를 가리켰다.

"그 괴팍함은 오라버니의 어린 시절과 똑같습니다."

세상에서 가장 듣기 싫은 말을 이런 식으로 깨닫고 싶지는 않았다.

"알겠습니다, 도련님. 도련님의 성욕과, 주인님의 첫 경험을 위해서 도련님의 의견을 존중해 드리지요."

그 말에 까치의 얼굴이 새파랗게 질린다.

"꺄우! 안 돼요! 그냥 죽여주세요! 저런 인간에게 욕을 보이느니 차라리 혀를 깨물고 죽을 거예요!!"

나도 너를 어떻게 하느니 목매달아 죽겠다, 이 자식아. 시간을 내서 내 말이 거짓말이라는 걸 제대로 설명해 줘야겠네. 그전에, 정말로 혀를 내밀고 죽을 준비를 하는 까치를 말려야 되겠지만.

"그러면 안 됩니다, **까치 님.**"

잠시 멈칫한 까치에게 세희가 몸을 숙여 속삭이듯 말했다.

"스스로 목숨을 끊는다는 것은 그 약조를 어기는 것이 됩니다. 얌전히 도련님의 장난감으로 남으시지요. 만에 하나 도련님을 거절하는 것을 제가 본다면, 그 순간 까치 님의 가족 분들의 안전은 책임지지 못합니다."

기분 탓일까. 세희의 엉덩이에 꼬리가, 머리에는 뿔이 튀어나오고, 혀끝은 뱀의 그것처럼 갈라진 것 같았는데.

"그, 그런?!"

까치는 뭔가 말을 하려다가,

"제 소문은 익히 들어 알고 계시겠지요?"

"아우우ㅡ."

뭐라고 말도 못하고 고개를 숙인 채 계속해서 아우, 아우 소리만 남발했다. 문제는 내가 지금 그런 까치에게 신경을 쓸 때가 아니라는 것이다.

조금 전부터 내 배를 꾸욱꾸욱 누르며 무서운 말을 하고 있는 랑이를 더 이상 무시할 수 없을 것 같거든.

"왜 아무 말도 해주지 않는 것이느냐? 동정이 무엇이느냐? 경험은 또 무슨 말이냐? 도대체 까치와 무슨 경험을 쌓는다는 것이느냐? 나는 왜 아프다는 것이느냐? 기분이 좋아진다는 것은 또 무엇이느냐? 알려주어라. 응? 나에게도 알려주어라. 히이잉. 나만 따돌리는 것이느냐. 나만 따돌리면 외롭느니라, 외로운 것이니라."

⋯⋯울기 일보 직전인 랑이에게 나는 도대체 무슨 말을 해야 할까.

결국 나는 랑이를 안고 등을 톡톡 두드리며 열두 밤을 자고 나면 그 때 가서 가르쳐주겠다는 마법의 말로 달랜 다음, 안방에 잠시 있으라 하고서 세희를 내 방으로 불렀다.

"저도 포함입니까?"

이해하는 데 그리 많은 시간이 걸리지 않았다.

"아니거든?"

"그런 것으로 해드리겠습니다. 그래서 무슨 이야기이십니까?"

까치 때문에 난리가 나서 미루어지긴 했지만, 아까 들었던 소문에 대해 물어볼 것이 있어서 불렀다.

"내가 랑이를 속여서 자신의 노리개로 삼았다는 소문이 돌게 된 이유를 설명해봐."

세희가 놀란 표정을 지었다.

"그걸 기억하고 계시다니 놀랐습니다, 도련님. 정신이 없어서 기억 못하고 계실 거라 생각했는데 말이죠."

"너 같으면 기억 안 하고 배기겠냐? 그런 소문이 돌고 있다는데."

"사실이지 않습니까?"

세희를 당해낼 수가 없다.

"……알았어. 그건 그렇다 치고."

"인정하시는군요. 하긴 그렇게 당당하게 까치 님을 범하겠다고 말씀하신 분이시니, 그 정도는 아무것도 아니시겠지요."

"가만히 넘어갈 수가 없게 만드네!"

열불이 터지려고 하는데,

"그렇다면 거짓말이었습니까? 그 순간을 무마하기 위한 값싼 거짓말이었다니, 도련님께 실망입니다. 그렇다면 저도 까치 님을 죽이러 가보겠습니다."

세희의 눈이 번쩍여서 화가 빠르게 식었다.

"아닙니다. 진심이었습니다."

방금 전에 죽어버린 내 안의 무엇인가가 바스러진다. 진공청소기로 쓱 밀면 쏙 빨려 들어갈 정도로 아주 잘게 말이야.

나는 그런 현실에서 도망치기로 했다.

"그런 이야기는 그만하고, 내 소문이 그렇게 난 이유나 설명해봐. 너 알고 있잖아."

내 생각이지만 그 소문을 낸 것은 세희일 것이다. 그 정도의 소문을 낼 수 있는 사람은 나, 랑이, 세희, 나래, 정미뿐. 이들 중 요괴들에게 소문을 낼 사람은 세희 정도밖에 없을 거다. 아니, 그 전에 그 정도로 내게 악의를 가진 사람이 이 녀석 말고 누가 있겠어?!

내 생각대로 세희는 자신이 소문을 냈다는 것을 자백하듯 말했다.

"그런 소문이 나게 할 수밖에 없었습니다."

"왜."

"조금 긴 이야기가 될지 모릅니다."

"네가 날 놀리지만 않으면 빨리 끝날 것 같은데."

"맞습니다."

그걸 인정하면 내가 조금 슬퍼진다. 나는 침묵으로 세희의 설명을 촉구했다. 세희도 더 이상 농담을 할 생각이 없는지 진지한 표정으로 말했다.

"저희들은 인간을 저희와 동등한 존재로 여기지 않습니다."

그건 일종의 선언이었다. 어제 보았던 세희의 성난 모습이 자연스럽게 기억 속에서 떠오른다.

"너도 그러냐."

"글쎄요. 어제까지만 해도 그랬습니다만, 오늘부터는 어떨는지요?"

세희는 옅은 미소를 지으며 말했다.

"관심 있으십니까?"

"없다."

"매정하시군요, 도련님."

매정하긴 뭐가 매정하냐. 관심 있다고 말하면 또 날 놀릴 게 눈에 뻔히 보이는데. 이제 저에게도 그 독니를 들이대시는 겁니까? 뭐 그런 소리나 하겠지. 거기다 지금은 그런 게 중요하지 않다. 내가 아무런 대꾸 없이 가만히 있자 세희가 말을 이었다.

"그런 저희들 중에서 주인님과 바둑이는 특별하다고 할 수 있습니다. 주인님께서는 저 같은 인간을 단순한 창귀가 아닌 자신의 권족으로 삼으실 만큼 순수한 마음을 가지신 분이십니다. 그 앞에 요괴와 인간은 그리 큰 차이가 없습니다. 또한, 바둑이는 천성이 인간을 따르는 개입니다. 조금 태평한 성격인 까닭도 있습니다만."

조금이 아닐 텐데.

"그래서?"

"하지만 다른 요괴들은 그렇지 않습니다. 그들은 인간을 단순한 먹잇감, 장난감 수준으로 생각하죠. 그런데 그들에게 주인님께서 도련님께 Fall in love라는 것을 사실 그대로 말하면 어떻게 되겠습니까?"

그 내용은 둘째 치고 말이다.

"갑자기 웬 영어냐."

"이해 못하셨습니까? Fall in love. 사랑에 빠지다, 라는 뜻입니다. 지금은 강조의 의미로 쓰였습니다. 밑줄을 치시고 주석을 다시죠. 시험에 나옵니다."

Fall in love: 사랑에 빠지다.

"내가 지금 수업 듣고 있냐?!"

아니, 지금 딴죽이나 걸고 있을 때가 아니지. 세희의 말을 토대로 생각해보면 대충 상황이 눈에 들어오는 것 같다.

"그러니까, 사실대로 말하면 요괴들이 반발한다는 거야?"

"참 잘했습니다. 공책을 가져오시면 도장을 찍어드리겠습니다."

"네가 내 선생님이냐."

"엎드리시죠."

"시끄러."

체벌 폐지 모르냐.

"어찌되었건, 저희들은 주인님께서 앞장서서 저희들의 시대를 열어주기만을 기다리고 있습니다. 그런데 그런 일을 사실대로 알린다 하면 어떻게 되겠습니까?"

세희는 내가 대답할 시간을 주지 않았다.

"다른 마음을 가지고 사이한 행동에 나설 요괴들이 많아질 겁니다."

뭔가 대단히 위험한 일이라는 듯 말하고 있지만 나는 알고 있다.

"그래 봤자 너희들에게는 작은 일 아니냐?"

"아니요."

세희는 굳은 표정으로 고개를 가로저었다.

"큰일입니다."

입이 쩍 벌어졌다.

"정말로 큰일입니다. 각각의 힘은 주인님의 털끝에도 미치지 못하지만, 그 힘이 모이면 무시할 수 없습니다. 특히, 지금처럼 봉인에 얽매여져 본신의 힘을 제대로 발휘하지 못하시는 주인님께서, 도련님을 지키면서 그 힘에 대항하는 것은 목숨이 위험할 수 있을 정도로 큰일입니다."

세희의 말이 진심이라는 것을 깨달은 나는, 한동안 아무 말도 하지 못하고 있다가 힘겹게 입을 열 수 있었다.

"……그러면 어떻게 할 거야."

"주인님은 도련님의 악마와 같은 세 치 혀와 현란한 손놀림에 사랑에 빠진 것으로 되어야 합니다. 그러면 적어도 당장은 도련님의 목숨이 위험할지 몰라도, 주인님에 대한 반기는 들지 않을 테니까요. 그 후의 해결책은 생각 중에 있습니다."

"그러니까 나는 입 다물고 나쁜 놈이나 되어라 이거지?"

"그렇습니다."

"그러면 나는 뭘 해야 돼?"

나도 모르는 사이에 한 마디로는 표현할 수 없는 대 악당이 되어 버린 이상, 그런 자리에 맞는 행동을 해야 한다는 생각에 물어보았지만, 세희는 예상외의 대답을 했다.

"평소와 같이 행동하시면 됩니다."

"그래도 되냐?"

"그것으로 충분합니다."

평소 행동이 어떻게 보이기에 그것으로 충분하다는 건지 모르겠다. 내 과거를 곰곰이 되살려보고 있는데, 세희는 고개를 끄덕이고 진지한 이야기는 여기에서 끝낸다는 듯, 입가를 슬쩍 올리며 미소 지었다.

"이것이 다, 도련님께서 사랑하시는 주인님을 위함입니다."

얼굴이 확 달아오른다.

"누, 누가?!"

"기쁘지. 행복하지. 즐겁지. 여기가……."

"시끄러!!"

중학교 때 쓴 자기만의 세상으로 가득한 일기가 나래의 손에 들어간 때만큼 부끄럽다. 그래서 나는 재빠르게 화제를 돌렸다.

"그건 그렇고, 좀 순화해서 소문을 내면 안 되냐?"

"나름대로 순화한 것입니다."

어딜 봐서.

"그럼 저는 주인님께 가보겠습니다. 말씀드릴 것이 있기 때문에."

"그래. 아, 참."

나는 세희가 나가기 전에, 조금 전부터 하고 싶었던 말을 꺼냈다.

"그 몽둥이, 들고 다니치 말고 어딘가에 넣어둬. 어제 있었던 일이 생각나서 별로 보고 싶지 않으니까."

사실은 뭔가를 꾸미기 좋아하는 세희가 무슨 짓을 할지 무서워서 그렇다.

"알겠습니다."

세희는 고개를 끄덕였다.

심기일전을 한 나는 까치에게 사정을 설명하기 위해 밖으로 나왔다. 마침 마루에 걸터앉아서 두 주먹을 꼭 쥐고 하늘을 올려다보고 있는 까치가 있었다. 찾으러 갈 수고를 덜었군.

"야."

"히이익?!"

누군가한테 진심으로 경멸받는 것은 정말 마음이 아픈 일이다.

"해, 해도 안 떨어졌는데 버, 벌써부터 무, 무슨 짓을 하려는 건가요?! 다, 당신은 하, 하늘이 두렵지도 않나요?!"

그 소문이 문제일까, 아니면 그때 내가 한 말이 문제일까.

정답. 둘 다 문제였습니다.

일단 이 녀석의 오해를 풀기는 풀어야겠으니 내 방으로 데려가자.

"할 이야기가 있으니까 내 방으로 가자."

"여, 역시 할 마음이 가득하군요! 이 변태! 저 같은 몸에 욕정을 느끼는 건가요? 이 로리콘! 인간 말종의 소아성애자 같으니라고! 하늘이 용서치 않을 거예요! 지옥행! 지옥행인 거예요! 제가 죽으면 옥황상제님께 일러바쳐서 천벌을……."

더 이상 듣기 힘들어서 까치의 머리에 꿀밤을 먹여준다.

"아우웃!"

"잔말 말고 따라와."

까치의 팔목을 붙잡고 방 안으로 질질 끌고 간다. 남들이 보면 오해하기 딱 좋은 모습이지만 나는 결백하다.

"다, 당신 같은 인간에게 욕을 보이게 되다니!!"

진심으로 결백하다.

내 이상형은 나래와 정미 누나 같은 쭉쭉 빵빵한 누님 스타일의 여성이지, 이런 어린애가 아니다.

진짜로.

정말로.

이런 녀석들을 상대로는 요만큼도 그런 생각이 안 든다고. 그래서 나는 방에 들어온 까치가 옷고름을 풀기 시작하는 모습을 보며 눈살을 찌푸릴 수 있었다.

"뭐하냐?"

"가, 각오는 하고 있어요. 그러니까 당신은 마음대로 헐떡이면서 최대한 빨……."

까치의 머리에 다시 한 번 꿀밤을 먹여주자.

"아우?!"

일단 오해부터 풀어야겠다. 이대로 가면 내 섬세한 마음이 가루가 될 테니까. 나는 까치가 주저앉아서 머리를 감싸 안으며 아파하든 말든 이야기부터 시작하기로 했다. 이야기를 하다 보면 좀 안심하겠지.

"너한테 할 말이 있다."

"할 짓 아닌가요."

어디선가 들었던 말 같은데.

"닥치고 들어."

"아우우?! 역시 그렇게 나가는 건가요? 포, 폭력 반대에요! 상냥함은 어디다 팔아먹은 건가요?"

나는 슬그머니 들어 올렸던 주먹을 다시 내렸다. 참자. 언제랑이나 세희가 올지 모르니, 최대한 빨리 할 이야기만 하고 끝내자. 때릴 시간도 아깝다. 나는 까치한테만 들릴 정도로 최대한 작은 목소리로 말했다.

"아까 내가 한 말은 거짓말이다."

"아우우?"

까치는 머리카락을 높이 띄웠다가, 다시 내려 앉혔다. 이해 못하겠다는 뜻이냐.

"그러니까, 그때 내가 한 말은 세희한테서 너를 살리려고 한 거짓말이었다고."

까치는 내 말을 들을 생각이 없는 것 같다. 봐라. 저 불신과 적의에 찬 눈빛을.

"못 믿어요."

"사실이야."

"그런 게 희망 고문이잖아요. 그렇게 희망을 준 뒤에, 다시 절망감을 안겨서 제 마음부터 산산조각 낸 다음에 저를 괴롭힐 생각이라는 게 눈에 보여요. 당신 생각대로 될 거라는 생각은 하지 마세요. 이래 봬도 저, 강하다고요."

……무슨 애가 생각하는 게 그따위냐. 내가 그 정도로 사악한 인간이었으면 이런 고생을 하고 있겠냐. 랑이의 힘을 이용해서 욕망에 충실한 여러 가지 못된 짓이나 하고 있겠지.

"진짜라니까. 좀 믿어봐라."

"인간을 어떻게 믿나요? 어차피……."

까치는 말을 하다가 말고 갑자기 고개를 붕붕 흔들었다.

"아니요. 말할 필요도 없어요. 당신이 거짓말을 하는 것은 증명할 가치도 없는 거예요. 마음대로 하세요. 전 당신한테 무슨 짓을 당해도 마음만은 꺾이지 않아요."

완전히 사람을 성범죄자로 확정한 듯, 손가락질하는 까치의 모습을 보고 있자니 한숨이 나왔다.

이 녀석, 왜 이렇게 사람을 못 믿는 거야?

아니지. 지금 상황에서는 믿는 게 이상한 건가. 좀 더 여유롭고 넓게 보자.

"마음대로 생각해. 믿든 안 믿든, 그건 네 자유니까."

사실 이 녀석의 생각이야 어쨌든 상관없는 이야기다. 내가 건들지만 않으면 되는 일이니까.

"내가 할 말은 이게 끝. 이제 더 이상 할 말 없다. 나가도 좋아."

아니, 나가라. 나도 좀 쉬자. 한 시간도 안 돼서 여러 가지 일이 생기는 바람에 나도 이제 지쳤다. 물놀이와 까치에, 육체고 정신이고 한계에 다다랐다. 이젠 좀 쉬고 싶다. 그래, 낮잠이나 자자. 자고 일어나면 좀 개운해지겠지.

그런데 까치 이 녀석이 나갈 생각을 하지 않는다. 그저 조심스럽게 내 눈치를 살피고 있을 뿐.

"뭐야, 할 말 있냐?"

그 시선이 부담스러워서 슬쩍 물어보았다. 까치는 조금 주저하면서도 입을 열었다.

"방금 한 말 진짜인가요?"

"그래."

"진짜에 진짜에 진짜인가요?"

"그렇다니까."

까치는 잠시 생각에 잠기더니 조심스럽게 내 눈치를 살피며 말했다.

"그러면 하늘이 점지해준 이름을 걸고 맹세할 수 있나요?"

넌 내가 뭐라고 생각하는 거냐.

"미안하지만, 난 그런 거 없다. 인간이니까."

그 말에 역시, 하고 작게 중얼거린 까치가 눈을 확 치켜뜨며 내게 화를 냈다.

"역시 거짓말이군요! 당신은 입만 산 강간 예비범이에요!"

너 오늘 나하고 한판 붙어보자 이거지?

"야 이 자식아! 없는 걸 나보고 어쩌라는 거야?! 하늘에 대고 외칠까? 나한테도 이름 하나 지어달라고? 아니면, 부모님한테 부탁해? 이름 하나 더 달라고?"

그러면 아버지는 좋다고 옛날에 지어주려고 했던 이름을 주 겠지. 낭콩. 성까지 하면 강낭콩. 출생 신고 때, 어머니가 산부 인과에서 뛰쳐나와 아버지를 빈사 상태로 만들지 않았다면 정 말로 내 이름이 될 뻔했었다고 이모에게 들었다.

"됐으니까, 나가! 믿든 안 믿든 그건 네 자유니까!"

눈을 부라리자 까치가 움찔거리고 머리카락을 파닥거리며 슬금슬금 뒤로 물러났다.

"그, 그렇군요. 지금은 피곤해서 할 생각이 없는 거군요. 그 러면 전 나가볼게요."

나는 결국 까치의 설득을 포기하고 손을 절레절레 흔들었 다. 까치가 문을 닫고 나가자 피로가 확 밀려왔다.

쉬자. 자자. 정신 줄을 놓자. 이제 무슨 일이 일어나도 난 잘 거야.

나는 장롱에서 베개를 꺼내서 방바닥에 드러누웠다. 기다렸 다는 듯이 수마가…… 아니, 랑이가 찾아왔다.

"성훈아아아—!!"

쾅!

괴성과 함께 방문을 날려버리고서.

"으악?!"

머리 위로 날아가는 문짝을 보고서 깜짝 놀라 몸을 일으켜 보니, 성난 콧김을 내뿜고 어깨를 들썩이는 랑이가 문이 있던 곳에 서 있었다. 랑이 혼자가 아니라 방금 전에 방을 나간 까 치도 함께 있었는데…… 새우같이 몸이 꺾여서 랑이의 옆구리에 대롱대롱 매달려 있다. 호랑이님은 힘이 장사셨지.

"까치는 왜 데려왔냐?"

"방 앞에서 가만히 있기에 나도 모르게 잡아버렸느니라."

야생의 습성이 발휘된 거냐.

"그래서 왜 왔어?"

"아, 그렇다! 세희에게 다 들었느니라!"

'세희에게 뭘 들어?' 라고 말하기 전에 랑이가 소리쳤다.

"그런 것이 어디 있느냐!! 그것은 본래 본처에게 제일 먼저 하는 것이 아니느냐! 나는 아프고, 괴로울지라도 참을 수 있느니라!!"

……어? 잠깐. 그걸 네가 어떻게? 아니, 생각할 것도 없다.

세히이이이의!! 너 이 자식, 랑이한테 뭘 가르쳐준 거냐?!

랑이는 가슴을 펴고 당당하게 자신의 말에 한 치의 거짓도 없다는 듯이 말했다.

"처음에는 많이 아프지만 나중에는 기분 좋은 일을 한다고 그랬느니라!! 그래야 진정한 부부가 된다고 배웠느니라!"

하느님, 맙소사. 이 세상에 순진한 어린아이가 또 이렇게 사라졌습니다.

나 때문에 랑이가 몰라도 되는 사실을 알게 되었다는 것이 부끄러워서 얼굴이 붉게 달아……,

"이미 기분 좋은 일은 몇 번이고 했으니, 이제 아프기만 하면 완벽한 첫날밤이 되어 우리가 부부가 되는 것이 아니겠느냐?!"

……오르려다 말았다.

지금만큼은 진심으로 말할 수 있다.

미안. 세희야, 내가 널 오해했다. 고맙다. 정말 고맙다. 네 덕분에 나는 살아갈 수 있다. 랑이가 억지로 떼를 쓰며 물어봐서 어쩔 수 없이 대답해준 거였구나.

나는 정신의 안정과 마음의 평온과 찬란한 기쁨과 터질 것 같은 행복과 미묘한 아쉬움에 힘입어, 평소와 같은 태도로 랑이를 대할 수 있었다.

"너 그것보다, 아이가 어떻게 생기는지 알고 있냐?"

"부부가 되면 삼신 할매가 데려와 준다는 것 정도는 알고 있느니라!"

뭐하냐. 국제기구. 이런 순수한 요괴는 세계 차원에서 보호해줘야지!

"그런 말 말고, 같이 자자! 내가 자는 동안 나를 아프게 하거라!"

나는 이상한 오해를 한 채 날뛰는 호랑이에게 이리 오라는 손짓을 했다. 랑이가 귀를 바짝 세우고, 기대 반 불안 반으로 내게 다가왔다. 나는 한숨을 쉬고, 랑이의 볼을 살짝 꼬집었다.

"으냐냐냐냑?!"

"이상한 소리는 그만하고 **너한테 그런 짓 할 생각 없으니까 까치 내려놓고 방에서 나가라.**"

그 말이 실수였다.

"까치와 한다는 것이냐?!"

이 녀석이 무슨 오해를 했는지는 말하지 않겠다. 누구나 다 알 수 있을 테니까.

"그, 그런 것은 싫다아!! 내가 처음이 아니면 안 되느니라!"

"야 인마! 그런 뜻이 아니라!!"

"으아아앙!!"

랑이는 내 말을 들을 생각도 하지 않고 울면서 몸을 밖으로 날렸다. 옆구리에 까치를 매단 채. 단 한 번에 마당으로 뛰어 나간 랑이는 내가 뭐라 말하기도 전에, 그야말로 한 줄기 흰색 바람이 되어 밖을 향해 내달렸다. 피유웅! 하는 바람 소리와 함께 대문이 부서지고, 녹음이 우거진 산에 한줄기 폭풍이 길을 만들어낸다. 방 안에서 봐도 확연히 알 수 있을 정도로 나무가 하늘 높이 날아올랐다가 떨어져 흙먼지를 일으킨다. 그 모든 것을 난 멍하니 보고 있을 수밖에 없었다.

"말을 하실 때 상황과 대상을 고려하는 법을 좀 더 배우셔야 되겠습니다, 도련님."

세희의 말에 나는 뭐라 대꾸할 말을 찾지 못했다.

"……까치는 괜찮겠지?"

그래서 다른 것을 물어본다.

"도련님께서 더 잘 알고 계시는 것을 왜 제게 물으시는 겁니까?"

말 한 마디에 천 냥 빚을 버는구나.

그래, 네 말대로 랑이가 지금 와서 까치를 해칠 거라고는 생각되지 않는다. 곰녀들을 상대할 때도 손에 사정을 둔 착한 아이다. 함부로 누군가를 해칠 성격이 아니다.

그런 랑이가 왜 세희를 잡아먹어서 창귀로 삼았는지는 모르겠지만.

"무엇을 그리 보십니까?"

이크, 눈치챘나. 나는 급히 말을 돌렸다.

"아니, 그보다 까치 녀석 이대로 안 돌아오면 좋겠는데, 안 되겠지?"

"같은 말을 두 번 하는 것은 재미도 없고 감동도 없습니다."

"……미안하다."

알고 있으면서 또 왜 물어보냐 이거지.

하늘이 점지해준 이름. 그것이 가진 무게를 나는 알고 있다. 까치는 다시 온다. 아무리 먼 곳에 버려진다 해도, 다시 찾아올 것이다.

그보다 앞서 온 것은 랑이었지만.

흰색 저고리는 흙으로 더러워져 있고, 곱게 땋은 머리도 지금은 이곳저곳 헝클어져 있으며 신발에는 진흙까지 묻어 있다. 도대체 어디에 갔다 왔기에 이 모양 이 꼴이 됐나. 세희에게 이 녀석 좀 씻기라고 부탁하려는데, 이 녀석. 어느샌가 사라졌다. 절에 가도 새우젓을 얻어먹을 수 있을 정도로 눈치가 빠르다.

그 눈치 랑이한테 좀 나눠줘라.

"내가 먼저이니라! 그다음이라면 네가 나래를 첩으로 삼든, 까치를 첩으로 삼든 아무 말도 하지 않겠느니라!"

기세등등하게 말하는 랑이의 머리에 팔꿈치를 올려놓았다. 꾸욱, 힘을 줘서 아래로 누른다.

"으냐냐냐아아!"

손발을 바동대며 아픔을 호소하는 랑이는 잠시 잊고, 지금은 까치가 다시 오면 어떻게 할지를 생각해볼까.

"아, 아프다!! 하, 하지만 참을 수 있……."

귀를 살짝 깨물어 본다.

"으냐앗! 귀, 귀는 흐냐아아악!!"

랑이는 3초 만에 항복했다.

까치는 저녁 식사가 끝날 때까지 돌아오지 않았다.

세희가 차려준 밥은 너무 맛있어서 걱정이다. 요 며칠 사이에 너무 잘 먹어서 살이 찌는 것 같으니까 내가 알아서 식사량을 조절하든가, 운동을 하든가 해야지. 그런 생각을 하면서도 수박까지 다 먹은 나는 의지박약이 아닐까.

나는 두 팔을 베개 삼아 대청마루에 누워 여름 하늘을 올려다보았다. 여름이 한창이지만 산속이어서 그런 걸까, 아니면 밤이 가까워져서 그런 걸까. 불어오는 바람이 서늘하며 날씨도 선선해서 좋다. 하지만 마음 한구석에 맴돌고 있는 이 찝찝한 기분은 떠나가지 않는다. 밥을 먹을 때도 랑이가 눈치채지 못하게 신경 쓰느라 힘들었지. 휴우.

낮게 한숨을 쉬고 있자니, 안방 문이 스르륵 열리는 소리가 들린다. 반사적으로 그쪽을 돌아본다. 옷 위로도 보일 정도로 배를 뽈록 부풀린 랑이가 살며시 나오고 있다. 랑이 녀석, 저렇게 먹다가 살이 찌면……. 그것도 상당히 귀엽겠네. 통통해서 말이야. 오리처럼 뒤뚱뒤뚱 걸어 다니는 모습을 상상하니

웃음이 나올 것 같다. 애들은 조금 살이 쪄도 된다. 그래야지 나중에 클 때 그게 다 키로 가니까. 그렇다고 해서 너무 뚱뚱해지면 안 되는데. 요괴니까 상관없으려나? 아니지. 지리산이 더 커지면 어쩌려고.

그런 아무래도 상관없는 생각으로 방금 전까지 가득하던 까치에 대한 생각을 머리 한구석으로 밀어 넣으려 하고 있는 동안에, 어느새 랑이가 슬금슬금 다가와 내 옆에 앉았다. 고양잇과 녀석이라 그런지 발소리를 안 내니까 언제 왔는지도 몰랐다.

"옆에 앉아도 되느냐?"

너 이미 앉아 있잖아.

"네가 언제부터 내 허락받았냐?"

이 녀석, 왜 이래? 나한테 뭐 죄졌나?

아. 까치를 자기 멋대로 밖에다 버리고 온 것을 신경 쓰고 있는 걸지도 모르겠네. 랑이는 알게 모르게 내게 신경을 써주니까. 그게 조금 엇나가서 문제지.

"에헤헤."

랑이가 웃음을 흘리며 뒤로 발라당 눕는다. 그건 앉는다고 말하는 게 아니잖아. 그렇게 생각하면서도 나는 자연스레 한쪽 팔을 랑이에게 베개로 빌려주었다. 랑이가 몸을 꿈틀대며 나한테 달라붙는다. 날씨가 더웠을 때 이런 짓을 했으면 밀어버렸겠지만, 날이 서늘해서 봐준다.

"저기, 혹시 화났느냐?"

"뭐가?"

"까치를 내 멋대로 내쫓은 것 말이다."

고개를 돌려 랑이를 본다. 내 눈치를 살피며 약간 불안해하고 있다. '무슨 걱정을 사서 하냐?' 라고 혼내면서 머리에 꿀밤이라도 때리든가, 귀를 꾸욱꾸욱 눌러주고 싶지만, 두 손 다 사용 중이어서 봐주마.

"화 안 났어."

"다행이니라!"

지금까지는 참고 있었다는 듯이, 랑이가 나를 꼬옥 껴안는다. 맘대로 해라. 지금의 나는 관대하다.

"그런데……. 그렇다면 아까부터 왜 그렇게 침울해하고 있는 것이냐?"

"이런 건 보통 사색에 잠긴다거나, 우수에 잠겼다, 라고 하는 거다."

"……그건 아닌 것 같으니라."

이 녀석. 부정하지 말란 말이야.

"혹시 고민거리가 있느냐?"

"응?"

"내가 도와줄 수 있는 것이라면 돕게 해주었으면 하느니라. 나는 언제나 네게 도움만 받고 있지 않느냐? 이래서야 지어미 실격이다. 설마, 혹시 나 때문이냐?"

"야, 인마."

너는 지금 무슨 소리를 하는 거야?

"어제 말했잖아. 네가 내 옆에만 있어줘도 나는……."

"그러면 왜 행복해하지 않느냐? 지금 나는 네 옆에 있지 않느냐?"

랑이가 움직이더니 내 배 위에 올라탄다. 두 손으로 내 가슴을 짚는다. 풀어 헤친 머리카락이 흘러내린다. 랑이의 슬퍼 보이는 눈동자가 나를 내려다본다.

"밥을 먹을 때도, 내가 네 옆에 앉았을 때도, 심지어 지금도. 너는 무엇인가를 마음에 담아 두고 있었느니라."

역시 이 녀석은 이상한 데에서는 눈치가 빠르다.

"나는 성훈이 그런 얼굴을 하는 것이 싫다. 내게 언제나 웃어주었으면 한다. 언제나 행복하였으면 한다. 그렇지 않으면 나도 여기가 슬프고, 아파지느니라."

랑이가 울 것 같은 눈동자로 내려다보며 내 가슴을 강하게 누른다.

거짓말이 아니다. 랑이는 자신의 진심을 온몸으로 내게 말하고 있다. 내가 걱정된다는 그 한 마디를 위해서. 이렇게까지 하는데 계속 숨기고 있을 수도 없는 노릇이다.

"별거 아니야. 그냥, 까치. 그 녀석이 좀 신경 쓰였던 거야."

"그 아해 말이느냐?"

아, 랑이의 볼이 살짝 부푼다. 손가락으로 찌르면 뿌우 하고 공기가 새어 나올 것같이. 기분 전환 참 빠르네.

"그렇다면 화 안 났다는 말은 거짓말이느냐? 우—. 거짓말하는 성훈은 싫다. 나한테 숨기는 것을 두지 말거라."

랑이가 내 가슴을 콩알 같은 주먹으로 톡톡 내려친다. 생각이 단순한 녀석 같으니라고. 나는 이제는 비어버린 손으로 랑이의 이마에 딱콩, 하고 손가락을 튕겼다.

"으냐앗!"

랑이가 이마를 붙잡고 그대로 내 몸 위에 쓰러지며 말했다.

"거짓말쟁이 성훈이 착한 랑이를 때린다!"

자기 이름을 자기가 부르지 마.

"누가 거짓말이라는 거야, 누가. 너한테 화가 난 게 아니야. 난 단지……."

"단지?"

아파서 그런지 눈물이 살짝 맺힌 랑이가 내 가슴에 턱을 괴고 올려다본다.

내가 신경 쓰이는 것은 까치의 말이다. 까치는 "누구 하나는 죽어야 하니까요."라는 말을 했다.

그건 틀린 말이다.

나는 랑이가 보호해 주고 있다. 그렇다는 것은 이 일은 누구 하나가 죽는 일이 아니라, 까치가 죽게 되는 일이다. 까치는 바둑이에게도 맥을 못 쓰는 약한 요괴다. 그런 애가 랑이의 비호를 뚫을 수 있을 리가 없다. 내가 스스로 랑이와 떨어진 천재일우의 기회가 없었다면, 까치는 시도도 하지 못하고 랑이에게 잡혔을 것이다. 까치가 이런 사실을 모를 리가 없다. 그렇다는 건, 까치는 이미 목숨을 버릴 각오를 하고 있었다는 말이다. 그것이 마음에 걸린다. 도대체 왜 까치 같은 어린애가 그런 각오까지 하게 되었을까. 아직 부모의 아래에서 사랑을 받으며 자랄 나이의 소녀가 그런 각오를 하게 된 사정이 궁금하다.

"……걱정되는 것이구나."

"······응?"

이런, 생각에 너무 빠졌나. 눈치도 못 챘는데 랑이가 어느새 내 목을 끌어안고 내 위에 완전히 자리를 잡아버렸다. 랑이의 볼이 내 볼과 맞닿는다. 야, 야. 너무 달라붙지 마라.

"자신의 목숨을 위협한 아이까지 걱정해주는 것이로구나. 성훈은 너무너무너무 상냥하다."

얼굴이 살짝 달아오른다. 부끄럽다고. 그런 이야기를 사람 면전에 대고 하지 마라. 아니라고 말할 수밖에 없게 되니까.

"내가? 넌 눈에 콩깍지라도 낀 거냐."

"그건 너를 처음 봤을 때의 일이 아니느냐?"

사람을 부끄럽게 만드네. 하지만 난 상냥한 게 아니다.

"그런 게 아니야."

난 단순히 생각을 하기로 한 것뿐이다. 더 이상 아무런 생각 도 하지 않고, 흐르는 대로 흘러가다 네가 다시는 위험에 빠지 는 일이 없도록. 나래가 다시는 다치는 일이 없도록. 세희가 잔소리 하는 일이 없도록. 생각을 하는 것뿐이다. 생각이 많아 져서 오지랖까지 넓어진 것뿐이야.

"아니다."

하지만 랑이는 꼬리를 흔들었다.

"성훈은 상냥한 것이다. 나는 알 수 있느니라."

어린애의 억지란, 자신이 믿는다면 포도로 메주를 쑨다고 밀 어붙이는 것만큼 심한 거죠. 랑이와 이런 이야기를 하는 것도 왠지 모르게 힘들어져서, 아무런 대답도 하지 않기로 했을 때.

"그래서 조금 슬프지만 많이 기쁘다. 성훈의 상냥함 덕분에 나는 네 곁에서, 너는 내 곁에서 이렇게 행복할 수 있으니까 말이다. 안 그러느냐?"

"……그래."

치사하네. 내가 대답할 수밖에 없는 말을 하면 어쩌라는 거냐. 나는 조금은 가벼워진 마음으로 랑이를 옆으로 내려놓고 나도 그쪽을 향해 누웠다. 랑이가 내게 웃어준다. 그 미소로, 나는 한 가지 결심을 할 수 있었다.

아무 말 없이 얼마나 누워 있었을까. 랑이는 잠이 들었고, 나도 슬슬 졸리기 시작했다. 노을이 져가는 하늘과, 귀여운 랑이를 바라보는 것만으로는 졸음을 이겨낼 수 없는 것 같다. 거기다 이 녀석. 안고 있으면 은근히 사람을 졸리게 만드는 뭔가가 있다니까.

나는 잠들어 있는 랑이를 깨워서 방에 돌려보내려 툭툭 건드려보았지만,

"음냐아……."

일어날 생각을 안 한다. 아니, 오히려 내게 달라붙어서 배시시 웃으며 꼬리를 살랑살랑 흔든다. 아예 일어날 생각이 없구만.

쳇.

방금 전의 일도 있겠다. 나는 어쩔 수 없이 랑이를 공주님 모시듯이 소중히 안아서 랑이의 방, 다시 말해 세희의 방이자 안방으로 향했다. 문을 열기 위해서 한쪽 발을 드는 순간, 문이 저절로 열렸다. 안에서 단아하게 앉아 있는 세희가, 한쪽 발을 든 채 바보같이 서 있는 나를 올려다보며 말했다.

"밤이 깊어지는 이 시간에 아낙네의 처소를 찾은 것은⋯⋯."

"랑이를 재우기 위해서입니다."

재빠르게 말을 끊고 안으로 들어간다. 뒤에서 문을 닫는 소리가 들린다.

"말재주가 느셨군요, 도련님."

서당 개 3년이면 풍월을 읊고, 세희 옆 3일이면 신경 쇠약에 걸리니까. 그런 생각을 담아 대답해줬다.

"덕분에."

방 안에는 세희가 미리 깔아놓은 이불이 있었다. 준비성도 철저하지.

랑이를 이불 위에 내려놓는데, 뭔가 이상하다. 그래. 베개 숫자가 마음에 걸린다. 왜 세 개지? 아, 바둑이도 여기서 자는 건가? 바둑이니까 당연히 마당에서 잘 거라고 생각했구나.

⋯⋯아이고, 어머니. 당신의 아들은 어느새 어린 소녀를 한 마리의 개와 동급으로 생각하는 것도 모자라 이제는 마당에서 잠을 잔다고 생각하게 되었습니다.

나는 자조의 한숨을 내뱉으며, 이 상태가 돼서도 내 몸을 감싸 안고 있는 랑이의 손을 풀었다. 이불까지 덮어주고 나가려는데 가만히 잠자코 있던 세희가 내 발목을 잡았다.

"여기서 주무실 생각이 아니셨습니까?"

"내가 왜 여기서 자냐. 자리도 없잖아."

"도련님이 주무실 자리는 이미 마련해 두었습니다."

"바둑이 자리 아니었냐?"

"바둑이는 마당에서 잠을 잡니다."

내가 틀린 말을 한 건 아니었네. 그건 그렇고 나중에 한 번 바둑이에게 물어봐야 되겠다. 넌 그런 취급을 받는 것이 괜찮냐고.

　"무엇보다 산속의 밤은 춥습니다. 혼자서 주무시면 추우실 테니, 주인님과 같이 주무시지요."

　"그러고 보니까, 여기 꽤 추웠지."

　확실히 첫날밤은 꽤 추웠다. 그래서 나도 모르게 잠결에 랑이를 난로 취급해 버렸고.

　세희가 고개를 끄덕인다. 왜 그래?

　"겨울용 이불 있나?"

　내가 설마 여기서 잘 것 같았어?

　"많이 느셨군요, 도련님."

　"없으면 여름용도 괜찮아. 두 개 덮으면 되니까."

　칫. 세희의 혀를 차는 소리가 들린다. 하지만 세희는 그런 적 없다는 듯이 장롱의 문을 열었다.

　"잠시 기다리시죠."

　세희를 말로 이겼다는 것에서 왠지 모를 승리감이 가득 찬다. 인간을 우습게 보지 마라! 우하하핫! 같은 기분에 잠시 취해 있을 때.

　"어이쿠, 손이 미끄러졌네."

　세희가 이불을 꺼내다가, 실수로 랑이의 배 위에 베개를 떨어뜨렸다. 아프지는 않겠지만, 그 충격에 랑이가 살짝 잠에서 깬 것 같다.

　"으—음."

랑이가 살짝 눈을 뜨더니 배 위에 떨어진 베개를 한 번 보고 좌우를 둘러본다. 뭐 찾는 거라도 있나?

"……성훈은 어디 있느냐."

찾는 게 나였습니까. 나는 랑이 옆에 쭈그려 앉으며 말했다.

"여기."

랑이가 손을 뻗어 내 발목을 콕, 움켜쥐며 말했다.

"어딜…… 가려는 것이냐?"

불안으로 가득 찬 목소리로 나를 불안하게 만드는 말이다.

"응? 나도 내 방으로 가서 자야지. 밤도 늦었고."

"같이 안 자면 싫으니라."

너도 나보고 여기서 자라는 거냐. 미안하지만 낮잠이면 모를까, 밤에는 혼자서 자는 게 훨씬 편하다고. 그렇게 말하려는데,

"우―."

랑이의 눈가에 눈물이 맺힌다. 아니, 그렁그렁 맺힌 눈물이 뚝뚝 떨어진다!

"우, 싫으니라. 같이, 같이 있어줘라. 히이잉."

우, 우는 거냐? 갑자기 왜 그래? 내가 뭘 잘못했냐? 야, 야! 울지 마! 울지 말라고! 예쁜 얼굴이 엉망이 되잖아!

"오늘만은 같이하여 주시죠."

뚝뚝 눈물을 흘리는 랑이를 앞에 두고 허둥대고 있는 내게 세희가 말을 건다.

"어제와 오늘. 두 번이나 도련님의 목숨이 위협에 빠졌습니다. 무신경한 도련님의 눈에는 아무렇지 않게 보이셨을지 몰

라도 주인님께서는 큰 충격을 받으셨을 겁니다. 그런 연유로 도련님을 곁에 두고 싶어 하시는 주인님을 버리시지 않으실 거라 저는 믿습니다. 상냥하신 로리콘 도련님."

세희의 입가가 비틀리듯 올라가는 것을 본 나는 확신이 들었다. 이 녀석, 랑이와의 이야기를 몰래 들었구나. 지금은 그게 문제가 아니지만.

"알았어."

나는 랑이의 손을 풀고, 대신 내 손을 쥐어준 다음 머리를 쓰다듬어 주었다.

"오늘은 같이 잘게. 됐지?"

"훌쩍, 진짜?"

나는 랑이의 눈물을 닦아주었다.

"그래."

그제야 안심하는 표정을 지으며 고개를 끄덕인다. 그러면 나도 잘 준비를 해볼까. 일단 화장실을 갔다 오고, 간단히 씻자. 아, 미리 말하는데 랑이하고 같이 잔다고 해서 신경 쓰는 거 아니다. 이 녀석하고 잔다고 그런 걸 신경 쓰겠냐. 원래 자기 전에는 간단히 씻는 게 내 습관이다. 습관이라고.

"그러면 난 잠깐 화장실 좀 갔다 올게."

"금방 올 것이냐?"

"그래. 그러니까 잠깐만 기다려."

이거야 원. 나도 잠에 취해 있을 때는 여러 가지로 자제심 같은 게 약해진다는 걸 알고 있지만, 이 녀석도 만만치 않은 것 같다. 이렇게 불안해하는 랑이는 처음 보는 것 같다. 나는 그런 랑이가 안심할 수 있게 몸을 숙여 이마에 살짝 입을 맞춰주었다. 대서비스다.

"금방 올게."

"알겠느니라."

랑이가 눈을 감는다. 잠시 후, 호흡이 안정되는 것을 확인하고 나서야 나는 자리에서 일어났다.

"도련님."

"왜?"

"요강은 방 안에도 있습니다."

"시끄러."

나보고 죽으라는 거냐.

예전에도 말한 적 있지만, 할아버지 댁은 기와집이다. 사람이 살기 편하도록 리모델링을 하긴 한 것 같은데, 이게 조금 이상하다. 문은 옛날식으로 창호지가 붙어 있는 여닫이문이면서, 방에는 장판이 깔려 있다든가. 마루는 나무로 되어 있다든가. 아궁이가 있으면서 가스레인지도 있고. 그리고 내가 가려는 화장실은 마당으로 나가야 하는데도 수세식이다. ……도대체 이 집을 리모델링한 사람의 정신 상태가 궁금하다. 어울리지 않는 건 아니지만, 이상하잖아. 어쨌거나 손을 씻고 본래의 모습으로 현신해서 잠을 자고 있는 바둑이가 차지한 마당을 가로질러 방으로 돌아가려는데, 대문 쪽에서 이상한 소리가 들린다. 꼭 귀신이 흐느끼는 소리 같다. 아니, 세희 말고. 그 녀석이 울면 나는 사과나무를 심어야 한다. 내일 지구가 멸망하니까.

난 호기심을 이기지 못하고 대문으로 걸어가 보았다. 그곳에 있는 것은 까치였다.

까치는 무슨 고생을 했는지는 몰라도 몸이 더러워진 채, 물에 푹 젖어 몸에 옷이 달라붙어 있었다. 그리고 벌벌 떨며 왠지 모르게 붉어진 눈가를 손목으로 닦고 있었다. 이런. 울고 있었던 것 같다. 하지만 까치는 자신이 운 것을 숨기고 싶은지 애써 태연한 척을 한다.

"가, 갑자기 뭐, 뭔가요?!"

그 모습에 나는 옛날의 나를 겹쳐보게 되었다. 나 역시 어렸을 적, 이모네 집에 보내졌을 때 이런 경험이 있다. 그때는 왜 그렇게 부모 노릇도 못한 아버지가 그리웠는지 몇날 며칠 동안은 밤에 몰래 밖으로 나가서 울고 들어오곤 했다. 이모는 그걸 다 알면서도 모르는 척해주고, 내가 울다 돌아오면 아무 말 없이 나를 꼭 껴안아 주곤 했다.

겨우 집을 떠난 것만으로도 그렇게 슬펐다. 그런데 다시는 부모님을 못 만나게 될 거라 생각하고 있을 까치는 오죽할까. 모르는 척해주자. 자신이 울었다는 사실을 들키고 싶지 않은 것도 이해해주자. 잘 알지도 모르는 사람한테, 그것도 나 같은 사람한테는 약한 모습을 보여주기 싫을 테니까. 그래서 나는 아무것도 못 본 듯이 까치를 평범하게 대해주기로 했다.

"너 여기서 뭐하냐?"

"보, 보면 모르나요? 당신을 죽이기 위해서 기다리고 있었

133
두 번째 이야기

어요."

그게 핑계냐? 그렇게 생각하면서도 나는 까치의 말을 따라 주기로 했다.

"어떻게?"

"당신이 은둔형 폐인이 아닌 이상 이런 밤에는 집 밖으로 나오게 돼 있으니까, 산책하러 나오면 죽일 생각으로 기다리고 있었다고요."

이 야밤에? 그게 말이 된다고 생각하냐? 자기가 무슨 말을 하는지 깨닫지도 못한 까치가 새의 날개로 변한 손을 꺼내서 파닥거린다. 아이고, 무서워라. 달밤의 산책은 포기해야겠네.

"그러면 오늘은 안 나가야겠네."

나는 보란 듯이 한 걸음 뒤로 물러났다.

"치사하게! 빨리 밖으로 나와요!"

너 같으면 나가겠냐.

"싫은데."

"아우우!"

까치가 화를 내다가 몸을 부르르 떤다. 그러고 보니 날씨가 꽤 춥다. 으—. 여름이라고 해도 산속은 춥구나. 방으로 돌아가야겠다.

"그러면 나는 먼저 들어간다. 너도 **그만 울고** 들어와. 그런 꼴로 있다간 얼어 죽는다."

까치가 머리카락을 파닥이며 소리쳤다.

"누, 누가 울었다는 거예요! 전 당신이 나오는 걸 기다리고 있었다고 했잖아요!!"

아차, 실수다. 그런 말을 들으면 오기로 부정할 수밖에 없는데 이놈의 입이 문제네. 에이, 그래도 별문제 없겠지. 날씨가 추우니까 까치도 금방 들어갈 거다.

"아, 그래. 그런 거였지?"

"그런 게 아니라 진짜라고요!"

"나는 오늘은 안방에서 잘 거니까, 내 방은 비어 있을 거다. 거기서 자면 돼."

"당신이 나올 때까지 여기서 기다린다고 했잖아요!!"

"예이, 예이."

나는 자신의 거짓말에 목을 매는 까치를 내버려두고 몸을 돌렸다. 솔직하지 못한 꼬맹이는 놔두고 잠이나 자러 가자. 추우면 알아서 들어오겠지. 나도 그랬으니까.

다시 돌아간 안방에는 형광등 대신 등잔불이 켜져 있었다. 잠들어 있는 랑이를 위해 세희가 해놓은 것 같다. 정말 랑이를 잘 챙겨주는 녀석이다. 잠자리에는 랑이가 가운데 떡하니 자리를 잡고 누워 있었다. 그 왼쪽에는 머리를 풀고 누워 있는 세희가 있었다. 이불 위로 평소에는 볼 수 없던 부드러운 어깨선이 보여서 그런지 조금은 분위기가 달라 보인다. 이렇게 보니까 나보다 어른스러워 보이네. 그런데 갑자기 랑이를 통해서 들었던 말이 머릿속에 떠올랐다.

[잠을 잘 때는 아무것도 걸치지 않는 것이 건강에 좋다 하더라.]

……아니겠지. 응. 아닐 거다.

"무슨 생각하십니까?"

여기서 "네가 지금 알몸으로 있는지 신경 쓰인다."라고 말할 수 있는 사람 나와 봐.

"불 끈다."

나는 세희의 말을 무시하고 등잔불 뚜껑을 닫아 불을 껐다. 삽시간에 주위가 어두워진다. 슬금슬금 이불 속으로 들어가자, 랑이가 잠든 채로 내게 달라붙는다. 신기한 녀석이다.

"좋은 밤 되시기를. 참고로, 저는 아무것도 입지 않았습니다."

그 신경 쓰이는 사실에 놀라는 것보다 내게는 먼저 할 말이 있었다.

"너 진짜 독심술 쓸 줄 아는 거 아니냐?!"

세희는 대답하지 않았다.

무거워.

뭔가 무거운 것이 가슴을 짓누르고 있다. 뭐야, 도대체. 힘겹게 눈을 떠서 아래를 내려다보니, 내 위에서 몸을 웅크린 채 잠들어 있는 랑이가 보였다. 너는 어디의 고양이냐. 호랑이면 호랑이다운 모습으로 자라. 나는 랑이를 슬쩍 밀어 옆에 내려놓았다.

"우―냐."

이런, 깨워버렸나? 아니, 몸을 뒤척일 뿐 잠에서 깬 건 아닌 것 같다. 나는 랑이의 머리를 한 번 쓰다듬고 다시 눈을 감으려고 했지만, 갑자기 요의가 느껴졌다. 자기 전에 화장실을 갔다 왔는데도 이러네. 무시하고 잘까? 아니, 귀찮아도 해결하고 오자. 잠 못 잔다. 나는 조용히 문을 열고 방 밖으로 나왔다. 밤하늘에는 밝은 달이 떠 있었다. 아우우우— 하고 울부짖으면 변신할 수 있을 것 같은 보름달이다. ……아직 잠에서 덜 깼나.

"으—."

조금 추울지도. 이런 날씨 속에 마당에서 잠들어 있는 바둑이가 신기하다. 개털은 따뜻한가 보다. 바둑이를 지나쳐 화장실에서 볼일을 마치고 다시 방으로 돌아가려다가, 갑자기 까치가 생각이 났다. 그 녀석, 잘 들어왔으려나? 나는 슬쩍 내 방으로 가봤다. 오해를 살지도 모르기 때문에 소리가 안 나게 문을 살짝 열고 안을 들여다보았다. 아무도 없다. 누가 들어왔던 흔적조차 없다.

……어이. 잠깐만.

나는 급하게 대문 쪽으로 뛰어갔다. 이 자식, 그때부터 지금까지 계속 밖에 있는 거 아니야? 여름이라고는 해도 산속의 밤은 춥다. 오기 하나만 믿고 그렇게 너덜너덜해진데다가 물에 젖은 옷을 입고 버틸 수 있는 날씨가 아니라고!

"어이?!"

대문 앞에는 몸을 웅크리고 쓰러져 있는 까치가 있었다. 야, 설마 얼어 죽은 거냐? 머릿속에 추운 날 어린 소녀를 밖에서 얼어 죽게 만든 시골 인심, 같은 뉴스 헤드라인에나 쓸 만한 말이 떠올랐다 사라진다. 아니, 지금 농담할 때가 아니지. 나는 대문을 활짝 열고 집 밖으로 나갔다.

"걸렸어요!"

그 순간, 쓰러져 있던 까치가 벌떡 일어나더니, 날개를 휘두르며 전력으로 내게 달려들었다!!

큰일이다! 이 자식, 함정이었냐?!……라고 깜짝 놀라고 있는데 갑자기 까치가 앞으로 고꾸라진다. 나는 이 어이없는 상황에 당황해서 아무 말도 할 수 없었다. 다만 까치만이 억울하다는 듯이,

"아, 아우. 왜, 왜 갑자기……몸이……."

쓰러진 채로 벌벌 떨더니,

"……아우."

신음을 흘리며 고개를 떨어뜨렸다. 정신을 잃은 것 같다. 이런 기회에 일부러 쓰러질 리는 없으니까 정말로 뭔가 문제가 생긴 거다. 나는 쓰러진 까치의 팔을 잡았다가 깜짝 놀랐다. 차갑다. 붉은 피부와는 다르게 몸은 얼음장같이 느껴진다.

이, 이럴 때는 어떻게 하지? 어떻게 하기는 뭘 어떻게 하냐! 일단 따듯한 곳으로 옮겨야지! 나는 까치를 두 손으로 안아 들었다.

행복한 왕자에 나오는 제비 꼴이 나는 건, 보기 싫다. 어렸을 때 그 동화를 읽고 얼마나 울었던가. 이 녀석은 까치지만. 어쨌건, 이런 상황에서 의지할 수 있는 사람은 세희밖에 없다. 나는 안방으로 달려갔다. 방문을 발로 열고 안으로 들어가서 세희를 깨운다.

"세…… 깨 있냐?"

세희는 이미 이불 속에서 몸을 일으켜서 치마를 두르고 있

었다. 어, 어이! 속옷하고 저고리는 어디 갔냐?!

"그렇게 시끄러우면 바둑이라도 깰 것입니다."

세희는 속옷 대신 흰색 천을 가슴에 두르고, 저고리를 챙겨 입으면서 그렇게 대꾸했다. 그런데 지금 이런 말을 할 때가 아니라는 건 알지만, 바둑이도 랑이도, 아직 잘 자고 있거든?

"까치 좀 봐 줘."

세희는 내 품에 안겨서 정신을 잃고 있는 까치의 볼과 손목을 번갈아 만져보고는,

"저체온증이군요."

담담하게 말했다.

"도련님을 위해서 저체온증에 대한 설명을 하자면……."

"치료법부터 말해봐."

"가장 좋은 방법은 체온으로 따듯하게 해주며 마사지를 해주는 것이죠."

그것 참 간단해서 좋다.

"그러면 네가……."

"못 합니다, 도련님."

세희는 내 말을 잘랐다.

"제 몸이 그리 따듯하지 않다는 것을 잊고 계신 것 같군요."

그러고 보니 세희의 몸은 차갑다. 귀신이기 때문인지, 원래 몸이 찬 건지 알 수는 없지만 전자에 힘이 실릴 것 같다.

"그러면 랑이가……."

세희가 눈을 번뜩였다.

"도련님께서 책임지실 목숨입니다. 도련님께서 하시지요."

"난 남자잖아!"

"사그라지는 생명 앞에서 그런 것을 따지실 겁니까?"

……네 말대로다. 지금 그런 걸 따질 때가 아니지.

"아니면, 음욕이 동하실 것을 걱정하시는 겁니까?"

나는 세희에게 보란 듯이 까치의 옷을 벗겼다.

"어머나, 능숙하시네요."

"누가?!"

능숙하기는 누가 능숙해?! 지금 힘들어하는 거 안 보이냐?

"그럼 저는 만약을 위해 다른 치료법을 준비하겠습니다."

"알았어."

세희가 부엌으로 들어간다. 그걸 이상하게 생각할 겨를도 없이, 까치를 이불 속에 집어넣고 나도 옷을 벗었다. 젠장, 비상사태니까 어쩔 수 없는 거야. 나는 팬티 차림이 돼서 이불 안으로 들어가 뒤에서 까치를 꼭 품에 안았다.

몸이 차갑다. 몸서리가 쳐질 정도다. 만약 까치가 덜덜 떨고 있지만 않았다면, 이미 죽었다고 생각할 정도다. 이, 이럴 때는 어떻게 하지? 분명히 세희가 마사지를 해주랬지? 나는 생각과 동시에 행동했다. 일단 왼손으로 얼굴을 만지작거리며, 오른손으로 부풀어져 오른 가슴을 좌우를 번갈아 가며 주물렀다. 음흉한 속뜻이 있는 게 아니라 까치를 품에 안은 채로 마사지를 해주려니까 어쩔 수 없는 일이었다. 지금 부끄러워할 때가 아니지. 그런데 까치가 어린아이 치고는 가슴이 꽤 크다는 게, 만져보니까 확실히 알겠다. 아직 작지만 손으로 움켜쥘 수 있고, 꽤 부드러운데다가 손가락이 안으로 파고들─이 아니라!

"아, 아우……"

까치가 소리를 내며 숨을 토한다. 얼굴을 풀어주고 있는 손에 온기가 느껴지는 걸 봐서, 마사지가 효과가 있는 것 같다. 나는 계속해서 가슴을 주무르며, 왼손을 아래로 내려 배를 어루만져 주었다.

"으ㅡ으응."

가슴을 마사지해주던 오른손을 배로 옮기고, 왼손을 더 아래로 내린다. 이상한 생각은 안 한다. 이건 마사지다, 마사지.

의료 행위다.

그런데 손에 잡히는 허벅지의 감촉이 너무나 부드러우면서도 탄력적이다. 어린아이의 몸을 만지고 있다는 생각이 들지 않아서 나도 모르게ㅡ. 아니, 아니! 그래서야 완전히 범죄라고! 거기다 내 등 뒤에서는 랑이가 자고 있다! 내가 지금 반응할 때가 아니야! 나는 머릿속으로, 이런 상황을 나래가 보면 어떻게 될지 생각했다.

……죽겠지. 좋아. 바로 정신이 들었다.

몇 분 정도 시간이 흘렀을까. 까치는 더 이상 몸을 떨지 않았고, 평온한 숨을 내쉬기 시작했다. 휴ㅡ. 이제야 좀 쉴 수 있겠네. 까치의 몸을 마사지해주는 일은 생각 외로 힘들었다. 정신적으로나, 육체적으로나. 그리고 보니, 까치를 방 안으로 데려온 뒤 내가 한 일련의 행동을 객관적으로 생각해보면 꽤나 위험한 짓이 아니었을까. 팬티 차림의 남자가 의식을 잃은 여자아이를 속옷 차림으로 만든 뒤 이불 속으로 끌고 들어가, 온몸을 제멋대로 주무른다.

이거 신고당해도 할 말이 없겠네.

"마음껏 즐기셨습니까?"

그러니까 그런 말 하지 마라.

"빨리도 온다."

"오기는 예전에 왔습니다만, 도련님께서 흥분하셔서 까치 님의 몸을 떡 주무르듯이 주무르시기에, 잠시 자리를 피해드 렸습니다."

말 참 예쁘게 한다.

"누군 하고 싶어서 했는지 알아?! 그리고 너 지금 손에 들고 있는 건 도대체 뭐야?!"

세희의 손에 들려 있는 것이 하도 예상외의 것이어서 나도 모르게 큰 소리를 내고 말았다.

"……으냐아아."

그 목소리에 랑이가 깰 것 같다. 나는 입을 다물고, 잠에서 깨려고 하는 랑이의 머리를 쓰다듬어 주었다.

"흠냐……아."

잠투정은 없는 녀석이다.

나는 조용히, 하지만 또박또박 세희에게 말했다.

"지금 당장 네가 들고 있는 것에 대해서 설명해봐."

"부엌칼입니다."

그건 나도 보면 안다.

"길게."

"주인님의 발톱으로 만든 부엌칼입니다."

그 말 진짜였냐?!

"그래서?"

"궁금한 것을 묻기만 해서는 발전이 없습니다."

알아서 생각하라는 거냐?

"하지만 저는 친절하니까 설명해 드리죠."

나보고 어쩌라는 거야?!

"보통 친절한 사람은 그런 말 안 하거든?"

세희는 타당한 내 의견을 무시하며 자기 할 말만 계속 했다.

"주인님의 발톱으로 만든 이 부엌칼은 단순한 조리 도구로
사용될 수도 있지만, 어떻게 사용하느냐에 따라서 저희 같은
요괴에게 힘을 불어넣어줄 수 있는 약이 될 수도 있습니다."

랑이가 영약이라는 말은 농담이 아니었던 거냐. 난 네가 날
놀리려고 한 말인 줄만 알았는데.

"그런데, 어떻게 쓰는 거야?"

"찌릅니다."

"뭐?"

"이 부엌칼로 몸을 찌르면 됩니다."

나는 골치가 아파왔다. 세희가 하는 말이니 거짓말은 아닐
테지만 저런 말을 면상에서 들으면 나 빼고 믿을 사람이 누가
있겠어.

"나보고 그걸 믿으라는 거냐?"

"사실입니다. 까치 님 같은 요괴는 그로 인한 부작용으로 힘
이 넘쳐서 일시적으로 신체가 성장할 수도 있겠지만, 지금은
별 상관없는 이야기군요. 도련님의 에로 마사지에 생명을 구

하신 것 같으니. 아니면 지금 시험해 보시겠습니까? 한 번만 푹 찌르면 됩니다."

하고 싶은 말은 태산같이 많았지만 나는 말을 신중하게 골랐다.

"일단 그거 부엌에 놓고 와."

달빛에 부엌칼이 반사되어 번쩍번쩍거리는 게 신경 쓰이니까.

"알겠습니다."

세희가 부엌으로 들어가자,

"하—암……."

긴장이 풀려서 그런지 갑자기 하품이 나왔다. 까치의 몸을 마사지해 주는 것도 은근히 중노동이었으니까. 아, 모르겠다. 일단 자자. 나는 세희가 돌아오는 것을 기다리지 않고 까치를 품에 안은 채, 눈을 감고 말았다.

뒷일은 생각하지 않고서.

아침에 일어나는 건 힘들다. 나같이 잠이 많고, 일어나면 몇 분간 멍해지는 사람에게 아침은 정말 찾아오지 말았으면 하는 시간 중 하나다. 그래서 시끄러운 소리에 억지로 잠에서 깨어져 몸을 일으켰을 때, 나는 눈앞에 벌어지고 있는 상황을 이해하지 못했다. 눈앞에서 팬티만 입고 있는 반라의 까치를 상대로 두 손을 호랑이의 것으로 변화시킨 랑이가 길길이 날뛰고 있는 상황을 말이다.

"너, 너, 너, 너!!"

랑이는 뭐 때문인지는 모르겠지만, 화가 많이 나서 얼굴이 새빨개진 채 말도 제대로 못 하고 있었다.

"네가 왜 발가벗고 성훈한테 안겨 있던 것이느냐?!"

"아, 아우, 저, 저도, 잘—."

당황해서 제대로 말도 못하고 있는 까치를 보고 있자니, 아직 멍한 머리로도 상황이 대충 이해가 될 것 같았다. 그러니까 랑이가 일찍 일어나서 내 옆에서 자고 있는 까치를 보고 화가 나서 날뛰고 있는 거겠지? 이 정도야 쉽지. 하—암. 나 대신 설명해줄 세희는 이런 난리 속에서도 내 옆에서 잘 자고 있다. 거참. 어젯밤에는 안 깨워도 잘만 일어나더니. 하지만 그게 지금 무슨 상관이야. 졸려 죽겠는데. 좀 더 자야겠다. 일단 랑이부터 달래자. 저렇게 시끄럽게 굴어서야 오는 잠도 도망칠 테니까.

"랑이야."

내가 일어난 걸 눈치채지 못하고 있던 랑이가 고개를 휙 돌렸다.

"성훈아! 이게 어떻게 된 일이느냐?! 어째서 이 아해가……."

나는 남아 있는 잠이 다 달아나기 전에 랑이의 허리를 끌어안으며 말을 끊었다.

"흐—냐?!"

어리둥절해하며 손을 다시 인간의 것으로 바꾸는 랑이를 품에 끌어안아 이불 속에 눕히며 말한다.

"내가 어젯밤에 데리고 들어왔어."

랑이가 품 안에서 바동거리며 반항한다.

"왜 그리했느냐?"

졸리다. 설명은 나중으로 미루자.

"그건 됐고 더 자자. 나 잠 설쳐서 졸리다."

"하, 하지만—."

뭐가 그렇게 불만인지 랑이가 뾰로통한 게 이대로 놔두면 계속해서 귀찮게 굴 것 같다. 난 좀 더 자고 싶다고. 일단 랑이 녀석이 아무 말도 못하게 하는 방법이…… 에, 어디 보자. 이럴 때는 뭐가 제일 좋을까? 아, 가장 좋은 방법이 떠올랐다. 이거라면 즉효약이다.

나는 랑이에게 입을 맞췄다.

"으—읍?!"

랑이가 전기가 오르듯 손발을 쫙 펴며 깜짝 놀란다. 잘은 안 보이지만 꼬리나 귀도 그렇겠지. 나는 상관 안 하고 슬쩍슬쩍 나를 떠나려고 하는 수마를 붙잡는 데 애썼다.

그저 입술만을 마주하는 키스였지만 효과는 발군이었는지, 랑이는 이제는 다른 이유로 얼굴을 붉히고 손을 들어 내 등을 끌어안았다. 이 정도면 되려나? 나는 입술을 떼었다. 뭔가 묘하게 거칠어진 숨을 내쉬는 랑이가 나를 올려다보고 있다.

"자자."

내 말에 눈도 제대로 마주치지 못하고 고개를 숙이는 랑이가 사랑스럽다. 그런 랑이를 좀 더 느끼기 위해 손에 힘을 준다. 한층 더 짙어진 랑이의 체취가 코를 간질인다. 좋은 냄새다.

"아, 알겠느니라."

나는 그대로 눈을 감아 이른 기상 시간을 좀 더 늦추기로 했다.

"아, 아우우! 그런 식으로 호랑이님을 유혹했군요! 당신은 부, 부끄럽지도 않은 건가요."

응? 부끄러울 게 뭐가 있냐. 그제 이미 한 번 했는데. 나는 까치의 이상한 소리를 들으며 다시 잠에 빠져들었다.

─덥다. 그래. 한여름에 따듯한 난로를 껴안고 있는 기분이다. 등 뒤로 땀이 맺힌다. 으. 이래서야 더 잘 수도 없겠다. 나는 남아 있으려고 애를 쓰는 수마를 이제는 필요 없어져서 발로 뻥 차버리고 눈을 떴다.

보석 같은 호박색 눈동자가 바로 코앞에 있다. 눈을 깜빡이는 것도, 속눈썹도, 조금 기다란 동공도, 이마에 내려온 흰색 머리카락도 너무나 선명하게 보일 정도로 가깝다.

……나 잠에서 깬 것 맞지?

랑이가 왜 이렇게 가까이서 자고 있지? 이 녀석이 달라붙었나? 이렇게 더울 때는 좀 떨어져도 되지 않을까. 자기도 더운지 통통한 볼에 봉숭아물을 들이고 있으면서 왜 이렇게 달라붙어 있어? 아, 물론 그런 모습이 어딘가 부끄러워하는 것같이 보여서 사랑스럽기는 하지만 말이야.

"……일어났느냐."

"어."

그런데,

"넌 안 잤냐?"

뭔가가 내 배꼽을 콕콕 찌른다. 털이 복슬복슬해서 간지러운 게 랑이의 꼬리인 것 같다.

"내가 어떻게 자느냐?"

랑이의 불만 표시인 것 같다. 그런데 너. 참 안 어울리는 말을 한다? 어떻게 자냐니. 넌 내 곁이면 어디서든지 잘 수 있잖아? 그렇게 무서워하던 유령의 집에서도 잘 자던 녀석이 지금 상황이 뭐 어때서…….

아.

그제야 머리가 제대로 돌아가기 시작했다. 생각났다. 어젯밤 일과 내가 잠결에 저지른 아침의 일도.

"우아앗?!"

한 번 일어나는 일은 두 번도 일어난다!! 가 아니라, 한 번 경험했던 일이니까 이렇게 놀랄 이유는 없잖아!! 같은 멍청한 생각을 하며, 랑이를 놓아주고 뒤로 쭉 물러난다. 등에 뭔가 부드러운 게 닿았지만, 신경 쓸 틈이 없다. 내가 지금 잠결에 무슨 짓을 한 거야!

그러는 사이 랑이는 발딱 일어나서 머리를 다듬고, 옷가지를 바르게 다듬는다. 어딘가의 규중처녀 같은, 어울리지 않는 행동이다. 저렇게 귀를 만지작거리는 건 랑이답지만. 아, 그러고 보니까 내가 이런 준범죄자에 가까운 짓을 하게 만든 진짜 범죄자, 까치양은 어디 갔지? 허리를 일으켜 세워보니, 까치가 구석에서 무릎을 끌어안고 이쪽을 노려보고 있는 모습

148

이 보였다.

"……너 거기서 뭐하냐."

대답은 예상하지 못한 곳에서 들려 왔다.

"도련님의 부끄러운 애정 행각에 두려움을 느낀 것이겠지요."

"히이익?!"

바로 뒤에서 들려오는 세희의 목소리에 깜짝 놀라 이번에는 앞으로 데굴데굴 굴렀다. 뒤를 돌아보니, 자리에 누운 상태로 나를 보고 있는 세희가 있었다. 서, 설마 조금 전에 등에 닿은 부드러운 것이 세희의 가, 가슴? 지금 이런 생각을 하는 내가 정말 이상한 것 같지만 나는 피 끓는 청소년이기에 어쩔 수 없다. 단언컨대 세희의 가슴은 랑이와 비…….

"도련님."

세희의 칼날 같은 목소리가 내 심장을 찔렀다.

"옙?!"

계절은 한여름이건만 지금만은 한겨울이 된 것 같아 온몸에 닭살이 돋았다.

"곧 아침상을 올릴 테니, 그동안 씻으시지요."

"아, 알겠습니다!"

나는 이상한 생각을 그만두고 도망치듯이 욕실로 뛰어갔다.

아침의 소동 때문에 조금 늦은 식사를 마치고, 랑이와 세희가 잠시 할 이야기가 있다고 자리를 비웠다. 나만 빼놓고 할 이야기라니, 조금 신경 쓰였지만 까치가 방 안으로 들어오는 바람에 그 생각은 그리 오래가지 못했다. 까치는 세희가 준 새 옷으로 갈아입었는데, 새로 준 옷도 예전에 입었던 옷과 크기도 모양도 똑같았다. 도대체 어디서 구한 걸까.

"뭐야."

"할 말이 있어요."

나는 들어오라는 뜻으로 손짓을 했다. 까치는 방에 들어와서 최대한 나와 멀찌감치 자리를 잡고 앉았다.

"그래서 뭐야?"

"굴욕적이지만 어제 일에 대한 감사 인사를 하고 싶어서 왔어요."

헤에? 전혀 생각도 못한 일이어서 놀라움에 살짝 입이 벌어졌다. 그게 마음에 안 든 것 같다.

"멍청한 얼굴로 보지 마요. 기분이 나쁘니까요. 감사 인사를 하려는데 뭐가 불만이에요?"

밖에서 얼어 죽을 뻔한 녀석한테 멍청하다는 말을 듣고 싶지는 않다.

"감사 인사를 하러 온 사람의 태도가 그래서야 되겠냐."

"전 요괴에요."

"……말꼬리 잡지 마."

"바보 같은 소리만 하니까 그러죠."

요즘 들어서 이상하게 내 인내심을 시험당하는 느낌이 드는데 말이야. 세희한테 집 안에 펀치 머신이라도 들여다 달라고 부탁해야 하나? 네 사진을 프린트해서 붙이면 한국 신기록을,

세희의 사진을 프린트해서 붙이면 세계 신기록을 세울 수 있을 것 같은데.

"그래서, 끝이냐? 생명의 은인을 멍청한 얼굴로 멍청한 소리를 하는 멍청한 사람으로 만드는 게 네 감사 인사야?"

"사람 말을 끝까지 듣지도 않고 무슨 소리에요?"

"너 요괴라며."

"말꼬리 잡지 마세요."

확 올라가려는 주먹을 초인적인 인내심으로 참는다.

"그러면 끝까지 말해봐."

"안 그래도 말할 생각이었어요."

이 녀석 진짜 까칠하네. 까치는 이런 말을 하는 것 자체가 굴욕이라는 듯이 얼굴을 찡그리며 말했다.

"어제에 대한 감사의 인사로, 당신이 저를 치이라고 부르는 걸 허락해 줄게요."

"치이? 네 이름은 까치라며?"

"그것도 제 이름이에요."

나는 그 말에 한 가지 떠오른 가설을 까치에게 물어보았다.

"그게 네가 하늘로부터 점지 받은 진짜 이름이야?"

까치가 얼굴을 확 붉히며 머리카락까지 위아래로 파닥거리며 소리쳤다.

"미, 미, 미쳤어요?! 제가 왜 당신 같은 인간말종쓰레기천하의잡놈로리콘페도필리아거머리바퀴벌레 같은 사람한테 하늘에서 점지해준 이름을 알려드리나요?!"

"네가 얼마나 당황하고 있는지, 내가 얼마나 큰 말실수를 했다는 것도 잘 알겠다. 하지만 웬만하면 사람한테 그런 말 하지 마."

세희의 독설에 익숙해진 나도 꿀밤을 때릴 뻔했으니까.

"아직 모자란 거예요! 당신이 한 오해는 한참 더 욕을 먹어 도 모자란 거예요! 이 바보멍텅구리—."

이렇게 길길이 날뛰는 걸 보면, 그 이름이라는 것이 상당히 중요하긴 한가 보다. 그러고 보니 랑이도 이성을 잃었을 때, 범이라는 진짜 이름을 듣고 움찔했었지.

"아침밥도 안 되는 쓰레기에 날다가 나뭇가지에 부딪혀서 떨어져보니 그 아래가 진흙탕이 될 사람 같으니라고요!"

네놈의 욕은 지금까지 들어본 적 없는 새로운 장르를 개척 해서 듣는 맛이 있구나.

"알았어. 그만해. 잘못했다."

"잘못한 줄 알면 죽으세요."

세상에 법이 왜 있겠냐?

"됐으니까, 그 치이라는 건 뭔데?"

"애칭이에요."

헤에? 애칭이 치이야? 꽤 예쁜 이름이네. 왜 그렇게 지었는 지는 모르겠지만.

"나보고 널 애칭으로 부르라는 거야?"

내 말에 까치, 아니, 치이가 얼굴을 팍 찌푸렸다. 뭐냐, 그 표정은.

"어쩔 수 없잖아요. 당신이 원인이라고는 해도 결국에 얼어 죽을 뻔한 저를 구한 것도 당신이니까요. 그대로 얼어 죽었으면 약속도 이루지 못한 게 돼서 그야말로 개죽음이었어요."

"그게 어떻게 내가 원인이야. 네가 바보짓 한 거지."

"누, 누가 바보짓을 했다고 그래요? 애초에 당신이 그런 말만 안 했어도…… 앗!"

치이가 아차 하고 입을 두 손으로 가렸다. 그것을 놓치지 않고 나는 몸을 숙이며 심술궂은 표정으로 치이에게 물어보았다.

"무슨 말?"

"아무것도 아니에요!"

치이는 고개를 휙 돌리며 말했다.

"어쨌건 싫으면 관두세요. 당신이 일단은 제 생명의 은인이라, 애칭으로 부를 수 있도록 허락해주는 거로 은혜를 갚을 뿐이니까요. 부르든지 말든지, 그건 당신 마음대로지만 이왕이면 치이라고 불렀으면 좋겠네요. 그래야지 당신한테 빚지는 게 없어지니까."

그래. 네 마음대로 해라. 너를 까치라고 부르든지, 치이라고 부르든지 별로 달라지는 건 없으니까. 그런데 말이다.

"조금 모자란 감이 있지 않아?"

"무슨 소리인가요."

"넌 네 목숨이 겨우 자신을 애칭으로 부를 수 있는 권리 정도밖에 안 된다고 생각하냐?"

"아우웃?!"

치이가 허를 찔렸다는 듯 뜨끔한다. 이 자식. 내가 말 안 했으면 구렁이 담 넘어가듯 넘어가려고 했구만?

"뭐, 뭘 그렇게 쪼잔하게 구는 거예요? 당신, 남자 맞나요?"

"요즘 세상에 누가 남자 여자 가리냐? 남녀평등 몰라? 남녀평등?"

거짓말입니다. 요즘 세상에도 남자 여자 가리는 일은 많아요. 하지만 내가 한 말은 일단은 정론이다. 쉽게 반박하기 힘들걸?

내가 치이에게 뭔가를 얻어내기 위해서 이런 말을 하는 건 아니다. 그저, 이 녀석이 너무 까칠한 것 같아서 나도 조금 까칠해진 것뿐이다.

치이는 내 말에 뭔가 생각에 잠기더니, 이내 싫은 티를 팍팍 내며 말했다.

"알았어요. 그러면 당신을 오라버니라고 불러드리죠."

이런 건 내가 원한 일이 아니다.

"내가 왜 오라버니냐?"

방귀 뀐 놈이 성낸다고, 치이가 갑자기 벌떡 일어나 내게 삿대질을 하며 소리쳤다.

"오라버니가 모자란다고 했잖아요! 오라버니가! 절 치이로 부르는 거로는 모자란다면서요?! 그래서 제가 우엑하고 싶어지는 걸 참으면서까지 당신을 오라버니라고 불러드리면 그걸로 만족하란 말이에요! 어차피 오라버니는 이런 거에 흥분하는 변태잖아요?! 변태면 변태답게 좋아하란 말이에요!"

앉아 있을 수 없게 만드네, 이 녀석!

"누가 변태야! 누가! 내 어디가 변태 같다는 거야?!"

"오라버니는 대낮에 저를 성 노리개로 삼는다고 사람들 보

154
나와 호랑이님 2

는 앞에서 소리쳤잖아요! 그게 변태 아니고 뭔가요?!"

"바로 거짓말이라고 했잖아!"

"그걸 어떻게 믿어요?! 오늘 아침만 해도 정신을 차리고 보니까 옷은 다 벗겨져서 알몸이고! 오라버니한테 안겨 있고! 뭔가 닿아 있고! 그런데 어떻게 믿냐고요?!"

"사람을 좀 믿어 봐라! 그건 네가 어제 얼어 죽을 뻔해서 어쩔 수 없이 그렇게 한 것뿐이야! 의료 행위 모르냐, 의료 행위?! 넌 지금 감사 인사를 하고 싶은 거냐, 사람을 감방에 처넣고 싶은 거냐?!"

"의료 행위면 왜 그 흉측한 게 왜 서 있냐고요!"

윽?!

"아침에는 어쩔 수 없다고! 생리 현상 모르냐?!"

"그딴 걸 제가 왜 알아야 하나요! 얼마나 끔찍했는지 알아요?!"

······말을 말자. 하고 싶은 말은 많지만 해봤자 이 녀석이 날 변태라고 생각하는 건 변하지 않을 것 같으니까.

"그래, 미안하다. 내가 생각이 없었다."

이럴 때는 조금 늦은 것 같지만 어른의 여유를 보여주자. 그런데 말이다. 너의 목숨은 치이라는 애칭과 오라버니라는 호칭, 그 두 가지 값어치밖에 없는 거냐?

"그래서, 할 말 다했어?"

"다 했으니까 나갈 거예요. 오라버니하고 같은 방 안에 있다는 사실만으로도 소름이 돋으니까요."

결국 나는 참지 못했다.

"아우우! 왜 때리는 거예요?!"

"맞을 소리를 하니까 때리지!"

"바보, 멍청이, 변태, 로리콘! 나가 죽는 거예요!"

치이가 폭언을 내뱉으며 방을 나간 후, 나는 정신적인 피로에 벽에 등을 기댔다.

그래도 이 짧은 시간 동안 치이를 보면서 깨달은 것이 있다. 내가 눈치가 빠른 것이 아니고, 내가 한 번 경험했던 것이라 알고 싶지 않아도 저절로 알게 된 것들이다. 그, 이런 말 하면 부끄럽지만 말이야. 저 녀석은 한창 삐뚤어졌을 때의 어린 나를 쏙 빼닮았다. 내 말을 믿지 않으려고 하는 것은, 부모님에게 버림받았다는 착각에 자기 스스로 사람과의 벽을 세우고 아무도 믿지 못했던 나를. 오라버니라고 불러주거나 치이라고 불러달라는 것은, 솔직하게 자신의 마음을 전하지 못하면서도 신경 써달라고 조르던 나를. 울었다는 사실을 숨기는 것은, 억지로 강한 척을 했던 나를. 그야말로 완전히 내 어렸을 때와 판박이다. 내 착각일 수도 있겠지만 난 그렇게 느꼈다.

그래서 나는 한 가지 결심을 했다. 아니, 할 수밖에 없었다. 이유는 간단하다. 자신이 10년 전에 저지른 바보짓을 눈앞에서 똑같이 저지르는 아이가 있는데 가만히 놔둘 수가 있겠어?

이 결심을 전하기 위해서, 이 방 안에는 없지만 치이와 나의 대화를 듣고 있었을 귀신의 이름을 부른다.

"세희. 나와 봐."

"무슨 일이십니까, 도련님."

소리 소문 없이, 원래 그곳에 있었다는 듯 내 앞에 앉아 있는 세희에게도 이제 슬슬 적응이 될 것 같다.

"지금까지 모르는 척해줘서 고맙고 미안해. 너도 알다시피 내가 치이를 살려둔 이유는 거짓말이었다."

"그렇습니까? 전 진심이라고 생각하고 있었습니다."

모르는 척하기는.

"그래서 할 이야기가 있어."

바로 어제. 세희는 내가 치이를 살려두는 이유가 거짓말인 줄 알면서도 넘어가 주었다. 하지만, 지금은 다르다. 나는 말만 하지 않았다면 모르는 척해줄 세희에게 사실을 말했고, 그에 따라서 세희는 다시 치이를 죽이려고 들 수 있게 되었다. 바보 같은 짓이라고 생각할 수 있지만, 이건 내게 중요한 일이다. 마음가짐 자체가 달라지니까. 나는 세희가 무슨 말을 하든지, 설득시킬 각오를 하고 입을 열었다.

"말씀하지 않으셔도 됩니다. 저는 도련님의 뜻을 따르겠습니다."

하지만 세희는 내 말을 듣지도 않고 내가 원하는 대답을 해주었다.

"너 내가 무슨 말을 할지 알고 있냐?"

세희가 엷은 미소를 지었다.

"모릅니다."

알고 있는 것 같은데.

"하지만 이미 굳은 각오를 다진 도련님의 뜻을 제가 어찌 꺾을 수 있겠습니까? 이미 마음을 굳히셨으니 저로서는 **주인님들의** 행복을 위해서 이리저리 계책을 짜고, 계략을 세우는 것이 최선입니다."

　그런 말을 하는 세희에게 나는 뭐라고 할 말이 없었다. 세희는 그런 나에게 공손히, 그 앞에 있는 내가 부담스러울 정도로 공손히 고개를 숙였다.

　"그러면 저는 오지랖만 넓은 무능력하고 무책임한 도련님 덕분에, 이만 실례하겠습니다. 해야 할 일이 상당히 많아졌으니까요."

　이대로 놔두면 순식간에 어디론가 사라질 것 같아서 나는 일단 세희를 말로 붙잡았다.

　"세희야."

　"귀찮은 일을 늘릴 생각이 아니시라면 들어드리겠습니다, 도련님."

　"아니……. 그게, 고맙다."

　내가 말하고도 쑥스러워서 시선을 피하면서 힐끗, 세희를 훔쳐본다. 세희는 그녀에게 어울리는 미소를 지으며 말했다.

　"고마워하실 것 없습니다, 도련님. 평소에도 그리 사내다운 모습을 보여주시면 저는 얼마든지 도련님의 명을 따를 것이니까요."

　그 미소는 다른 말로 비웃음이라고 한다.

　나는 나래에게 전화를 했다. ……어제 통화가 그렇게 안 좋은 형태로 끝났기에 받아줄까 했는데, 생각과는 다르게 3분 만에 전화를 받아줘서 조금 기뻤다.

[걸지 마. 변태. 죽어.]

뚜—.

아니, 그렇게 기쁘지는 않네. 내가 왜 저런 소리를 들어야 하는 건지 이해는 못하겠지만, 어쩔 수 없다. 나래는 부끄러워서 평소보다 더 험하게 말하는 것뿐이니까.

이대로 전화를 해봤자 받아줄 리가 없고, 나래의 화만 돋우게 될 테니까 나는 먼저 문자를 보내기로 했다. 중요한 상담이 있다고 말이야. 그러자, 보낸 지 일 분도 안 돼서 나래에게서 전화가 왔다.

……나래의 성격이 이렇습니다. 이러니까 좋아하지 않을 수가 없잖아.

[별것 아닌 이야기면 화낼 거니까, 말해봐. 무슨 일이야?]

나는 나래에게 간략하게 내가 지금 처한 상황을 설명했다. 까치라는 어린 요괴가 나를 죽이려 든다. 물론, 나는 안전하다. 문제는 내가 이곳을 떠나면 그 까치라는 요괴가 죽게 된다. 그리고 나는 결심했던 것을 이야기한 뒤, 말을 이었다.

"……그래서 말인데. 미안해. 서울로 올라가는 게 좀 늦어질 것 같아."

묵묵히 이야기를 듣고 있던 나래가 처음으로 입을 열었다.

[화낼게.]

"……예?"

쩌렁쩌렁 한 소리가 내 고막을 터트리듯 울렸다.

[이 바보, 멍청아! 너, 도대체 날 뭘로 보고 그런 말을 하는 거야?!]

내가 세상에서 가장 좋아하고, 결혼하고 싶은 여자아이요.

[너, 내가 했던 말 까먹었지?!]

"아."

까먹고 있었다. 고민하고 있었던 내 등을 밀어주었던 나래의 말을. 그제야 나는 나래가 왜 화를 내는지 깨달았다.

"……미안."

[하여튼 이상한 데에만 눈치 보고 있어요, 이 바보는. 알겠어? 내 일은 언니가 도와주기로 했으니까 걱정 말고 너나 잘해.]

"응."

응? 잠깐. 나래는 외동이라 언니가 없을 텐데?

"나래야, 지금……."

뚜―.

통화 단절 음이 내 귀를 울렸다. 내가 잘못 들었나? 일단 그건 나중에 생각하기로 하자.

나래와의 통화가 끝나고 마지막으로 찾아간 것은 랑이었다.

랑이는 세희와 뭔가 이야기를 나누고 있다가, 내가 인기척을 내자 화들짝 놀라서 털을 부풀리며 뒤를 돌아보았다. 뭐야. 담 넘다가 걸렸냐?

"어, 언제 왔느냐?!"

"방금 전에. 왜?"

"아니, 아무것도 아니니라. 세희야, 잠시 자리를 비키어라."

"알겠습니다, 주인님."

세희는 가볍게 고개를 숙이고 연기처럼 그 자리에서 사라졌다.

뭔가 수상한 냄새가 풀풀 나는데. 뭐지? 궁금하기는 한데 세희가 있었다는 사실이 마음에 걸린다. 흠. 아무것도 묻지 말자. 뱀 굴에 손을 찔러 넣는 취미는 없으니까.

"그래? 그러면 잠깐 괜찮아? 하고 싶은 이야기가 있는데."

내 말에 랑이가 꼬리를 느릿하게 좌우로 흔들다가, 쭉 하고 세우며 눈동자를 빛냈다.

"드디어 혼례 날짜를 잡는 것이느냐?!"

어떻게 생각하면 이야기가 그쪽으로 가는지 신기할 따름이다.

"아니. 치이에 대한 거야."

"치이?"

랑이의 머리카락이 물음표를 만든다. 아, 그러고 보니까 이 녀석은 모르지.

"까치의 애칭이야."

"애칭이 무엇이냐?"

그런 것도 설명해줘야 하는 겁니까.

"네 이름이 호랑이인데도 내가 랑이라고 부르는 것 같은 거야."

랑이가 고개를 끄덕였다.

"아, 까치이니까 치이인 것이냐."

……그런 거였냐. 난 치이가 그냥 애칭인 줄 알았는데, 그런

이유가 있었던 거야?

"그건 그렇고, 그것 때문에 하고 싶은 말이 있어."

"무엇이느냐?"

내가 진지하게 말해서 그럴까, 랑이가 갑자기 손발을 몸에 딱 붙이고 일자로 섰다. 자기 나름대로 내 말을 제대로 듣겠다고 한 행동인 것 같은데, 오히려 그 모습이 귀여워서 진정이 안 된다. 그래서 나는 일단 랑이의 머리를 쓰다듬어 주었다.

"하우우우······."

랑이의 몸이 흐물흐물하게 풀린다. 그제야 나는 하고 싶은 말을 꺼낼 수 있었다.

내 이야기를 다 들은 랑이는 한 치의 망설임 없이 대답했다.

"괜찮으니라! 지아비의 뜻이 그러한데 어찌 내가 막을 수 있겠느냐?!"

"고마워."

이것으로 남은 것은 치이 본인에게 이야기를 하는 것뿐이다.

치이는 대들보 위에 엉덩이를 걸치고 앉아 있었다. 자연스럽게 발찌를 단 치이의 맨발이 눈에 들어온다.

"······너 거기서 뭐하냐."

"쳇."

사람 보고 인상을 찌푸리면서 혀까지 차냐.

"들켰네요. 그래서 뭔가요? 이제야 저를 범하고 죽일 생각이 들었나요?"

나는 아무 말 없이 손짓을 했다. 치이가 치마를 두 손으로 누르고 대들보에서 내려와 내 앞에 선다. 나는 머리카락 사이에 드러난 귀를 잡고,

"아웃?!"

쭈욱 잡아당겼다.

"아우우우우우!!"

지금이라도 죽을 것같이 아파하는 치이가 아주 조금은 불쌍해져서 일단 귀를 놓아준다. 치이가 새빨갛게 된 귀를 숨기며 소리쳤다.

"요괴들은……."

"인간의 모습을 할 때 귀가 민감하지. 아니냐?"

"알면서 그런 짓을 하다니! 당신은 정말 인간답군요!"

"그거 칭찬이냐, 욕이냐?"

"나가 죽으라는 뜻이에요."

요괴들은 나가 죽으라는 뜻으로 인간답다는 말을 사용한다는 것을 배웠다.

"나같이 착한 사람이 어디 있다고…… 미안."

무리수였다.

"어쨌든, 너한테 할 말이 있다."

"이번에도 틀리셨어요. 할 것이겠죠."

"그래. 할 거다."

치이가 몸을 움찔 떨었다. 하지만,

"좋아요. 여기서 하는 건가요. 각오는 돼 있어요."

그 말만은, 그 의지는 흐트러질 생각을 하지 않는다. 그 굳은 의지를 시간과 정성을 들여 괴롭히며 조금씩 마모시키는 것도 한 가지 즐거움이 될 수 있겠지만…… 잠깐, 나 지금 무슨 소리를 한 거야.

"그래. 네 말대로 여기서……."

나는 결심한 것을 했다.

손을 들어 치이의 머리에 올려놓는 것이다. 그리고 부드럽게 쓰다듬어 주었다.

"?"

이 자식이 미쳤나 하는 표정에서, 치이가 나를 어떻게 생각하는지에 대한 답이 나왔다.

"너와 한 약속은 내가 이 집에 있을 때, 너는 나를 해치지 않고 우리도 너를 해치지 않는다겠지?"

"그래요."

내 결심을 치이에게 말한다.

"그래서 말인데, 난 이 집에서 평생 동안 안 나갈 거다."

"……아우?"

"다시 말해서. 네가 생각을 고치고, 너와 계약한 그 요괴를 찾아가 약속을 무를 생각이 들 때까지, 나는 자연사로 죽는 한이 있어도 이 집 안에만 있을 거라는 이야기다. 집 밖으로 한 걸음도 안 나가고."

그 말에 치이가 놀란 표정을 짓더니, 귀 위 머리로 내 손을 쳤다. 아프다.

"농담하지 마는 거예요. 전 무슨 일이 있어도 오라버니를 죽일 거예요!"

"밖에 나가면 네 마음대로 해."

차가운 도시 남자 강성훈의 탄생이다.

"나는 여기서 나가지 않을 거니까. 설마 하늘이 점지해준 이름을 걸고 한 약속을 어길 생각은 아니겠지, 까치 요괴 씨."

"아우우!!"

분한 듯 노려보지만 뭔 상관이냐.

"도대체 왜 그러는 거예요?! 왜 절 살려두지 못해서 안달이에요?! 로리콘이어서 그런 건가요?!"

상관이 있네. 나는 한숨을 푸욱 쉬며 이야기했다.

"하—아. 저기, 착각하지 말아줄래? 내가 어린애들을 좋아하긴 하는데, 그건 귀여운 애들만이야."

오해할지도 모르겠지만 난 지금 외모를 이야기하는 것이 아니다.

"너같이 귀엽지도 않고 배배 꼬이기만 한 애는 오히려 싫어한다고. 나한테도 취향이라는 게 있으니까 존중해줘라."

"좋아해달라고 부탁한 적도 없는 거예요. 그리고 저도 오라버니가 싫어요."

"봐라. 그런 말이나 하는데 내가 로리콘이라고 해도 널 좋아할 수 있겠냐? 생각해봐. 네 나이 또래의 꼬마 애들은 랑이처럼 밝고 활기차고 조금은 멍청한 것같이 행동해야 귀여운 법이야. 그런데 너는 완전히 반대야. 속은 더럽게 꼬이고, 죽느니 사니 그런 말이나 하고, 생각하는 것도 너무 많아. 그래서 짜증난다. 꼭 옛날의 나를 보는 것 같아서 더 짜증나. 꽤 닮았거든."

"……예?"

당황하는 치이에게 별것 아닌 듯 말한다.

"네가 싫지만 그렇다고 내버려 둘 수 없는 이유가 그거야."

"재수 없는 소리를 하네요, 오라버니. 전 오라버니같이 못생기지 않았다고요."

다들 그렇겠지만 나는 내 외모가 중간은 간다고 생각하고 있다.

"그리고 오라버니같이 행복하게 살아온 사람이 어딜 봐서 저와 닮았다는 건가요. 언어도단이에요."

"그런 면이."

나는 혀를 내밀었다. 명백한 도발이다. 내 예상대로 치이는 화가 나서 주먹을 꽉 쥐며 내게 소리쳤다.

"그렇게 다 안다는 듯이 말하지 마세요! 재수 없으니까요!"

"다행이네. 너한테 호감을 사고 싶은 생각은 없으니까."

봐라. 이것이 세희에게 놀림 받으면서 익힌 어른의 여유다.

"아우우!!"

"뭐, 어쨌든. 내가 무슨 말을 해도 들을 수도 없을 테니, 난 아무 말도 안 하련다."

내가 그랬다. 이모께서, 동생들이 무슨 말을 해도 나는 한 귀로 듣고 한 귀로 흘렸다. 그러니까 안다. 이런 녀석에게 필요한 건 시간이다. 귀를 열어줄 수 있는 시간. 그러니까 지금은 이것이 최선이다.

"마음대로 해. 나가고 싶으면 나가도 되고, 집에 있고 싶으면 집에 있어도 돼. 그 약속만 깨뜨리지 않으면 네가 집에서 무슨 짓을 해도 상관없다. 랑이하고 세희한테도 다짐해 놨어. 네가 나가도 잡지 말라고. 자, 그럼 내가 할 말은 이거로 끝."

"무, 무슨 말인가요, 오라버니는?! 오라버니는 저를 성노예로 삼기 위해서 살려두고 있는 거잖아요! 지금까지 저를 건드리지 않은 것도 제가 방심하게 만들기 위해서였잖아요!"

거참. 못하는 말이 없네. 아니, 그 전에 그런 단어는 어디서 배운 거야, 이 자식은.

"말했잖아. 그거 거짓말이라고. 무엇보다 내 취향은 키가 크고 가슴도 큰, 어른스러운 여자야. 그다음이 천진난만한 여자애고."

아, 속이 다 시원하네. 나는 기분 좋게 웃으며 말했다.

"발랑 까진 너 같은 꼬맹이는 관심도 없다. 훠이, 훠이."

새를 내쫓듯 손을 휘두른다. 그 모습에 치이가 머리카락을 높이 들어 올리며 화를 냈다.

"아우우!! 제가 힘만 있었다면 이런 모습은 아니라고요!"

네가 지금 화낼 부분이 거기가 아닐 텐데? 그래도 치이에게 맞춰서 이야기를 해주자.

"너희들은 힘이 있으면 몸이 커지냐?"

"저희들이 정신과 힘. 이 두 가지가 갖춰져야지 어른의 모습이 된다는 건 당연한 상식 아닌가요?!"

"요괴들은 참 신기하네."

그렇게 말했다가, 피식 웃음이 새어 나왔다.

하긴, 4천 살 먹은 호랑이도 몸이 제멋대로 자랐다가 작아지기도 하는데, 뭔 상관이냐? 요괴란 그런 것들인가 보지.

"그래. 알았어. 그러면 그런 말은 그 때 가서 해봐라. 이거 오백 년 정도는 더 살아야겠구먼. 한오백년~ 살자는데 웬 성화요~."

민요를 부르며,

"두, 두고 보는 거예요! 저를 그렇게 놀리다니 천벌을 받을 거예요!"

너무 분해서 눈물까지 찔끔 흘리는 치이를 뒤에 놔두고 느 긋하게 방으로 돌아간다.

열 받지, 이놈아. 이것이 나의 전력 전개다. 우하하하핫.

……이때의 나는 나의 이 도발들이 어떻게 되돌아올지 전혀 생각하지 못했다.

세 번째 이야기

그 시작은 점심 식사가 끝난 오후. 식곤증에 쪄버린 내가 잠깐 방에서 낮잠을 자고 일어났을 때에 일어났다. 낮에 너무 오래 자면 밤에 잠을 못 자니까, 대충 2, 30분만 잘 생각이었는데 정신을 차리고 보니 두 시간이 훌쩍 넘어가 있었다. 잠에서 막 깬 멍한 머리로 세수를 하기 위해서 방문을 열고 나섰을 때였다.

틱!

응? 발밑에 이상한 소리가 들려서 고개를 숙이는 순간, 머리에 쾅! 하고 뭔가가 떨어졌다. 아얏! 나는 그대로 주저앉아서 머리를 감싸 안았다. 고통이 확 밀려오면서 골이 울린다. 아야야야야. 도대체 뭐야? 뭐가 때린 거야? 정신을 수습하며 눈물이 찔끔 나온 눈으로 발밑을 둘러보니, 움푹 들어간 철제 양동이가 굴러다니고 있었다. 일단 내 머리를 때린 건 저거라는 이야기지. 누가? 주위에 아무도 없는데? 설마 하는 생각에 양동이를 좀 더 주위 깊게 관찰해보니, 손잡이 부분에 하얀 실이 달려 있었다. 실은 문의 위쪽까지 이어져 있었다. 잘 보니까 문에는 끊어진 실이 달려 있었고. ……이건 그거냐? 부비트랩? 문을 여는 순간 실이 끊어져서 실에 매달려 있던 양동이가 떨어지는 고전적인 장난이야? 도대체 누가 이런 짓을……? 랑이와 바둑이는 제외. 좋은 의미로나 나쁜 의미로나 이런 부비트랩을 만들 녀석들이 아니다. 그러면 세희? 세희가 장난을 치면 양동이 정도로 안 끝나겠지. 아마, 18반 무기들이 절묘하게 몸을 비켜가며 떨어지도록 만들 거다. 그렇다면 용의선 상에 남는 것은 단 한 사람. 치이밖에 없다.

아까 했던 말에 앙심을 품었나. 이 자식, 어디 있어. 성이 나서 주위를 둘러보는데,

파닥파닥.

기둥 뒤에서 삐져나온 머리카락이 위아래로 흔들리는 게 보였다. 오냐. 범인은 사건 현장에 다시 한 번 나타나는 법이지. 사람의 머리에 양동이를 떨어뜨린 죗값을 치르게 해주마. 나는 성큼 한 걸음 앞으로,

콰직.

……콰직? 그 소리와 함께 발밑이 아래로 쑥 꺼지면서, 눈앞에 뭔가가 빠른 속도로 올라왔다. 마룻바닥으로 사용된 나무판이다. 사람 살려.

퍽!

"꽥!"

나는 그대로 볼썽사납게 마루를 굴렀다. 아이고, 내 코. 가

172
나와 호랑이님 2

뜩이나 낮은 내 코가 찌그러지겠다!

"보기 좋게 걸렸군요!"

어느새 기둥에서 튀어나온 치이가 허리에 손을 얹고 거들먹거리며, 뒹굴고 있는 나를 내려다보며 말했다. 나는 고통과 분노를 참으며 겨우겨우 인간의 언어와, 어린아이에게 들려줄 수 있는 단어를 선택해서 말했다.

"치이야. 이게 도대체 무슨 일이니."

그래서 국어책 읽듯이 말할 수밖에 없었다. 잘못하면 육두문자가 튀어나올 것 같았으니까. 이런 내 깊은 속사정을 몰라주는 치이는,

"아우? 가뜩이나 나쁜 머리가 이제 완전히 맛이 갔네요?"

같은 말이나 하고 있다. 아, 한계.

"야 인마!! 무슨 짓이냐고!!"

"천벌이에요!"

요즘에는 천벌을 요괴가 내리냐?! 너 이 녀석. 잡히기만 해봐라.

눈에 불을 켜고 달려들자니 치이가 뒤로 돌아서서 후다닥 마당으로 도망친다. 이 자식, 용서를 빌지는 못할망정 도망을 쳐?! 나는 잽싸게 신발을 신고,

푹.

"앗 따거어어어!"

급하게 발을 빼고 신발을 뒤집었다. 압정이 후드득 떨어진다. 이, 이런 시대착오적 장난이라니! 네 녀석은 순정 만화에서 나오는 악역이냐?!

"오라버니는 바보에요!"

마당 가운데에 서서 치이가 내 속을 긁는 소리를 하고 빼~
하고 혀를 내밀었다.

머릿속에서 한때 내가 즐겼던 온라인 게임의 안내 음성이
울러 퍼졌다. 분노가 충분합니다. 스킬 사용 준비가 끝났습니
다.

……오냐. 아무리 성격이 좋아도 이렇게까지 도발을 하는데
넘어가지 않으면 내가 세희지. 나는 신발을 신고, 마당으로 달
려 나갔다. 하지만 치이는 도망칠 생각을 하지 않았다. 왜? 이
자식이 겁을 상실했나? 잡히면 꿀밤 한 방으로 안 끝날 걸 알
텐데? 뭔가 노리고…… 설마?!

나는 급히 멈춰 서려고 했지만 이놈의 물리 법칙이라는 것
이 무엇인지, 나는 몇 걸음을 더 앞으로 나갔고,

푸욱.

땅이 가라앉으며 나는 무엇인가를 밟았다. 음식물 쓰레기
다.

"……설마 그렇게까지 완벽하게 걸릴 거라고는 생각 못했네
요."

그런 나를 한심하다는 듯이 바라보는 치이에게 나는 솟아오
르는 분노를 억지로 가라앉히며 말했다.

"……지금까지 일어난 일에 대한 설명을 요구한다."

"아까 말했잖아요. 천벌이 내려질 거라고요."

"아─. 그러냐."

그렇다면 지금부터 내가 너한테 내릴 것도 천벌의 일종이겠

지. 자, 어떻게 할까. 아니. 그래도 치이보다는 어른인 내가 한 번이라도 살아날 구멍을 만들어주자.

"지금이라도 용서를 빌면 봐줄게."

"제가 왜요? 이거 준비하느라 얼마나 힘들었는데요. 마루의 바닥을 빼놓고, 트랩을 설치하고, 땅까지 파는 게 얼마나 힘든지 모르죠?"

그 말이 저 잘했죠? 잘했죠? 라는 듯 들려, 나는 마침내 이성을 상실했다.

착한 아이에게는 칭찬을. 나쁜 아이에게는 벌을. 속이 부글부글 끓고 이 녀석을 당장 잡아서 야단을 치고 싶었지만, 의외로 나는 이 녀석을 붙잡을 방법을 냉정하게 생각하게 되었다. 이런 걸 차가운 불꽃같다고 하는 걸까. 아니, 그렇게 멋진 건 아니고 단순히 너무 화가 나서 침착해진 것뿐이다. 자, 생각해보자. 치이가 겉모습은 저래도 일단 요괴다. 냉정하게 생각해서 인간인 내가 잡을 수 있을 리가 없다. 그렇다면,

"바둑아!"

손을 빌리면 되는 거다. 그런 나를 치이가 이상한 눈으로 쳐다본다.

"아우? 갑자기 왜 그러시나요, 오라버니?"

대답은 하지 않았다. 아까부터 안 보이던 게 밖에서 놀고 있었던 까닭인지, 담을 뛰어넘어 들어온 바둑이가 내 옆에 달려와 쭈그려 앉았기 때문이다.

"무슨 일이세요, 도련님?"

꼬리를 격하게 흔드는 것을 봐서 내가 같이 놀아주기 위해

불렀다고 생각하는 것 같다. 뭐, 놀이라면 놀이지.

오늘 네가 할 놀이는 까치 사냥 놀이다.

"바둑아, 저 녀석 좀 붙잡아서 끌고 와줄래?"

그제야 내가 왜 바둑이를 불렀는지 눈치챈 치이의 얼굴이 새파래진다.

"아, 아우우! 그건 반칙인 거예요!"

"반칙? 무슨 반칙? 야 인마. 우리 사이에 무슨 페어플레이 정신이라도 있었냐?"

마음껏 이죽거리면서 바둑이에게 말을 건다.

"할 수 있지, 바둑아?"

"알겠어요, 도련님."

바둑이는 그렇게 말하고 네 발로 치이를 향해 달려갔다. 비록 짧은 거리였지만, 도대체 함정을 몇 개나 파놓았는지 바둑이가 발을 대는 곳마다 땅이 꺼지고, 밧줄이 올라가고, 접시가 날아가고, 불이 솟구친다. 야, 인마. 날 죽일 생각이었냐.

하지만 바둑이는 놀랄 만한 속도로 함정이 발동하기 전에 그 자리를 지나쳐,

"아우우!!"

치이의 뒷덜미를 입으로 물고 발동한 함정의 산을 뛰어넘어, 아니, 날아올라 내 앞에 치이를 대령해주었다.

"여기 있어요, 도련님."

치이를 땅에 내려놓고 그 위에 엉덩이를 깔고 앉아 꼬리를 파닥이며 상을 달라는 듯이 올려다보는 바둑이의 머리를 쓰다듬는다.

"잘했어, 바둑아."

"헤헤헤헤."

얼굴을 붉히며 행복해하는 바둑이를 보고 있자니 치이에게 벌을 주는 것은 아무래도 상관없지 않을까 하는 생각이 들었지만, 아, 안 돼! 이번에 버릇을 제대로 들여 놔야 한다고!

"잠깐 나 좀 도와줄 수 있어??"

"물론이죠, 도련님."

자. 심판의 때가 왔도다. 나는 치이의 허리를 끌어안아서 옆구리에 끼고 마루 쪽으로 들고 갔다.

"그런다고 제가……."

"바둑아?"

"왜요, 도련님?"

"이 악마 같은 인간!"

바동대며 내 욕을 하는 치이에게 아무런 말없이, 마루에 엉덩이를 걸터앉아 치이를 내 무릎 위에 엎드리게 한다. 이대로 등에 인디언 밥이라도 먹여주고 싶지만 못된 장난을 친 아이는 자고로 엉덩이를 맞아야 하는 법. 나도 어렸을 때는 어머니한테 많이 맞았었지. 그리운 옛 추억을 되살리며, 나는 그대로 치이의 치마를 아래로 내렸다. 하늘색에 흰 줄무늬가 들어간 팬티를 입은, 치이의 토실토실한 엉덩이가 밝은 대낮의 하늘 아래 드러났다. 원래라면 팬티도 벗겨야 하겠지만, 여자아이니까 이 정도로 봐주자.

"꺄우우?!"

치이의 비명을 무시하고, 손을 들어 엉덩이를 짝! 하고 때린다.

"꺄우!"

몸을 활처럼 휘며 비명을 지르는 치이의 엉덩이에 새빨간 손자국이 남는다. 물론, 내 손도 붉어졌다. 어떻게 때리는 쪽도 이렇게 아프냐. 어머니는 수십 대를 때리고서도 아무렇지도 않으셨던 것 같았는데. 그렇다고 내가 아프다고 그만둘 수도 없다. 나의 분노, 아니, 체벌을 받아라, 이놈아. 다시 한 번, 짝! 소리가 나고 치이가 몸을 튕긴다. 손발을 바동거리며 벗어나려고 하지만, 옆에서 뭔가 부럽다는 듯이 보고 있는 바둑이 때문에 도망칠 생각은 못하고 있는 것 같다.

"아, 아파요!"

"아프라고 때리는 거야."

그리고 내 손도 아프다. 얼얼한 통증을 참으며 다시 한 번.

"꺄웃!"

또 한 번.

"꺄우웃!!"

자신의 새하얀 엉덩이에 붉은 자국이 수놓아질 때마다, 치이는 이를 악물며 비명을 참았지만 새어 나오는 소리는 어쩔 수 없었는지 연방 신음을 내뱉었다. 엉덩이가 새빨갛게 부풀어 오르고, 내 손에 감각이 없게 되었을 쯤에서야 나는 치이의 엉덩이를 때리는 것을 멈췄다.

"아우, 아우우—."

울 것 같으면서도 죽을힘을 다해 눈물을 참으며 나를 노려본다. 그 시선을 무시하고 치이의 치마를 위로 올려주고 옷을

추슬러주었다. 치이가 내 무릎 위에서 내려와 다시 한 번 옷을 제대로 입는다.

"야. 세상에는 정도라는 게 있어. 아무리 날 골탕 먹이고 싶어도 이런 건 너무하잖아."

"사, 상관없다면서요!"

바락바락 대드는 치이를 보자니, 내가 어렸을 때도 이랬나 싶은 생각이 들었다.

"말했잖아. 정도라는 게 있다고. 나도 웬만한 장난이면 꿀밤으로 끝내려고 했는데, 이게 뭐냐, 이게?"

마루에는 나무판자가 올라가 있고, 마당은 구덩이투성이. 참고로 내 발은 지금도 아프다. 양말이 축축해진 걸 봐서는 피까지 나는 것 같다. 치이는 그 참상들을 둘러보고 입을 다물었다. 자기도 심했다는 걸 알겠지. 반성하는 기색도 보이겠다 이 정도에서 물러나줄까.

"그래도 조금 감정적으로 널 때린 건 미안해. 그리고 바둑이한테 부탁한 것도."

"저는 상관없어요, 도련님."

그래, 너는 상관없겠지.

"그러니까 네가 이런 짓만 안 한다면 나도 다른 애들한테 손을 벌리지 않는다고 약속할게."

내 말을 듣고만 있던 치이가 눈을 부릅뜨며 소리쳤다.

"시끄러워요! 이 변태! 시집도 안 간 처녀의 엉덩이를 때리면서 흥분하는 변태가 무슨 소리에요?!"

나는 딱 잘라서 말했다.

"잘못을 저지른 아이는 엉덩이를 맞아야 하는 거야."

나도 어렸을 때 어머니한테 많이 맞았다.

"전 성인이라고요!"

……어딜 봐서?

"어쨌거나 방금 일은 서로 잘못했으니까 넘어가자. 괜찮지?"

"누, 누가 이대로 넘어갈 줄 아나요? 두고 보세요!"

치이는 머리카락을 파닥이며 집 안으로 사라졌다.

"그런데 도련님. 발에서 맛있는 냄새가 나는데요. 한 번만 맛봐도 돼요?"

바둑이가 음식물 쓰레기에 빠졌던 내 발을 초롱초롱한 두 눈으로 보고 있다. ……빨리 씻으러 가자.

"안 돼."

"정말 안 돼요?"

저 시선에 넘어가면 안 됩니다. 바둑이를 위해서도, 나를 위해서도 말이야.

간단하게 씻고 발바닥의 상처 때문에 절뚝거리면서 세희에게 반창고가 있는지 물어보러 가는 길에, 나는 랑이와 만나게 되었다.

"다쳤다고 들었느니라!"

정정. 랑이가 나를 찾아왔다. 동그란 두 눈동자에 걱정을 가득 담고서 두 손을 모으며 나를 올려다보는 게, 꼭 내가 죽을

병에 걸린 사람이 된 것 같은 기분이 든다. 실제로는 뒤꿈치를 압정에 찔려서 며칠 동안 고생할 것 정도밖에 안 되는데.

"별거 아니야."

사실대로 말했는데도 랑이의 안색은 변할 줄을 모른다.

"내 눈으로 직접 봐야겠느니라!"

"볼 것도 없는데."

"보겠느니라!!"

어린애의 억지를 말로 이기는 건 불가능하다. 나는 그 자리에 주저앉아, 이제는 나를 내려다보는 랑이에게 보란 듯이 발을 내밀었다.

"그래봤자 살짝 구멍 뚫린 정도야."

이제는 피도 거의 안 나온다. 랑이는 내 말에 아무런 대꾸 없이 내 발목을 붙잡았다. 발을 들고 있는 게 조금 힘들었는데 잘됐다. 네가 만족할 때까지 봐라. 그런데 가만히 있을 수 없게 되었다. 랑이가 갑자기 발바닥에 코가 닿을 정도로 바짝 얼굴을 들이댄 것이다. 뭔가 부끄럽다. 호랑이의 후각은 인간의 몇 배지? 방금 씻었으니까 발 냄새는 안 나겠지?

뭘 진지하게 고민하고 있는 거냐. 그냥 발을 내려놓으면 되는 걸.

"됐지? 별거 아니니까 걱정할 필요 없어. 이런 건 침 바르면 나으니까."

내 말에 랑이가 눈을 번쩍이며 귀를 쫑긋거렸다.

"아! 그런 수가 있었구나!"

랑이는 뭔가 좋은 것이 생각났다는 듯이 환한 꽃을 피우며 혀를 내밀었다. 이때, 나는 눈치챘다. 이 자식이 지금 생각해 낸 **그런 수**가 무엇인지.

"자, 잠깐!! 랑이야! 하⋯⋯윽?!"

축축하면서 따뜻하고, 아주 약간 까칠한 랑이의 혀가 내 상처를 핥는다. 상처에서 느껴지는 따끔한 고통과, 랑이의 끈적 끈적하게까지 느껴지는 침이 흐르는 느낌. 작고 따뜻한 혀가 기어 올라가며 내 발을 간질이는 느낌까지. 하지만 그 모든 것을 뛰어넘는 것은, 랑이가 정성스럽게 내 발을 핥고 있다는 사실에서 느껴지는 배덕감이었다. 그것들이 등골을 타고 올라가 뇌를 때린다. 그것은 매우, 정말로 기분이 좋은 일⋯⋯이 아니잖아!!

나 지금 무슨 짓을 당하고 있는 거냐?! 뭐가 기분이 좋다는 거야!!

"하, 하지 마!!"

필사적으로 발을 빼려는데, 어디서 그런 힘이 나오는지 랑이는 꼼짝도 하지 않았다. 평소 나와 놀 때는 보여주지 않는, 요괴다운 힘이다.

"괜찮으니라. 금방 낫게 해주겠느니라."

말도 안 되는 소리를 한다. 혀로 입술을 한 번 핥은 랑이는 이번에는 혀의 뒤쪽으로 뱀이 기어가듯, 뒤꿈치까지 정성스럽게 핥아 내렸다. 발밑에 뚝 하고, 랑이의 침이 흘러내린다. 기껏 아문 상처가 터져 피가 나왔는지, 랑이의 침에는 약간 붉은 색이 감돌고 있었다.

"으냐⋯⋯. 역시 요력이 없는 네게는 효과가 그리 크지 못하구나. 그렇다면 이렇게 하겠느니라."

랑이가 불만스럽게 말하며 갑자기 입을 벌렸다. 그 자그마한 입술이 저리 크게 벌어질 때를 나는 한 가지 경우밖에 모른다.

그건, 밥을 먹을 때다. 다시 말해 입 안에 뭔가를 집어넣을 때밖에 없다는 거다.

"야! 하지 마!!"

"왜 그러느냐? 금방 낫게 해주겠느니라."

"침 바른다고 낫겠냐?!"

불과 3분 전에 자기가 했던 말을 부정하고 있다.

"가만히 놔두면 알아서 아물 상처를 도대체 왜 건드리냐고?!"

"가만히 있어야 하는 건 성훈이니라! 나의 몸은 영약과 같은 것이라고 말하지 않았느냐? 인간의 상처라도 이 정도쯤은 금방 낫게 할 수 있는 힘이 내게는 있느니라!"

정말 자랑스럽게 말씀하시니 할 말이 없다. 그래도 말이야. 내가 손가락이나, 손목 같은 부분을 다쳤으면 이렇게까지 질겁해서 말리지는 않을 거다. 조금 부끄럽기는 하겠지만 상대는 랑이. 이상하게 생각할 거리도 없는 호랑이라는 말이다. 그런데, 아무리 그래도 발바닥을 핥게 만드는 건 아니잖아? 그게 인간이 할 짓이냐?

"그, 그래도, 야! 더럽잖아! 더러우니까 하지 마!"

내 말에 랑이가 고개를 갸우뚱거리며 머리카락으로 물음표를 만들며 반문했다.

"그게 무슨 말이느냐?"

나는 아무리 방금 씻었다고 해도, 발바닥은 발이라는 신체의 태생적 한계 때문에 다른 부위보다 위생 상태가 나쁘다, 라고 일부러 말을 어렵게 하려고 했다. 하지만, 내가 뭐라 입을 열기도 전에 랑이가 내 입을 다물게 만들었다.

"성훈의 몸 중에 더러운 곳이 있을 리가 없지 않느냐?"

그 말에, 나는 상대가 랑이라는 것도 잊고 얼굴을 새빨갛게 물들였다. 너, 너! 그런 말을 당연하다는 듯이 하지 말라고! 내가 수치심으로 죽는 꼴을 보고 싶냐?!

랑이의 말에 제정신을 못 차리고 있을 때, 하느님 맙소사. 내가 아무런 말도 하지 않는 것을 승낙의 표시로 받아들였는지, 랑이가 내 발꿈치를 입에 물었다.

"냠."

"……?!"

비명을 지르려다가 겨우 참는다. 사실, 랑이의 따뜻한 입 안이…… 기분 좋다. 혀가 요동치듯 움직여 핥는 것도, 빨아들이는 것도, 그 모든 것이 나를 위한 마음이라는 것이 진심으로 전해진다. 한 치의 거짓도 없는 그 순수한 마음과, 그 마음에서 일어나는 행동과, 그 행동에서 일어나는…….

"……저한테 그런 짓을 시킬 생각인 거였군요."

"으히이리아악?!"

갑자기 나타난 치이의 말에 번쩍 정신이 들었다.

나, 나. 방금 뭔가 건너서는 안 되는 위험한 다리를 건널 뻔한 것 같아!

"라, 랑이야! 그만! 그만!!"

나는 필사적으로 소리치며 랑이를 말렸다. 하늘도 무심하지는 않는 듯, 다행히 랑이는 내 발에서 입을 떼줬다. 꿀꺽, 하고 침을 삼킨 랑이가 입가를 손목으로 쓱 닦고는 내게 말했다.

"맛있느니라."

"무슨 헛소리야아아아!!"

나는 발을 뒤로 빼며 벌떡 일어났다.

……어라?

방금 전까지만 해도 발이 땅에 닿기만 해도 아팠는데, 지금은 아무렇지도 않다. 침 바르면 낫는다는 게 진짜였냐? 어리둥절해서 아무 말도 못하고 있는데 치이가 랑이의 허리를 잡고 뒤로 물러났다. 꼭, 나라는 놈과 랑이의 거리를 벌리려고 하는 것같이.

"안 돼요, 호랑이님. 저런 거 먹으면 탈 난다고요."

"너한테 그런 말을 들을 이유는 없느니라!"

그 전에 나는 먹을 게 아니라는 말부터 해주고 싶다.

"애초에 네가 그런 장난만 치지 않았으면 성훈이 다칠 일이 없지 않았느냐?! 성훈만 아니었다면 너는 지금 아야 하고 있을 것이니라!"

분위기 깨게 아야가 뭐냐, 아야가.

문제는 그런 말이 치이에게 통했다는 것이다. 치이는 랑이의 호통에 겁을 먹어 머리카락을 파닥이면서도 겉으로는 당당한 태도로 지지 않고 말했다.

"그건 오라버니께서 벌을 주셨고, 직접 용서도 받았어요. 호랑이님이 화낼 건 아닌 거예요. 아니면, 오라버니의 결정을 번복하실 건가요?"

"으—냐앗!"

치이의 조리 있는 말에 랑이는 아무런 대꾸도 하지 못했다. 그러면서도 불만이 가득 차서 허리를 살짝 숙이며 이를 꽉 아문 채 꼬리를 바짝 세우고 으르렁거리는 게 사랑스럽다. 어쨌거나 나를 위해서 화를 내주는 거니까.

"그, 그래도 그 정도의 일로 나는 너를 용서할 수 없느니라!"

"시집도 안 간 처녀인 제가 오라버니에게 엉덩이를 드러내고 손자국이 날 정도로 맞았어요. 호랑이님이 말씀하시는 그 정도의 일이 아닌 거예요. 호랑이님은 오라버니께 엉덩이를 맞아본 적이 없잖아요?"

랑이는 나를 한 번 보고 잠시 생각에 잠기더니 고개를 끄덕였다.

"응. 그러하느니라."

한 번 때리려고 한 적이 있긴 했지만, 그때는 내가 잘못한 것도 있어서 서로 꿀밤으로 끝냈지.

랑이의 대답에 치이는 코웃음을 치며 말했다.

"저는 맞아봤어요. 호랑이님은 오라버니한테 안 맞아봐서 모르시겠지만 저는 맞아본 거예요. 그건 정말 아팠어요. 상상도 못할 정도로 아픈 거예요. 거기다 부끄러워서 혀를 깨물고 죽고 싶을 정도였어요. 호랑이님은 오라버니한테 엉덩이를 맞아본 적이 없으니까 그런 말씀을 할 수 있는 거예요."

그 말에, 갑자기 랑이가 나를 돌아본다. 억울하고 분해서 죽겠다는 모습으로 나를 올려다보면서 티셔츠를 잡아끌며 매달려 왔다.

"나, 나도 엉덩이를 때려주거라!"

내 머리로는 이해할 수 없는, 아니, 이해하고 싶지 않은 말을 하면서.

"……뭐?"

"까치의 말대로 나는 너한테 엉덩이를 맞아본 적이 없지 않느냐! 그러니 맞아야겠느니라! 그래서, 저것의 코를 납작하게 만들겠느니라!"

치이의 코를 납작하게 만들려면 랑이의 엉덩이를 때리면 되나 보다. 아니, 아니지. 아무리 요괴라고 해도 그게 말이 되냐.

랑이한테 무슨 말을 해야 할지 짐작도 못하겠는데, 치이가 그런 랑이를 살살 약 올렸다.

"무지무지 아픈 거예요. 랑이 님은 펑펑 울면서 소변을 지리며 그만 때리라고 말할 정도예요. 저는 속옷을 입고 맞았는데도 너무너무 아파서 울 뻔했어요."

넌 그 입 좀 다물어라!

"호랑이님은 안 돼요. 못 견딜 게 뻔한 거예요. 호랑이님은 고생한 적도 없잖아요?"

그 말이 쐐기를 박았다.

"으—냐아!!"

랑이가 한 발자국 뒤로 물러나더니 손을 허리춤에 가져다 대었다. 이 녀석이 또 무슨 짓을 할까 몰라 마음이 조마조마거린다. 내 긴장을 헛게 만들 생각이 없는지 랑이가 바지의 단

추를 풀었다. 아래로 내려가는 바지를 보며, 나는 지금 돌아가는 상황을 따라잡기에는 내 머리의 성능이 너무 낮다는 사실을 깨달았다. 그렇지만 내 몸은 머리보다 고성능이어서, 랑이가 팬티를 벗으려고 할 때 인간을 뛰어넘는 순발력으로 움직여 바지를 위로 끌어 올리는 데 성공했다. 자랑스럽다. 정말 내 몸이 자랑스럽다. 나중에 상으로 열두 시간 수면 이용권을 주자.

"무슨 짓이느냐?!"

"너야말로 무슨 짓이야!!"

"저것은 속옷을 입고 맞았다고 하지 않느냐?! 그렇다면 나는 벗고 맞겠다! 그래서 나의 위대함을 증명하겠느니라!!"

네 멍청함을 위해 일단 맞아라.

딱콩!

평소라면 아파서 울상만 지을 랑이겠지만, 지금은 머리를 부여잡으면서도 똑바로 나를 올려다보며 말했다.

"왜 머리를 때리느냐? 머리 말고……."

"시끄러, 인마! 나는 치이에게 벌을 주느라 엉덩이를 때린 거란 말이야! 그런데 잘못도 안 한 네가 맞겠다는 게 말이 되냐?! 빨리 옷이나 제대로 입어!"

평소처럼 말하면 말을 듣지 않을 것 같아서 조금 언성을 높였는데, 그게 잘못이었다. 머리를 감싸 안고 있던 랑이가 깜짝 놀라더니 몸을 부들부들 떨며, 눈물을 글썽이기 시작한 것이다.

"으, 으으, 나, 나는 그냥, 까, 까치가 부, 부러워서 나— 나도……."

"도대체 그게 뭐가 부러워? 엉덩이를 맞아 봤자 아프기밖에 더하냐? 바보 같은 소리 하지 말라고!"

결국 랑이가 울음을 터트렸다.

"바, 바보는 성훈이니라! 으아아앙!! 세희야아아아!!"

랑이가 울면서 안방으로 뛰어 들어간다. 나는 그 뒷모습을 멍하니 지켜보다가 지끈거리는 머리 때문에 그 자리에 주저앉았다. 이 모든 일의 원흉인 치이가 몸을 앞으로 숙여서 나와 눈높이를 맞추더니 생긋, 미소를 지었다.

"왜 그러세요, 오라버니?"

"너 인마."

"까우우! 그렇게 무서운 눈으로 바라보면 저 같은 약한 요괴는 덜덜 떠는 거예요. 왜요? 또 때릴 거예요?"

으득, 이가 갈렸다. 이 녀석이 뭘 노리는지는 알고 있다. 그래서 참는다.

너 인마. 세희한테 감사해라. 세희를 만나기 전이었다면 아무리 네 속셈을 알고 있어도 인정사정 보지 않고 때렸을 거다.

"장난을 칠 거면 나한테만 쳐. 랑이 괴롭히지 말고."

치이는 대답 대신 몸을 세우며 혀를 내밀었다.

그 후. 랑이가 밥을 먹는 둥 마는 둥 깨작깨작거리는 이상 사태가 벌어졌다. 평소에는 언제나 내 옆에 자리를 떡하니 잡더니, 지금은 내게서 멀리 떨어져 있다. 그뿐일까. 축 늘어뜨린 꼬리와, 푹 숙인 고개로 자신의 기분이 나쁘다는 것을 온몸으로 드러낸다. 세희는 그런 랑이에게 조금이라도 뭔가를 먹이려고 노력하다가, 고개만 젓는 랑이의 태도에 말없이 수저를 탁! 하고 내려놓으며 나를 노려보았다.

그것은, 치이는 다다르지 못한, 눈빛만으로 사람을 죽일 수 있는 경지에 오른 귀신의 것이었다. 자연스럽게 저녁 식사 풍경이 살벌해졌지만 그런 것 따위 나는 모른다는 듯이 바둑이는 평소와 같이 활기차게 손을 움직였다. 정말 부럽다. 나도 저 정도로 굳은 신경을 가지고 싶네.

사람 말려 죽이기 딱 좋은 세희의 시선을 같이 받고 있는 치이는, 겉으로는 상관없다는 듯이 수저를 움직이며 밥을 먹었다. 하지만 귀 위 머리는 하늘로 올라가 내려올 생각을 하지 않았고, 수저를 든 손도 부들부들 떨려서 먹는 것보다 떨어지는 것이 배로 많았다. 내색은 안 하려고 하는 것 같지만 그래서야 의미가 없지.

"그.럼.상.을.치.우.겠.습.니.다."

밥을 반도 못 먹었는데 세희가 일어났다. 옆의 치이가 전기가 오른 듯 몸을 부르르 떨었다. 비단 치이뿐만이 아니라, 심지어 왜 벌써 상을 치우는지 이해 못하던 바둑이조차 입에 물고 있던 뼈다귀를 땅에 떨어뜨릴 정도로 공포 분위기가 조성되었다. 나? 나는 최대한 시선을 아래로 향했다. 보면 죽을 테니까.

그런 가운데, 유일하게 세희의 기분을 풀어줄 수 있는 랑이는…… 여전히 풀이 죽은 채 침묵을 고했다.

이래서는 안 되겠다. 내가 못 견딘다. 세희의 태도도 태도지만, 랑이가 저렇게 시무룩해 있는 것이 마음에 안 든다. 아니, 마음이 아프다. 여기가 따끔거린다고. 내가 말을 심하게 한 것이 가장 큰 잘못이니까.

세희가 부엌으로 상을 치우러 간 사이에 나는 치이의 손을 툭 건드렸다.

"……?!"

소리 없는 비명을 지르며 치이가 나를 노려본다. 나는 손짓으로 바깥을 가리키며 먼저 방을 나섰다. 밖으로 나오니 숨이 트인다. 휴. 죽는 줄 알았네.

안방에서 거리를 조금 벌린 다음, 나는 뒤따라 나온 치이에게 말을 걸었다.

"어쩔 거야."

"제 잘못이 아닌 거예요. 호랑이님이 기분이 나쁘면 오라버니께서 알아서 재롱이라도 떨면 되는 거예요."

"내가 재롱떨어서 될 거면 진작 떨었어."

치이가 얼굴을 팍 찌푸리며 손으로 두 눈을 가렸다.

"제가 안 볼 때 해주세요. 보면 눈이 멀 것 같으니까요."

"말장난할 기분 아니다."

"호랑이님을 세 치 혀로 속인 건 오라버니잖아요. 알아서 하세요."

"나 혼자서는 안 되니까 그러지."

"뭐가 안 되나요? 엉덩이 한 번 때려주면 금방 헤실헤실할 게 뻔한데요."

치이가 혀를 내밀었다.

"저는 그렇게 사정없이 때렸으면서 왜 호랑이님은 안 된다는 거예요?"

"그걸 말이라고 하냐. 랑이는 잘못한 게 없으니까 그렇지. 만약에 랑이가 잘못한 게 있으면 주위에서 뭐라고 해도 내가 알아서 벌을 줄 거다. 너하고 똑같이."

그 말에 치이가 어린아이 같은 미소를 지었다. 하지만 그것은 치이가 몇 번 고개를 붕붕 휘두르고 나니 사악한 악마의 미소로 변해 있었다. 왠지 모르게 등골이 오싹하다.

"그래요? 알겠어요, 오라버니."

치이는 알 수 없는 말을 남기고 안방으로 돌아갔다. 왠지 모르게 기분 나쁜 예감이 드는데? 그리고 보통 이런 예감은 틀리지 않는 법이다.

잠시 후.

쾅!

랑이가 기물 파손 3범이 될 생각인지, 험하게 문을 열며 마루로 뛰쳐나왔다. 방금 전의 침울한 모습은 어디다 팔아먹었는지, 두 눈은 밤하늘의 북극성처럼 반짝이고, 꼬리는 순풍을 받은 배의 돛처럼 흔들린다. 그래. 저런 모습이 랑이에게 딱이다. 정말 랑이다운 모습……인데, 나는 왜 나를 보는 랑이의 시선이 먹이를 노리는 매의 그것과 똑같다고 느끼는 걸까.

"성훈아!"

이 자리를 피할까 말까 고민하고 있는데, 랑이가 큰 소리로 내 이름을 불렀다.

"나는 나쁜 짓을 하겠느니라!"

"……뭔 소리야."

갑자기 웬 나쁜 짓? 거기다 그걸 나한테 말하는 건 또 뭐냐? 이 상황을 설명해줄 수 있는 사람이 어디 없나 주위를 둘러보는데, 랑이의 뒤쪽에 치이가 손으로 입을 가린 채 키득거리며 웃는 모습이 보였다.

아.

나는 그제야 랑이가 왜 그런 말을 했는지 깨달았다. 이 자식, 일부러 나쁜 짓을 해서 나한테 맞을 생각이다. 한숨이 절로 나오네.

넌 무슨 엉덩이를 맞지 않으면 죽는 병이라도 걸렸냐.

"랑이야."

일단은 이 녀석을 말리고 보자. 치이를 혼내는 건 그 다음이다.

"대답하지 않겠느니라! 말을 들었는데도 대답하지 않는 것은 나쁜 짓이니까 말이니라!"

당당하게 가슴을 펴며 대답한 랑이에게, 나는 평소보다 한 음 낮은 목소리로 무게를 잡으며 말했다.

"난 나쁜 짓 하는 애는 싫다."

"……?!"

번개를 맞은 것처럼 몸을 쫙 펴며 깜짝 놀라는 걸 보니, 이 단세포 녀석. 그건 생각도 못했나 보다.

"랑이는 착한 애니까 나쁜 짓은 안 할 거지?"

"으, 으냐아앗……."

"난 착한 아이가 좋아."

랑이가 이러지도 저러지도 못하며 두 손을 파닥이며 안절부절못한다. 머리에서는 펑 하고 연기가 나올 것만 같다.

"하, 하지만 나는, 그러면 성훈이, 그래도 까치만, 그래서 안 좋아하면…… 후에에."

이제는 눈까지 빙빙 돌리며 머리를 흔드네. 가만히 놔두다가는 쓰러질 것 같아서 일단 이리 오라고 부르려는데, 잠자코 있던 치이가 랑이한테 다가가 그 귀에 뭔가를 속삭였다. 그 말을 들은 랑이가 팟! 하고 정신을 차리며 한층 더 흉포하게 빛나는 눈으로 나를 본다.

"안 속느니라! 나는 알고 있느니라! 내가 무슨 짓을 해도 성훈이 날 미워할 리가 없다는 것을 말이다!"

호오. 방금 전까지 고민에 빠졌던 너에게 해주고 싶은 말이군. 그런데, 치이야. 네가 정말 거하게 혼나고 싶은가 보구나? 그런 쓸데없는 사실을 알려주다니 말이야. 넌 나중에 죽었다.

나는 머리를 긁적이며, 흥분한 상태로 뭐가 나쁜 짓일까 고민하고 있는 랑이에게 말했다.

"뭐, 그렇긴 한데 말이야. 너 그건 알고 있냐?"

"후에?"

랑이가 머리카락으로 물음표를 만든다.

"난 나쁜 아이 머리는 안 쓰다듬어 주는 거."

"!!"

랑이의 등 뒤가 갑자기 어두워지고 번개가 내려친 건 기분 탓이겠지.

"그뿐만 아니라, 랑이가 나쁜 애가 되면 같이 잠도 안 잘 거고, 껴안아 주지도 않을 거고, 볼에 뽀뽀도 안 해주고, 손도 안 잡아주고, 밥도 같이 안 먹을 거야."

"사, 상관없느니라! 그, 그래도 나는 나쁜 아해가 될 것이니라!"

호오? 이 녀석, 꽤나 각오를 단단히 했군. 하지만 말이야.

"그러면 성훈이 죽일 놈이라고 말해봐. 랑이가 나쁜 아이면 그런 말 정도는 할 수 있지?"

원래는 이럴 때 쓰기 좋은 말이 있지만, 아무리 그래도 랑이에게 욕을 하게 할 수는 없으니까.

"……으냐?"

"자, 빨리 말해봐. 성훈이 죽일 놈."

"서, 서, 성후, 으냐, 훈, 으으, 성훈이 주, 주……."

랑이가 피를 토하는 듯이 한 마디 한 마디 내뱉다가,

"못하겠다아아아!!"

마침내 거의 울듯이 소리치며 쪼르르르 달려와서 내 품에 덥석 안긴다. 내 티셔츠를 위로 올리더니 머리를 집어넣고 허리에 두 손을 두르며 내 배에 볼을 비비기까지 한다. 야, 옷 늘어난다.

"미안, 미안해! 절대로 나쁜 짓은 하지 않을게! 착한 아이로, 착한 아이로 있을 테니 그런 무서운 말은 시키지 마! 랑이는 안 나빠! 랑이는 착하단 말이야!! 우아아아아앙."

훗, 계획대로. 그런데 너 말투 바뀌었다.

"그래. 알았어."

나는 옷 위로 랑이의 머리를 쓰다듬어 주며 이쪽을 보고 있는 치이에게 혀를 내밀어 주었다.

"아우우!"

분한 듯이 인상을 쓴다. 하! 넌 아직 멀었다. 랑이 조종술은 내가 한 수 위라고!

……난 지금 뭘 이렇게 자랑스럽게 말하고 있는 건지.

자, 그러면 이제 랑이를 나쁜 길로 꼬드긴 치이에게 징벌을 내릴 시간이다.

"자, 자. 이제 괜찮으니까. 그런데 우리 착한 랑이는 갑자기 왜 그런 말을 했어요?"

유치원 선생님같이 나긋하고 부드러운 목소리로 랑이에게 대답을 요구하며 등을 쓰다듬어 준다. 어이, 거기 요괴 꼬맹이. 네가 지금 토할 것 같은 표정, 아니, 흉내 낼 상황이 아닐 텐데?

랑이가 티셔츠에서 빼꼼 하고 얼굴을 내놓고 눈물이 그렁그렁 맺힌 눈으로 나를 올려다보며 말했다.

"까치가 내가 나쁜 짓을 하면 네가 엉덩이를 때려준다고 말했느니라. 그래서 잠깐 그런 생각을 했느니라. 내가 잘못했다. 다시는 그런 생각 안 하겠느니라."

많이 진정이 되었는지 말투가 다시 돌아왔네.

"응. 그러면 됐어. 솔직하게 말해줘서 고마워, 랑이야."

나는 참 잘했다는 뜻으로 랑이의 엉덩이를 툭툭 두드려 주었다.

"……으냐아?"

랑이가 귀를 쫑긋 세우며 깜짝 놀란다.

"왜 그래?"

랑이는 고개를 숙이더니,

"아······. 그런 것이었느니라. 중요한 것은 그런 것이 아니었느니라. 그런 것이 아니었느니라!"

이해할 수 없는 말을 하며 방방 뛸 듯이 기뻐한다. 아니, 방방 뛰며 기뻐한다. 뭐, 이런 게 하루 이틀인가. 랑이는 TV에 나가서 순수한 동심을 퀴즈로 승화해도 될 정도니까 그러려니 해야지. 그보다 지금은 치이에게 벌을 주는 게 먼저다. 감히 랑이를 울게 만들다니. 이럴 때는 나보다 더 적격인 녀석이 있다.

나는 어딘가에서 이 모든 것을 지켜보고 있을 녀석의 이름을 불렀다.

"세희."

"예, 도련님."

귀신답게 인기척 없이 나타나서 내 옆에 다가온 세희를 통해 치이의 사형 선고를 내린다.

"나 대신 치이한테 벌을 좀 줄래?"

"알겠습니다."

"아우웃! 오라버니는 왜 자꾸 치사하게 구는 거예요?!"

내가 세희를 부를 줄은 몰랐는지 치이가 이를 갈며 소리쳤다. 치사하긴 뭐가 치사하냐. 내 힘으로 안 되면 전문가 선생님의 도움을 받는 게 당연하지.

"부탁할게."

"부디. 도련님이 사디스트가 되는 건 상관없지만, 주인님을 감히 마조히스트로 만들려고 했던 까치 님에게는 적당한 체벌이 필요하다고 생각했습니다."

세희는 헛소리를 하며 치이 쪽으로 시선을 돌렸다. 새파랗게 질리는 치이에게서 세희의 표정을 상상할 수 있었다.

걱정 마라, 치이야. 죽이지는 않기로 약속했잖니?

"이, 이번에는 당했지만 다음에는! 다음에는 두고 보는 거예요!!"

3류 악당 같은 흔해 빠진 대사를 하며 열을 내지만, 야. 다리를 부들부들 떨면서 그런 소리를 하면 웃기기만 하거든? 아니, 조금은 불쌍할지도?

"잠시 이쪽으로 가시지요, 까치 님."

"자, 잡지 마는 거예요! 내 발로 가는 거예요!"

치이가 세희의 손을 뿌리치며 자기 발로 당당하게 세희의 뒤를 따라 걸어간다. 갈 때는 '네 발'로 서서 걸어가겠지만, 나올 때는 네 발로 기어 나올 것 같은 기분이 드는 건 왜일까.

자, 이제 일단락 났으니까 내 품에서 왠지 모르게 기뻐하고 있는 랑이를 재워볼까? 슬슬 날도 어두워져가니, 랑이는 슬슬 자야 할 시간이다.

"그러면 랑이야."

"웅! 왜 그러느냐, 내가 무지무지 사랑하는 성훈아?"

여전히, 꾸준하고, 지겹게 내 이름 앞에 이상한 말을 붙이는 걸 좋아하는 녀석이네.

"이제 슬슬 자자."

"알겠느니라! 그러면 자기 전에 같이……."

무슨 말을 하려는지 알 것 같아서 재빠르게 랑이의 말을 자른다.

"혼자 씻을 수 있지?"

랑이는 그 말에 으냐! 하고 귀여운 비명을 지르며 나를 올려다보았다. 천 마디의 말보다 호소력 짙은 반짝반짝 눈빛이다. 간이고 쓸개도 다 주고 싶지만 그랬다가는 교육상 좋지 않다. 나는 약간은 양심의 가책을 느끼면서도 단호히 말했다.

"안 돼."

"으냐……."

그렇게 매정하다는 듯이 보지 마라. 이게 다 너를 위한 거니까. 지금 나이에 혼자서 씻는 습관을 안 들여 두면 나중에 피곤해진다고. 다름 아닌 내가 말이다. 지금도 이미 늦었다는 생각이 들지만, 늦었다고 생각되었을 때가 정말로 늦었다는 유명한 말도 있잖아.

……뭔가 다른 것 같은 기분이 드는데?

"알겠느니라. 그러면 갔다 오겠느니라."

랑이가 품에서 벗어나 종종걸음으로 욕실로 향했다. 그럼 나도 간단하게 씻으러 가볼까?

……그런데 갔다 온다는 건 도대체 무슨 소리야.

그 말은 랑이가 내 방에 쳐들어온다는 것과 같은 말이었다. 방금 씻고 와서 뽀송뽀송해진 얼굴로 환하게 웃으며,

"오늘은 내가 여기서 자겠느니라!"

라고 말하는 랑이에게,

"안 돼."

라고 말하는 것은 생각보다 힘든 일이었다.

"왜 그러느냐? 나는 오늘 나쁜 짓을 하지 않았느니라! 그러니까 같이 자도 되지 않느냐?"

"난 네가 머리가 좋은 건지 나쁜 건지 모르겠다."

아니면 단순한 야생의 감인가. 아까 한 말이 있어서 섣부르게 안 된다고 할 수도 없잖아. 내 약점을 쿡 찌른 랑이는 고개를 갸우뚱거리며 곰곰이 생각에 잠기는 모습으로 내 심장을 콕 찔렀다. 아, 귀엽네, 이 자식. 그러니까 좀 평범하게 귀여우라고. 쳇, 어쩔 수 없다. 자기가 한 말은 지켜야지. 절대로 고개를 이리 까닥, 저리 까닥 하면서 내 말이 무슨 뜻인지 고민하고 있는 랑이가 귀여워서가 아니라고.

나는 이불을 슬쩍 들어 올렸다. 그러자 당연하다는 듯이 랑이가 윗옷을……

"잠깐."

가슴까지 올라가던 손이 다시 아래로 내려왔다.

"왜 그러느냐?"

"너 옷은 왜 벗냐?"

랑이가 시선을 피하며 말했다.

"세희가 알몸으로 자는 것이……."

"진짜 이유."

어디서 밑장 빼기냐.

"우—. 역시 나는 알몸으로 너를 껴안고 부둥켜안고 자는 것이 좋으니라."

"······세희한테 가서 잠옷 달라고 해."

랑이가 머리카락으로 물음표를 만든다.

"잠옷이 무엇이느냐?"

그러고 보니 이 녀석이 잠옷을 입은 걸 본 적이 없다. 평상복을 입고 자거나, 알몸으로 자는 것밖에 본 적이 없지. 뭐, 저 옷을 입고 잔다 해도 별문제는 없겠지만 이번 기회에 잠옷이라는 걸 가르치는 것도 좋을 것 같다.

"밤에 오랫동안 잘 때 입는 옷이야. 세희한테 가면 알아서 줄 거다."

랑이가 내 눈치를 살피며 조심스럽게 말했다.

"우─. 그런 건 싫으니라. 그냥 옷을 벗고 자면 안 되느냐? 난 그편이 좋으니라."

"내쫓는다."

이건 나로서도 물러날 수 없는 마지막 선이다. 이미 그 선을 불의의 사건으로 몇 번이나 지워버린 것 같지만, 상관없다. 선이 지워지면 다시 그으면 그만이니까.

"알겠느니라."

아쉽다는 기색이 역력하지만 다행히 랑이는 내 말을 들어주었다.

잠시 후, 랑이는 평소에 입던 옷이 아닌 잠옷을······ 아니. 랑이가 입고 온 것은 평범한 잠옷이 아니라 흰색 와이셔츠였다. 양복을 입을 때 속에 입는 그거 말이야. 랑이한테는 성인 남자의 와이셔츠가 좀 커서 그런지, 양쪽 어깨에서 흘러내릴 것 같아서 위태위태하게 가슴이 보일락 말락 한다. 열심히 내

려가는 와이셔츠를 손을 들어 끌어 올리는 랑이의 모습이 너무 충격적이라 나는 힘겹게 입을 열었다.

"······그거 세희가 준 거냐."

"이렇게 입고 가면 된다고 했느니라."

화내지 말자. 랑이에게 화를 낼 일이 아니다. 내일. 내일 세희의 멱살을 붙잡고 앞뒤로 흔들면 되는 일이다. 아니, 그럴 필요도 없다. 그래. 랑이가 뭘 잠옷으로 입든지 내 알 바 아니다. 그게 무슨 상관이냐? 랑이는 랑이다. 아무런 상관없다. 평소보다 세 배는 귀엽고 열 배는 더 사랑스럽지만 아무런 문제도 없다.

그렇지만 나는 바닥을 치며 한탄했다.

젠장! 와이셔츠라니! 알몸 와이셔츠라니! 내 마음속 랭킹, 나래한테 입히고 싶은 옷 제 1위잖아! 랑이가 입은 모습도 귀여워서 좋긴 하지만 난 나래가 입은 섹시한 모습을 처음으로 보고 싶었다고! 으아아아아악!

"······왜 그러느냐?"

"······아무것도 아니다."

내가 지금 애 앞에서 무슨 짓을 한 거지. 나는 마음을 다스리며 이불을 들어 올렸다. 랑이가 쪼르르 기어들어가 내 옆을 차지한다.

"그러면 불 끈다."

"아, 그 전에 말이다."

"응?"

불을 끄려 이불에서 나가려다 말고 랑이의 말을 기다린다.

"세희가 너한테 이것을 주고 읽어달라고 말하라 그랬느니라."

랑이가 꼬리를 움직여 내게 책 한 권을 건넸다. 어라? 방금 전까지만 해도 꼬리에는 아무것도 안 들려 있었는데?

"그거 어디서 나왔냐?"

"아, 요술이니라! 이 정도는 나도 할 수 있느니라, 엣헴!"

턱을 들어 올리며 자랑스러워한다. 그러니까 세희가 소매 안에서 물건을 꺼내는 것과 같은 요술인가 보다. 랑이도 저런 요술을 쓸 줄 알았다니, 놀랍네.

랑이에게서 받은 책은 동화책이었다. 동화책답지 않게 조금 두꺼운 것 같지만. 그 이름하여, 은혜 갚은 까치. 누구나 다 알고 있는 이야기일 것이다.

"무슨 이야기느냐?"

랑이를 제외한, 누구나 다 알고 있는 이야기일 것이다.

세희도 이제 진심으로 랑이에게 제대로 된 교육을 할 생각인가. 조금, 아니, 매우 늦은 감이 없지 않지만 지금이라도 어디냐. 3, 4년 후에는 그 교육이 빛을 발해서 똑 부러진 모습을 보여주는 랑이가…… 미안. 상상이 안 간다.

"그러면 읽어줄게."

랑이가 바짝 다가와서 팔꿈치로 몸을 지탱하며 두 손바닥으로 턱을 괸다. 그러면서 고개는 왜 내 어깨에 기대는 거야? 거기다, 야! 야 인마! 와이셔츠가 커서 고개를 돌리면 뭔가가 다 보인다고! 지금이야 어려서 괜찮지만……. 아니, 나중에도 괜찮겠지. 무슨 생각을 하는 거야. 그런 일은 절대로 없다. 나는 랑이에게서 시선을 돌리기 위해 책을 읽어주는 데 집중했다.

"옛날 옛적에, 지금으로부터 457년 전에 요력이라고는 티끌도 없지만 나름대로 현실에 수긍하며 그럭저럭 시궁창 속에 살아가던 까치 요괴 부부가 살고 있었습니다."

나는 바로 책을 덮었다. 뭐냐, 이건. 이상하잖아. 연도가 너무 자세한 것도 동화책에 쓰지 않을 말투도 이상하지만, 무엇보다 이상한 건 까치 요괴라는 말이다. 보통 그냥 까치 아니야?

"왜 그러느냐?"

하지만 랑이는 책의 내용보다는 내가 갑자기 책을 덮은 게 이상한 것 같다.

"……아니."

그래. 랑이도 요괴지. 그러니까 어린 요괴를 위해 각색한 전래 동화라 생각하자.

등장인물 중 까치와 구렁이가 요괴라는 것을 제외하고는 내가 아는 그 이야기와 다를 것이 없었다. 구렁이 요괴에게 목숨을 위협받던 새끼 까치 요괴는 지나가던 선비의 도움으로 목숨을 구한다.

……지나가던 선비가 요괴를 활로 쏴 죽였다는 것에 신경쓰면 안 되는 거겠지. 옛날이야기고, 우리나라의 지나가던 선비는 못하는 게 없으니까. 뭐, 어쨌건, 그 선비는 밤이 깊어져서 아녀자만 사는 오두막에 하룻밤 신세를 지게 된다. 그런데 사실 그 여자의 정체는 낮에 선비가 죽인 구렁이 요괴의 아내! 풍전등화 꼴이 된 선비와 원수를 갚기 직전인 구렁이는 어찌

어찌하다가 한 가지 약속을 하게 되었다. 날이 밝을 때까지 아무도 없는 폐사의 종이 울리면, 선비를 살려주겠다는 약속을. 그리고 까치 부부는 그 이야기를 듣고 자식을 살려준 선비에게 은혜를 갚기 위해 자신들의 목숨을 희생해서 종을 울린다. 선비는 구사일생으로 살아남게 되고, 구렁이는 분노하면서도 약속을 지키며 사라진다. 아무도 없는 절에 종이 울린 것을 의아하게 생각한 선비는 날이 밝자마자 절로 찾아가 본다. 그곳에서 발견한 것은……

"코—오."

잠들어 있는 랑이었다. 아니, 이게 아니지.

선비가 절을 찾아가는 부분을 말할 때, 랑이의 곤한 숨소리가 들려서 나도 모르게 말이 섞여버렸다. 이런, 얼굴을 베개에 묻고 잘도 자고 있다. 원래 이런 동화는 어린애들한테 자장가같이 들리지. 랑이가 편하게 자도록 자세를 바로잡아 준다. 나도 슬슬 자려고 책을 덮으려는데, 뭔가 이상했다. 이야기는 거의 끝을 향했는데 뒤의 페이지가 비정상적으로 많이 남은 것이다. 뭐지? 나는 호기심에 뒤의 이야기를 읽어보았다.

내 예상과는 다르게 이야기는 내가 알고 있는 은혜 갚은 까치와 같이 끝났다. 하지만, 그 다음 장에는 '생각할 거리'라는 큼지막한 글자와 함께 이런 글이 적혀 있었다.

1. 아무리 힘이 약하다고 해도 요괴인 까치 부부가 종을 울린 것만으로 정말 목숨을 잃었을까요?
2. 구렁이는 과연 복수를 포기했을까요?

3. 남겨진 새끼 까치 요괴는 어떻게 되었을까요?

……어린애한테 바라는 것도 많은 동화책이네. 생각할 거리를 주기 위해서 일부러 적었다고 하기에는 그 해답이 너무 부정적인 것들뿐이다. 랑이가 도중에 잠들어 줘서 다행이다. 이런 책을 랑이에게 읽어주라고 하다니. 세희야. 이런 건 랑이한 테는 너무 이른 거 아니냐?

그런 생각은 3번 아래에 적혀 있는 글을 본 뒤, 거짓말같이 사라졌다.

[이 모든 것을 뒤에 준비된 공백에 200자 원고지 20장 분량으로 정리해서 내일 아침까지 제출하시기 바랍니다, 도련님. 세희 올림.]

그 뒤로는 하얀 백지만이 가득하다. 나는 책을 덮었다. 책 뒤에 저자 강세희, 라는 이름이 눈에 들어왔다. 출판사의 이름은 랑이의 추천이라는 출판사란다. 나는 후우, 한숨을 쉬고 불을 끄고 자리에 누웠다. 사람 놀리는 데 노력과 시간과 열정과 돈을 아끼지 않는 녀석이다.

하지만 나는 세희가 무슨 말이 하고 싶어서 이 책을 랑이에게 주었는지 알 것 같았다. 그 녀석은 랑이가 아닌 나를 위해 이 책을 골라준 것이다.

나를 도와주기 위해서.

아……. 역시. 세희는 연류…… 아니, 생각이 깊다. 내가 당할 수 없을 정도로.

나는 잠이 들 때까지 머릿속에서 그 해답을 찾기 위해서 세희의 힌트를 곱씹었다. 그중에서 가장 신경 쓰인 것은 마지막 문제였다.

남겨진 새끼 까치 요괴는 어떻게 되었을까요?

그 때문일까. 나는 그날 치이가 나오는 꿈을 꾸었다.

입을 가리고 낄낄대며 어린아이같이 웃는 치이의 꿈을 말이다.

아침에 일어나서 아직 잠들어 있는 랑이를 깨웠을 때, 나는 눈을 비비다가 뭔가를 보고 배꼽을 잡으며 웃는 랑이를 볼 수 있었다.

"꺄하하하! 얼굴이 왜 그러느냐?!"

박장대소하는 랑이를 멍하니 보고 있다가 뭔가 이상한 느낌이 들어서 거울 앞에 섰다. 풋, 하고 웃음이 터져 나올 것 같은 몰골의 남자애가 눈앞에 있다. 나만 아니라면 나도 웃고 싶을 지경이다. 문제는 이 웃기지도 않는 녀석이 나라는 거지.

눈 주위는 판다처럼 검게 칠해져 있고, 코 양옆에는 고양이 수염이 그려져 있다. 왼쪽 뺨에는 이마에서 볼까지 이어지는 흉터가, 이마에는 로리콘이라는 글자가 적혀 있다.

……혹시나 하고 손가락에 침을 발라서 비벼본다. 안 지워

진다. 유성 펜인가 보다.

일단 내 뒤에서 웃고 있는 랑이는 용의자 상에서 지우자가 아니라, 생각할 것도 없다. 이런 짓을 할 녀석이 그놈 말고 누가 있겠냐.

치이, 이 자식. 어디 있냐. 내가 그냥 넘어갈 거라고는 생각하지 마라.

방문을 나서자, 랑이의 씻을 물이 담긴 대야를 들고 막 안으로 들어오려던 세희와 마주쳤다.

"안녕히…… 푸훗?!"

세희가 내 얼굴을 보고는 웃음을 터트리며 허리를 굽혔다.

"그렇게 웃기냐."

"사, 사진 좀 찍어도 되겠습니까?"

"하지 마."

대야를 내려놓고 어디선가 사진기를 꺼내는 세희를 말린다.

"그보다, 치이는 어디 있어?"

"찾으셨어요, 오라버니?"

내가 찾으러 갈 이유도 없이 대들보에서 쏙 하고 내려왔다. 내 얼굴을 보고도 유일하게 웃지 않는 녀석이다. 그래. 너는 이미 내가 자고 있을 때 낙서하느라 질리도록 봤다 이거지?

"얼굴이 왜 그 모양 그 꼴이에요? 무슨 일 있었어요?"

"지금부터 일어날 거다."

"아우, 무서워요."

치이가 자기 어깨를 두 손으로 끌어안으며 부르르 몸을 떤다. 어딜 봐도 도발이다.

"어린애의 장난인 거예요. 그렇게 화낼 건 없는 거잖아요?"

"유성 펜이잖아, 이 자식아! 수성 펜이었으면 나도 하하하, 웃으면서 꿀밤 한 대로 넘어가 주려고 했지만 이건 무리다!"

그 말에 치이가 머리카락을 한 번 파닥였다.

"어, 그건 몰랐던 거예요."

그래도 반성을 하긴 하네.

"전 유성 매직인 줄 알았는데 펜이었네요. 어쩐지 선이 얇았던 거예요."

제가 치이를 너무 우습게 봤습니다. 나는 세희에게 손을 내밀며 말했다.

"펜. 볼펜으로 줘."

"여기 있습니다, 도련님."

세희에게 받은 MANAMI 볼펜의 끝을 누른다. 딸깍하는 소리와 심이 나오는 동시에, 나는 까치에게 걸어가며 말했다.

"눈에는 눈. 이에는 이. 낙서에는 낙서다. 최대한 아프게 그려주마."

"아우우. 잡혀줄 것 같나요?"

치이가 몸을 돌려 도망친다. 그래 봤자 어린애 걸음이다. 나한테 도망치기에는 백 년은 이르다고!

하지만, 나는 까치가 마당으로 나가 지붕 위로 뛰어올랐을 때, 이 녀석이 요괴라는 사실을 깨달았다.

"치, 치사하게!"

닭 쫓던 바둑이 신세가 돼서 지붕 위를 올려다본다. 치이는 혀를 빼 내밀며 나를 약 올렸다.

"억울하면 올라오면 되는 거예요."

"보통 인간이 그런 곳에 올라갈 수 있겠냐!"

마루 밑 그늘에서 자고 있는 바둑이나 내 방에서 눈물을 닦으며 나온 랑이에게 부탁을 하면 손쉽게 잡을 수 있겠지만, 전에 한 약속을 깰 정도로 심각한 장난은 아니다. 개인적으로 보면 심각하지만. 그렇다고 사다리를 가져와 봤자 치이는 뛰어내리면 그만이다. 결국 도망가는 치이를 잡을 수 있는 방법은 내게 없다는 것이다. 쳇. 지금은 포기하는 척하고 물러나자. 저 녀석이 방심할 때 몰래 잡아버리면 되니까. 지금은 이 멋들어지게 변한 얼굴을 씻고 보자.

"아, 됐다! 난 들어갈 테니까, 넌 거기 있든 말든 네 마음……."

그 때, 바람이 불었다. 산속이니까 바람이 부는 것이 그리 이상한 일은 아니다. 그 바람에 치마가 펄럭이는 것도 그리 이상한 일이 아니다. 펄럭이는 짧은 치마 때문에 치이의 줄무늬 팬티가 보인 것도 이상한 일이 아니다.

"까우우우?!"

그리고 치이의 발차기가 내 면상에 작렬한 것도 그리 이상한 일이 아니라고 생각하자. 그래야지 억울한 기분이 안 들지.

짤그락.

치이의 발찌에서 소리가 나는 것을 들으며 나는 그대로 뒤로 넘어졌다.

아침부터 불행으로 가득한 나한테 그나마 다행인 것은, 세희가 가져온 알 수 없는 향기로우면서도 끈적거리는 액체로 세수를 하니 거짓말같이 낙서가 지워진 것뿐이었다.

"그런데 이거 뭐야?"

"정체불명의 수수께끼 액체 X입니다."

묻지 않기로 했다. 이게 뭐든지 그게 무슨 상관이냐. 이런 낙서를 얼굴에 달고 몇날 며칠을 지내는 것보다는 낫잖아. 그렇게 살았다가는 수치심에 내 방에 틀어박혀 은거 생활을 하거나, 박 삿갓이 되었을 테니까.

수수께끼 액체 X를 닦아내기 위해 물로 다시 한 번 세수를 하고, 아침을 먹기 위해 방으로 들어간다. 방구석에서 치이가 무릎을 꿇고 손을 들고 벌을 서고 있는 모습과 그 앞에 랑이가 눈을 부릅뜨고 앉아 있는 것이 눈에 띄었다. 응? 나는 벌을 주라고 한 적 없는데?

"무슨 일이야?"

내 말에 랑이가 벌떡 일어나 내 쪽으로 쪼르르 다가와 내 다리에 달라붙었다. 덥다.

"내가 벌을 주었느니라."

"그러냐?"

나는 랑이의 옆에 앉았다. 그걸 기다렸다는 듯이 랑이가 무릎 위에 올라와서, 내 목에 얼굴을 비비며 말했다.

"예로부터 첩의 잘못을 꾸짖는 것은 본처의 역할이니라. 칭찬받을 만한 일이 아니느니라."

"그런데 왜 이렇게 달라붙냐."

랑이가 볼을 붉혔다.

"······그래도 사실 칭찬해 주었으면 해서 그렇느니라."

그래, 그래. 잘했다. 나는 랑이의 허리를 한 손으로 안고 등을 툭툭 두드려 주었다. 랑이가 골골골 하고 이상한 소리를 낸다. 너의 정체성이 의심스러워진다. 넌 호랑이냐, 고양이냐?

"치이야."

"벌서는 중인 거예요. 말 걸지 말아주세요."

거참, 말하는 태도하고는.

"팔 안 아프냐?"

"안 아플 리가 없잖아요. 오라버니는 알면서 왜 물어보나요?"

"너 약 올리려고."

치이가 눈썹을 찡그리며 말했다.

"재수 없는 거예요. 호랑이님은 오라버니 같은 인간이 뭐가 좋다는 건지 모르겠네요."

"성훈은 멋진 사내이니라!"

내게 달라붙어서 이제는 꾸벅꾸벅 졸던 랑이가 갑자기 정색을 하며 나를 변호해줬다.

"어떤 면이 그런가요? 호랑이님께서 말씀해 주세요."

"성훈은 상냥하다!"

"그리고요?"

"대범하다!"

"그리고요?"

"······으냐아."

어이! 야! 야 인마!! 내 장점은 그 두 가지냐?

고민하던 랑이는 뭔가 좋은 것이 생각났는지 손을 탁 치며 소리쳤다.

"아! 품에 안기면 기분 좋으니라!"

치이의 눈이 성범죄자를 바라보는 그것으로 변했다. 미리 말해두겠는데, 오해다.

"오라버니는 역시 소문대로의 인간이었군요."

"……랑이가 말한 건 그런 뜻이 아니거든?"

"왜 그러느냐? 이렇게 성훈의 품에 안기면 정말로 기분이 좋단 말이다."

랑이는 예시를 보여주겠다는 굳은 의지로 내 두 손을 자신의 배에 둘렀다. 그 모습에 치이의 시선이 한층 더 차가워졌다. 그게 마음에 안 차는지 랑이가 볼을 부풀렸다.

"이잇, 못 믿는 것이느냐?"

그런 문제가 아니라고 생각합니다.

"오라버니가 변태에 로리콘이라는 건 믿을 수 있겠어요."

너도 믿을 번지가 다르다.

"그럼 직접 느껴보아라!"

에? 랑이가 품에서 튀쳐나가더니, 벌을 서고 있는 치이의 허리를 들어 올렸다.

"꺄우우?! 가, 갑자기 뭘 하는 건가요! 놓아주세요!"

며칠 전에 랑이에게 붙잡혀서 저 먼 곳에 던져졌던 일이 트라우마가 된 걸까. 치이의 안색이 새파랗게 질린다. 랑이는 그런 건 상관없다는 듯이 성큼성큼 걸어오더니, 가만히 앉아 있는 내 다리 위에 치이를 올려놓았다. 랑이와 그리 큰 차이가 나지 않는 무게가 내 다리를 누른다.

"……뭐하냐?"

나는 아직 랑이에게 안겨졌던 충격에서 벗어나지 못한 치이를 대신해서 랑이에게 물어보았다. 랑이는 헤헤헤 웃으며 말했다.

"까치에게 너의 품이 얼마나 기분 좋은지 알려주고 있느니라. 이것으로 까치도 더 이상 말썽 안 부리고 너에게 푹 빠져 헤롱헤롱 하게 될 것이니라."

"이 녀석이 너도 아니고 그러겠냐."

"성훈아. 너도 그렇게 있지 말고 까치가 나라 생각하고 꽉 끌어안아 주거라. 그 편이 더 기분 좋으니라."

내 말은 무시냐.

"그러니까, 이 녀석은 네가 아니라니까."

"하지만 너도 내가 안겨 있으면 기분 좋아하지 않느냐?"

"……"

할 말이 없었다. 사실 나도 스킨십을 싫어하는 편은 아니라서 말이야. 사람의 온기라는 것은 그 자체로 사람을 행복하게 해주니까. 하지만 이 녀석은 다르다. 봐라. 너 때문에 새파랗던 얼굴이 조금씩 달아오르고 있잖아.

"제, 제가 호랑이님 때문에 정신이 없을 때 이런 파렴치한 짓을 하다니!"

"난 아무 짓도 안했는데?"

내 두 손이 땅을 짚고 있는 거 안 보이냐? 내 입장에서는, 가만히 앉아 있었는데 호랑이가 까치를 물어 던져준 것뿐이다.

"그리고 이런 상태에서는 내가 비키는 것보다, 네가 나오는 게 쉽잖아? 너야말로 왜 그대로 있나?"

날카로운 내 지적에 치이가 얼굴을 새빨갛게 물들이며 소리쳤다.

"저는 오라버니의 냄새나는 몸뚱이가 지금까지 가만히 있던 것에 화를 내고 있는 것이라고요!"

내, 냄새나는 몸뚱이? 이 자식이 하루에 몇 번씩 샤워를 하는 나한테 무슨 헛소리야. 가뜩이나 랑이 녀석 때문에 그런 쪽에 민감해 있는데! 네가 매를 버는구나?

나는 울컥 화가 나서 제정신이 아니라면 하지 않을 행동을 했다. 그러니까 치이의 허리를 두 팔로 꽉 껴안고 어깨에 코를 묻은 것이다.

"너 한테는 좋은 냄새가 나네"

그 행동에,

"까우우우우—!!"

치이는 비명을 질렀고,

"비명을 지를 정도로 좋은 것이냐?"

랑이는 조금은 부러운 눈치로 입술에 손가락을 대며 말도 안 되는 착각을,

"……그렇게 싫으냐."

나는 마음의 상처를 받았다.

"놓아요! 떨어져요! 이 변태! 치한!!"

치이가 바동거리며 필사적인 반항을 한다. 못된 짓을 한 것

같아서 미안한걸. 뭐, 아침에 장난 친 건 이거로 잊기로 하자.

나는 허리를 감은 팔을 풀었다.

"놔주면 되잖아."

치이는 허둥지둥 네 발로 파바박 기어서 나와 거리를 벌린 다음에 분노로 붉어진 얼굴로 가슴에 손을 얹고 숨을 골랐다.

"오라버니는 남녀칠세부동석도 모르나요? 어쩌면 남자가 그렇게 파렴치하나요?! 기회다 싶어서 그런 짓을 하다니! 사람도 아닌 거예요! 구더기! 구더기인 거예요!!"

구더기가 말했다.

"아니, 너무 싫어하기에, 그만."

"오라버니는 어린애인가요?!"

……요 며칠 전에 비슷한 말을 들은 적이 있는 것 같은데.

"미안."

이번 건 내가 심한 것 같았으니까 순순히 사과를 한다. 그래도 분이 안 풀리는지 치이는 머리카락을 부웅 띄우며 내게 삿대질을 계속 했다.

"그게 오라버니의 본성인 거예요. 그러니까 그런 소문이 나죠! 역시 소문대로의 인간이었어요!!"

그 소문을 이야기하면 나도 가만히 있어줄 수는 없다.

"아니, 그런 건 아니라니까! 야, 귀여운 호랑이나, 바둑이가 품에 있다고 생각해봐라. 막 껴안아 주고 싶지 않겠어?"

"제가 호랑이나 바둑이예요? 아니, 그 전에 예시가 잘못되었잖아요!"

아, 생각해보니 그러네.

"그만큼 귀엽다는 거니까 그냥 넘어가."

말하는 거나 행동하는 건 그렇다 쳐도, 내 어렸을 때의 모습과 비교하면 하늘과 땅 차이가 날 정도로 치이가 더 귀엽다는 것은 부정할 수 없다. 그런데, 어떻게 생각해봐도 칭찬인 내 말에, 치이는 몸을 부르르 떨며 자기 어깨를 두 손으로 감싸 안았다.

"재, 재수 없어요. 기분 나쁘다고요. 절 그렇게 보고 있었군요? 오라버니는 진짜……."

그 뒤에 나올 말이 무엇인지 알기 때문에 나는 급히 치이의 말을 잘랐다.

"바보냐, 너는! 귀여운 걸 귀엽다고 말한 것뿐이야! 이상한 오해는 하지 마!"

"나는, 나는 어떠느냐?"

치이와 나의 대화를 가만히 듣고 있던 랑이가 뒤에서 확 달려들어 내 목을 끌어안는다. 어깨 너머로 나온 랑이의 머리를 쓰다듬어 주었다.

"당연히 귀엽지."

나이에 맞는 상식만 가지고 있으면 더 귀여울 텐데 말이야.

"그렇게 당당하게 자신의 취향을 밝히시다니, 대단하십니다."

뭐가 내 취향이냐. 랑이가 귀여운 게 거짓말은 아니잖아? 사실을 왜곡하는 말을 하며 세희가 상을 들고 방으로 들어왔다. 마침, 잘됐다. 아까는 씻느라 바빠서 말 못 했는데 말이야.

"아, 너한테 할 말 있는데 밥 먹고 나서 시간 괜찮아?"

"할 것이 아닌 할 말이라면 괜찮습니다."

그러면 내가 뭐 너처럼 밤에…… 응? 내가 무슨 생각을 하려고 했지?

그건 그렇고 세희가 들어오자 방금 전까지의 기세는 어디로 갔는지, 치이가 머리카락을 파닥이며 두 다리를 덜덜덜 떨기 시작했다. 그런 치이를 향해 세희가 미소를 지어준다. 세희에게는 어울리지 않는 상냥한 미소였고, 치이는 그것에서 뭔가 끔찍한 것을 되살린 듯이 이를 꽉 물며 아으으, 하고 신음을 흘렸다.

"그렇게 겁먹을 필요 없습니다, 까치 님. 저는 이미 끝난 일을 마음에 둘 만큼 속이 좁은 여자가 아니니까요."

입술에 침이나 바르고 거짓말하지 그래?

"누, 누가 겁을 먹었다는 거예요, 누가?!"

치이가 큰 소리를 쳐보지만 내가 보기에는 궁지에 몰린 쥐가 고양이를 향해 찍찍거리는 거로밖에 안 보인다. 세희에게 상당히 끔찍한 일을 당했나 보다. 나도 그때의 세희를 생각하면 지금도 등골이 오싹해지는데, 저 녀석은 어쩌겠냐? 그런데도 저렇게 강한 척을 하는 건……. 그런 이유겠지.

치이가 안쓰러워져 세희에게 말을 걸었다.

"밥이나 먹자."

"죄송합니다. 도련님께 두 번째로 중요한 일을 미루고 있었군요."

"……첫 번째가 뭔지 물어봐야 하냐?"

"궁금하십니까?"

"보나마나 끔찍한 이야기일 테니까 그만두자."

세희가 입술에 침을 발랐다.

"좋은 생각이십니다."

세희가 상을 내려놓고 랑이 옆에 앉는다. 랑이는 이미 내 옆에 앉아 있는 상태고,

"밥이에요?"

만날 허송세월 느긋하게 시간을 보내는 바둑이가 코를 킁킁거리며 문을 열고 안으로 들어왔다. 그야말로 개코네. 그런데 너 그렇게 먹고 자고 먹고 자는 생활을 하는데 어째서 살이 안 찌는 거냐?

바둑이가 세희의 옆에 앉자, 자연스럽게 내 오른쪽 자리만 남게 되었다.

"전 나중에 먹는 거예요."

방금 전의 일 때문에 그런지, 치이가 반항 끼 다분한 목소리로 말했다. 하지만 그걸 가만히 보고 있을 세희가 아니었다.

"차렸을 때 드시지요."

"아우우……."

말 한 마디로 치이를 자리에 앉힌 세희가 대단해 보인다. 도대체 어제 무슨 일이 있었기에 저렇게 말을 잘 듣는 걸까. 나중에 한 번 물어볼까?

……관두자. 군자는 위험한 곳을 멀리한다는 옛말도 있잖아.

아침 식사를 마치고 나서, 나는 상을 치우러 부엌으로 들어간 세희를 뒤쫓아 갔다. 랑이와 바둑이에 의해 깨끗하게 텅 비어진 그릇들을 싱크대에 집어넣던 세희가 뒤도 돌아보지 않고 말했다.

"독후감은 가지고 오셨습니까?"

"무슨 독후감?"

"하룻밤이라는 시간이 도련님의 기억력을 앗아간 것입니까? 정말 안타깝군요."

아, 그걸 말한 거냐.

"펜을 줘야 쓰든지 말든지 하지."

"도련님은 수능 때 컴퓨터용 사인펜을 안 가지고 갔다고 시험을 안 보실 분이셨군요."

"수능 보려면 멀었거든요?"

그런 끔찍한 일을 벌써부터 생각하고 싶지는 않다. 내년부터는 아무리 방임주의의 부모님이라고 해도 공부시킬 게 뻔한데 왜 사서 고민을 하냐? 그리고 요즘 수능 시험 때는 선생님들이 사인펜을 나눠준다고.

옛날에는 어쨌는지 모르겠지만.

"무슨 생각을 하셨습니까?"

"아니, 아니야."

여전히 날카로운 녀석이다.

"그러면, 방식을 면접으로 바꾸겠습니다."

제멋대로인 출제자다. 빈 그릇을 모두 물에 담근 세희가 손에 튄 물방울을 수건으로 철저하게 닦으며 내게 말했다.

"들을 준비가 되었습니다. 말씀하시지요, 도련님."

나는 생각했던 것을 세희에게 말했다. 조금 길었지만, 내 말을 진지하게 끝까지 들어준 세희는,

"이상이야."

내 말이 끝나자마자 인상을 찌푸렸다. 뭐냐, 그 반응은.

"40점입니다."

"점수가 짜다!"

"제대로 된 답안을 가지고 오셔야 만점을 받지 않겠습니까?"

만점을 운운하기에는 이미 너무 낮은 점수라고!

"하지만, 한 가지는 칭찬해 드리고 싶군요."

40점을 준 녀석이 그런 말을 해도 하나도 기쁘지 않다.

"뭘."

"새끼 까치의 이야기에 한해서는 거의 만점입니다. 생각 외로 사람을 보는 눈이 있으신 것 같군요."

세희의 칭찬이 어색해서 나는 손사래를 쳤다.

"그 정도야 힌트를 그렇게 많이 주면 누구나 눈치챌 거다."

"그야 그렇습니다만."

넌 정말 사람을 기죽이는 방법을 잘 알고 있구나.

"하지만, 그 전에도 어느 정도 까치 님의 본질을 알고 계신 것 같으니까 칭찬해 드리는 겁니다."

"그런 건 보면 알잖아."

"그 역시 그렇긴 합니다."

사람을 두 번 죽이는군.

"하지만, 두 눈을 뜨고도 제대로 볼 줄 모르는 사람이 세상에는 너무나 많습니다. 그런 의미에서 도련님은 제대로 보고 판단하실 수 있는 눈을 가지고 계신 겁니다. 자랑스러워 하셔도 됩니다."

나는 이번에는 아무 말도 하지 않기로 했다. 세희가 불만스럽다는 듯 말했다.

"도련님을 기죽일 준비를 한 제가 불쌍하지 않습니까?"

"지금 불쌍한 건 너와 말을 섞어야 하는 내 신세다."

"다른 것을 섞고 싶으십니까?"

"주먹 어떠냐?"

세희는 말을 돌렸다.

"하지만 도련님. 너무 까치에게만 신경 쓰고 계시면 다른 한 명이 화가 날지도 모릅니다. 이야기의 주인공은 두 명이니까요."

이야기는 갑자기 무슨 이야기야? 그래도 세희가 무슨 말을 하고 싶은지는 얼추 알 수 있었다.

"알아. 그래서 랑이한테도 신경 쓰고 있다고."

"그렇게 생각하실 수도 있군요."

세희가 눈웃음을 흘렸다. 안 어울리니까 하지 마라.

세희와의 뭔가 찜찜한 대화가 끝나고 할 일 없이 방구석을 굴렁굴렁 다니는 것도 지겨워져서, 뭔가 읽을 것을 찾기 위해 방 안에 있는 책장을 뒤적여 보았다. 하지만 나오는 책들은 하나같이 색이 누렇고, 그 안에는 내가 읽을 수 없는 한자만 가득했다. 결국 나는 책을 찾는 도중에 발견한 부채 하나를 주워 들고 마루로 나왔다.

아무리 산골이라고 해도 여름은 여름. 이런 날씨가 아니면 방학을 시켜준 게 아깝다는 듯, 해님은 정말 멋대로 기승을 부리고 있었다. 나는 대청마루에 앉아서 부채질을 하며 땀을 식혔다. 그런 내 아래쪽에는 바둑이가 마루 밑 그늘에서 웅크리고 있었다. 물론, 인간의 모습으로.

"바둑아."

"왜요, 도련님?"

"거기 시원하냐?"

"정말 시원해요. 도련님도 오실래요?"

인간의 존엄성과 한여름의 더위. 아직 나에게는 여러 가지 피서 방법이 남아 있으니까 마루 밑에 내려간다는 선택은 내 뇌세포가 더위에 익어서 알몸으로 활보하지 않는 이상 최후의 보루로 남겨두자.

"아니, 됐다."

"저 때문에 그러세요? 제가 나갈까요?"

바둑이가 얼굴을 빼꼼 내밀며 물어본다. 나는 그 머리를 툭툭 두드려주며 이 엉뚱한 방향으로 나를 생각해주는 강아지……가 아니라 바둑이에게 말했다.

"괜찮아. 아직 견딜 만하니까."

네 머리를 쓰다듬는 것만으로 잠시나마 더위를 잊을 수 있었다. 바둑이가 살짝 얼굴을 붉히면서 헤헤 웃는다. 갑자기 훈훈해진 공기는 어쩔 거야?

나는 뒤로 벌러덩 누워버렸다. 아―. 에어컨. 에어컨이라도 있었으면.

"나가시겠습니까, 도련님?"

온몸이 서늘해지는 세희의 깜짝 등장에도 등 뒤에 흐르는 땀은 멈출 생각을 하지 않는다. 긴 치마를 입고 내 머리맡에 서 있지만 시선을 처리할 필요가 없어서 다행이다. 만약 랑이나 치이었으면…… 왜 여기서 그 녀석들이 생각나는 거야.

"지금 나 놀리는 거냐?"

"그 아이가 신경 쓰이신다면, 다리를 부러뜨리는 방법도 있습니다."

"아무렇지 않게 무서운 이야기를 하시네."

"치료해주면 다음 해 박씨를 물고 올지도 모릅니다."

"그건 제비겠지."

"그리고 도깨비가 나와서……."

내 말은 안 듣고 있구만.

"도련님을 곤장으로 내려치겠죠."

"어째서 나냐?!"

"그건 그렇고 덥군요."

세희가 얼빠진 말로 화제를 돌렸다. 나는 세희의 얼굴을 빤히 쳐다보았다. 평소와 다름없이 땀 한 방울 흘리지 않는 귀신 같은 모습이다. 자기 혼자만 한겨울을 보내고 있는 것 같은 모습. 그런데 뭐라고? 날이 덥다고?

"물론 저는 괜찮습니다만."

세희가 시선을 돌린다. 나도 그쪽으로 고개를 돌렸다.

그, 몽고 쪽이던가? 큰 천막, 이름은 잘 모르겠는데 왕의 큰 천막 안에 깔아 놓는 호랑이 가죽 있지? 그것과 비슷한 꼴로 배를 마루에 대고 누워서 고개만 들어 이쪽을 보고 있는 축 늘어진 랑이가 시선의 끝에 있었다. 그것뿐일까. 그 옆에는 귀위 머리카락을 펄럭여 바람을 일으키고 있는 치이까지 있다.

오늘따라 극성인 이 살인적인 더위 앞에는 어쩔 수 없었는지, 옆에 랑이가 있어도 신경 쓸 여유가 없나 보다. 열심히 귀위 머리카락을 펄럭거리며 바람을 일으키는 모습이 힘들어 보인다. 그럴 힘이 있으면 차라리 부채질을 해라.

"……더워 보이네."

"더위에 약하시니까요."

그러고 보니 처음 만났을 때도 더위를 피해 호랑이 굴에 있었다고 했지.

"여긴 에어컨 같은 거 없냐?"

"어린아이한테는 좋지 않아서 치웠습니다."

있긴 있다는 말이렷다.

"설치할 수 있지?"

"할 수는 있습니다."

"그러면 나라도 좀 살려줘라."

"주인님이 가만히 있을 것 같습니까?"

"묶어놓으면 되는 거냐?"

"할 수 있으면 하시지요."

"하겠냐."

세희를 설득하는 걸 포기하고 다시 랑이와 치이 쪽으로 시선을 돌렸다. 랑이가 어느새 일어나 앉아 치이 쪽으로 다가가 있었다. 그뿐만이 아니라 이제는 조금 살 것 같다는 표정으로 흐뭇한 미소까지 짓고 있다. 왜? 그 대답은 치이의 머리카락 부채에 있었다. 랑이는 치이에게 가까이 다가감으로써 머리카락에서 나오는 바람을 몰래 훔치고 있던 것이었다.

귀찮음에도 등급이 있다면, 넌 역시 1등급 호랑이다. 내가 K 마크를 엉덩이에 찍어주마.

그렇지만 저렇게 가까워지니까 치이가 불편한 듯 조금씩 랑이의 반대쪽으로 꿈틀꿈틀거리면서 움직이고 있다. 그러면 랑이도 슬금슬금 다가가고.

이야―. 정말 사이가 좋아 보이……지가 않는군. 랑이의 눈빛을 보면,

"어딜 가는 것이느냐? 더워 죽겠느니라, 이리 오거라."

라는 것 같고, 치이를 보면,

"아우우. 왜 달라붙는 거예요? 저리 가세요! 무섭다고요!"

라고 하는 것 같다. 어디까지나 내 생각이다.

그런 생각을 하는 도중에 치이가 마침내 코너에 몰렸다. 아직 도망칠 곳은 있지만, 조금만 더 가면 그늘에서 벗어나거든. 치이가 어떻게 할지 궁금해서 보고 있자니, 격하게 머리카락을 펄럭거릴 뿐 다른 행동은 하지 않는다. 저러다가 하늘로 날아가지나 않을까. 그에 비해 치이가 더 이상 도망가지 않고 바람이 강해진 것에 만족한 랑이는 행복한 미소를 짓는다. 그 미소가 사냥을 성공적으로 마친 호랑이 같아 보이는 것은 기분 탓이겠지. 음. 기분 탓이다. 그렇다고 해서 저 둘을 놔두자니 꼭 랑이가 치이를 괴롭히는 것같이 보여서 기분이 나쁘다. 랑

이는 단지 더워서 본능적으로 시원한 곳을 찾아가는 것뿐인데 말이야.

"세희."

"예, 도련님."

"집 안에서 할 수 있는 물놀이 도구 있냐?"

"있습니다."

하긴 너한테 없는 게 어디 있겠냐.

"어떤 거?"

"무엇을 원하십니까?"

오히려 저한테 물어보시는 겁니까?

"뭐, 물총이라든가. 작은 고무 수영장 같은 거면 좋겠는데."

"수영장으로 준비하겠습니다."

그 말에 나는 계곡에서의 랑이와 바둑이의 차림을 생각해 냈다. 그 차림으로 작은 수영장에 네 명이 들어간다?

그건 아니지. 그런 꼴을 당하는 건 사절하마.

"아니, 물총으로 줘."

"수영복을 준비해 드릴 수 있습니다."

귀가 솔깃해지는 제안이지만, 저 녀석들이 얌전히 수영복을 입을 거라고는 생각하지 않는다. 그리고 수영복을 입은 모습 도 그 나름대로 위험할 것 같아!

"그냥 물총으로 주세요."

"지금 주인님의 수영복 차림을 보고 싶어 하는 전국 요괴들 의 원념이 느껴지지 않습니까?"

"네 원념만 느껴진다. 그렇게 보고 싶으면 직접 입든가."

"보고 싶으십니까?"

"보고 싶겠냐. 네 일자형 몸……."

나는 차마 말을 이을 용기가 나지 않아 입을 다물고 고개를 돌렸다. 세희의 시선에 뒤통수가 따갑다.

나는 먼저 물총 세 개에 물을 가득 담은 뒤 랑이와 치이를 마당으로 끌고 내려온 다음에 물총을 내밀었다. 바둑이는 어느새 잠들어 있어서 다음에 놀기로 했다.

"응?"

"아우?"

둘 다 일단 물총을 받기는 했지만 랑이는 머리카락으로 물음표를 만들었고, 치이는 머리카락을 팔랑였다.

"이게 무엇이느냐?" "이게 뭔가요."

둘이 동시에 물어보기에 나는 시범 삼아서 물총의 방아쇠를 당겼다. 물탱크에 가득 차 있는 물이 총구를 통해서 랑이와 치이의 얼굴에 뿌려진다.

"우냑?!"

"아우웃?"

불시의 일격에 둘이 몸을 움찔 떨며 얼굴을 가린다. 그런 둘을 보며 의기양양하게 말했다.

"물총이라고 하는 거야."

얼굴에 묻은 물을 쓱 닦은 랑이가 내게 물었다.

"왜 갑자기 물을 끼얹느냐?"

"갑자기 무슨 짓이에요?!"

"물총 가지고 원래 이렇게 노니까."

"그게 무슨 말이느냐?"

"이런 말이지."

나는 다시 한 번 랑이에게 물총을 쏘았다.

"우냐악?!"

비명을 지르면서 두 손으로 얼굴을 가리며 뒤로 도망친다. 이런 상황에서도 나를 죽일 듯이 노려보는 치이 쪽으로 총구를 돌린다.

"아우우?"

"빵야."

그대로 얼굴에 명중.

"아우, 아우우!"

손을 휘두르며 내 공격을 방어한다.

"하, 하지 마요! 도대체 무슨 꿍꿍이인 거예요?!"

꿍꿍이?

"그런 거 없는데?"

"그럼 왜 이래요?"

"재미있잖아?"

"이게 어디가요!"

네가 지금 당하고만 있으니까 그런 말을 하는 거야. 봐라.

"에잇! 나도 해주겠느니라!"

랑이는 이미 즐기는 것 같잖아. 랑이의 물총이 나를 향한다.

훗! 느리다! 어린 시절 단련된 나의 물총 싸움 실력을 우습게 보지 말라고! 나는 잽싸게 랑이의 총구에서 몸을 피하며 역공을 노렸다.

"?!"

정확히 랑이의 배에 맞는다. 명중이다. 스나이퍼 감이라고?

"놀 거면 오라버니하고 호랑이님이나 노세요!"

하지만 나는 이런 상황에서도 바락바락 나한테 대들며 방 안으로 돌아가려는 치이 때문에 쓴웃음이 지어졌다.

이 녀석, 놀 줄을 모르네. **지금까지** 이 녀석이 놀 수 있었던 환경이 아니었다는 것 정도는 안다. 그래서 이렇게 멍석을 깔 아줘도 그 위에 올라올 생각조차 못한다는 것도. 하지만 언제 까지 그럴 거냐. 네가 그렇다면, 억지로라도 끌고 올라가주마.

"에잇! 에잇!"

랑이가 신나게 내게 물총을 쏴대며 달려온다. 마침 좋은 기 회다. 나는 마당을 가로질러 가는 치이의 뒤로 돌아가,

"아우?"

몸을 숙이는 동시에,

"치이 배리어!"

치이가 도망칠 수 없게 허리를 붙잡았다. 나를 노린 물줄기 가 정확하게 치이의 얼굴에 뿜어졌다.

"아우우우우~!"

치이가 두 손을 버둥거린다. 놓아줄 생각은 없네요! 네가 피 하면 내가 맞는다!

치이가 방패의 역할을 충실히 하고 있는 틈을 타, 엉덩이 옆 으로 고개를 내밀어 시야를 확보한 뒤, 나 역시 응전한다.

"받아랏!"

"우냐악! 치사하지 않느냐!"

랑이는 공격을 그만두고 항복하듯 두 손을 높이 들며 허둥 지둥 발을 놀려 도망쳤다.

"비겁한 게 어디 있어? 원래 이렇게 노는 건데."

빼— 하고 혀를 내밀며 일어나 치이의 머리에 툭 손을 올렸 다.

"오, 수고했어. 앞으로도 내 방패로 수고를 —푸헉?!"

그야말로 불의의 일격이었다. 꿰다놓은 보릿자루처럼 가만 있던 치이가, 내게 물총을 쏜 것이다!

"아우우! 죽어! 죽는 거예요! 사람을 뭐라고 생각하는 거예 요!"

"방패."

"멋대로 사람을 방패 취급하지 말라고요!"

"이 자식! 그렇다면 적으로 취급해 주마!"

나도 맞대응하며 거리를 벌린다.

좋아. 이제는 분위기에 휩쓸려서 즐겁게 노는 일만 남아 있 다.

……그런데 말이야.

"어째서 나만 노리는 거냐, 너희들?!"

"한번 노린 먹이는 놓치지 않느니라!"

랑이는 그렇게 대답했고,

"원래 제가 노리는 사람은 오라버니였으니까요! 땅 위에서 익사시키는 거예요!"

치이는 무서운 소리를 하며 달려들었다.

거참. 보기 좋다.

랑이를 어려워하던 치이도, 치이를 조금 꺼리던 랑이도 지금만큼은 단순한 어린아이들처럼 뛰어노는 것이 정말 보기 좋다.

하지만 그렇다고 져줄 생각은 없다.

"그렇다면 나도 당하고만 있을 수는 없지!"

나는 나이도 잊고 이상한 승부욕을 참지 못해, 볼썽사납게 한 마리의 바퀴벌레와 같이 물줄기를 피하며 외쳤다.

"세희! 지금이다!"

"우냐?!"

"아우우?!"

랑이와 치이가 깜짝 놀라서 뒤를 돌아본다. 그 뒤에는 마루에 앉아서 커피를 홀짝이는 세희가 있을 뿐. 다시 고개를 돌린 랑이와 치이에게 물줄기를 선물해준다.

"속였느냐아—!"

"이 사기꾼—!"

"이것도 봐준 거다!"

난 적어도 물총 가지고 놀 때 호스를 가져와서 물을 뿌리지는 않잖아. 사촌 동생들은 그랬다고. 아, 그런데 너무 신나게 쏴서 그런지 벌써 물이 다 떨어졌다.

실수다. 보급을 신경 쓰지 않고 총알을 낭비하다니! 불행 중

다행인 건 거세게 이어지던 공격에 속수무책으로 당하고 있던 둘이, 갑자기 공격이 멈춘 것에 당황하고 있다는 것이다. 나는 그 틈을 노려 잽싸게 마당 구석에 있는 수도꼭지로 달려가서 물총에 물을 채웠다.

"앗? 그런 것이느냐?!"

물총의 구조를 이해한 듯한 랑이가 소리를 지르며 이쪽으로 달려든다. 지금 기회에 복수를 하려는 생각이겠지.

훗, 하지만 늦었다! 재장전은 이미 끝났다고! 이쪽이 무방비라고 생각하며 달려왔다가 정면으로 얼굴에 물줄기를 얻어맞은 뒤,

"우냐앗! 분하느니라!"

꼬리가 빠져라 줄행랑을 치는 랑이. 그 모습이 너무 귀여워 터져 나오는 웃음을 어쩔 수 없자니, 앗 차거! 차가운 것이 뒷목을 타고 등으로 흘러내려갔다.

뒤를 돌아보니 어느새 내 뒤를 선점한 치이가 씨익 미소를 짓고 있었다.

"등 뒤가 비었어요."

한 방 먹었구만. 그런데 말이다.

"지금 그런 말이나 하고 있을 때가 아닐 텐데?!"

"아우우?!"

치이가 아차 하며 급하게 도망치려고 했지만 거리가 가깝다고!

나는 치이의 손목을 잡고 드러난 어깨 안쪽으로 총을 쑤셔 넣은 다음,

"아, 아우, 오라버니. 서, 설마 그런 악마 같은 짓을 하려는 건 아니겠죠."

악마가 방아쇠를 당긴다.

"까우우우—!"

방금 장전한 지하수다. 너희들의 물통에 들어 있는 물과는 수온이 다르다고!

치이의 가슴팍이 물에 젖어들었다. 호오, 이렇게 보니까 어린애 치고는 가슴이 크긴 크구나. 그래 봤자 애지만. 물이 차가워서 팔짝팔짝 뛰며 몸서리를 치는 치이의 손목을 놓아주고, 다음 목표인 랑이를 찾아 고개를 돌렸는데…… 랑이가 하늘을 날아오고 있었다.

랑이가 가끔씩 요괴의 힘을 쓴다는 것 정도는 알고 있었고, 저렇게 높이 뛰는 게 그리 놀랄 것도 아니었지만……. 그 손에 풍선만 한 물 폭탄이 들려 있는 건 무슨 이유냐? 난 분명 물총밖에 안 줬는데?

"얌마! 그건 반칙……!"

"그런 것은 없다고 했느니라!"

날아오는 물 폭탄에 직격당하면서 나는 이쪽을 향해 미소 짓고 있는 세희와 통쾌하다는 듯이 만세를 부르는 치이를 볼 수 있었다.

그래. 이런 것도 좋겠지.

……아프지만.

"정의는 승리하느니라!"

"아우우! 꼴좋은 거예요!"

"이 자식들이!"

그 후로 계속된 물총 놀이는 결국 나의 패배로 끝나고 말았다.

놀이가 끝난 뒤, 나는 물기를 빼준다는 세희의 요술을 거절했다. 이 정도는 그냥 수건으로 쓱쓱 닦고 옷만 갈아입으면 되니까. 세희도 더 이상 나에게 권유하지 않고 랑이를 돌보러 갔다. 그 사이에 나는 물에 빠진 생쥐 꼴이 된 치이에게 말을 걸었다.

"재밌었지?"

치이는 그런 나를 한심하다는 듯이 올려다보았다.

"……오라버니나, 저 태평한 호랑이님이나 재밌었겠죠. 전억지로 한 거라고요. 재미 같은 건 없었어요."

"아이고, 그러셨어요? '등 뒤가 비었어요~.'라고 말한 건어디의 누구냐?"

"그, 그건 아니에요! 아니라고요"

치이가 얼굴을 새빨갛게 물들이며 귀 위 머리카락을 파닥거린다. 그래, 아니다. 아닌 거로 해주자. 느긋한 일상을 보내다 보면 이 녀석도 이런 변명을 안 해도 되는 날이 언젠가는 올거다.

나는 그런 생각을 하며 치이의 머리에 손을 올려놓았다. 머리카락으로 쳐낸다. 아프다.

"만지지 마는 거예요."

무시하면 다른 쪽 손을 올려놓는다. 툭. 다시 쳐낸다. 툭. 반대쪽. 툭. 다시 반대쪽.

"뭐하는 건가요, 오라버니?!"

치이가 발을 동동 굴리며 화를 낸다. 아, 무심코 열중해 버렸네.

"그냥 심심해서."

"그러면 호랑이님과 놀면 되는 거예요!"

자기를 가지고 논 게 기분 나쁜지, 치이가 씩씩거리며 걸음을 옮겼다. 그 뒷모습을 보며 나는 머쓱하게 웃었다.

그게 말이지. 랑이가 나를 따라주는 건 내 나름대로 기쁘고 행복하지만, 네가 보이는 반응도 그 나름대로 재미가 있거든. 어느 정도 너를 이해해서 그런 걸까? 아니면 네가 점점 변해가는 모습이 보여서 그런 걸까?

솜씨 좋게 세희가 미리 준비해 둔 옷을 갈아입고 방에서 나왔을 때, 나는 놀라운 것을 볼 수 있었다.

랑이가! 그 랑이가! 만날 옷을 벗기만 하고 힐끔힐끔 뱃살을 보여주는 것으로 나를 이상한 길로 빠져들게 만들려는 것이 아닐까, 라고 생각하게 될 정도로 노출도가 높은 옷을 즐겨 입던 그 랑이가! 정말로 멋들어지게 차려입은 것이다!!

랑이가 입은 것은 평소의 배가 드러난 이상한 한복 비스무리한 상의와 반바지가 아닌, 제대로 된 한복이었다. 특히 풀어헤친 은색에 가까운 흰색 머리카락이 어두워 보이는 한복과 대조가 돼서 아름답게 반짝이는 것이 아름답. 나는 지금 랑이에게 말을 도둑맞았다. 이건 말로는 표현할 수 없다. **그야말**

로, 보면 안다. 내가 왜 이렇게 놀라는지. 언제까지나 어린아이로 있을 것만 같던 랑이가 이렇게 어른스러워질 수 있다니, 믿기지가 않는다.

"아, 성훈아!"

몇 배로 부풀려진 어른스러운 분위기를 말로 뻥 차버리며 랑이가 내게 달려들었다.

그래, 어른스럽긴 뭐가 어른스럽냐. 다행히 랑이는 아직 애다.

"성훈이 보기에 어떠하느냐? 마음에 드느냐?"

랑이가 내 앞에서 몸을 한 바퀴 빙 돌았다. 한순간 위험한 생각이 들 정도로 마음에 들었다는 건 비밀이다.

"응. 잘 어울려. 정말 예쁘네."

"기쁘다! 너에게 그런 말을 들으니 불편한 것 정도는 참을 수 있느니라!"

"그런데 갑자기 왜 옷을 갈아입었냐? 평소에 입던 옷은?"

"밖에 볼일이 있어 며칠 동안 집을 비워야 하기 때문입니다."

세희가 비단신을 손에 들고 나타났다. 이제 슬슬 질문에 질문을 부르는 대답만 하는 화법은 그만두어 주었으면 좋겠다.

"설마 예전의 복장이 속살이 보이기에 더 좋다는 말씀은 아니시겠지요, 도련님."

그러고 보니 이 옷은 랑이의 뽀얀 아기 같은 부드러운 뱃살이나, 통통하고 탄력 있는 허벅지나, 사슴 같은 종아리가…… 드러나지 않는다고 해서 그게 나하고 무슨 상관이야!

"상관없는데."

"전국 수천의 주인님의 뱃살과 허벅지를 핥고 싶어 하는 팬클럽 요괴들에게 맞아 죽을 소리를 하시는군요."

"그런 것도 있냐?!"

그런 무시무시한 팬클럽이라니?! 요괴들은 그런 취미도 있는 거냐?!

"있을 리가 없지 않습니까? 가벼운 농이었습니다, 유머 감각 없으신 도련님."

나는 상처받은 마음을 치유하기 위해서 랑이의 머리를 쓰다듬었다.

"응? 헤헤헤헤……"

이유도 모르고 랑이가 기분 좋게 웃는다.

"그래서, 아까 한 말은 뭐야? 밖에 볼일이라니?"

"내가 말해주겠느니라!"

랑이가 내 손에서 머리를 떼며 뒤로 물러났다.

"요괴들 사이에 너에 대한 안 좋은 소문이 돌고 있다는 것은 너도 들어서 알고 있지 않느냐?"

나는 고개를 끄덕였다.

"그래서 그동안 세희와 이야기를 나누어 보았느니라!"

아, 몇 번이나 세희와 같이 자리를 비운 건 그것 때문이었냐.

"이야기 끝에 결정된 것이 내가 나서서 나쁜 마음을 먹는 아해들에게 이상한 짓을 하면 내가 어흥 하겠다고 말하러 가기로 한 것이니라! 어떠냐? 기쁘지 않느냐? 깜짝 선물이었느니

라. 지아비를 위해 지어미가…… 으냐아? 가, 갑자기 왜 그러느냐?"

이런. 랑이가 눈치챌 정도로 내 안색이 변했나 보다. 나는 한 손으로 입가를 가리며,

"잠깐만."

랑이의 어깨를 툭툭 치고 세희에게 가까이 갔다.

"왜 그러십니까?"

"너 잠깐 따라와."

"저, 저기 성훈아. 갑자기 왜 그러느냐? 내가 말을 잘못했느냐? 아무 말 없이 내 멋대로 결정한 거에 화가 났느냐? 너에게 숨긴 것에 화가 났느냐? 그래서 그러느냐?"

"그런 거 아니니까, 잠깐만 거기 있어. 절대로 따라오지 마."

"후엥?!"

당황해서 어리둥절해하는 랑이한테는 미안하지만, 지금은 그게 문제가 아니다. 나는 세희의 손목을 거칠게 잡아끌어 랑이가 듣지 못하게 마당의 구석으로 가서 세희를 벽담 쪽에 밀어붙이며 말했다.

"야. 너 인마. 이거 어떻게 된 거야. 다른 요괴들이 그 사실을 알면 안 되는 거 아니었냐고! 랑이가 혼자 결정한 것도 아니고, 너하고 같이 이야기했다면서 도대체 뭘 한 거야?!"

세희는 나를 한심하다는 듯이 쳐다보았다.

"오해도 정도가 있습니다."

"지금 농담할 기분 아니거든? 그런 짓을 하면 랑이가 위험해지잖아! 도대체 무슨 생각이야?!"

세희는 언성이 높아진 나와 상반되게 조용한 목소리로 말했다.

"주인님께서는, 흠흠."

갑자기 목소리는 왜 가다듬냐? 이윽고 세희가 입을 열었을 때, 나는 경악했다.

"내가 나서서 나쁜 마음을 먹는 아해들에게 이상한 짓을 하면 내가 어흥 하겠다고 말하러 가기로 한 것이니라!"

세희의 목소리가 랑이의 그것으로 변했으니까! 너무 깜짝 놀라서 아무 말도 못하고 있는 상황에도 세희가 계속해서 랑이의 목소리로 말했다.

"걱정 말거라! 도련님은 여전히 인간쓰레기, 인간 말종, 로리콘, 페도필리아, 변태, 사기꾼으로 남고 주인님은 여전히 너의 마수에 희롱당해서 직접 나서게 된 것으로 될 테니, 주인님의 안전은 걱정할 것 없느니라!"

세희가 무슨 말을 하고 싶어 하는지는 알겠다. 하지만.

"그런데 성질 급한 도련님은 어째서 이야기를 끝까지 듣지 않고 나를 욕하느냐?! 나쁘다! 도련님은 나쁘다! 그런 도련님은 멍석말이 감이니라!"

그 말투와 목소리는 제발 하지 마라! 랑이의 천진한 목소리와 말투가, 네 무표정한 얼굴과 독설에 합쳐지자 머릿속이 핵융합을 일으키니까!

"하, 하지 마! 제발 하지 마!! 미안! 무조건 내가 잘못했으니까 제발 그만둬!"

"원하신다면 나래 님이나 까치 님, 정미의 목소리도 낼 수 있습니다."

　다행히 머리가 터지기 전에 세희의 목소리가 원래대로 돌아왔다. 아, 정신 공격이란 것이 이런 거구나.

　"날 죽일 생각이 아니라면 제발 하지 마."

　세희의 입꼬리가 슬쩍 올라간다.

　"야한 소리도 가능합니다."

　……큭! 그것은 뿌리치기에는 너무나 달콤한 창귀의 유혹이었다, 라고 말할 것 같냐아아아!!

　"지, 진짜?"

　몸은 정직합니다. 하지만 나도 모르게 내뱉은 말은,

　"우리 아들, 완전히 색골이 다 됐네? 오랜만에 한 번 혼나보겠니?!"

　어머니의 불호령으로 돌아왔다. 나는 바로 머리를 숙이며 두 손을 싹싹 비비며 용서를 빌었다.

　"죄송합니다! 잘못했습니다!"

　……잠깐만. 어머니가 여기에 계실 리가 없잖아? 고개를 들어 보니 세희가 벌레를 보는 눈으로 나를 내려다보고 있었다. 아, 쪽팔려. 쥐구멍이라도 있다면 숨고 싶다. 나는 헛기침을 하며 세희에게 말했다.

　"크흠, 아니. 나도 남자니까 어쩔 수……."

　"계속 새언니의 목소리로 말해보겠습니다."

　"죄송합니다! 저는 원래의 목소리가 좋으니까 제발 그런 짓은 하지 말아 주세요!"

　"그럼 그만 두겠습니다."

세희는 깔끔하게 포기했다. 나는 기운이 빠져서 이대로 주 저앉고 싶어졌다.

"어찌되었건 도련님께서 걱정하실 일은 생기지 않습니다. 안심하시길."

"······알았어. 그보다 성대모사는 언제부터 그렇게 잘했냐?"

"창귀는 사람을 꼬드겨 호랑이에게 먹이로 바치는 귀신입니 다. 이 정도야 그 기본 중의 기본입니다. 도련님도 미리 연습 해 두시지요."

"이상한 소리하지 마라."

국어 시간이라면 이것은 성훈의 미래에 대한 복선이었습니 다, 라고 기분 나쁜 주석이 달릴 것 같으니까. 절대로 밑줄 치 지 마. 주석도 달지 마.

"어찌되었건, 이 일이 끝난다 해도 크게 변하는 것은 없습니 다. 다만 더 이상 까치 님과 같은 요괴가 도련님의 목숨을 노 리지 않게 될 뿐이지요."

"······처음부터 그랬으면 치이가 올 일도 없던 거 아니냐?"

"여러모로 변수가 많아 꺼렸던 선택이었습니다. 저에게는 차라리 도련님의 목숨을 노리고 찾아오는 요괴들을 죽이는 것 이 편했으니까요. 하지만, 도련님께서 주인님과 나래 님과 저 로서 만족하지 못하시고 자신의 할렘 건설을 추진하시니, 어 쩔 수 없지 않습니까?"

겉으로 듣기에는 평소와 다르지 않은 독설이었지만 나는 이 상하리만큼 그 속마음을 잘 알 것 같았다.

"미······."

그래서 나는 세희에게 사과를 하려고 했지만,

"이제 도련님의 악명은 더욱더 세상을 떠들썩하게 만들 것입니다. 자신의 안전을 위해 주인님을 이용해 먹을 줄 아는 분수도 모르는 인간이라고 말이죠."

세희가 내 말을 끊으며 눈으로 물었다.

제가 지금 무슨 말을 하는지 아시겠습니까?

나는 세희처럼 대답했다.

"랑이 좀 이용해 먹으면 뭐 어때? 랑이도 날 이용해 먹는데."

정신을 차리고 보니 나와 랑이는 서로가 서로에게 기대는 관계가 되어 버렸다. 그러니까 상관없다.

"만점이십니다."

이 녀석의 채점 방식은 도저히 모르겠다니까.

"그건 그렇고, 거절하실 것을 알면서도 일단 물어보기는 하겠습니다."

"뭘?"

"주인님과 같이 가실 생각은 없으십니까?"

"치이는 어떻게 하고?"

"얼굴만 내놓고 땅에 묻어놓은 다음 돌아와서 꺼내주면 됩니다. 까치 님도 일단은 요괴. 죽지는 않을 것입니다."

여전히 무시무시한 소리를 하는 녀석이다.

"됐어. 그럴 바에는 그냥 여기 있겠다."

"하지만 여기에 남아 계시면 위험하실 겁니다."

위험해? 아, 치이 때문에 그런 건가? 랑이와 세희가 나가 있는 때를 노려서 그 녀석이 장난을 심하게 칠 가능성도 충분히 있다. 하지만 나는 그 녀석을 믿는다. 그런 장난은 다시는 안 할 거라고 말이야. 여차하면 바둑이도 있잖아?

"괜찮아. 그건 내가 알아서 할게."

"알겠습니다, 도련님."

내가 세희와 짧은 대화를 마치고 왔을 때도 랑이는 여전히 불안해하고 있었다. 멋들어지게 차려입은 옷이 아까울 정도다. 내가 죽을죄를 지었다. 내가 너무 성급하게 생각하는 바람에 일이 이렇게 되어 버렸으니까. 마루 위로 올라오자 랑이가 후다닥 달려와서 두 손을 꼭 쥐며 눈물이 맺힌 눈동자로 나를 올려다보며 말했다.

"무, 무슨 문제라도 있는 것이냐? 내가 잘못한 게 있으면 알려주어라. 사과를 하고 용서를 빌겠느니라."

내가 세희와 대화하는 동안 허둥지둥대며 뭐 잘못한 게 없나 열심히 생각해 봤지만 도저히 답이 안 나온 것 같은 눈치다. 답이 나올 리가 있나. 네가 잘못한 게 없는데.

"아니, 잘못한 거 없어. 아무것도 아니야."

서둘러 말을 돌려 그 화제를 피했지만 랑이는 내 티셔츠의 끝자락을 잡아당겼다.

"하지만 아까는 무서운 얼굴이었느니라!"

말 돌리기는 실패. 나는 약간의 편법을 쓰기로 했다.

"그건 말이야."

아이고, 사람 살려.

나는 랑이의 머리를 두 팔로 끌어안아 내게 기대게 만들며 말했다.

"이렇게 귀여운 랑이가 다른 요괴들한테 찾아갔다가 혹시라도 무슨 일이 생길까봐 걱정된 것뿐이야."

내가 생각해도 좀 어이없는 말이었지만, 뭐. 거짓말은 아니지. 다행히 랑이는 내 말에 속아 넘어간 것 같다. 방금 전까지만 해도 축 처져 있던 꼬리가 도도하게 올라가는 걸 보니까. 랑이가 내 배를 두 손으로 밀며 다시 붉어진 얼굴로 말했다.

"성훈은 정말 나를 기쁘게 하는구나! 너 때문에 심장이 두근하고 크게 뛰었느니라!"

나는 지금도 심장이 두근두근 뛰고 있습니다.

"하지만 걱정 말거라! 이 세상 천지에 나를 해칠 수 있는 것이 어디 있겠느냐?"

"그래."

랑이의 부드러운 머리카락을 쓰다듬어 준다. 머리카락이 손가락 사이를 부드럽게 빠져나가며 간질인다. 역시 머리를 푸는 게 쓰다듬는 맛이 있네. 중독될 것 같은 느낌이다. 이대로라면 하루 반나절이라도 있을 것 같아.

"으냐……. 이상하게 평소보다 상냥해서 기분 좋으니라."

랑이도 기분이 좋은지 내 배에 얼굴을 묻고 허리를 두 손으로 꼭 껴안는다. 아, 진짜 위험하다. 그런 나를 위해 세희가 끼어들었다.

"도련님. 감동적인 이별 장면에 죄송하지만, 드릴 것이 있습니다."

"뭔데?"

겨우겨우 랑이를 떼어놓으며 말한다. 세희는 소매 안에서
하얀색과 검은색의 실로 꼬아 만든 줄이 달려 있는 작은 액세
서리를 꺼내 내밀었다. 그런데 평범한 사람이라면 웬만해서는
손이 안 갈 것 같은 모양이다. 그게, 솥뚜껑 모양이거든. 재질
은 어딜 보나 강철이다. 나는 일단 세희에게서 그것을 받으며
물어보았다.

"뭐냐, 이건?"

"솥뚜껑입니다."

그건 말 안 해도 안다. 솥뚜껑을 이리저리 훑어보니, 뚜껑
안쪽에 Made in Saehee라고 음각되어 있다.

"직접 만든 거냐?!"

"무슨 문제라도 있습니까?"

따지지 말자. 세희의 행동에 하나하나 토를 달아 봤자 돌아
오는 것은 내가 병원에 갈 날을 앞당기는 일밖에 없다는 것을
이미 옛날에 깨달았잖아.

"아니. 그러면 왜 나한테 이 솥뚜껑을 줬는지 그 이유나 들
어보자."

그제야 세희는 내가 원하는 대답을 들려주었다.

"혹시나 주인님과 저, 바둑이가 집을 떠나 있을 때 도련님의
신변에 위험한 일이 생길 때를 위한 대비책입니다."

그 말에 나는 조금 놀랐다.

"바둑이도 같이 가냐?"

난 당연히 바둑이는 집에 남을 줄 알았는데?

"너를 잘 따르는 요괴의 본보기로 데려가는 것이니라. 나는 너의 안전을 위해서 집에 있도록 하고 싶었는데, 같이 가는 것이 더 좋다고 세희가 말했느니라."

"가끔씩은 산책도 필요하니까요."

바둑이는 개의 요괴지 개가 아닐 텐데.

"그래서 준비한 것이 솥뚜껑입니다."

"내 몸을 이런 작은 솥뚜껑이 지켜줄 수 있겠냐?"

"보통 솥뚜껑이 아닙니다."

그래. 네 말대로 보통 솥뚜껑은 아니지. 보통 솥뚜껑이면 방패라도 쓰지 이건 뭐 어쩔 거냐? 나는 불신을……,

"만약, 도련님께서 위험에 빠지시게 된다면, 그 솥뚜껑을 긁으시기 바랍니다. 그러면 도련님께서 어디에 계시건, 무슨 일을 하고 있던, 주인님의 옆으로 오실 테니까요."

아니, 황당함을 가득 담은 눈으로 세희를 보았다.

"그것도 요술이야?"

"요술이라 할 수준도 아닙니다. 그저 제 힘을 조금 담은 것뿐입니다."

그러고 보니 창귀는 솥뚜껑을 긁어서 집 안에 숨어 있는 인간을 밖으로 꾀어낸다는 이야기를 들은 기억이 있다. 그렇다고 해서 이런 게 가능하다니, 신기하네.

"원래 이 집에는 초대하지 않은 요괴들은 들어올 수 없는 결계가 있었지만……."

세희가 말을 하다 말고 시선을 돌린다. 그쪽을 따라가자 저

번에 랑이와 바둑이에 의해 무너진 담벼락과, 반파되어 있는 대문이 있었다. 요괴는 둘째 치고 사람도 못 막겠다.

"이 모양이어서야 기대하지 않는 것이 좋습니다."

"내가 봐도 그렇긴 하다."

랑이가 몸을 움찔 떤다.

"헤헤헤헤."

웃음으로 넘길 생각이냐.

"그래서 나도 생각한 게 있느니라."

"뭘?"

랑이는 대답 대신 입을 크게 벌렸다. 이 녀석이 또 무슨 짓을 하려는 걸까 불안해하고 있는데, 랑이가 손을 입 안에 집어넣고는,

"으냐!"

고통에 찬 비명을 지르며 인상을 찌푸렸다. 이윽고 밖으로 나온 랑이의 손에는 이리 보나 저리 보나 송곳니로 보이는……,

"이것…… 냐아아!"

뭐라고 말하려고 하지만 신경 쓰지 않고 랑이의 입을 벌리며 손수건을 꺼낸다. 이 바보 자식! 갑자기 무슨 짓이야?! 생니를 뽑으면 어떻게 해? 그런 짓을 하면 피가…… 피가 안 난다? 랑이의 입 안은 말랑말랑해 보이는 혀와 가지런한 치열의 이빨이 나 있을 뿐, 어디를 봐도 방금 전에 뽑은 송곳니의 빈 자리는 보이지 않았다. 말도 안 돼.

"냐아아아아……."

입을 벌리고 있는 게 아픈지, 랑이가 몸을 바둥거렸다. 나는 일단 손을 놓아주었다.

"가, 갑자기 무슨 짓이느냐?"

항의하는 랑이는 잠시 놔두고, 세희에게 말했다.

"설명."

"요괴입니다."

So cool. 너무 쿨해서 뭐라 할 말이 없다. 나는 세희처럼 쿨한 사람이 될 수 없어서 랑이에게 내가 했던 짓을 설명했다.

"깜짝 놀랐잖아. 사람은 이를 뽑으면 피가 난다고."

"아, 내가 걱정돼서 그런 것이냐?"

랑이가 히죽 웃었다.

"기쁘느니라. 역시 성훈은 상냥하구나!"

눈앞에서 생니를 맨손으로 잡아 빼는데 걱정 안 할 사람이 어디 있겠냐.

"상냥하고 자시고, 내가 놀라니까 다시는 그런 짓 하지 마. 알겠지?"

괜찮다고 해도 아프지 않은 건 아니잖아. 랑이가 뭔가 기뻐하는 표정으로 고개를 끄덕였다.

"알겠느니라! 성훈을 걱정시키지 않겠느니라!"

제발 그래줘라.

"그래서, 그 이빨은 왜?"

"아, 이것을 가지고 있으면 너를 보호해 줄 것이니라. 에……. 그러니까……."

랑이는 볼에 손가락을 대고 뭔가 곰곰이 생각을 하다가 이 내 포기하고 세희를 보았다.

"수호부라 생각하시면 편할 것입니다."

"그렇다! 수호부이니라! 요괴의 몸에 닿으면 요력을 최소한으로 억제할 뿐만이 아니라, 내 힘이 담긴 것이므로 웬만한 것들의 요력도 몇 번 정도는 견딜 수 있을 것이니라! 그 사이에 솥뚜껑으로 도망쳐 오면 되는 것이다! 다만, 요력만을 막아주는 것이니 주의하거라."

이런 게 필요할까 생각하고 있는데 세희가 알아서 보충 설명을 해주었다.

"이런 것이라도 없으면 무력하신 도련님께서는 솥뚜껑을 긁기도 전에 변을 당하실 테니까요."

고맙게 받기로 하자. 나는 랑이의 이빨을 받아서 주머니 속에 넣었다.

"하지만 너무 겁에 질려서 까치 님처럼 벌벌 떠실 것은 없습니다."

"떨기는 누가 떠냐."

"이곳은 누가 뭐라 해도 주인님의 영토. 이곳에서 주인님께서 금하신 것을 어길 수 있는 것들은 요괴들 중에서도 그 수가 한정되어 있고, 만에 하나 그것들이 직접 움직인다 해도 주인님께서 눈치 못 채실 리가 없습니다."

"그러하느니라! 그런 아해들이 내 영토에 들어오면 나한테 찌릿, 하고 느낌이 오느니라. 그러면 바로 네 곁으로 달려오겠느니라!"

그 말에 나는 **앞뒤가 안 맞는 듯한 위화감**이 들었다. 하지만 그게 무엇인지 깨닫기 전에, 세희가 랑이의 말을 받았다.

"이제 안심이 되셨습니까?"

위화감은 다시 마음 깊은 곳으로 가라앉았다.

"안심이고 뭐고 걱정한 적 없거든?"

생각해봐라. 치이가 아무리 장난을 심하게 쳐도 내가 랑이들한테 도망칠 정도로 심각한 장난을 치겠냐. 그런데 이런 물건까지 주면서 나를 걱정해주는 너희들이 이상한 거다. 나는 오히려 랑이가 걱정이다.

"그런데 어떻게 설득할거야? 내가 완전 천하에 둘도 없는 대악당으로 소문나 있는 거 아니었냐? 괜찮겠어?"

"걱정 말거라. 내가……."

"주인님."

보기 드물게 세희가 랑이의 말허리를 잘랐다.

"말로 하시는 것보다는 실제로 보여드리는 것이 착각만 하는 도련님도 쉽게 이해할 수 있을 겁니다."

누가 착각만 해?

"아, 그러하겠구나."

부정 안 하는 거냐?! 그건 좀 충격이다!

랑이는 마음에 상처를 받은 나를 내버려두고, 크, 크응 하고 목청을 가다듬었다. 그리고 팔을 들어 끊어뜨리듯 휘두르자 소맷자락이 흔들리며,

그 기백이 변했다.

알 수 없는 무엇인가가 내 어깨를 누르고 무릎을 꿇으라고 강요한다. 눈앞에 있는 자에게 머리를 조아리고 충성을 바치며, 원한다면 그 목숨까지 버릴 각오를 하라고 말한다. 꼭 그것이 당연하다는 듯이. 세상의 모든 것이 바로 눈앞의 대 요괴를 위해 존재한다는 듯이 속삭여 온다. 나는 그것에 눌려서, 무릎을 꿇으려다가…… 이를 악물고 버텼다.

웃기지 마라. 누가 누구한테 무릎을 꿇는다는 거야. 내가 랑이에게? 말도 안 되는 일이다. 사람 우습게 보지 말라고! 나는 저 녀석을 지켜줘야 할 입장이다!

나는 억지로 두 다리에 힘을 주며 버텼다. 이런 내 사정을 모르고 있는 랑이는 평소에는 들을 수 없는 위엄 서린 목소리로 고했다.

"내 말에 따르거라."

나도 모르게 입에서 예, 라는 말이 튀어나올 것 같았다. 하지만 이를 꽉 악물며 참는다. 다행인 것은 랑이의 기백이 말을 마친 직후에 사라졌다는 것이다.

나는 긴장이 풀려서 나도 모르게 주저앉을 뻔했다. 잽싸게 뒤에서 내 몸을 안아 받쳐준 세희가 없었다면, 그랬을 것이다. 등 뒤에서 느껴지는 작고 부드러운 느낌에 아주 조금 기운이 나려고 한다.

"훌륭하십니다, 도련님. 하지만 이런 때도 본능에 충실하신 것은 어쩔는지요."

그러면 붙지를 말든가.

"시끄러. 맘대로 사람을 시험한 게 누군데."

안 봐도 뻔하다. 이 녀석 웃고 있을 거다. 뭐야. 설마 내가 왜 네가 그런 말을 했는지 몰랐을 것 같았냐? 사람 우습게 보지 말라고.

"아셨으면 됐습니다."

"응? 왜 그러느냐?"

정작 당사자인 랑이만이 내가 왜 다리에 힘이 풀렸는지 이해 못하는 것 같았다. 이 자식. 무서운 호랑이 앞에 있어야 했던 나약한 인간을 좀 생각해줘라.

언제까지 세희에게 안겨 있을 수 없기에 나는 다리에 힘을 줬다. 세희는 내가 괜찮다고 생각했는지 내 몸을 놓아줬다. 나는 깊게 숨을 내쉬며, 기분을 새롭게 했다.

후우.

새로워진 기분으로 랑이의 머리에 꿀밤을 먹인다.

"으냐악?!"

"이 자식아. 그런 걸 할 거면 할 거라고 이야기라도 해야지. 깜짝 놀랐잖아. 내가 평범한 인간이라는 거, 잊었냐?"

랑이가 입을 크게 벌린다.

"⋯⋯아."

정말 까먹고 있었냐. 하아, 한숨이 나온다. 요괴하고 같이 살기 힘드네. 랑이가 고개를 숙여 손을 꼼지락거리다가, 눈을 치켜뜨며 내 눈치를 살살 살피고 내 손을 잡아왔다.

"미안하느니라. 혹시 화났느냐? 다시는 안 그러겠으니 화내지 말거라. 네가 화내면 울고 싶어지느니라."

자그마한 손가락으로 내 손바닥에 빙글빙글 원을 그린다.

잘못했다고 깨닫고 이리저리 눈치를 살피는 모습이니까 봐주자. 나는 랑이의 손을 맞잡아주며 말했다.

"화난 거로 보이냐?"

랑이가 머리를 붕붕 가로젓는다.

"이제는 아니느라."

"그럼 됐지?"

"헤헤헤헤."

웃음을 짓는 랑이를 보고 있자니 방금 전의 위엄 넘치던 그 모습이 거짓말같이 느껴진다.

"아, 그런데 말이야."

"응? 왜 그러느냐?"

"너, 서울에 올라갈 때처럼 여기서 크게 소리치면 안 되냐? 그건 안 돼?"

"윽?!"

랑이가 꼬리를 쫙 펴며 깜짝 놀란다. 내게 숨기고 있던 것을 들킨 것 같은 눈치다.

"그, 그게 그래도 되긴 되는데……."

말끝을 흐리며 고개를 숙이고 입술을 내밀며 우물쭈물하기에 나는 대답을 재촉했다.

"되는데?"

"그, 그게……."

랑이가 주먹을 꼭 쥐었다. 아프다, 야.

"멀리 있는 아해들에게 들리도록 소리치면 목이 쉬느니라."

"……에?"

랑이가 고개를 돌려 내 시선을 피한다.

"예전에 전국의 아해들에게 할 말이 있어서 한 번 해본 적이 있었는데, 3일 동안 제 목소리가 나오지 않았느니라."

"아니, 그게 뭐 어때서? 며칠 동안 나갔다 오는 것보다는 차라리 그쪽이……."

"안 되느니라!"

깜짝이야! 랑이가 보기 드물게 격정 어린 목소리로 소리쳤다.

"정말, 정말 듣기 싫은 목소리가 되느니라! 삼신 할멈 같은 목소리가 되어 버리는 것이다! 나는 성훈에게 그런 내 목소리를 들려주고 싶지 않다! 절대, 절대로 싫다! 성훈이 그런 내 목소리를 들으면 나를 보기 싫어할 것이니라! 그럴 바에는 잠깐 동안 곁을 떠난다 해도, 그 편이 나으니라!!"

……아니, 목소리가 뭐 어떻게 되기에 그런 말을 하는 거냐. 이해할 수가 없네. 아니, 원래 내가 이해할 수 없는 정신세계를 가지신 호랑이님이시다. 그런가 보다, 라고 생각하자. 어린애의 고집을 꺾는 건 어렵다.

"그건 그렇고, 도련님?"

"왜."

"며칠간 도련님과 까치 님이 드실 음식은 미리 준비해 두었으니, 식사 때마다 꺼내 드시면 됩니다."

갑자기 생활감이 물씬 풍기는 아줌…… 아니, 아름다운 이야기냐. 그래, 아름다운 이야기다. 다른 생각 같은 건 안 했다.

"갈아입을 옷은 미리 방 안의 서랍 안에 준비해 두었습니다.

255

두 벌이면 충분하실 겁니다."

"아, 고마워."

"그리고."

세희는 왠지 모를 야릇한 미소를 지었다.

"까치 님과 단둘이 되었으니 주인님을 위한 연습에 힘쓰시지요."

그래. 네가 그런 미소를 지을 때는 이럴 때밖에 없겠지.

"넌 내가 그런 놈으로 보이냐."

"예."

그렇게 말할 줄 알고 있었다.

"어찌되었건, 연습을 위해 간단한 준비를 해두었으니, 주인님께서 돌아오실 때까지 느긋하게 즐기시길."

네가 준비를 해뒀다고 하니까 등골이 다 오싹하다.

"그런데 성훈아."

랑이가 갑자기 내 이름을 부른다.

"왜?"

"저기, 나도 한 가지만 부탁해도 되느냐?"

"뭘?"

"저기, 저기. 우리 며칠이나 못 보게 되는 것 아니느냐? 그러니까, 그러니까 말이다!"

퐁 하고 얼굴에 불이 나는 걸 보니 이 녀석이 무슨 말을 하려는지 알 것 같다. 녀석. 나는 아무 말 없이 허리를 굽혀서 랑이와 눈높이를 맞췄다. 새빨개진 채로 눈을 피하며 힐끗힐끗 나를 보는 요 꼬맹이 녀석에게 말했다.

"눈 감아봐."

랑이가 조심스럽게 눈을 감는다. 눈썹을 파릇파릇 떨면서도 입술을 내미는 모습이 귀엽네. 그래도 이 녀석아. 나한테 뭘 바라는 거야 도대체? 나는 랑이의 입술을 손가락으로 튕겼다.

"아얏!"

랑이가 깜짝 놀라며 눈을 크게 뜬다. 내 이름은 강성훈. 기대를 저버리는 남자지.

"우으……. 너무하다. 너무하다!! 성훈은 나쁘느니라!"

울상이 돼서 눈물을 찔끔 흘리려는 랑이의 이마에 기습적으로 입을 맞췄다. 나를 위해서 고생하러 가는 거니까 이 정도는 괜찮겠지.

"……어?"

랑이가 어리둥절해하다가 히죽 웃고 있는 나를 보고는 얼굴을 활짝 펴고 목을 끌어안아 내 볼에 입을 맞췄다. 그뿐만이 아니라 쪽쪽 빨아 당기는데, 야야. 볼 늘어나겠다. 그만해.

"……."

말하지 않아도 무슨 말을 하고 싶은지 알 수 있습니다, 세희 씨.

랑이와 세희는 빨리 돌아오겠다며 나무 그늘 아래에서 졸고 있던 바둑이를 깨워 그 목에 개 목걸이를 채우고서는 길을 떠났다. ……아니, 나도 여러 가지로 할 말이 많았지만 너무나 당연하다는 듯이 개 목걸이를 채우는 랑이나, 목을 쭈욱 빼는 바둑이를 보고 있자니 뭐라 할 용기가 나지 않았다. 랑이가 별 탈 없이 좋은 소식을 들고 돌아오기를 바랄 뿐이다.

그건 그렇고 치이, 이 녀석은 도대체 어디를 간 거야? 통 보이지를 않네? 정확히 말하면 물총 놀이가 끝나고 옷을 갈아입으러 간 이후로 말이야. 이상한걸? 혹시 집 밖으로 나갔나? 나는 치이가 어디 있나 궁금해서 집 안을 둘러보았고, 생각 외로 금방 찾을 수 있었다. 안방으로 들어가자마자 보란 듯이 있었으니까.

치이의 모습에 갑자기 지끈거리기 시작한 머리를 손으로 꾹 누르며 말했다.

"……너 뭐하다가 그 모양 그 꼴이 됐냐?"

"우우움!!"

대답 듣기를 기대한 말은 아니다. 대답을 할 수가 없을 테니까.

치이는 조금 전만 해도 없던 튼튼한 침대에 누워 있었다. 아니. 입에 재갈이 물린 채 침대의 네 귀퉁이에 사지가 수갑으로 결박돼 있었다, 라고 말해야 하나? 저렇게 누워 있으니까 확실히 랑이와는 비교도 안 되는 부분이 눈에 들어오는군. ……나 요즘에 욕구 불만인가?

어쨌건 수갑의 안쪽에는 부드러운 가죽을 대서 피부가 상하지 않게 배려를 한 것 같다. 이미 결박을 시켜놓은 시점에서 이상한 배려가 되었지만.

하지만 그 무엇보다 가장 황당했던 것은 침대 머리맡에 놓여 있는 쪽지와 열쇠였다. 쪽지에는 세희의 것이라 보이는 달필로 이렇게 적혀 있었다.

"마음대로 하셔도 됩니다?"

치이의 얼굴이 새파랗게 질린다. 어떻게든 지금 상황에서 벗어나기 위해 몸을 튕겨보지만 꿈쩍도 하지 않는다. 요괴의 힘으로도 부수지 못하는 침대라니. 이게 네가 말한 준비냐? 정말 장난을 치는 데 시간과 노력과 열정과 예산을 아끼지 않는 녀석이다. 나는 깊은 한숨을 내쉬며 침대에 걸터앉아 치이의 입에 물린 재갈부터 빼주었다.

"이 악마!!"

정의는 죽었다. By 성훈.

"사, 사람을 방심시켜놓고 이게 무슨 짓인가요?! 더러워요! 치사해요! 결국 이럴 거면서 잘도 그런 모습을 연기했군요!"

"내가 남우주연상 후보냐, 이 자식아?"

나는 뒤이어 쏟아지는 치이의 욕설을 무시하며 치이의 수갑을 풀어주었다. 그리고,

"이 쓰레기!"

자유를 찾은 치이의 왼손이 보기 좋게 내 뺨을 때렸다. 몸을 반쯤 돌린 풀 스윙이었다.

"아얏!"

어린아이의 힘이라고 해도 뺨을 맞으면 아프다. 얼얼한 뺨을 손으로 어루만지며 혀로 입 안을 핥아보니까 피 맛이 난다. 그뿐만 아니라 아랫입술도 터진 것 같다. ……무슨 애가 손이 이렇게 맵대. 그래도 별수 있나. 이 일은 세희가 돌아오면 제대로 따지기로 하자. 나는 치밀어 오르는 화와 고통을 삭이며

왠지 모르게 창백해진 치이에게 말했다. 치이가 무서워하지 않도록 밝은 모습으로 말이야.

"아프잖아, 인마. 가만히 좀 있어라. 풀어주기 힘드니까."

"……?!"

치이는 내 말에 깜짝 놀라더니, 방금 전까지 욕설의 자동 재생 모드였던 입을 다물었다. 조용한 게 한결 낫다. 치이가 조용해진 틈을 타서 남은 수갑을 마저 풀어준다. 의외로 열쇠가 잘 안 돌아가서 조금 시간이 걸렸는데도, 치이는 조금 전부터 지금까지 아무 말도 하지 않고 있다. 내가 침대에서 떨어졌을 때에서야, 내게 거리를 벌리며 두 손으로 가슴을 가리고 이렇게 말했다.

"또 무슨 꿍꿍이인가요."

"내가 그렇게 머리가 좋은 사람처럼 보이냐."

왜 거기서 입을 다물어? 뭐라도 말을 하라고!

"그런 것보다, 세희한테 이야기 들었냐?"

"오라버니는 바보인가요? 방에 들어오자마자 세희 언니한테 이 꼴을 당했는데 듣긴 뭘 듣나요?"

세희야. 넌 도대체 무슨 생각이냐. 그래도 세희한테 묶여진 것을 그렇게 마음에 담아두지는 않는 것 같아 다행이다.

"기, 기분 나쁜 거예요. 뭔가요, 그 미소는."

"……미안."

나도 모르게 웃었나 보다.

"그러면 내가 말해줄게. 랑이하고 세희, 바둑이가 밖에 볼일 때문에 며칠 동안 집을 비우게 됐어."

"……아우?"

"그러니까, 그 녀석들이 올 때까지는 우리 둘이서 집을 지키게 되었다는……."

"까우우우우!!"

치이의 머리카락이 지금까지 본 적 없을 정도로 격하게 파닥거렸다.

"노, 노리고 있었군요! 노리고 있었어요! 본심을 숨기고 이런 기회가 오는 것을 기다리고 있던 거예요, 이 악질! 호랑이님이 없는 때를 노리고 있었군요?! 도대체 저한테 무슨 짓을 하려는 건가요?! 그런다고 제가 질 것 같아요? 제 몸이 더럽혀진다고 해도 정신만은 오라버니한테 지지 않을 거예요!"

나는 세희의 흉내를 내기로 했다. 그러니까, 한심한 것을 바라보는 시선으로 치이를 보았다. 그 시선에 치이가 불만을 표출했다.

"기분 나쁜 눈인 거예요! 왜 그런 눈으로 절 보나요?"

"바보가 아니라면 생각해 보시기 바랍니다, 치이 님."

"아우우? 갑자기 뭐예요!"

"그냥 흉내 한 번 내봤다."

"그런 기분 나쁜 말투를…… 히익?"

까치가 갑자기 몸을 떨었다.

"왜 그래?"

"가, 갑자기 한기가 느껴졌어요."

"아, 이해한다."

나도 그럴 경우가 많으니까. 나이라든가 가슴이라든가……

히이익?! 나는 뒷덜미가 서늘해져서 몸서리를 한 번 치고 다시 말을 이었다.

"어쨌든 생각 좀 해봐라."

"뭘 말인가요."

"너 요괴지."

"당연한 걸 왜 묻는 건가요?"

그냥 예, 라고 말하면 어디가 덧나냐?

"난 인간이다. 그리고 여기에 남은 건 너하고 나뿐이야. 만약에, 정말로 만약에 내가 나쁜 마음을 품는다고 해서 너한테 손가락 하나 댈 수 있겠냐?"

"……아우."

치이는 맹점을 찔렸다는 듯 당황했다. 설마, 진짜로 그 생각도 못하고 있던 거냐?

"너야 집 밖으로 도망가도 되고, 그게 싫으면 지붕 위로 올라가도 되잖아. 지금은 랑이도, 바둑이도 없으니까 내 부탁으로 널 잡을 사람도 없어. 너한테 그런 협박을 한 세희도 집에 없다고. 그러니까, 그런 말도 안 되는 생각은 그만둬라. 따지고 보면 지금 위험한 건 나니까."

"……아우? 그러네요? 제게 다시 찾아온 천재일우의 기회인 거예요!"

방금까지 겁먹고 있던 모습은 어디로 갔는지, 치이가 기분 나쁜 미소를 지었다. 역시, 이 녀석도 애다. 기분 전환이 너무 빨라.

"뭐가 기회야. 집 안에 있을 때는 그런 짓 안 하기로 약속했잖아."

"알고 있는 거예요. 저를 바보 취급하는 건가요?"

치이가 얼굴을 붉히며 말했다. 생각 못하고 있었지?

"생각해보면 간단한 거예요. 오라버니를 밖으로 데려가면 되는 거잖아요?"

"어떻게?"

"제가 집 밖으로 나가서 속옷이라도 빼꼼 보여드리면 짐승처럼 달려들 게 뻔하잖아요. 그러면 그 때 퍽 하고— 아우웃!"

퍽 하고 꿀밤을 맞은 치이가 억울하다는 듯이 나를 노려보았다.

"왜 때리나요?!"

"말이 되는 소리를 해야지, 이놈아. 그 소문이 거짓말이라는 것 정도는 너도 알고 있잖아?"

치이는 입을 다물었다. 알고 있지만 인정하기 싫다는 듯이. 그 모습에 나는 나도 모르게 말하고 말았다.

"언제까지 그럴 거야? 이제 슬슬 믿어줘도……."

아차.

"아니, 미안. 아무것도 아니야."

실언이었다. 해서는 안 되는 말을 했다. 치이의 눈매가 매서워진다.

"그런 거 짜증나요."

악의 조직의 간부실을 청소하다가 실수로 자폭 버튼을 눌러버린 꼴이다. 치이는 우리 집에 와서 지금까지 쌓아두었던 감정을 토해내듯 말했다.

"예전부터 계속 마음에 걸렸어요. 계속, 계속 다 아는 척! 다 알고 있는 척! 이해하는 척! 그거 아세요? 그런 오라버니는 정말 짜증난다고요! 그냥 아무렇게나 대해주세요! 그게 마음이 편하니까요. 오라버니는 도대체 저에 대해 뭘 안다고 그렇게 대하는 거예요?!"

시간을 들여서 차근차근 마음의 문을 열게 만들 생각이었지만, 죄송합니다. 이모. 저한테는 살짝 무리였나 봐요.

"그게, 나도 어렸을 때 너하고 비슷한 때가 있어서 어느 정도……."

치이가 눈을 부릅뜬다. 한번 올라간 머리카락은 내려올 생각을 하지 않는다. 나는 입을 다물었다. 솔직하게 말해서, 나는 치이에게 겁을 먹고 말았다. 그건 단순히 치이가 나를 해칠지도 모른다는 것이 아닌, 지금까지 겨우 쌓아둔 관계가 한순간에 무너져 내릴지도 모른다는 것에서 온 공포였다.

"그래서 뭔가요?!"

"아니, 미안하다. 내가 잘못했어. 다시는 안 그럴게."

그래서 나는 한 발자국 뒤로 물러섰다. 내가 무슨 말을 하든지 결국에는 역효과밖에 일어나지 않는다. 가뜩이나 내 말실수 때문에 흥분해 있는데다가, 그렇지 않아도 까치는 내 말을 받아들일 준비가 안 돼 있었다. 그러니까 지금은 용서를 빌자.

"……?"

갑작스러운 내 사과에 치이가 당혹스러워하는 틈을 타서 자리를 뜨자.

"그럼 나는 내 방으로 갈게. 미안해."

"······."

치이가 뭔가 말을 하려다 말고, 입을 다물고 주먹을 쥔다. 나는 치이가 혼자 있을 시간을 주기 위해서 내 방으로 돌아갔다.

"······아."

그래서 치이가 내게 내민 손을 나는 보지 못했다.

네 번째 이야기

　나는 방 안을 굴러다녔다. 치이는 몰라도, 나는 혼자 있을 시간 따위는 필요 없다. 생각할 것도 없으니까 그저 심심할 뿐이다. 랑이라도 있었으면 같이 놀고 좋을 텐데 말이야. 나래한테 문자라도 보낼까 싶어서 휴대폰을 꺼냈는데…… 전원이 꺼져 있다. 으아니! 차! 왜 되는 일이 없어?! 충전기는 집에 있고 여기에 와서는 충전기 비슷한 것도 본 적이 없다. 망했다. 아버지에게 배운 벽과의 대화라도 할까?

　벽과의 대화는 간단하다. 방구석으로 가서 벽을 보며 아무 화제나 골라서 말을 걸고, 자신이 한 말에 자신이 대답하면 끝. 아버지 왈,

　"익숙해지면 재밌다. 벽과 대화하는 건, 또 다른 나를 발견할 수 있고 생각을 정리하는 시간도 가질 수 있지."

　라고 하셨는데, 제 3자인 내가 보기에는 그저 미친 짓이었다. 상상해봐라. 벽에 말을 걸고, 자신이 대답한다. 그러면서

배를 잡고 웃기도 하고, 울기도 한다. 보고 있자면 내가 미칠 것 같다. 정작 그런 아버지는 멀쩡해 보여서 시험 삼아 해본 적이 있는데 10분 만에 포기했다. 정말 미칠 것 같았거든. 그런 끔찍한 방법은 최후의 최후까지 남겨둘 것도 없이 그냥 버려버리자.

에라, 모르겠다. 슬슬 점심 먹을 시간이겠다, 상이나 차리러 가자. 점심을 먹으면서 치이의 눈치를 살피자고.

나는 오랜만에 상을 차리러 부엌으로 가기 위해 문을 열었다.

치이가 문 앞에 있었다.

"아, 깜짝이야."

놀란 건 나뿐만이 아닌 것 같다. 치이는 갑자기 내가 나온 거에 깜짝 놀랐는지 콩, 하고 엉덩방아를 찧고 말았다.

"아우우."

엉덩이를 손으로 비비며 얼굴을 찡그리는 치이에게 손을 내밀었다. 치이는 손을 잡으려다가 앗! 하고 놀라며 손을 쳐냈다. 아프다.

"필요 없어요!"

머리카락을 한 번 들었다 놓는다. 그러면서 엉덩이가 아프지 않다는 듯 표정 관리를 열심히 하며 일어섰다. 탁탁 엉덩이에 묻은 먼지를 털어내며 아무 말도 하지 않는다. 뭔가 이유가 있어서 찾아온 것 아니었냐? 내가 먼저 말을 걸어줘야 하는 거야?

"무슨 할 말 있어?"

"있을 리가 없잖아요."

그럼 여기 왜 있냐, 라는 말은 하지 말자.

"그러냐? 아, 나 밥 먹을 생각인데 너도 먹을 거지?"

"안 먹었으면 좋겠어요?"

"상을 따로 차릴까?"

"오라버니는 개밥이나 먹는 거예요. 손도 쓰지 말고 입으로 먹으세요. 그게 어울리니까요."

"바둑이 먹는 거 못 봤냐?"

"그 개가 아니잖아요!"

치이의 말대로 바둑이는 개의 요괴지, 개가 아니다. 이런. 점점 위험해지고 있네. 이러다가는 나중에 바둑이한테 '손'이라고 말한 다음에 손을 올려놓으면 잘했다는 뜻으로 턱 밑을 간질이겠어.

"아, 그러네. 그러면 상 차려서 들어갈 테니까 안방에서 기다려."

"제가 차려도 되는 거예요."

치이가 고개를 홱 돌리며 퉁명스럽게 말했다. 볼에 살짝 홍조가 들어있는걸?

흠. 웬일이냐? 치이의 말에 나는 잠시 고민했다. 사실 상을 차리는 건 귀찮은 일이다. 그냥 치이에게 맡겨버릴까? 아니, 그래도 어린애한테 그러는 건 아니지. 내가 아버지도 아니고 말이야.

"그럼 같이 하자."

치이가 눈썹을 찌푸렸다.

"왜 그래야 하나요? 저 혼자서도 할 수 있어요!"

"그럼 내가 하지, 뭐. 나보다 어린애한테 상 차리게 할 생각은 없다. 그러지 말고 안방에서 기다리고 있어."

나는 치이를 지나쳐서 부엌으로 가려 했다.

"독이라도 넣으려고요?"

아니, 들어가려고 했다. 나는 몸을 돌려 아무것도 몰라준다는 듯, 짜증난다는 눈으로 나를 노려보는 치이에게 말했다. 뭐가 그렇게 불만이야? 너를 귀찮지 않게 해주려는 이 오라버니의 따스한 마음이 안 느껴지는 거냐?

"요괴도 독이 통해?"

"진짜 넣을 생각이었어요?!"

치이가 깜짝 놀라는 시늉을 한다. 이 녀석아. 말 좀 귀엽게 해라.

"그냥 해 본 말이다. 내가 이제 와서 독 같은 걸 타서 뭐하겠냐?"

"옛날에는 넣을 생각이었군요."

"말꼬리 잡지 마, 인마. 네가 세희냐."

내가 말 해놓고도 실언이라는 것을 깨달았다.

"아, 미안. 아무리 그래도 세희 정도는 아니지."

이 녀석이 달콤한 커피 믹스라면 그 녀석은 씁쓸한 원두커피다.

"어쨌든 방에서 기다리고 있어."

"싫어요."

치이가 나를 스쳐 지나가며 말을 이었다.

"오라버니가 음식에 무슨 짓을 할지 모르니까 지켜볼 거예요."

내가 그런 짓을 할 것 같냐. 음식에 장난치면 벌 받는다고.

"예이, 예."

그래도 나는 백기를 보이며 앞서 들어가는 치이의 뒤를 따라 들어갔다.

다행히도 세희가 준비해준 반찬은 나도 즐겁게 먹을 수 있는 것들이었다. 내심 여기에 와서 한 첫 식사가 마음에 걸렸거든. 먹기 힘든 반찬들만 가득 차 있었다면 랑이들이 돌아올 때까지 밥과 간장, 김치로만 밥을 먹을 생각이었다. 여기서 잠깐. 참기름하고 간장, 마가린이나 버터를 밥에 비벼먹으면 나름대로 먹을 만합니다. 반찬 준비하기 귀찮으실 때는 가끔씩 그렇게 드셔보세요. 늘어나는 몸무게는 책임 못 지지만.

나는 일단 큰 냄비에 담겨 있는 쇠고기 무국을 조금 작은 냄비에 덜어 물을 붓고 가스레인지 위에 올린 뒤, 가스 불을 켰다. 전이나 잡채같이, 데워서 먹으면 좋은 것들은 적정량을 꺼내서 프라이팬에 나누어 놓고 가스 불을 약하게 켠다. 프라이팬이 달아오르기 전에 차갑게 먹어도 되는 김치, 도라지 무침, 오이지 같은 것들을 작은 접시에 덜어 놓고 있는데, 내 모습을 지켜보고 있던 치이가 말을 걸어왔다.

"익숙하시네요."

그 목소리에는 아주 조금이지만 감탄이 서려 있었다. 나는 상에 접시를 내려놓으며 대답했다.

"익숙하니까."

"예상외인 거예요."

"이 정도는 누구나 다 해."

부침개용 뒤집개로 전을 뒤집으면서 왼손으로는 잡채가 담긴 프라이팬을 스냅을 이용해 퍼지게 만들어 열이 골고루 가도록 한다.

"간단한 찌개를 끓이거나 전도 부칠 수 있고, 나물도 무칠 수 있다고."

"그렇군요."

국자로 국물을 휘젓는다. 수저통에서 수저를 꺼내서 상에 놓는다. 미리 밥을 풀 준비까지 해 놓는데, 치이가 다시 말을 걸었다.

"어째서 그렇게 익숙한 거예요?"

뭐가 불만이냐, 뭐가. 내가 이런 거에 익숙한 게 이상하냐?

"가정적인 남자가 인기라는 말에 노력 좀 했지. 여자애한테 점수 좀 따고 싶어서."

나래라든가, 나래라든가, 나래라든가.

"속이 시꺼멓네요."

······상처받았다.

"농담이야."

진담이었다. 쳇. 치이의 말을 흘려듣기로 결심하며 잡채를 뒤집는다. 슬슬 좋은 냄새가 나는 걸 보니 거의 다 된 것 같다. 전은······ 조금 시간이 더 걸리겠군. 나 혼자라면 이 정도에서 대충 먹겠지만 치이도 있으니까 좀 더 신경 쓰자.

"대답 안 해주는 거예요?"

응? 치이가 팔짱까지 끼고 불만스러운 모습으로 나를 올려다보고 있었다. 아. 아까 물어봤던 건 정말로 궁금했던 거냐? 숨길 일도 아니기에 나는 사실 그대로 치이에게 대답해줬다.

"어머니는 집에 계실 때가 일 년에 손에 꼽을 정도였고, 아버지는 아예 이런 일에 관심이 없어서 어렸을 때부터 어쩔 수 없이 내가 하게 되니까 늘더라. 별로 이런 일에 관심이 있던 건 아니었어. 먹고 살기 위해서 내가 배운 거지."

사실 이모네 집에서 돌아온 다음에 3일 동안 아침 점심 저녁을 빵과 우유, 김밥, 라면만 돌려가며 먹다 보니까 어쩔 수 없이 요리를 해야만 했다. 안 그랬으면 영양실조에 걸렸던가, 영양 섭취 불량으로 키가 안 컸을 거야. 그때는 이모에게 요리를 배운 걸 정말 잘했다고 생각했다. 하지만 어느새 집 안에서 내가 그런 일을 전담하게 된 순간, 내가 실수를 했다고 생각했지.

"그러다 보니까 집안 청소도, 세탁도, 바느질도 어느 정도는 할 수 있어. 어때? 대단하지 않냐? 멋있지?"

"……."

치이는 시선을 돌리며 아무 말도 하지 않았다. 뭐냐. 일부러 딴죽을 걸 수 있게 말해줬구만. 민망하게 그냥 넘어가기야? 이래서야 그냥 가정일을 좀 한다고 자랑한 고등학생이 돼버리잖아. 그런 사이에 쇠고기 무국이 끓기 시작했고, 잡채도 다 된 것 같다. 국그릇에 솜씨 좋게 담은 다음 큰 접시에 잡채를 옮긴다. 밥을 푸기 위해서 전기밥솥을 열자, 헤……. 세희도 뭔가를 아는구나. 작고 큰 밥그릇에 밥이 예쁘게 담겨져 있다.

생활 상식 하나. 이렇게 밥을 담아놓으면 밥맛이 오래간다. 그 릇이 뜨거워져서 잡기 힘들다는 단점이 있지만, 나는 손끝으로 밥그릇을 잡아서 재빠르게 상에 올려놓았다. 자, 이제 마지막으로 냉장고에서 물을 꺼내려는데,

"흥. 그렇긴 하네요."

치이가 이해 못할 소리를 하면서 문을 열고 안방으로 들어갔다. 뭐가 그렇다는 거야?

치이와 단둘이서 밥을 먹는 건 처음이어서 좀 어색하다. TV라도 있으면 좋으련만, 이놈의 집구석에는 아무것도 없다. 할아버지는 도대체 뭘 하면서 시간을 보내셨을까. 벽과의 대화를 뛰어넘은 자연과의 대화를 시도하시나?

어찌되었건 지금의 식사 풍경은 옛날에 봤던 코미디 프로그램이 생각나게 만든다. 대화가 필요하다고, 대화가. 치이는 적막한 분위기 같은 건 상관없다는 듯이 아무 말 없이 나를 힐끗힐끗 쳐다보며 수저를 움직였다. 이것저것을 집에서 입에 넣고 오물오물거리는 모습을 보고 있자니, 이 녀석도 입만 다물고 있으면 영락없이 귀여운 여자아이라는 생각을 하게 된다. 이래서 외모가 중요한 거다. 더러운 외모 지상주의 같으니라고. 나 같은 사람은 어떻게 살아야 하나. 이대로 가면 서른 살 때까지 제대로 된 연애도 못하는 거 아니야? 요괴도 봤으니까 요정도 보게 되나?

아니, 그건 절대로 싫다. 최대한 빨리 나래에게 고백을 해서…… 으히히히.

"……"

"······."

치이와 눈이 마주쳤다.

"밥 먹으면서 무슨 생각을 하는 거예요?"

야한 생각.

"기분 나쁜 미소였어요."

나는 말을 돌렸다.

"그것보다, 먹을 만하냐?"

"상을 따로 차린다는 걸 깜빡했군요?"

흥, 하고 고개를 돌리며 퉁명스럽게 대꾸한다. 그 이유는 듣지 않아도 알 수 있다.

"밥은 같이 먹어야 맛있는 법이라고."

"절대로 아니에요. 오라버니하고 같이 먹으니까 식욕이 뚝! 떨어지는 거예요."

"그런 말 하면서 밥도 잘 먹는다."

치이의 밥공기는 벌써 바닥을 보이고 있었다.

"남기면 아깝잖아요. 이렇게 차려 먹는 게 쉬운 일도 아니고요."

"아, 그건 나도 동감. 이런 반찬으로 밥 먹는 게 자주 있는 일은 아니지."

"뭐가 동감이에요? 어차피 오라버니는 잘 먹고 잘 사셨으면서."

나는 살짝 정색하며 말했다.

"아니, 그건 오해다. 나도 랑이들을 만나기 전에는 밑반찬이 세 개였으면 다행인 생활이었다고. 나 혼자 먹을 때는 김치만으로 때운 적도 많아."

"그래 봤자 지금은 아니잖아요."

"그렇긴 하네."

나는 말을 한 뒤, 피식 웃었다.

"뭐가 좋은 거예요?"

내가 웃는 게 그렇게 마음에 안 드는지 치이가 얼굴을 붉히며 화를 냈다.

"기분 좋잖아. 뭐랄까. 지금까지 고생했던 이야기를 아무렇지 않게 말할 수 있는 상대가 있다는 게. 이런 이야기, 다른 애들한테는 말 못 한다고. 너한테만 할 수 있는 거야."

내가 이런 말을 하면, 나래는 화를 낼 거다.

"옛날 일 가지고 질질 끌지 마! 그런 게 싫으면 우리 집에 밥이라도 먹으러 왔으면 됐잖아?!"

랑이는 자신의 일처럼 슬퍼하고 침울해할 거다.

"좀 더 빨리 부를 걸 그랬느니라!"

세희는 독설로 받아줄 거다.

"그렇게 생각하신다면, 좀 더 주인님께 잘 해주시지요."

바둑이는 잠을 잘 거다. 그래. 그럴 거야.

하지만 내가 치이를 알아주듯, 치이도 나를 알아준다. 왜냐하면, 치이도 알고 있으니까. 그래서 나를 이해해줄 수 있다. 솔직히 나는 그것이 기쁘다.

"기분 나빠요. 그런 말 하지 마세요."

치이가 화를 내면서 고개를 푹 숙이고 내 말에 동의해준다. 자기는 깨닫지 못하는 것 같지만.

"미안. 그냥 편해서 그랬어. 밥이나 먹자. 밥 더 먹을래?"

"……남기면 아까우니까요."

젓가락을 입에 물고 비어버린 그릇을 내민다.

그 후로 식사가 끝날 때까지 우리 둘은 아무 말도 하지 않았다.

하지만 그 침묵은 어색하지 않았다.

비어버린 접시를 싱크대에 넣고, 남은 음식을 다시 한 번 데운 다음에 접시에 놓는다. 식으면 냉장고로 직행이다. 여름에는 이렇게 안 하면 금방 음식이 쉬니까. 그동안 설거지나 해볼까? 손을 걷어붙이고 고무장갑을 끼려는데 문을 열고 치이가 들어왔다.

"왜?"

"설거지는 제가 하는 거예요."

"내일은 해가 서쪽에서 뜨겠네."

"아우우! 오해하지 마세요. 오라버니를 위해서 하는 건 아니니까요."

"아니, 그런 오해는 당연히 안 하지."

치이가 종아리를 발로 걷어찼다. 아얏! 아프잖아!

"왜 그래, 인마!"

"오해하고 있잖아요!"

"내가 언제?!"

치이는 내 말에 대답하지 않고 말을 돌렸다.

"설거지는 당연히 제가 하는 거예요. 저는 오라버니한테 조금이라도 빚 같은 걸 지고 싶지 않아요."

상 한 번 차려주는 게 빛의 범주에 들어갈 정도로 삭막한 인심이라니. 슬프구만, 현대 사회.

"그래. 네 맘대로 해라. 그런데 말이다."

나는 치이의 키를 눈으로 재본 다음 싱크대에 대봤다. 음. 역시 무리다.

"너, 키가 작아서 되겠나?"

어딜 봐도 상식적인 내 걱정에 치이는 머리카락을 파닥이면서 화를 냈다.

"아우우! 무슨 소리인가요?! 이 정도는 문제없다고요!"

성큼성큼 걸어와 내 몸을 밀기에, 나는 못 이기는 척 물러나줬지만 싱크대는 정확히 치이의 어깨 부분에 딱 걸렸다. 설거지를 하기에는 힘들어 보인다. 옛날에도 했던 말이지만, 기럭지는 길고 봐야 하나 보다.

"아우—!"

치이는 뭐가 그리 분한지 화를 내며 주위를 둘러보았다. 뭔가 찾는 눈치다. 치이의 시선이 방금 전까지 사용했던 밥상으로 향한다. 머리카락이 들썩였다. 치이가 허리를 뒤로 쭈욱 빼며 밥상을 싱크대 쪽을 끌고 온 다음, 맨발을 들어······.

나는 치이의 허리를 잡고 뒤로 안아 들어서 내려놓았다.

"예~. 거기까지."

"까우우?! 뭐, 뭐하는 건가요?!"

왜 네가 화를 내는 거냐?

"너야말로 뭘 하는 거야. 누가 밥상에 발을 올리냐?"

"오라버니가 무슨 상관인가요?"

"당연히 상관있지. 나도 그 상으로 밥 먹는데."

"깨끗하게 닦으면 되잖아요!"

"그런 문제가 아니라 기분상의 문제라는 거다. 너라면 네 칫솔로 화장실 청소를 한 다음에 살균 소독한다고 해서, 그걸 다시 쓰고 싶겠냐?"

내 적절한 예시에,

"제 발이 화장실하고 똑같다는 말인가요?!"

치이가 분노했다. 왜 이야기가 그렇게 돼?

"그런 건 아니고. 그래도 넌 밖에서도 맨발로 다니잖아."

"그게 뭐 어때서요?!"

"그럼 당연히 더러운 거 아니야?"

"아우우! 무, 무슨 소리에요! 잘 봐요! 제 발은 깨끗하다고요!"

치이가 정면에서 발을 높이 들어 올려 내게 보여준다. 맨발로 다니는 것 치고는 깨끗하다. 그런데 말이야. 너 그렇게 짧은 치마를 입고 발을 높이 들어 올리면 팬티 보인다. 내가 어째서 오늘 네가 입은 팬티가 분홍색에 흰색 줄무늬라는 걸 알아야 하는 거야. 아니, 그런데. 너 줄무늬 팬티밖에 없어?

"그래 알았다. 일단 발 내려."

이런 건 모르는 척해주자. 치이의 발차기는 아프니까.

"언제나 요기로 발을 감싸고 있어서 괜찮은 거예요!"

"예, 예."

어렸을 때 읽은 무협 만화가 생각나지만 요괴니까 그런가 보다~ 하고 넘어가주자.

"그래도 그건 그거. 이건 이거. 설거지는 내가 할 테니까 너는 다른 거라도 하고 있어."

"아우우."

뭐라 할 말이 없는 대신, 치이가 잘그락, 잘그락 일부러 발찌를 소리 나도록 험하게 걸으며 부엌을 나간다. 녀석, 신경 쓰기는. 설거지 대신 다른 일이라도 시켜줘야지 기분이 풀리겠지? 안 그러면 나한테 빚진 게 있다고 생각해서 계속 기분이 나쁠 테니까. 그럼 무슨 일을 시킬까.

아. 후식 준비를 해 달라고 하자. 그거면 되겠다.

냉장고 문을 열고 먹을 게 뭐 없나~ 하고 안을 살펴보니 딱 좋은 게 눈에 띄었다. 참외다. 음. 괜찮겠지? 나는 부엌문을 열고, 안방에서 뚱한 표정으로 이쪽을 보고서 가만히 앉아 있는 치이에게 말을 걸었다.

"치이야."

"무슨 일인가요."

어이쿠. 기분 나쁘다는 아우라가 물씬 풍긴다.

"좀 도와줄래?"

"뭘요."

한쪽 귀 위 머리카락이 슬쩍 들어 올려졌다.

"디저트 준비. 참외 먹고 싶은데, 난 설거지를 해야 하니까 네가 깎아줘라. 너 칼 다룰 줄 알아?"

치이가 기다렸다는 듯이 벌떡 자리에서 일어나며 말했다.

"당연하죠. 그건 그렇고, 제가 참외 깎아드리면 이제 쌤쌤인 거예요."

"그래."

치이가 부엌으로 들어와 참외를 한 손에 들고 내게 손을 내밀었다. 껍질 깎을 칼을 달라는 것 같은데, 혹시나 해서 물어보았다.

"그런데 진짜 칼 쓸 줄 알아? 잘 못 쓰면 이거로 깎아도 되는데?"

내가 준비해 놓은 것은 감자 껍질 깎는 칼이다. 손잡이 부분을 잡고 쓱 밀면 쉽게 껍질이 벗겨지는 그거 말이야. 정식 명칭은 모르겠지만, 이게 의외로 사과, 배, 참외 같은 과일을 먹을 때 쓸모가 있다. 껍질 벗기는 게 편하거든. 하지만 치이는 내 섬세한 배려에 콧방귀로 대답하더니,

"웃기지도 않는 거예요. 누가 그런 걸 써서 과일을 깎나요? 그런 건 수치예요, 수치."

나를 수치심 없는 인간으로 만들었다. 아니, 이게 뭐 어때서? 은근히 편하고 좋다고! 좋은 게 좋은 거다!

"과도하고 도마나 주세요, 오라버니. 오라버니는 흉내도 내지 못할 솜씨를 보여드릴 테니까, 거기서 지켜보면서 피눈물이나 흘리는 거예요."

"오냐."

네 마음대로 해라. 피눈물은 몰라도 **감격의 눈물**을 흘릴 준비는 되어 있다. 나는 벽에 걸려 있는 과도와 도마를 빼서 치이에게 건네주었다. 치이는, 도마는 상 위에 내려놓고, 과도는 한 손에 잡고 빙빙 칼춤을 한 번 췄다. 저건 많이 다뤄본 게 아니라 뭔가를 많이 담가본 듯한 솜씨인데? 무섭구나, 치이. 이

런 내 생각을 모르는 치이가 능숙하게 참외 껍질을 깎기 시작
했다.

가로로.

"야, 인마."

"왜 부르나요?"

"보통 참외는 결 따라 세로로 깎지 않냐?"

하, 하고 나를 비웃은 치이가 말했다.

"그건 오라버니 같은 사람들이나 그렇죠. 저는 그런 수준이
아니에요."

치이는 보란 듯이 손을 놀렸다. 나는 설거지는 둘째 치고 치
이의 과일 깎는 모습을 지켜보기로 했다. 내가 시켜놓고 이런
말 하기는 그렇지만 조금은 걱정된다. 하지만 치이는 내 걱정
따위는 쓸모없다는 듯, 능숙하게 껍질을 깎았다. 마지막까지
껍질을 단 한 번도 끊어 먹지 않았을 때는, 나도 모르게 감탄
하고 말았다.

"오……. 대단한데?"

치이가 조금은 있는 가슴을 펴며 자랑스럽게 말했다.

"이 정도는 아무것도 아니에요. 오라버니는 못 하겠지만요."

"사과라면 할 수 있다. 배는 조금 어렵지만 가끔씩은 성공한
다고. 참외 같은 경우에는 네가 이상한 거야, 네가."

"자기가 못 한다고 절 이상한 사람 취급하다니, 속도 좁군
요."

화난 듯 말하고 있지만, 나를 한 단계 아래로 눌러버렸다는
것이 기분이 좋은지 나쁜 표정은 아니다. 아니, 내 눈이 이상

하지 않는다면 조금은 기분이 들뜬 것같이 보인다. 그것이 실수를 불러왔다.

"그러면 거기서 계속 보고 계세요. 오라버니는 상상도 못할 정도로 귀엽게 별 모양으로 잘라볼 테니까— 아욱?!"

이런! 나를 올려다보면서 칼을 다뤘기 때문일까. 치이가 손가락을 베였다.

"야, 괜찮아?"

몸을 숙여 치이의 손가락을 살펴본다.

"아, 아우우. 아무것도 아닌 거예요. 피도 안 나고 하나도 안 아파요."

아무렇지는 뭐가 아무렇지 않냐. 그거야 방금 전에 베였으니까 그렇지. 이윽고, 붉은색 피가 베인 곳을 통해 흘러나오기 시작했다.

아이고, 내 실수다. 칼을 다룰 때 주의를 분산시킨 내 잘못이야. 내가 미쳤지. 치이의 찡그린 얼굴을 보고 있자니 내가 다친 것같이 마음이 아프다.

"이, 이 정도는 상처도 아닌 거예요."

이럴 때까지 강한 척이다. 하지만 아픈 건 아픈 거다. 치이가 머리카락을 팔락이며 인상을 펴지 못하는 걸 보면 그 정도는 알 수 있다. 상처가 덧나기 전에 빨리 어떻게든 하자.

나는 일단 치이의 손가락을 덥석 입에 물었다.

"—?!"

치이의 소리 없는 비명이 부엌을 가득 채운다. 오해하지 마, 이 녀석아. 난 흡혈귀가 아니라고. 입 안에서 치이의 피비린내가 난다. 나는 치이의 손가락을 쪽쪽 빨았다.

"꺄, 까우우우우우?!"

이제야 치이가 입에서 비명을 지른다.

"하, 하지 마요! 빨지 말아요! 손가락 빨지 말라고요, 오라버니!!"

치이가 바동거리며 손가락을 빼려고 하지만, 나는 그 손목을 잡고 안 놓아줬다.

"놔, 놔요! 이, 이상하잖아요!! 아, 아우웅!"

뭐가 이상하다는 거야? 칼에 베이면 일단 침부터 바르고 물로 씻은 뒤 소독약을 바르고 밴드로 마무리 짓는 거잖아?

치이의 말을 무시하며 계속 손가락을 입에 물고 있다가, 이제 괜찮겠다 싶어서 치이의 손을 놓아준다. 다시 바깥으로 나온 손가락은 피는 멈춘 것 같다. 다만, 다른 곳에서 피가 나올 것 같다. 새빨개진 치이의 얼굴이라든가.

"이, 이 변태! 변태 같으니라고요! 무슨 짓을 하는 거예요?! 제 손가락을 입에 물다니, 저, 정신 나갔어요?!"

"피나는데 그런 거 신경 쓸 틈이 어디 있냐. 아니면, 네가 먼저 입에 물든가."

치이의 머리카락이 드높이 올라간다.

"더, 더럽잖아요! 오라버니의 침이 묻어 있는 손을 어떻게 입에 넣어요?!"

"누가 지금 이랬냐? 어쨌건, 지금은 농담하고 있을 때가 아니니까 일단 물로 손가락이나 씻어봐. 약 가지고 올 테니까."

나는 치이의 대답을 듣지 않고 안방으로 들어갔다. 세희라면 집구석에 약상자 한두 개 정도는 준비해 놓을 녀석이다. 저 번에 물놀이하러 갔을 때도 본 적 있고.

나는 제일 뭔가 있을 것같이 보이는 방구석의 5층짜리 서랍의 맨 위를 열었다. 바로 닫았다. **저게 여기 왜 있냐.** 분명히 내가 세희한테 그렇게 말하긴 했지만, 그래도 그렇지. 이런 서랍에 아무렇지 않게 넣어둬도 되는 거야?

……잊자. 난 아무것도 못 봤다.

두 번째 서랍을 열었다. 바로 닫았다. 왜 집안에 톱이나, 망치 같은 게 있는지 모르겠다. 그것도 검붉은 색으로 물들어 있는…….

잊자. 난 모른다.

세 번째 서랍에서야 나는 내가 찾던 약상자를 발견할 수 있었다. 상자를 열어 비닐로 포장되어 있는 뭔가 동그랗게 보이는 것들은 무시하고 빨간약과 밴드를 꺼내 부엌으로 들어갔다.

치이는 아까 다친 손가락을 입에 물고 있었다. 이런, 물로 씻다가 상처가 다시 터졌나?

"어이."

"까우우우우?!"

내가 들어온 걸 몰랐는지 치이가 깜짝 놀라며 손가락을 입에서 뗀다.

"이, 이건 아니에요! 그, 그러니까! 아, 그래요! 물로 씻으니까 피가…….“

"피가 다시 났겠지. 미안. 찾는 데 생각보다 시간이 오래 걸렸다."

나는 치이의 말을 끊고 손목을 잡아 싱크대로 이끈 다음에 물을 틀었다.

"아윽?!"

치이가 짧은 신음을 터트렸다. 나는 상처 주위의 물기를 휴지로 제거한 다음 빨간약 뚜껑을 열며 말했다.

"따끔할 거야."

"상관없어요."

그렇게 말하며 치이가 눈을 감고 고개를 돌린다. 주사 맞을 때 바늘이 들어가는 걸 보고 싶지 않아 하는 것과 비슷한 거겠지. 나도 바늘이 들어가는 건 내 눈으로 직접 못 본다. 치이의 눈썹이 부들부들 떨린다. 빨리 끝내주자. 나는 상처에 빨간약을 발랐다. 최대한 조심스럽게. 아프지 않도록.

"아우우―."

치이가 움찔 몸을 떤다. 아, 이해합니다. 입 안이 헐 경우에 바르면 브레이킹 댄스를 추게 되는 그것과 버금가는 아픔이지.

나는 재빠르게 밴드를 풀어서 치이의 손에 동여매주고 볼을 쓰다듬어 주었다. 이 녀석, 볼살이 별로 없구만.

"자, 됐다. 아팠지? 잘 참았어. 치이는 대단하네. 내가 너만 할 때는 울고불고 난리도 아니었는데."

신경이 손가락에 가지 않도록 빠르게 말을 걸어서 정신을 분산시킨다. 그제야 치이가 고개를 돌려 나를 보고, 자신의 손가락을 보았다. 그리고 잠시 동안 아무 말도 하지 않았다. 왜 그러지? 뭔가 내가 잘못했나?

그 때, 치이가 조심스럽게 나를 불렀다.

"오라버니."

"왜?"

그러고서는 아무 말도 하지 않는다. 하지만 나는 참을성 있게 기다려 주기로 했다. 어차피, 설거지하는 걸 빼면 할 일도 없으니까.

잠시 후, 치이는 힘겹게 입을 열었다.

"오라버니는 오라버니가 이상하다는 거 알고 있어요?"

그 말은 다친 사람이 걱정돼서 사방팔방 뛰어다닌 사람에게 할 말은 아니라고 생각하는데.

"내가 뭐가 이상하나?"

이런 말을 하고는 있지만, 나도 내 성격이 조금은 이상하다는 걸 알고 있다. 중학교 때부터 알고 지내던 친구 중에 한 놈이, 넌 나하고 이상하게 닮았어, 라고 말했을 때 깨닫게 됐지. 왜냐면, 나도 그 녀석이 이상한 놈이라고 생각했으니까. 하지만, 그런 말을 알게 된 지 며칠 안 된 치이에게 들고, 인정해버리는 건 좀 아니잖아. 그것도 이런 순간에.

"이상해요."

치이는 단언했다.

"타당한 이유를 대지 않는다면 나의 주먹이 네 머리와 접촉 사고를 벌이게 될 거다."

주먹을 쥐고, 하아 하고 입김을 분다. 일부러 장난스럽게 보이려고 한 짓이었지만, 치이는 웃지도, 짜증내지도 않았다. 그저 진지하게 내 눈을 바라보며 말을 이을 뿐이다.

"전 오라버니가 집 밖으로 나가기만 하면 오라버니를 죽일 거예요."

이미 알고 있는 사실이다.

"그래서?"

"그런데 왜 이렇게 저한테 신경을 써주는 거죠?"

닿았다. 그 말에 나는 알 수 있었다. **내 마음이 이 녀석에게 닿았다는 것을!** 치이가 마음의 문에 계속해서 똑, 똑 노크를 한 내게 문을 살짝 열어준 거다. 그렇지만 서두르지 말자. 치이는 계속되는 내 노크에 짜증이 나서 문을 살짝 열어본 것뿐이니까.

"예전부터 궁금했어요. 왜 저를 살려두었는지. 그런 거짓말을 하면서까지 왜 저를 옆에 두려고 했는지요."

"거짓말이라는 걸 알아주다니, 기쁘네."

나는 미소를 지었다. 치이는 화를 냈다.

"오라버니!"

'저는 지금 진지합니다!' 라고 얼굴에 쓰여 있다.

이럴 때는 뭐라고 말해야 할까?

상대가 나래였다면 용기를 내서 중요한 이야기만 한다. 화를 내며 같이 답을 찾아낼 거다. 랑이었다면 내 본심을 모두다 털어놓는다. 그 녀석은 모든 것을 받아줄 것이다. 세희였다면 본심을 숨기고 조금씩 조금씩 이야기를 한다. 그 녀석은 내가 말을 끝내기 전에 모든 것을 알아챌 거다. 바둑이라면, 이런 말을 할 일이 없다. 바둑이니까.

하지만 지금 내가 말해야 하는 상대는 치이다. 치이에게는 아무 말도 하지 않는다. 기다려 줄 뿐이다. 스스로 깨달을 때까지 기다려 주는 것이 가장 좋은 방법이다. 그래서 나는 치이의 머리에 내 손을 올려놓았다. 처음으로, 치이가 내 손을 쳐내지 않았다. 그게 기분 좋아서 머리를 쓰다듬어 주며 말했다.

"말 안 해줘. 말 안 해줘도 너라면 알게 될 거야. 나도 알아챘으니까, 나보다 잘난 네가 모를 리가 없어."

"……뭐예요, 그게."

조금 늦었지만 치이가 내 손을 쳐냈다. 아프지는 않다.

"재수 없어요, 오라버니. 말했잖아요. 위에서 내려다보지 말라고요."

그렇지만 그때와는 다른 분위기다. 그래서 나도 농담을 건넬 수 있었다.

"억울하면 키 크든가."

혀를 내밀어 주는 건 덤이다.

"아우우우! 제가 힘만 있었어도 이런 몸은 아니라고요!!"

나는 피식 웃으며 말했다.

"알았으니까, 안방에서 기다리고 있어. 설거지 끝나고 참외 깎아서 들어갈 테니까."

"아까는 실수한 거예요. 이번에는 제대로 할 거니까 걱정하지 마시고 설거지나 제대로 하세요."

"그러냐?"

나는 치이의 의견을 존중해 주기로 했다. 치이는 참외를 별 모양으로 예쁘게 잘랐다.

……먹기 힘드네.

　점심을 먹고 방 안을 굴러다닌 지 네 시간. 낮잠을 자고 깨어나도 할 일이 없다. 도저히 지루해서 못 견딘 나는 뭐 가지고 놀 것 없나~ 하고 집안 창고를 뒤적거렸다. 옛날에 사용했던 것으로 보이는 도끼, 도리깨, 호미, 낫 같은 것들이나 깔판, 멍석 등. 별의별 것들이 다 있었다. 그중에서 나는 고풍스러운 장기판과 장기 알을 찾을 수 있었다. 좋은 나무를 잘라 직접 만들었는지 나뭇결이 아름답게 살아있으면서 세월의 흔적이 고스란히 담겨져 있어, 내가 보기에도 꽤나 값어치가 있어 보였다. 그뿐만 아니라 장기 알도 수제품인지 글씨도 상당히 멋들어지고. 마침 잘됐다. 할 일도 없는데 치이하고 장기라도 두자. 나는 걸레로 닦은 장기판과 알을 들고 안방으로 들어가려고 했는데 누군가가 마당에 들어온 것을 눈치챘다. 나는 장기판을 내려놓고 손님을 맞이하러 마당으로 내려갔다.
　난생 처음 본 녹색 머리의 누나였다. 껌 좀 씹고 다니시는지 교복을 타이트하게 줄여서 육감적인 몸매가 한눈에 드러나는, 조금은 내 취향이신 누님이다. 정미 누나보다는 작지만 나래보다 큰, 고등학생이라고는 믿을 수 없는 큰 가슴과 육감적인 몸매에서 뿜어져 나오는 색기는 그야말로 내 마음을 흔들기에 충분했다. 한 걸음 한 걸음 뗄 때마다 눈이 자연스럽게 따라간다. ……남자란 다 이런 겁니다. 하지만 이 누나도 인간은 아니겠지. 지금은 어느 학교나 방학 중이고 무엇보다 할아버지의 집 부근에는 학교도 없다. 즉, 평범한 인간이 교복을 입고 여기까지 올 이유는 없다는 말이다.

그런데 기분 탓인가? 어디서 한 번 본 것 같은데?

"저기, 누나."

그녀가 고개를 돌리며 머리카락을 손으로 뒤로 젖혔다. 고 등학생으로 보기에는 너무 요염해 보이지만 그것이 더욱 매력 적이었다.

"왜 불렀니?"

남의 집에 무단 침입하니까 불렀지. 그런데 목소리도 왠지 귀에 익은데? 이상하다. 저런 미인 누나를 한 번이라도 본 적 이 있다면 내가 잊을 리가 없는데.

"저기, 누구세요?"

"응? 아. 이 누나는 호랑이님을 만나러 왔단다. 호랑이님 계 시니? 이 누나가 할 말이 있거든. 이 누나가 말이야."

이상하게 누나라는 말을 강조하네. 그건 그렇고 랑이를 만 나러 온 요괴구나. 그렇다면 내가 누구인지 물어봐도 대답은 하지 말자. 소문 때문에 나는 좋은 인상은 아닐 테니까. 저런 예쁜 누나한테 미움받고 싶지는 않다.

"지금 없는데요."

내 대답에 누나가 씨익 웃었다. **몸이 오싹해지는, 뱀 같은 미소였다.**

"어머, 그러니?"

"예."

"흐음……. 그러면 젊은 오빠는 호랑이님이 언제쯤 오시는지 알고 있어?"

다행히 내가 누구인지는 신경 쓰지 않는 것 같다. 한시름 덜었다.

"글쎄요? 오늘 나갔으니까 내일모레쯤 올 것 같은데요. 할 말 있으시면 전해드릴까요?"

"아니, 됐어. 어차피 지금은 준비도 안 돼 있으니까 나중에 다시 올게."

누나가 이상한 말을 하며 나갈 생각인지 몸을 돌렸다. 아쉬운걸.

"그럼 그 때 보자. 잘 있으렴."

"예."

누나가 부서진 대문을 통해 밖으로 나갔다. 그 때까지 나는 교복 너머로 드러나는 누나의 숨 막히는 뒤태에서 시선을 뗄 수가 없었다.

휴. 저런 스타일의 미인은 본 적이 없어서 너무 노골적으로 보고 말았네. 나 혹시 욕구 불만인가? 아니, 청소년기의 남자 아이에게는 너무 자극이 강한 옷차림이어서 그랬겠지.

후우…… 줄여 입은 교복도 좋구나.

나는 장기판을 들고 안방으로 들어갔다. 치이가 다소곳이 앉아서 뭔가를 골똘히 생각하고 있었다. 인기척을 느끼고 내 쪽으로 고개를 돌리더니,

"뭔가요."

인상을 팍 찌푸렸다. 뭔가요는 뭐냐, 뭔가요는.

"장기 둘 줄 아냐?"

치이의 앞에 장기판을 내려놓으며 말한다.

"당연히 알죠."

"그거 잘됐다. 심심한데 한 판 두자."

"싫어요."

쌀쌀맞기는.

"심심하잖아."

"안 심심해요."

"내가 심심해. 그러지 말고 놀아줘라."

랑이나, 바둑이. 하다못해 세희라도 있었다면 모를까 혼자서 방구석을 뒹굴거리는 것도 이제 한계다. 이런 상황이 계속되면 나는 결국 아버지의 뒤를 따르게 될 거다.

싫다. 절대로 싫다. 그렇게 되느니 죽는 게 나아.

"사람 하나 살린다고 생각하고."

"전 오라버니를 죽이려고 여기 왔다는 거 까먹었어요?"

"심심해서 죽는다는 것도 죽기는 죽는 거니까, 곧 있으면 성공하겠네. 축하한다."

"……정말 말은 잘하시네요."

"너도 세희하고 3일만 지내봐라. 저절로 늘게 될 테니까."

스트레스성 위궤양을 얻는 대신에 화술이 늘게 될 거다.

"난생처음으로 오라버니가 불쌍하게 여겨졌어요."

거짓말은 아닌지 정말로 측은하게 보는 시선이다.

"고맙다."

그래도 랑이 때문에 견딜 수 있었지. 무슨 원 플러스 원도 아니고. 랑이를 데려가면 자매품으로 세희도 따라갑니다! 랑이만 따로 파시면 안 되나요? 안 됩니다. 둘이 세트 상품이라서요.

내가 지금 무슨 헛소리를 하고 있는 거야? 랑이는 비매품이잖아.

……나 정말 제정신이 아닐지도. 어떻게 해서라도 치이와 장기를 둬야 할 이유가 늘어났다.

"그러면 내기 장기는 어때?"

그 말에 치이가 머리카락을 팔락이며 고개를 홱 돌렸다.

"싫어요."

관심 있구나.

"그러지 말고. 그래. 이긴 사람이 지는 사람한테 명령 하나 내리기. 어떠냐?"

혹시나 해서 말을 덧붙인다.

"죽으라거나, 집 밖에 나가라거나. 그런 건 안 되는 거로."

"칫."

생각했구만, 이 자식.

"오라버니야말로 내기를 핑계 삼아서 저한테 야한 짓을 시킬 생각 아닌가요?"

"내 취향은 쭉쭉 빵빵한 누님이니까 걱정 마라. 그런 일은 없다."

"아우우, 믿음이 안 가는 거예요. 지금도 저를 음흉한 눈으로 보고 있잖아요."

"내 신용도가 바닥을 쳤구나."

나는 피식 웃으며 말했다.

"그래서 할 거야 말 거야?"

까치는 아주 잠시 동안 고민을 하더니 붉은색 장기 알을 손에 잡았다.

"오라버니가 그렇게 말씀하시니 벌칙 때문이라도 한 판 정도는 해주겠어요. 벌칙 때문이에요. 아시겠죠?"

"알았어."

좋았어. 오랜만에 한 판 놀아볼까? 치이는 모르겠지만, 나는 이래 봬도 이모 댁에 신세를 질 때, 이모부와의 장기에서 연전연승한 경험이 있다. 그 후로 오랫동안 멀리하기는 했지만 그 실력이 어디 가겠어? 나는 기세등등하게 붉은색 장기 알을 잡아, 내 쪽에 배치하려고 했다.

"제가 한나라에요."

치이가 바로 이견을 제시했다. 그러고 보니 이 녀석도 붉은색을 잡았네.

"야 인마. 이런 건 고수가 빨간색을 잡는 거야."

"그러니까요."

어쭈?

"오라버니가 저보다 잘 둘 리가 없잖아요. 바보니까요."

"이 꼬맹이가 사람을 무시하네? 네놈에게 인간의 지혜를 보여주마."

"오라버니는 인간이 아니잖아요."

"그럼 뭔데."

"인간 말종이요."

치이에게 있어 인간 말종은 인류의 카테고리에 들어가지 않는 것 같다.

"내가 이기면 그 말투부터 고쳐주마."

"어디 한 번 해보세요."

절대로 질 수 없는 운명의 대결이 벌어졌다!!

그리고 15분 후.

"장군이에요."

"말도 안 돼!!"

나는 머리를 감싸 안고 비명을 질렀다. 별 의미도 없어 보이던 상과, 졸. 그리고 포의 움직임이 외통수를 부를 줄이야! 차를 버린 것은 추진력을 얻기 위함이었냐!

"외통인 거예요."

치이는 기분 나쁜 미소를 지으며, 이미 전선에서 이탈한 내 장기 알들을 던져 올렸다 받으며 말했다.

"역시 바보네요, 오라버니."

"시, 시끄러!"

요리 보고 저리 봐도 알 수 없는 둘······, 아니. 내가 지금 현실 도피나 하고 있을 때가 아니다. 이 상황을 벗어날 수 있는 신의 한 수가 있을 거다. 내가 지금 눈치채지 못하고 있을 뿐이야.

그래! 있다! 이 상황을 타파할 수 있는 유일한 방법이! 이건 너도 생각 못 했을 거다!

"······한 수만 물리자."

"……."

치이의 눈이 무섭다. 봐줄 생각이 없는 것 같다.

"아, 몰라. 졌다, 졌어! 네 마음대로 해! 뭐 이렇게 잘 두는 거야?!"

내 항복 선언에 치이는 손을 들어 잔인하게도 졸로 왕을 잡았다.

"이겼네요."

"하다못해 포나 상으로 잡아라! 불쌍하지도 않냐?"

"안 불쌍해요."

피도 눈물도 없는 녀석 같으니라고.

"그래. 그래서 뭘 시킬 거야?"

내 말에 치이가 일어나서 내 쪽으로 다가왔다. 뭘 하려고? 그런 생각을 하고 있는데 갑자기 치이가 히죽 웃으며 내 볼을 쭈욱 잡아당겼다.

"아, 아야얏?!"

이 자식 지금 무슨 짓이야?!

"아우? 생각보다 잘 늘어나네요?"

'그게 무슨 상관이냐?!' 라고 말하려는데 치이가 비어 있는 손을 쫙 펴더니 높이 들어 올렸다. 서, 설마?!

내가 설마라는 생각을 하면 그것은 현실이 된다. 치이가 그대로 손을 내리쳤다.

"으아악!!"

고통을 참지 못하고 볼을 감싸 안으며 이리 뒹굴 저리 뒹굴. 이, 이 자식! 이런 잔인한 짓을 하다니!

"지금까지 몇 번이나 꿀밤을 때린 벌이에요."

치이가 상쾌한 표정으로 허리에 두 손을 올리고 흥흥 하며 나를 내려다본다. 그걸 지금까지 마음에 담아두고 있었냐? 이 음험한 놈!! 나는 아픔을 참으며 자리에 다시 앉았다.

"다시 하자."

"바보는 죽었다 깨어나도 바보인 거예요."

"오랜만에 둬서 그런 거야! 이제 감을 되찾았으니까, 이번에는 내가 이겨주마!"

"그리고 또 지겠죠."

시끄러! 방금 전에는 내가 방심을 해서 진 거다. 내가 진심으로 덤비면 네가 이길 수 있을 것 같아? 나는 심기일전해서 초록색 장기 알을 다시 전선에 배치했다.

설욕전이다. 인간의 지혜를 보여주마.

그리고 10분 후.

"인간 말종이라고 말해보세요."

"저, 저는 인간 말종입니다."

7분 후.

"이마 대세요."

"으아아악!"

5분 후.

"손목이요."

"아파아앗!"

3분 후.

"……"

"……."

치이의 한심한 것을 보는 듯한 시선에 마음이 아프다.

"오라버니."

"말하지 마."

치이는 내가 외면하고 싶은 잔혹한 현실을 입에 담았다.

"장군이에요."

"안돼에에에!!"

시작한 지 3분도 안 되서 나는 치이의 현란한 수 싸움에 제정신을 차리지 못하고, 차고, 마고, 별다른 피해도 못 준 채 당해버리고 말았다. 그리고 정신을 차려 보니 이 모양 이 꼴. 내게 남겨진 것은 왕 하나뿐이고, 왕의 앞에 졸 세 개가 진출해 있는 상황. 굴욕이다.

"정말 못 두시네요."

사람의 마음에 깊은 상처를 남겨주는구나.

"이래서야 재미없는 거 아세요?"

거짓말하지 마라. 너 지금 웃고 있잖아. 장기판에 팔꿈치를 괴고 나를 올려다보면서 미소 짓는 게 누구라고 생각하는 거야? 그래서 나는 말을 하지 않았다. 자연스러운 치이의 미소를 망가뜨리고 싶지 않으니까. 어쨌든 밝은 모습을 보니까 나도 기분만은 좋다.

……몸은 아프지만.

"그러면 다시 벌칙 시간이에요."

나는 마음을 굳게 다졌다. 이번에는 어디냐. 이마냐? 손목이냐? 볼이냐? 하지만 내 생각과는 다르게, 치이는 아무런 짓도 하지 않았다. 대신 생각에 잠기더니 자세를 바로잡고 말했다.

"그러면 벌칙으로 제 질문에 답해주세요, 오라버니. 그러면 이마에 딱콩하는 거 봐드릴께요."

"응?"

악마의 유혹이다.

"무엇이든 물어보세요."

나는 기쁘게 대답했다. 실은, 치이의 손이 너무 맵거든. 볼이고, 이마고, 손목이고 안 아픈 곳이 없다. 처음에 당했던 볼이 지금까지 화끈거린다. 무슨 애가 이렇게 손이 매운지 모르겠다니까.

"오라버니의 어렸을 때의 이야기가 궁금해요. 자세하게 듣고 싶어요."

그런데 그 질문이라는 게 내심 기쁘지만 대답하기 힘든 것이었다.

"그런 게 왜 궁금하냐?"

"벌칙인 거예요. 이상한 소리 하면, 진짜 아프게 이마에 딱콩할 거예요."

아, 그건 봐줘라. 두개골에 금이 갈 것 같으니까. 치이가 본격적으로 손가락을 푸는 걸 보니 아무리 봐도 빈말은 아닌 것 같다. 그래도 말이야…… 이 녀석이 왜 그런 이야기를 듣고 싶은지 짐작이 가니까 말해줄 수가 없다고. 물론 맞는 것도 싫다. 그래서 나는 중도책을 내세웠다.

"그냥, 그랬어. 됐니?"

"이마 대세요."

안 되는 거냐?! 중지를 있는 힘껏 잡아당기며 딱밤을 때릴 준비를 하는 치이에게, 나는 눈물을 삼키며 머리카락을 뒤로 젖혔다.

"그래, 때려라. 때려."

내 선택이 의외였는지 치이가 깜짝 놀란다.

"진짜 맞을 거예요?"

"안 맞으면 나야 좋지."

능글맞게 구렁이 담 넘어가듯이 넘어갈 수 있다면, 그것보다 좋은 방법이 또 있을까.

"하늘이 반쪽이 나도 때릴 거예요."

치이는 나와 반대인 것 같지만.

"그러면 빨리 때려라."

이마를 확 들이대자 치이가 볼을 붉히며 몸을 뒤로 뺀다.

"기분 나쁘니까 다가오지 마세요."

기분 나쁠 것까지 있나.

나는 치이의 의견을 존중해서 그 자리에서 두 눈을 감았다. 이제 곧 치이의 손가락이 이마를 튕길 거라고 생각하니 나도 모르게 인상이 찌푸려지고, 눈가가 부들부들거린다. 겁이 많은 게 아니야! 치이의 가느다란 손가락에서 나오는 파괴력을 모르는 사람들이나 그런 말을 하는 거다!

하지만 치이의 딱밤을 기다리고 있던 내게 찾아온 것은 손가락이 아닌 목소리였다.

"……왜 안 말하는 거예요?"

"뭐가?"

"말해주면 안 때린다고 한 거예요."

아, 그 이야기였냐. 난 또 갑자기 무슨 소리를 하나 했다.

"그게 그렇게 숨길 이야기인가요?"

나는 고개를 끄덕였다.

"응."

"왜요."

"말했잖아? 안 말해준다고."

나는 치이에게 혀를 내밀었다. 요, 약삭빠른 녀석 같으니라고. 내가 모를 줄 알았어?

"이 오라버니를 속이려 들다니 10년은 이르다. 네가 뛰어봤자 부처님 손바닥 안─아얏!!"

눈앞에 별이 반짝였다. 이 자식이! 말하고 있는데 때리는 게 어디 있냐?! 나는 화가 나서 치이를 따끔하게 혼내주려고 했지만,

"……."

왠지 모르게 울상인 치이의 표정을 보고 그만두었다. 왜 맞은 나보다 때린 네가 더 아픈 것같이 보이냐.

"괜찮아? 잘못 때렸어?"

제대로 된 대답이 돌아오기를 바란 건 아니지만,

"나가요."

걱정해준 사람을 내쫓는 건 너무하잖아.

"야, 그건 됐고 너 혹시 때리다가 손가락 다친 거 아니……."

"나가라고요!!"

치이가 장기 알을 잡아 던졌다. 장기 알을 잘 집는 걸 봐서

손가락을 다치지는 않은 것 같다. 하지만 치이의 손에 신경을 쓰다 보니 날아오는 장기 알을 피하지 못하고 이마에 맞았다. 맞은 데 또 맞았다. 아프다.

"아, 알았어! 그만해! 나갈게, 나간다고!"

나는 장기판까지 내던질 기세의 치이를 피해 방에서 뛰쳐나갔다. 문을 닫고 숨을 고른다. 치이에게 맞은 곳이 아직도 아프지만, 기분은 좋았다. 아파서 기분 좋다는 게 아니니까 오해하지 마라. 나는 바둑이가 아니다. 난 단지 치이가 나에 대해 점점 더 궁금해한다는 것이 기분 좋은 거다. 마음을 열어가고 있다는 증거니까. 역시 이래서, 사이가 좋아지고 싶으면 단둘이서 하룻밤을 같이 지내라는 어른들의 말씀이 있는 걸까. ……그런 말이 있었나?

어쨌거나, 이제 조금만. 조금만 더 시간이 지나면 치이가 내 목숨을 노리는 것을 포기하게 할 수 있고…… 나는 그 녀석을 도와줄 수 있다.

나는 합법적으로 치이와 이야기를 할 수 있는 저녁 시간이 올 때까지 마루에서 굴렁굴렁 다니며 관찰 일기를 내도 괜찮을 정도로, 하늘을 마음껏 바라보았다.

하늘이 슬슬 붉은빛으로 물들어갈 무렵. 나는 한 것도 없는데 텅 비어버린 배를 채우기 위해서 저녁을 차리기로 했다. 그런데 말이야. 일부러 치이가 신경 쓰지 않도록 마당을 질러 부엌으로 들어간 뒤, 정성스럽게 상을 차리고 안방에 들고 갔는데,

"생각 없어요."

라는 말을 들어야 된 나, 울어도 될까?

상을 내려놓고 치이의 눈치를 살핀다. 밥맛이 없다는 걸까, 아니면 식욕이 없다는 걸까. 내가 보기에는 후자인 것 같다. 둘 다 똑같은 말이지만.

"다이어트하냐?"

"오라버니는 뱃살 좀 빼야 할 것 같은데요."

이, 이 자식이 남이 신경 쓰는 부분을?!

"고민하는 것도 좋은데 밥은 먹고 나서 해라."

"누, 누가 고민을 해요?!"

너 인마, 너. 한눈에 봐도 알겠구만. 지금까지 계속해서 머리 싸매고 고민한 게 눈에 다 보이는데 속일 사람을 속여라.

"밥을 딱 맞춰서 해서 네가 안 먹으면 남는다고."

"오라버니가 내일 아침에 찬밥 먹으면 되는 거예요."

"왜 내가 먹어야 하냐?!"

"저한테 먹일 생각인가요? 피도 눈물도 없는 악마인 거예요."

"피도 눈물도 없는 악마는 네 입을 벌려서 밥을 퍼 먹이는 것도 괜찮다고 생각하고 있습니다."

"해보세요."

똘망똘망하게 눈을 뜨고 나를 노려본다. 나는 한숨을 내쉬며 말했다.

"그러지 말고 같이 먹어주라. 나 혼자 밥 먹기 싫단 말이야. 응?"

"……먹으면 되잖아요, 먹으면."

그제야 치이는 못 이기는 척 밥상 앞으로 와서 앉았다. 그리고 식사가 끝날 때까지 우리들은 단 한 마디도 나누지 않고 먹는 데에만 집중했다. 그래. 차라리 지금은 이런 게 편하다. 내일 아침에는 치이도 머릿속이 정리될 테니까 괜찮겠지. 나는 그런 생각을 하며 방으로 돌아가 잠들 때까지 느긋하게 시간을 낭비했다.

　나래와 랑이가 그립다. 외로운 게 아니다. 그저 심심해서 그런 것뿐이다.

　아침에 일어나자 하늘이 회색으로 가득 차 있었다. 습도도 높은 걸 보니 오늘은 거하게 비가 쏟아질 것 같은 느낌이 든다.

　치이는 아직 자고 있을 것 같아서 마당을 가로질러 부엌으로 들어갔다. 훗. 이 얼마나 배려심 있는 사람이란 말인가.

　"잠꾸러기네요, 오라버니."

　그런 나를 비웃듯이 안방에서 자고 있을 거라 생각한 치이가 부엌에서 나를 맞이했다. 어제와는 다른 모습이다. 하룻밤 사이에 생각이 많이 정리되었는지, 평소와 같이 나를 대하는 것에 조금 마음이 놓였다. 그래서 나도 평소처럼 대해주기로 했다.

　"아침 준비는 씻고 나서 내가 할 생각이었는데. 아깝네."

　"오늘은 제가 상을 차리는 거예요. 오라버니한테 맡겨 봤자, 겨우 있는 음식을 덥히는 수준이잖아요."

그러고 보니 부엌 안에는 맛있는 냄새가 퍼져 있었다. 냄비에서 끓고 있는 김치찌개와 프라이팬에서 익고 있는 계란말이에서 나는 냄새인 것 같다. 상 위에는 두릅이나 더덕 같은 산나물들도 보인다. 모두 다 어제는 못 본 반찬들이다. 언제 따온 거야?

"그리고 그렇게 오라버니한테 신세만 졌다가 나중에 그 대가로 뭘 원할지 모르니까요. 아깝네요, 오라버니. 빤히 보이는 그런 수법에 제가 당할 줄 알았나요?"

아, 그런 방법도 있었냐. 넌 정말 창의력 대장이구나. 나는 피식 웃으며 말했다.

"알았어. 그러면 잘 부탁한다. 난 좀 씻을게."

"맘대로 하는 거예요."

치이가 고개를 휙 돌리며 다시 요리에 전념한다. 통통통, 칼질하는 소리가 듣기 좋다.

"그런데, 그 깔판은 어디서 가져왔냐?"

이제 와서 하는 말이지만 치이의 발밑에는 나무로 만든 깔판이 있었다. 저런 게 없으면 싱크대에 설 수도 없으니까. 치이가 음식 준비를 다 했는지 조리 도구를 물에 담가 설거지할 준비를 마치며 말했다.

"창고에서 찾았어요."

그러고 보니 창고에 깔판이 있었지. 그런데 창고를 뒤지다니, 우리 집을 완전히 자기 집처럼 생각하는군. 물론 기분 좋은 일이다.

"깔판 까니까 키가 비슷해졌네?"

치이의 옆에 서서 살짝 무릎을 굽혀 보니까 치이와 눈높이가 딱 맞는다.

"뭐가…… 꺄우우!"

치이가 고개를 이쪽으로 돌렸다가 머리카락을 부웅 띄우며 화들짝 놀란다. 마치 내가 무심코 고개를 돌렸다가 세희를 본 것 같은 모습이다. 아, 이 맛에 세희가 나를 놀리나 보다. 그런데, 치이가 너무 놀랐는지 뒤로 물러나려다가 발이 미끄러졌다!

"아."

중심을 잃어서 치이가 뒤로 넘어진다. 위험해! 나는 치이의 허리를 한 손으로 끌어안아서 내 쪽으로 당겼다. 휴, 큰일날 뻔했네.

"자, 잠깐만요. 오라버니."

그런데 겨우 받아낸 치이가 품 안에서 바동거리면서 어떻게든 떨어지려고 애쓴다. 그러지 마, 이 녀석아!

"야, 야! 위험해!"

"그, 그게 문제가 아니잖아요!"

"그럼 뭐가 문제야?"

"다, 닿았다고요!"

치이가 얼굴이 새빨개져서 소리쳤다. 도대체 뭐가 닿아? 나는 슬쩍 아래를 봤다. 아. 음. 방금까지는 혼란스러워서 느끼지 못했던 치이의 부드러운 가슴이 느껴진다. 내가 앞뒤 안 보고 껴안고 있어서 가슴이 부드럽게 짓눌려 있다. 부드럽고 폭신한 감촉이다.

"……미안."

나는 재빨리 치이를 깔판 위에 세워주고 뒤로 물러섰다. 치이가 무릎을 세우고 주저앉아서 몸을 가리며 나를 올려다보며 말했다.

"변태! 변태변태변태!"

"오해입니다! 오해라고요!"

나는 왠지 모르게 존댓말을 하며 손에 국자를 집어서 던질 준비를 마친 치이를 피해 욕실로 뛰어 들어갔다. 문에 뭔가가 부딪히는 소리가 들린다.

그건 그렇고 정말 어린애 치고는 크고 부드러웠다. ……아니, 내가 지금 무슨 생각을 하는 거야! 나는 잡념을 차가운 물로 씻어냈다.

치이가 차려준 아침상은 생각 외로 맛있었다.

"맛있네."

"먹고 죽어요, 이 로리콘."

치이는 아직까지 화가 났는지 얼굴을 붉히고 투닥투닥 소리 내며 젓가락질을 했다. 내가 잘못한 것도 없는데 사과를 해야 할 것 같은 기분이 든다.

"아까는 미안했어."

치이의 머리카락이 하늘로 붕 뜬다.

"아우우! 잊어요! 잊으란 말이에요! 왜 갑자기 그런 말을 꺼내냐고요!"

"아니, 네가 계속 신경 쓰고 있는 것 같아서."

"당연히 신경 쓰이죠!"

"왜?"

"그야 오라버니와……."

치이가 말을 하다가 말고 잠깐 입을 다물더니, 얼굴을 퐁 하고 붉히며 고개를 붕붕 저었다. 왜 저래? 이제는 귀까지 붉어져서는 두 손으로 가슴을 가리며 머리카락을 파닥파닥거렸다.

"오, 오라버니가 오늘 밤에 조금 전에 있었던 일로 하, 할 생각이잖아요! 그런데 신경이 안 쓰이겠어요?! 제, 제가 오라버니의 상상 속에서 무슨 일을 당할지 모르는데!"

푸웁! 뭘 먹고 있었다면 대형 참사가 일어날 뻔했다. 식사는 뒤로 미루자. 지금 밥 먹는 것보다 중요한 게 생겼어.

"너 인마! 여자애가 못하는 말이 없어! 애초에 그렇게 된 건 네가 넘어질 뻔해서 그런 거잖아! 그리고 내 취향은 가슴 큰 누님들이라고!"

"저, 저도 가슴이 크다고요!"

그거야 네 나이 또래의 애들하고 비교했을 때. 그러니까 랑이나 바둑이와 비교했을 때의 이야기겠지.

"그리고 오라버니가 갑자기 다가와서 깜짝 놀라는 바람에 넘어질 뻔한 거예요! 오라버니가 잘못한 거라고요! 그런 흉측한 얼굴이 바로 앞에 있으면 놀라는 게 당연하잖아요!"

휴, 흉측한 얼굴? 내가 잘생긴 건 아니지만 중간은 간다고! 왠지 열 받네? 나는 치이에게 현실을 깨닫게 해준 은혜를 갚기 위해 몸을 쑥 앞으로 내밀었다. 치이가 움찔 떨더니 몸을 뒤로 젖혔다.

"뭐, 뭐예요?"

"오늘 밤에 신세지게 잘 기억해 두려고."

"꺄, 까우우우우!!"

치이가 휘두르는 숟가락으로 뺨을 맞으면서 어린애한테 하기에는 질이 안 좋은 농담이라는 것을 깨달았다.

소란스럽게 아침을 먹고 나니 또다시 오늘 하루는 뭘 하면서 지내야 하나~ 하는 생각이 들었다. 어제는 치이가 내쫓은 이후로 데굴데굴 굴러다니거나 마당에서 개미 지나가는 모습을 보거나 꽃과 대화를 나누는 짓을 했지. 지루해서 죽는 줄 알았다. 랑이가 빨리 돌아왔으면 좋겠다. 그 녀석하고 같이 있으면 적어도 심심할 일은 없으니까. 랑이는 보고만 있어도 시간 가는 줄 모를 만큼 귀여운 녀석이지. 그에 비해 저 녀석은……

"오라버니는 왜 아직까지 여기 있나요?"

시비 거는 데 열심이다. 그래도 다행인 것은 숟가락 강타로 화가 풀렸다는 것일까.

"내가 어디에 있건 그게 너하고 무슨 상관이냐?"

"오라버니가 옆에 있으면 기분 나쁘니까 그렇죠."

내가 여기에 있는 것만으로 너의 행복도가 내려가는 거냐? 하지만 나도 내 방으로 가고 싶지는 않다. 심심하니까! 어제와 같은 일은 사절이다! 사람은 사회적 동물이라는 것도 모르냐?

이러다간 분신사바로 귀신이라도 불러서 '나와 친구가 되지 않겠니?' 하고 물어보게 될 것 같단 말이야.

"그러지 말고 같이 놀자."

그래서 나는 치이에게 굽히고 들어갔다. 치이가 머리카락을 파닥이며 고개를 휙 돌렸다.

"제가 왜요."

그렇게 말하지만 치이도 관심이 있는 것 같다. 이 녀석도 심심하기는 매한가지겠지.

"그러지 말고. 우리 장기라도 둘까?"

"매번 이기는 걸 무슨 재미로 하나요."

미안하다. 내가 너무 약해서.

"장기가 싫으면 알까기는 어떠냐?"

알까기. 보통 바둑알로 하는 것이 유명하지만, 장기 알로도 할 수 있는 게임이다. 머리를 쓸 일은 거의 없고, 중요한 것은 손가락 힘의 세세한 조절이다. 만약 접이식 장기판이라면 경첩이라는 요충지를 점령, 이용하거나 판의 높낮이를 이용하는 방법도 있지만, 아쉽게도 집에 있는 장기판은 경첩이 없다. 그러니까 순수한 손가락의 힘. 그리고 센스가 전쟁의 승패를 좌우하게 된다!

"알까기요?"

치이가 고개를 돌리며 내 이야기에 관심을 보였다. 역시 너도 심심했구나.

"그래. 안 해봤냐?"

"해본 적은 없지만 알고는 있어요. 하지만 제가 왜……."

치이의 말을 싹둑 자른다.

"호오. 질 것 같으니까 도망치는 거냐. 자기가 강한 종목만 골라서 승부에 임한다니, 이 비겁한 녀석!"

"도망치기는 누가 도망치나요?"

치이의 머리카락이 위로 붕 떴다. 걸렸구나! 월척이다!

"오늘도 오라버니가 돼지 멱따는 소리를 내게 해주겠어요."

"나야말로 너를 앙앙거리며 울게 만들어주마!"

"……안 할래요."

"……미안, 농담이 심했네."

나 요즘 왜 이러냐.

어찌되었건, 요괴와 인간의 대 결전이 제 2막을 올렸다!

선수는 공정하게 가위바위보로 정했다. 나는 남자답게 주먹을 냈고, 치이는 치사하게 보를 내서 치이의 선공으로 정해졌다. 장기 알을 장기를 둘 때와 같이 배치하고 치이의 선택을 기다린다. 치이는 맨 처음으로 튕길 알을 왕으로 잡은 것 같다.

홋, 멍청하긴. 왕은 그 부피가 크고 무게가 나가서 가장 좋아 보이지만, 앞에 졸들이 있기 때문에 처음에는 그 힘을 온전히 발휘할 수 없다. 다시 말해 처음에 왕을 잡는 건 하수들이나 하는 짓이라고!

이 승부. 시작도 하기 전에 내가 이겼다.

"하는 거예요."

"해라."

나는 의기양양하게 웃으며 대답했다. 치이의 중지 손가락이 엄지손가락을 지지대로 삼아서 최대한 힘을 비축한다.

……잠깐만. 어제 몸으로 느껴봐서 아는데, 저 녀석의 손가락 힘은 상상을 초월한다. 저렇게 힘을 주면 알이 하늘로 떠버릴 텐데? 그리고 치이의 입에 걸려 있는 미소가 왠지 모르게 불안하다. 네 녀석, 뭘 노리는 거냐?!

딱!

치이가 중지를 펴는 순간, 나는 이 녀석의 노림수를 깨달았다. 치이가 튕긴 왕이 힘을 못 이겨 공중에 떠올라서 내게 날아온 것이다. 피하기엔 이미 늦었다!

"아얏?!"

나는 이마를 짚으며 뒤로 넘어졌다. 뭐가 이렇게 아파?!

"아우우, 실수인 거예요."

그냥 지나갈 수 없는 말에 나는 아픔을 잊고 벌떡 일어나며 소리쳤다.

"실수긴 뭐가 실수야?!"

"손에 힘이…… 풋?!"

그런데 치이가 나를 보더니 갑자기 웃기 시작했다. 너 왜 그러냐?

"그런 꼴로 무슨 말을 하는 거예요?"

이제는 입가를 손으로 가리고 내 얼굴을 손가락으로 가리키며 머리카락까지 파닥인다. 뭐가 그렇게 웃긴 거야? 나는 의아해져서 화내는 것도 잊고 거울 앞에 섰다.

……웃을 만하네. 치이가 튕긴 장기 알, 붉은 왕이 정확히 내 이마 한가운데에 달라붙어 있었다. 내가 무슨 TV에 나왔던

인간 화투판이냐. 이 경우에는 장기판이라고 해야 하나?

장기 알을 손으로 잡아떼자, 이마에 漢 자가 그대로 새겨져 있었다. 그걸 본 치이의 웃음소리가 한층 더 커졌다.

뭐야, 이 녀석. 이렇게 웃을 수도 있잖아?

"너, 인마. 나도 이제 안 봐준다."

나는 다시 자리에 앉아서 치이가 웃느라 정신이 없는 틈을 타서 있는 힘껏 장기 알을 튕겼다. 장기 알은 부웅 하고 날아가 치이의 코를 때렸다.

"아우우?!"

치이가 얼굴을 찡그리며 코를 붙잡았다.

"해보자는 거예요?"

"누가 먼저 시작했는데?"

그 때부터 알까기는 그 본질을 잃었고, 그 자리를 차지한 것은 알을 까서 상대방을 맞추는 이상한 게임이었다. 그 승부는 인간은 요괴의 동체 시력과 힘, 속도를 따라갈 수 없었다는 슬픈 이야기로 끝난다.

그 후로 나는 치이에게 계속해서 새로운 종목으로 도전했다.

먼저 비석치기. 내가 고른 돌이 까치의 돌에 반으로 쪼개져서 자동적으로 패배.

땅따먹기. 치이의 대제국 건설로 내 돌을 올려놓을 곳이 없어서 패배.

고누놀이. 무슨 수를 써도 내 말이 움직일 수 없게 돼서 패배.

공기놀이. 치이가 400살을 먹을 때까지 한 번도 공기알을 떨어뜨리지 않아서 자동적으로 패배.

"연전연승이네요."

"……너 왜 그렇게 잘하냐?"

"오라버니가 못하는 거예요."

그럴 리가 없다. 아무리 그래도 이런 어린애한테 진지하게 덤볐는데 한 번을 못 이기는 게 말이 되냐?!

"아니, 그게 무슨 소리요, 치이 양반. 내가 못하다니! 내가, 내가 못하다니!! 이건 사기다! 사기야! 이럴 리는 없다고!"

과장되게 무릎을 꿇고 좌절 포즈를 취한 나를, 치이가 푹신한 엉덩이로 깔고 앉은 다음에 다리까지 꼬며 말했다.

"인간 따위가 요괴님을 이길 리가 없잖아요?"

……어쭈?

"그 인간의 힘을 보여주마!!"

나는 벌떡 일어났고,

"아우우, 무서운 거예요. 잡히면 먹혀버릴 것 같아요."

다음 종목은 술래잡기가 되어버렸다. 어떻게 되었냐고? 어째서인지 나는 지붕 위에 올라가서 내려갈 수 없게 되었다. 치이가 사다리를 치웠거든. 인간은 어떠한 경우에도 이성을 잃어서는 안 되는 법이라는 것을 깨달았다.

"내가 잘못했다아아아~!"

지리산 산골에서 처절한 남자아이의 목소리가 울러 퍼졌다나, 뭐라나.

시간 가는 줄 모르고 신나게 놀다 보니 어느새 저녁이었다. 치이가 상을 치우는 것을 도와준 뒤 마루를 질러 내 방으로 돌아가는데, 툭, 하는 소리가 들렸다. 단순히 해가 져서 날이 어두워진 줄 알았는데 저녁을 먹는 동안에 하늘이 먹구름으로 시꺼멓게 뒤덮였나 보다. 비가 내린다. 툭, 투둑, 탁. 처음에는 간헐적으로 들리던 빗소리가 이내 쏴아아아─. 사방을 가득 채운다. 나는 방으로 들어가는 걸 잠시 멈추고 마루에 앉았다. 뜨거운 한여름의 기운을 가득 담았던 땅이 열기를 내뿜는다. 흙냄새가 피어오른다. 이야, 비 한 번 시원하게 내리네. 내 기분도 조금은 시원해지는 느낌이다.

비 내리는 여름밤 하늘에 사방팔방으로 빛이 수놓아진다. 번개다. 이윽고, 콰가과강! 천둥이 세상을 뒤흔든다. 근처에 떨어졌는지 꽤나 소리가 크다.

랑이는 괜찮을까. 소매에서 무엇이든 꺼낼 것 같은 세희가 있으니까 괜찮겠지. 세희 녀석, 단독 저택이 튀어나올 것 같은 캡슐도 가지고 있을 것 같고. 하하하, 농담이다. ……농담이라고.

번쩍! 다시 한 번 번개가 친다. 쿠르르쾅! 천둥소리가 이어진다. 좋구만! 간담이 서늘해지는 좋은 소리다.

자, 그러면 비 구경은 이만 하고 씻으러 가볼까? 나는 방으로 돌아가 갈아입을 옷을 가지고 안방으로 들어갔다. 비만 안 왔다면 마당을 질러갔겠지만, 폭우가 내리는데 그런 바보짓은 하고 싶지 않다.

안방에는 뭔가를 집어넣었는지 동그랗게 솟아 있는 이불 빼고는 별다른 것이 없었다. 이불을 보니까 과거에 우정 파괴로 이름이 높았던 게임이 생각나는 건 왜일까.

그런데 치이는 어디 갔지? 씻으러 갔나? 나는 욕실로 가봤다. 아무도 없다. 흠. 그럼 화장실이라도 갔나 보지. 비가 와도 괜찮게 화장실까지 가는 길에는 천장이 달려 있으니까 걱정할 건 없다. 나는 간단하게 샤워를 하고, 옷을 갈아입고, 다시 내 방으로 가기 위해 안방을 가로질렀다. 치이는 아직도 보이지 않았다. 오래 걸리네.

……음. 그래. 그럴 수도 있지. 요괴도 그런 거에 걸리는 건가. 치이가 알았다면 나를 죽이려 들 생각을 하면서, 나는 방문을 열었다. 그 때, 다시 한 번 천둥 번개가 쳤다.

쿠과과강!

"아우우우!!"

이불이 비명을 질렀다. 정확히 동그랗게 튀어나온 이불이 말이야. 아. 그러고 보니까 어린아이가 들어가서 몸을 웅크리면 딱 저 정도 크기가 되려나?

"……너 거기서 뭐하냐?"

이불을 슬쩍 들어 올리자, 몸을 웅크리고 귀를 두 손으로 막은 채 벌벌 떨고 있는 치이가 보였다. 빛이 안으로 들어가자 치이가 깜짝 놀라며 고개를 돌려 나를 보았다.

"오, 오라버니?"

왠지 그 눈동자가 물기에 젖어 있는 것처럼 보이는 건 기분 탓일까. 치이가 벌떡 일어나서 이불을 어깨까지 내리며 소리쳤다.

"아, 아무것도 아니에요! 졸려서 자려고 한 거예요! 그런 거예요!"

치이는 천둥 번개를 무서워하는구나. 치이는 새라서 그런가?

"잠버릇 한번 특이하다."

"신경 쓰실 것 없으니까 나가기나 하는 거예요!"

아니, 나도 원래는 나가려고 했는데 말이다. 네가 그렇게 천둥소리를 무서워해서 벌벌 떠는 모습을 보고 나니까 그럴 마음이 안 드는데? 흠. 그 때 다시 한 번 세상이 번쩍였다. 치이의 머리카락이 높이 솟아오른다. 그리고 이어지는 굉음.

"아우우!!"

치이가 많이 졸려 하는 것 같다. 천둥소리가 그렇게 무섭냐? 화를 낼지도 모르지만 안심시켜줄까?

나는 몸을 웅크린 치이의 옆에 앉아 아무것도 아니라는 듯 이야기를 꺼냈다.

"천벌 받을 놈이라는 말 알지?"

대답이 없다.

"보통 그 천벌이라는 게 하늘에서 내려치는 번개를 말한다는 것 알고 있어?"

"그, 그게 무슨 상관인가요?"

오, 반응을 보였다.

"그러니까 웬만큼 나쁜 짓을 하지 않은 이상 번개를 맞을 일은 없다는 거야."

"그, 그런가요?"

치이가 이불 속에서 빼꼼 얼굴을 내민다. 조금은 괜찮아진 것 같다. 보통이라면 여기서 다른 이야기로 말을 돌렸겠지만, 나도 은근히 속이 좁은 놈인지 낮 동안 치이에게 연패한 것을 마음에 담아두고 있었나 보다. 아니면 나한테 약한 모습을 보여주는 치이가 귀여워서 그럴 수도 있고.

나는 최대한 사악한 미소를 지으며 치이에게 말했다.

"그런데 난 엄청 나쁜 놈이잖아. 난 맞을 거야, 아마."

치이의 머리카락이 하늘 높이 솟구친다.

"아우우우우우!!"

"번개를 맞으면 주위도 쑥대밭이 된다는데 어쩌냐?"

"저, 저리 가요! 방에서 나가란 말이에요!!"

치이가 손을 휙휙 휘두르며 나를 내쫓으려 하지만, 물론 나는 나가줄 생각이 없다. 때마침, 번쩍 하고 번개가 쳤다. 치이가 천둥소리가 들리기 전에 귀를 막으려고 한다. 지금이다! 나는 그 두 손을 잡고 어리둥절해하는 치이에게 크게 소리쳤다.

"쾅가가강!!"

"꺄우우우!!"

치이의 라이트 훅이 제대로 얼굴에 들어갔다.

"쿠헉?!"

정말로 무서워하는 사람을 가지고 놀려서는 안 된다는 교훈을 얻었다. 아프다. 자업자득이니까 뭐라 할 말이 없는 게 또 슬프다. 이윽고 찾아온 천둥소리가 잦아들자, 치이가 귀에서 손을 내리고 새빨개진 얼굴로 소리쳤다.

"사, 사람을 놀리는 게 재미있나요?! 그, 그런 오라버니는 싫다고요!!"

"나도 모르게 그만."

초등학생 맞나 보다.

"주, 죽어버려요! 이젠 오라버니의 얼굴이 보기 싫어요!!"

언제는 보기 좋아했냐? 치이가 머리끝까지 이불을 뒤집어쓰고 원래의 모습으로 돌아갔다. 지금은 번개도 안 치는데 이불이 떨리는 걸 보니 정말 무서워하나 보다.

"웃챠!"

그래서 소리를 내며 이불 속으로 들어갔다.

"꺄우우?!"

당황한 치이가 비명을 지른다.

"아, 따듯하다."

상관하지 않고 치이의 몸 위에 슬쩍 손을 두르고 앞에서 껴안아 준다.

"뭐, 뭐하는 거에—"

쾅콰콰광—!

"꺄우우우!"

치이가 말을 하는 도중에 내리치는 천둥소리에 자기도 모르게 내게 달려든다. 하지만 그것도 잠시. 천둥소리가 잦아들자 두 손으로 나를 민다. 그렇다고 해서 밀릴 내가 아니다.

"무섭냐?"

"뭐, 뭐, 뭐, 뭐가 무섭다는 거예요? 처, 처, 천둥 같은 건 하나도, 요만큼도 안 무서운 거예요!"

말과 행동의 차이가 큰 치이지만, 지금 보이는 모습은 평소

보다 배는 심하다. 어지간히 무서운가 보구나. 그러면서 아닌
척은.

"난 무서운데."

"⋯⋯아우?"

치이가 나를 올려다본다.

"아까 말했잖아. 번개는 죄를 많이 지은 사람한테 내려친다
는 거. 그런데 안 무섭고 배기겠냐? 지은 죄가 한둘이어야지."

"거짓말하지 마요! 아, 아까까지는 아무렇지 않게 있었잖아
요!"

"허세다."

나는 치이를 꽉 안으며 말했다. 부들부들 떨리는 치이가 느
껴진다. 그래서 내 몸도 부들부들 떨린다.

"나도 무섭다고. 그러니까 이렇게 있어줘라. 혼자 죽으면 억
울하니까, 너도 같이 죽자."

"죽으려면 혼자 죽으세요!"

치이가 내 가슴을 민다. 겉으로 보기에는 필사적으로 나를
미는 것같이 보이지만 정작 힘은 들어가지 않고 있다. 다시 천
둥 번개가 친다.

치이의 몸이 격하게 떨린다.

나는 잠이 올 것 같았다.

비가 오는 산속의 여름밤. 시원하다 못해 춥게 느껴지는 날,
따뜻한 치이를 품에 안고 이불 속에 누워 있자니 잠이 올 만도
하지.

"자자. 자고 있으면 별다른 고통도 없을 거다."

"아우우?! 저는 왜 죽어야 하냐고요?!"

평소의 치이로 돌아온 것 같아서 조금 마음이 놓인다. 나는 치이의 말을 무시하고 등을 두드려 주며 자장가를 불러 주었다.

"잘 자라, 우리 치이~."

우리 치이의 주먹이 배를 강타했다.

"쿠헉?!"

"누, 누가 우리 치이예요, 누가! 제가 애인가요? 이 변태가! 변태 색골 오라버니가! 사람이 당황하고 있는 틈을 타서 무슨 짓을 하는 거예요?! 죽어요! 나가서 혼자서 번개 맞고 죽으라고요!"

속사포와 같은 말이 고통에 몸부림치는 내게 정신적인 충격을 선사한다. 야, 야 이 자식아. 때릴 것까지는 없잖아!

"아프잖아!"

"아프라고 때린 거예요!"

내가 했던 말을 그대로 써먹는군.

"내가 뭘 잘못을 했다고?!"

"몰라서 묻는 거예요?"

알고 있습니다.

"그래, 내가 잘못했다. 맞을 짓 했네."

나는 그렇게 말하며 이불 속에서 슬쩍 빠져나와서 일어나 앉았다. 치이가 몸을 움찔 떤다. 왜 그래?

"그럼 난 가볼게. 잘 자라."

"자, 잠깐만요, 오라버니!"

일어서려는 내 티셔츠의 끝자락을 치이가 오른손으로 잡아당겼다. 나는 깜짝 놀라서 뒤를 돌아보았고 치이는 자신도 놀라서 손을 내려다보며 아무 말도 하지 못했다.

"아, 아니에요! 가세요! 가란 말이에요!"

아니, 나보고 나가라고 소리쳤다. **하지만 치이는 내 옷을 놓지 않았다.** 당황하며 있는 힘껏 손을 뒤로 잡아 빼보지만 두 손가락은 내 옷을 놓지 않았다.

"어? 어? 왜 이러지?"

치이가 당황하며 왼손으로 오른손을 잡아당긴다. 하지만 그렇다고 떨어질 생각은 없는 것 같다. 꼭 나보고 여기에 있어 달라는 것처럼.

……어쩔 수 없네.

"아, 너무 졸려서 방으로 돌아가기도 귀찮으니까 그냥 여기서 자자."

그제야 치이가 내 옷을 놓아주었다. 웃음이 나오려는 걸 참으며 나는 이불을 들어 올리고 그 안으로 들어갔다. 자신의 손을 내려다보던 치이가 허둥지둥 반대쪽으로 몸을 피하며 소리쳤다.

"갑자기 무슨 소리에요? 오라버니가 왜 여기서 자나요?!"

"졸리니까. 넌 안 졸리냐?"

"조, 졸리긴 하지만 오라버니는 오라버니 방에 가서……."

쾨카카강!

마침 좋은 순간에 천둥이 쳤다. 치이는 말을 하다 말고,

"꺄우우!"

내게 착 달라붙어서 부들부들 떨었다. 그런 치이의 머리를 쓰다듬어 주며 몸을 끌어안아 내게 기대게 했다. 평소와는 달리 화를 내지도, 머리카락으로 쳐내지도 않는다.

"그러지 말고 오늘은 같이 자자. 응?"

"……좋아요. 어차피 오라버니만 죽는다면 아깝지 않은 목숨이니까요."

또 그 소리네. 하지만 처음 만났을 때와는 달리, 이 녀석의 목소리에는 어떠한 힘도 실려 있지 않았다. 나는 그것으로 만족하며 점점 깊은 곳으로 의식을…… 떨어뜨리지 못했다.

치이의 가슴이 몸에 닿아서 신경이 쓰입니다. 미안해요, 저 이런 놈이에요. 어린애라는 걸 알면서도 나도 모르게 신경을 쓰고 있어요. 이해해 주세요. 이렇게 아무 말 없이 정면에서 몸을 맞대고 있으니까, 치이의 숨이 들락날락할 때마다 좋은 향기도 나고, 가슴이 오르락내리락하면서 살짝살짝 닿는다고. 한창 피 끓는 청춘인 내가 신경이 안 쓰이면 그건 그거대로 문제가 있지 않을까?

예, 변명입니다.

그렇다고 여기서 새로운 세계에 눈을 떴다는 건 아니고. 그래. 단순히 신경이 쓰인다는 거다. 내 참. 랑이하고 잘 때는 이런 적 없었는데 말이야. 그런 생각을 하다 보니, 나도 모르게 웃음이 터져 나왔다.

"……왜 그러세요, 오라버니?"

"아니, 아니야."

여기서 랑이와 너의 가슴 크기를 비교하는 내 자신이 한심해져서 나도 모르게 웃었다, 라고 말할 수 있을까.

"기분 나빠요. 무슨 생각을 한 건가요?"

그렇다고 그냥 넘어가줄 것 같지는 않다. 나는 아무렇게나 생각나는 대로 이야기했다.

"처음 만났을 때는 죽이니 사니 그랬던 녀석하고 며칠도 안 돼서 같은 이불을 쓰고 있는 게 재밌어서."

나름대로 괜찮은 변명이라고 생각한다.

"그러네요."

치이도 내 말에 동의해 주는 것 같고.

"이렇게 될 줄은 꿈에도 생각 못했어요. 놈팡이 쓰레기 로리콘 페도필리아 만년 발정한 수캐와 같은 사기꾼 인간이 우리들의 주인이며 요괴들의 세상을 열게 할 호랑이님을 속여서 자신의 노리개로 삼아버린 당신을 오라버니라고 부르고, 이렇게 같이 누워 있다니. 정말 웃기지도 않는 일이에요."

그거 아직도 기억하고 있었냐.

"그 소문은 좀 잊어라. 사실도 아니잖아."

"로리콘이라는 말은 사실 아닌가요?"

"아니다! 절대 아니야! 누가 로리콘이야, 누가!"

"오라버니요."

즉답이다.

"……말을 말자."

나는 입을 다물었다. 무슨 말을 해도 로리콘 의혹은 사라질 것 같지 않으니까. 에라, 모르겠다. 모든 것을 잊고 잠이나 자자. 나는 제대로 된 설득보다는 현실 도피를 생각했다. 그런 나를 치이가 현실로 잡아끌었다.

"오라버니가 로리콘이라서……. 그래서 저한테 이렇게 신경 써 주시는 건가요?"

깜짝 놀랐다.

치이가 그런 말을 할 거라고는 상상도 못 했으니까.

"신경 써주는 걸 알긴 아는 거냐?"

치이가 대답 대신 내 볼을 꼬집었다.

"그런 말을 하는 건 어디의 오라버니인가요?"

"아파!"

"저는…… 바보가 아니에요, 오라버니."

"저는 오라버니 같은 바보가 아니에요, 라고 말하려고 했지?"

"알긴 아시네요."

당했네.

"사실 알고는 있었어요. 제가 지금까지 부정하려고 했던 거죠."

내가 지금 가장 궁금한 것을 물어본다.

"그런데 왜 이제 와서 그런 말을 하나?"

"이제 와서가 아니에요. 오라버니가 저를 살리기 위해 그런 거짓말을 했던 때부터, 그때는 진심이라고 생각했지만, 계속해서 생각하고 생각했어요. 그리고 오라버니와 단둘이 남, 오라버니를 알아가게 될수록 고민은 커져만 갔어요."

"그래서?"

"답이 나왔어요."

나는 두근거리는 마음을 숨기기 위해 농담을 했다.

"내가 로리콘이니까?"

"맞아요."

치이가 동의했다.

"야, 인마! 거기에는 딴죽을 걸라고!"

"사실인데 그럴 이유가 없잖아요."

나래와 사귀자. 정말로. 만나면 고백부터 하자. 그러면 이 말도 안 되는 오해가 풀리겠지.

"하지만 다른 이유도 있죠?"

치이가 다시 분위기를 되돌렸다. 이 녀석, 나중에 세희의 후계자가 될 것 같은 싹이 보인다. 조심하자.

"그래서, 오라버니한테 드릴 말씀이 있어요."

치이가 몸을 일으켜 앉았다. 그런데 내가 누워 있을 수는 없으니까, 나도 일어나 앉았다.

"이미 알고 계신 것 같지만, 저에 대한 이야기예요. 들어주실래요?"

나는 고개를 끄덕였고, 드디어 치이가 자신의 입으로 자신의 이야기를 시작했다.

치이의 이야기는 내가 예전에 생각했던 것과 큰 차이가 나지 않았다. 치이의 부모님은 요괴로, 은혜 갚은 까치로 잘 알려진 전래 동화에서 나오는 그 까치 부부였다 한다. 그리고 치이는 그 까치 부부의 아이. 구렁이에게 잡아먹힐 뻔한 까치 새끼였다. 아직 어린 시절, 도망칠 힘도 없었던 치이는 자신의 형제, 자매들처럼 구렁이 요괴에게 잡아먹힐 뻔했다. 자신이

제일 어렸기에 마지막 순간까지 살아남았을 뿐. 그리고 마지막으로 자신이 먹히려던 순간, 지나가는 선비가 구렁이 요괴를 활로 쏴 죽이고 치이를 구했다. 그리고 그 선비는 목숨의 위협을 당하게 된다. 그 선비의 목숨을 구한 것은 자신들의 몸을 내던져 종을 울린 까치 부부.

"부모님은 종을 울리는 것으로 큰 상처는 입으셨지만, 이야기처럼 돌아가시지는 않았어요."

은혜 갚은 까치의 가장 중요한 부분은, 선비를 위해 까치 부부가 몸을 바쳐 종을 울리는 장면이다. 하지만, 치이의 부모님들은 요괴였다. 요괴라면 더 쉽게 종을 울릴 수 있지 않았을까? 인간으로 변해 도구를 이용하면 되니까. 그렇다면 다칠 이유도 없지 않냐, 는 내 질문에 세희는 40점이라고 말했고, 치이는 고개를 흔들었다.

"범종에는 모든 중생이 종소리를 듣는 순간 번뇌가 없어지고 지혜가 생겨 악도에서 벗어나게 되므로, 지옥 중생을 제도하는 힘이 있어요. 땅으로는 지옥 중생에게 위로를, 하늘에 있는 사람에게 기쁨을 더해 주죠. 그리고 그것은 저희와 같은 요괴에게는 독약과 같아요. 저희들은 혼돈에 그 적을 두고 있으니까요."

그래서 종을 울린 까치 부부는 치명적인 상처를 받고 말았다는 것이다.

"부모님은 그 일 이후 제대로 거동조차 못하고 계세요. 정신도 온전하지 못하시고요."

자신의 목숨을 구해준 선비가 다시 도와줄 것이라고 믿었던 때도 있었다. 하지만 그 선비는 까치 부부를 땅에 묻은 뒤, 혼자 남게 된 자신은 생각도 하지 않고 길을 떠났다. 치이는 혼자 부모님이 묻힌 땅을 맨손으로 파야만 했다. 그 후로 치이는 자신의 힘으로 부모님을 부양해야만 했다. 말은 하지 않았지만, 자신 때문에 이런 일이 벌어졌다는 죄책감이 담담하게 이야기하는 치이에게서 느껴졌다.

"힘든 날들이었지만 견딜 수 있었어요."

부모님이 언젠가는 나을 거라는 희망을 가지고 살아왔다. 하지만, 백 년. 이백 년. 시간이 지나도 병세는 호전될 기세를 보이지 않았고, 오히려 점점 더 악화되기 시작했다. 지금에 이르러서는 치이의 얼굴도 못 알아보신다 했다. 그 이야기를 하는 순간, 치이가 눈물을 흘렸다. 나는 손을 들어 치이의 눈물을 닦아주었다. 치이는 내 손을 쳐내지 않았다.

"하지만 전 포기하지 않았어요. 언젠가, 부모님이 다시 건강해지실 거라고 믿었으니까요. 그리고 그분이 저를 찾아오셨어요."

치이가 말한 그분. 치이와 이름을 걸고 약속을 한 요괴의 이야기가 나오자, 나도 모르게 긴장이 되었다.

"제가 죽거나, 오라버니께서 죽게 된다면 부모님의 병세를 낫게 해주신다는 약속이었어요. 그래서 저는 **호랑이님이 금하신, 오라버니를 죽이는 짓을 하기 위해서** 그분이 주신 부적을 먹었어요. 그래서 저는 오라버니를 찾아오고 죽이려 들 수 있었죠."

……어? 다시 한 번 강렬한 위화감이 들었다. 하지만 지금은

치이의 말을 들어줄 때다. 그건 나중에 생각하자.

"처음에는 저도 각오하고 있었어요. 저 때문에 그런 몸이 되신 부모님을 위해 희생할 각오를요. 그리고 오라버니를 만났죠."

그걸 만났다고 하기에는 조금 그렇지. 넌 하늘에서 떨어졌으니까.

"소문으로만 듣던 오라버니는 그야말로 죽어도 상관없는 인간이었어요. 하지만 제 눈으로 보고, 점점 오라버니를 알아가게 되자 저는 그 소문이 사실이 아니라는 것을 깨달았어요. ······그러니까, 오라버니. 말씀해주세요. 저는 이제 오라버니의 이야기를 들을 준비가 되어 있어요."

치이가 똑바르게 나를 바라본다.

"오라버니께서 어째서 저에게 이리 잘해주시는지 저는 알고 싶어요. 아니, 알고 있어요. 하지만 오라버니를 통해 직접 듣고 싶은 거예요. 이것이 단순히 저에 대한 동정인지. 아니면······."

치이는 목이 메여 더 이상 말을 잇지 못했다. 그렇지만 이미 충분하다. 치이의 마음을 확실하게 알 수 있었으니까. 이제 내가 무슨 말을 한다 해도 치이는 오해하지 않고 들어줄 것이다. 그래서 나는 내가 어째서 치이를 그렇게 대했는지 말하려고 했다. 말하려고 했는데······. 조금 전부터 들었던 위화감이 마음속에서 사라지지 않는다. 마치 커다란 경종을 울리는 것처럼. 지금은 그런 말을 하고 있을 때가 아니라는 듯이, 계속해서.

"……잠깐만."

치이에게는 미안하지만, 지금은 왠지 이쪽이 더 중요하게 느껴진다. 위화감이 들었던 것들을 차근차근 되살려본다.

랑이가 금한 살상. 치이가 나를 죽인다. 치이를 처음 보았을 때 세희가 보인 의문. 나는 치이에게 죽을 뻔했다. 랑이는 눈치채지 못하고 나중에야 달려왔다.

아!

뭔가가 머릿속에서 맞아 떨어졌다.

나는 지금에서야, 세희가 떠나기 전에 한 말에서 내가 왜 위화감을 느꼈는지, 아니, 치이가 처음에 나를 죽이려고 들었을 때, 세희가 왜 말도 안 된다고 했는지 그 이유를 깨달을 수 있었다. 세희는 랑이의 영토에서 나를 해할 수 있는 요괴는 몇 없다고 말했다. 그런 거물급의 요괴는 랑이가 눈치를 챈다고 했고. 하지만 치이가 나를 죽이려 들었을 때, 랑이는 내 옆에 없었다. 곧, 눈치를 못 챘다는 것이다. 또, 치이는 힘이 약한 요괴라고 말했다. 그런데 랑이의 영토에서 나를 죽이려 들었던 것이다.

그것이 이상했던 것이다.

위험할 리 없는 곳에서 치이에게 죽임을 당할 뻔했다는 것을 내심 이상하게 생각하고 있었던 것이다!

잠깐만. 그 말은 다시 말하면…….

그 순간, 세희의 말이 생각났다.

"하지만, 여기에 남아 계시면 위험하실 겁니다."

난 단순히 치이 때문에 세희가 걱정한다고 생각했다. 하지만 아니다. 세희가 모를 리 없잖아. 내가 집 안에 있는 이상 치이가 날 죽일 수 없다는 것을. 다시 말해 세희가 경고한 것은 다른 것이라는 말이다!

나를 죽일 수 없는 치이가 나를 죽이려 들었다. 힘이 약한 요괴인 치이가 나를 죽이려 들었다. 그 알 수 없는 요괴가 준 부적만 있으면 랑이가 알아채지 못할 정도로 힘이 약한 요괴라도,

누구든지 나를 죽이려 들 수 있다! 그것이 위험하다는 말이었다! 그래서 세희는 나를 데려가려고 했던 거였다!

당했다! 치이를 이곳에 보낸 이유가 랑이에게 경각심을 불러일으켜 잠시라도 내 곁을 떠나게 만들기 위함이었다면? 랑이의 힘을 어느 정도 무시할 수 있는 요괴가 이 일을 모두 꾸민 것이라면? 거기다 운도 나쁘게 집에 쳐져 있는 결계조차 무너진 지금을! 랑이도, 세희도, 바둑이도 없는 지금을 놓칠 리가 있을까? 때마침 밖에는 폭우까지 내리고 있다! 이럴 만한 호기가 또 어디 있을까?!

"……오라버니? 왜 그러시나요?"

치이가 흔들리는 눈동자로 나를 본다.

그래. 더 큰 문제는 이 집에 남아 있는 사람이 나 혼자가 아니라는 거다. 내 한 몸이라면 랑이와 세희가 준 것으로 어떻게

해서든지 도망칠 수 있다. 지금이라면, 가능하다! 하지만, 치이가 있다. 치이만 여기에 놔두고 도망칠 수 있을까? 그게 말이 되냐? **흑막**이 되는 요괴가 치이를 단순히 소모품으로 생각하고 여기에 보냈을지 누가 어떻게 알아? 오히려 치이가 나를 죽이는 것을 포기했다고 보고 오히려 같이 죽으려 들 가능성도 충분히 있다! 아니, 그쪽이 더 설득력 있다. 이런 젠장! 왜 지금까지 눈치를 못 챘지? 왜 생각을 못 했지? 치이같이 **약한 녀석으로**, 날 죽이려 든 것 자체가 이상하다는 걸 왜 생각 못 한 거냐!

어떻게 하지? 어떻게 해야 하나? 나는 주머니 속에 있는 랑이의 이빨과 세희가 준 솥뚜껑을 움켜쥐었다.

뭘 어떻게 해?

제일 먼저 해야 할 것은 치이를 도망치게 하는 거다. 나 혼자라면 얼마든지 도망칠 수 있으니까! 하지만 치이는 다르다. 그러니까!

"아직…… 말씀해주실 수 없나?"

인상이 어두워지는 치이의 어깨를 움켜쥔다. 치이의 눈동자가 살짝 흔들린다. 방금 전까지 묵묵히 생각에 잠겨 있던 녀석이 갑자기 사색이 돼서 자기 어깨를 잡으니까 당황할 만하다는 건 알고 있지만, 설명은 나중이다.

"치이야!"

"아, 아우?"

나는 다급하게 말했다.

"오빠 믿지?"

급하다 보니까 말이 헛나왔다!

"무, 무슨 말인 거예요?!"

"날 믿고 일단 도망가! 이유는 나중에 말해줄 테니까, 일단 이 집을 떠나서 아무 데나 가서 숨어 있어! 나중에 찾으러 갈 테니까, 빨리!"

"무, 무슨 소리에요, 오라버니? 제가 왜 그래야……."

"치이야!"

반론하려는 치이의 몸을 한 번 흔든다.

"지금 하는 말은 랑이가 하늘이 점지해준 이름인 **범이**, 그 이름을 걸고 하는 내 진심이다. 잘 들어."

나는 너희들과 같은 이름이 없기 때문에 랑이의 이름을 빌렸다. 이것이 어떠한 의미인지 모른 채.

"나는 네가 좋다."

"까우우우우우?!"

치이가 다른 말을 하기 전에 재빠르게 말을 잇는다.

"처음에는 단순히 랑이와 비슷한 생각을 하는 네가 마음에 안 들어서 너를 도와주려고 했지만, 알면 알아갈수록 너는 오히려 내 어렸을 때를 꼭 빼닮았던 거야. 그래서 가만히 둘 수 없었어. 그러다 보니 널 좋아하게 됐고."

"가, 갑자기 그런 말을 하면 제가 믿을 것 같나요?! *저를 좋아한다니 그걸 어떻게……*"

"그러니까! 내가 무슨 말을 해도 믿지 못한다는 것 정도는 알고 있어. 그래서 랑이의 하늘이 점지해준 이름을 내세운 거다. 그건 너희들에게는 정말 중요한 거지?"

치이가 고개를 끄덕였다.

"그 이름에 걸고 맹세할게. 나는 너를 좋아한다. 진심이야."

치이의 얼굴이 새빨개졌다.

"그러니까, 네가 위험에 빠지는 모습을 보고 싶지 않아. 지금은 아무 말 하지 말고 도망가라. 설명은 못하겠지만 지금 너나, 나나 상당히 위험한 상황이야. 목숨이 위험하다고. 누군가 우리를 죽이려고 올지도 모른단 말이야."

"그, 그게 무슨 말이에요?"

"나중에 설명해줄게. 일단 도망쳐. 내 생각에는 도망치는 너를 쫓지는 않을 거다. 아마, 나부터 노릴 테니까."

"그러면……."

"난 괜찮아. 랑이하고 세희가 집을 떠나기 전에 준 게 있으니까. 이 집에 있으면 네가 제일 위험하다고! 네가 마음이 바뀌어서 나를 죽이지 않았다고 오해할 수 있단 말이야! 그러니까 빨리 도망가!"

"하, 하지만 오라버니."

치이가 귓불까지 새빨개져서 대답한다.

"날 못 믿는 거야?"

"그, 그런 게 아니라!!"

치이의 머리카락이 격하게 파닥인다.

"저, 저는 천둥 번개가 무섭단 말이에요! 이런 날에는 밖에 못 나가는 거예요!"

—아.

번개가 친다. 이윽고 이어지는 천둥소리에,

"꺄우우!"

치이가 귀를 막으며 주저앉아 울상을 짓는다.

……아이고, 맙소사. 우린 이제 죽었어. 천둥을 정지합니다.
안 되잖아?!

최악의 상황이다. 이 모든 것을 정말 노리고 만든 것이라
면……. 끝이다. 방법이 없다. 천둥소리만으로도 덜덜덜 떨고
있는 치이가 빗속을 달려 도망칠 수 있을 거라는 생각은 들지
않는다. 그렇다고 내가 치이를 놔두고 나 혼자 살겠다고 도망
칠 수도 없다. 랑이를 부르러 간다? 말은 그렇게 꾸밀 수 있어
도, 그 본질은 치이를 혼자 두고 도망치는 것이다. 그게 옳고
합리적인 판단이라는 것은 안다. 랑이라면 순식간에 여기에
올 수도 있을 테니까. 하지만 내가 이 녀석을 여기서 잠시라도
버린다면, 이 녀석은 이제 그 누구도 믿지 못하게 될 것 같은
기분이 든다. 경험이 그렇게 말하고 있다.

이제 내가 할 수 있는 것은 랑이가 빨리 돌아오기를 기도하
든가, 아무 일도 없이 오늘 밤이 지나가는 것을 기도하는 일
뿐.

하하하. 그래. 내가 지금까지 생각한 건 내 과대망상일 수도
있다. 망상일 거야. 망상이겠지. 설마 정말로 그런 일이…….

다시 한 번 말하겠다. 내가 말하는 설마는 곧 사실이 된다.

챠박, 챠박.

폭우가 내리고 천둥 번개가 치는데도 그 소리는 너무나 선

명하게 내 귀에 들려왔다. 발자국 소리. 발자국 소리다.

챠박, 챠박.

물기에 젖은 신발이 흙을 짓밟고 걸음을 뗄 때마다 들리는 그 발소리가 점점 가까워진다.

탁.

마루에 올랐다.

"오, 오라버니?"

나만 들은 게 아니다. 환청이 아니다. 환청 따위가 아니다!

나는 랑이의 이빨이 손에 파고들 정도로 꽈악 주먹을 쥐었다.

삐걱, 삐걱.

마루의 소리가 이렇게 컸었나? 삐걱거리는 소리가 점점, 점점 가까워진다. 이윽고 그 소리는 멈췄다. 번개가 친다. 그 빛에 방문에 그림자가 드리워진다. 한 명이다. 그렇다는 것은!

"치이야, 도망쳐!!"

치이를 일으켜 세워 부엌 쪽으로 밀며 마루로 달려 나가려 한다. 하지만 치이는,

"아, 아우우."

그대로 힘없이 주저앉아서 사시나무 떨 듯 몸을 떨었다.

······왜?

그 이유를 나는 곧 알 수 있었다.

"오랜만이네. 잘 자랐구나, 우리 귀여운 아기 까치."

방문을 열고 들어온 것은 10대 후반으로 보이는 여자였다. 이유는 모르겠지만 어째서인지 교복을 입고 있는 스타일 좋은

누님이다. 그렇다. 바로 어제 마당에서 본 그 교복을 입은 누나였다! 온몸이 비에 푹 젖어서 그때보다 요염한 분위기를 물씬 풍기고 있지만, 나는 이 상황을 좋아할 수 없었다. 그때와는 달리 그녀가 풍기는 위험한 분위기 때문이다.

……잡아먹힌다.

그녀가 혀로 입술을 날름 핥았다. 그 끝이 갈라져 있다. 피부에는 저번과는 다르게 엷은 비늘 같은 것도 나 있다.

"시, 싫어어어어어!!"

그녀를 본 순간, 치이가 비명을 지른다. 공포에 질려 엉덩이를 질질 끌며 뒤로 도망친다. 하지만 이윽고 벽에 등이 닿는다.

그렇다. 치이가 두려워하는 뱀의 요괴. 세희가 말했던 이야기의 또 다른 주인공. 머릿속에서 퍼즐이 맞춰지며 그녀가 어떤 요괴인지 알 수 있었다. 구렁이 요괴다. 선비에게 살해당한 구렁이의 아내 말이야!

"통통하게 잘 컸네? 아이들 때문에 복수를 미루게 된 게 꼭 나쁜 건 아니었나봐. 맛있게 컸잖니? 거기 오빠도 처음 봤을 때부터 먹고 싶었는데 참느라 힘들었어."

그녀의 세로로 길게 찢어진 동공이 나를 맛있는 음식 취급했다는 것에 생리적인 혐오감을 느꼈다. 거, 겁먹지 말자. 내가 누구냐? 호랑이의 앞에서도 담담했던 녀석이고, 랑이의 펀치를 맞고도 살아남은 사람이다. 젠장! 다 랑이하고 관계있는 거잖아! 이래서야 용기가 안 난다고! 그래, 세희! 내가 인마! 세희의 멱살을 잡았던 사람이라고, 내가!

여기에는 없는 세희를 억지로 언급해서 공포심을 억누르며 소리쳤다.

"너, 넌 도대체 누구야?! 그리고 예전부터 말하고 싶었는데 웬 교복이야? 요괴가 학교도 다니냐?!"

나는 살짝 떨리는 다리로 그녀와 치이의 사이를 가로막듯이 서서 허세를 부렸다. 그런 내 등에 치이가 덜덜 떨며 달라붙었다.

"오, 오라버니."

"괜찮아. 내가 지켜줄게."

괜찮긴 뭐가 괜찮냐. 허풍을 떠는 나를 보고 그녀가 입을 오므리며 감탄했다.

"어머. 내 요력 앞에서도 꽤 용기 있게 나서네? 그 용기를 봐서 대답해줄까?"

재미있다는 듯이 말하고 있어, 이 여자가!

"교복은 딸 아이 거를 빌려왔단다. 좀 젊어 보이고 싶어서. 너 전에 나한테 말했잖니? 나보고 아줌마라고."

"어?"

잠깐만. 그러고 보니까 며칠 전에 아줌마 요괴가 온 적이 있었지?

"그, 그게 너였냐?!"

"그래, 나야."

"며칠 사이에 그렇게 변할 수 있는 거야? 차라리 광고라도 찍으시지?!"

"그것 때문에 요 며칠 사이에 얼마나 고생했는지 아니?"

그녀가 눈을 부라렸다. 무, 무섭구나! 하지만 내 뒤에는 치이가 있다. 겁먹을 수도 없다고!

"그러면 그 원한도 같이 풀어줄게. 그래도 조금 아쉽네. 딱 3년만 더 있으면 내 취향으로 자랄 거 같은데. 가능성이 있어 보여."

빌어먹을. 역시나 날 노리고 온 거냐? 난 등 뒤로 식은땀을 흘리면서도 힘껏 이죽거렸다.

"미안한데 내가 로리콘이라, 아줌마한테는 관심이 없어."

열 받지, 이 아줌마야! 하지만 그녀는 내 말에 화도 내지 않고 턱을 괴며 미소 지었다.

"나도 지금의 너한테는 관심이 없으니 김칫국부터 마시지 마렴. 어차피 살려둘 수도 없으니까. 여기에 다시 오고 싶지는 않아. 그 부적 두 번 다시는 달여 먹고 싶지 않을 정도로 쓰니까."

이제 와서 저는 사실 당신과 같은 멋진 누님이 취향입니다, 라고 해도 살려줄 리가 없겠지?

"어쨌든 미래의 멋진 오빠를 죽이는데 이름도 말 안 해주면 안 되겠지? 내 이름은 아라란다. 그럼, 죽으렴."

말을 마치는 순간 뭔가 움직였다. 전혀, 아무것도 눈에 보이지 않았다. 뱀의 아가리로 변한 그녀의 손이 나의 목 앞에서 튕겨져 나갔을 때서야, 그녀가 내 목을 물어뜯어 버리려고 했다는 것을 깨달았다.

"어머? 입만 산 건 아니었구나?"

아라의 손이 다시 움직였지만, 그것은 또다시 보이지 않는 벽에 막힌 듯이 튕겨나갔다. 아라의 눈이 험악해졌다.

"네가 손에 쥐고 있는 거 뭐니?"

그렇다. 나는 랑이의 이빨을 손에 쥐고 있었다.

"너 같으면 말하겠냐?"

"흐흥."

그녀가 코웃음을 쳤다.

"말 안 해도 알 수 있단다. 그거 호랑이님의 영체잖아? 호랑이님의 기운이 느껴지는데 그런 것도 내가 모를 것 같니?"

신물이고 뭐고, 영체고 뭐고 그걸 내가 어떻게 알아. 이건 랑이의 이빨이다. 그게 뭐 중요하냐? 지금 중요한 건 이 여자가 요괴의 힘으로는 나를 죽이지 못한다는 것. 그렇다면, 내가 쓰러뜨릴 수 있다는 말이다!

"우오오오오!!"

나는 주먹을 쥐고 달려들었다. 랑이는 자신의 이빨이 요괴의 힘을 두세 번 정도는 받아넘길 수 있다고 했다. 그렇다면 지금이 아니면 안 된다. 몇 번이나 아라의 요력을 무마시킬지 모르니까. 그러니까 속전속결이다! 요력을 쓸 수 없다면 상대는 단순한 여자와 마찬가지······다?

그런 생각이 어리석었다는 것을, 나는 아라가 인간의 손으로 내 손목을 잡고 달려오는 힘을 그대로 이용해 바닥에 내려찍었을 때 깨달았다.

"쿠헉!!"

체중이 실린 충격에 몸 안에 남아 있던 공기가 신음으로 터져 나왔다. 수, 숨을 쉴 수가 없어!

"여자라고 우습게 보면 안 돼, 젊은 오빠. 내가 도대체 몇백 년을 살아왔다고 생각하는 거니? 그런 어설픈 주먹 같은 건 눈 감고도 피할 수 있어."

수명이 다르다. 환경이 다르다. 경험이 다르다. 나는 지금까지 싸움 한 번 해본 적 없는 사람이었고, 그녀는 수백 년간을 살아온 요괴다. 그것을 그녀는 몸으로 가르쳐 주었다. 수업료 는, 고통이었다.

"하지만, 나는 그런 저돌적인 남자가 싫지만은 않아. 그러니 까 잠시 기다리고 있으렴. 상으로 저 까치 아이를 먹은 다음에 고통 없이 죽여줄 테니까."

그딴 상은 필요 없다는 말도 나오지 않는다. 억지로 몸을 일 으켜 보지만, 움직일 생각을 안 한다. 머리가 어지럽다. 세상 이 흔들린다.

"가만히 누워 있으렴. 낙법도 모르니까 머리부터 떨어지지. 다음부터는, 어머. 다음이 없구나? 어쩜, 불쌍해라."

얄미운 소리를 한다. 아라는 쓰러진 내게는 더 이상 관심이 없었다. 그녀는 보란 듯이, 치이의 공포를 극대화시키겠다는 듯이 느리게, 한 발자국. 한 발자국.

"치, 치이를……. 놔……둬."

"싫은데?"

힘겹게 입을 열어 봤자 그건 말뿐인 소리. 그것은 아라에게 닿지 않았다. 치이에게 용기를 주지도 못했다. 공포에 질린 치 이가 주저앉아 떠는 모습이 흐릿하게 보인다.

어째서, 왜 이렇게 된 거야. 이제야 겨우 가까워졌는데. 이제 막 시작하려고 했는데. 또⋯⋯ 이러기야?

"음⋯⋯. 아기 까치야. 손끝부터 먹히고 싶니, 발끝부터 먹히고 싶니? 내가 추천하는 건 발끝부터 먹히는 거란다. 네 몸이 내 입 속으로 들어가는 걸 두 눈으로 똑똑히 볼 수 있거든. 아니면 한 번에 꿀꺽도 괜찮아. 네 몸이 녹아내리는 걸 내 안에서 네 두 눈으로 볼 수 있으니까. 물론 죽기 전에 미칠 수도 있단다."

"아, 아, 아, 우, 아우."

아라가 혀를 날름거리며 몸을 숙인다. 치이는 반항할 생각도 못하고 공포에 질려 허덕인다.

"어머? 그게 그렇게 무섭니?"

아라는 즐겁다는 듯 웃었다.

"왜 그러니, 아가야. 무서워할 것 없단다. 약한 요괴는 강한 요괴에게 잡아먹히는 게 당연하잖니? 그게 자연의 섭리라는 거 몰라? 인간의 모습으로 있는 게 편하다고 해서 네가 요괴라는 걸 잊어버리면 안 되지."

정말 즐겁다는 듯 웃었다.

"그때처럼 기막힌 우연으로 네가 살아남을 일은 없을 테니 걱정 마렴. 넌 내 낭군님을 대신해서, 내가 정말 맛있게 뜯어먹어 줄 테니까. 죽지 않게, 최대한 고통스럽게, 그 털끝 하나하나까지 먹히는 걸, 마지막의 마지막까지 제정신으로, 기절도 못하고, 네 눈으로 지켜보게 할 거니까 기뻐하렴. 아아, 이렇게 남편의 한을 풀 수 있다니 정말 기쁜 날이야."

한여름이건만 갑자기 일어난 한기에 몸서리친다. 여자가 한을 품으면 오뉴월에도 서리가 내린다는 속담이 현실로 이루어진 것같이.

"나, 나는, 나는 싫, 싫어요, 주, 죽기 시, 싫, 싫어요."

치이가 힘겹게, 정말 힘겹게 말한다. 그 말을 들은 아라가 웃었다.

"호호호호, 아기 까치야. 무슨 소리니? 어차피 너 여기에 죽으려고 온 거잖아? 죽을 생각이었잖아? 이제 와서 무슨 말이야?"

아, 하고 그녀가 장난스럽게 감탄했다.

"그거 때문이구나? 나한테 죽으면 네 약조가 성립 안 될 것 같아서 그렇지? 약조는 네가 젊은 오빠를 죽이든가, 호랑이님의 분노를 사 죽는 것이었으니까."

"그, 그걸 어떻게 아는 거예요?"

치이의 눈동자가 격하게 흔들린다.

"나를 여기에 보낸 게 누구라고 생각하니? 걱정 마렴. 네가 내 손에 죽어도 자비로우신 그분은 너희 부모님의 치료를 약속하셨으니까."

"그, 그러면……."

치이의 눈동자에 희망이,

"물론 치료가 끝나고 아직 정신도 못 차리고 있을 때 내가 먹어 줄 거지만. 너도 볼 수 있을 거야. 네 머리만은 그대로 가져가서 보여줄 테니까!"

사라졌다.

"아, 안 돼요! 부모님이 무슨 잘못을 했다──욱?!"

아라의 발이 움직인다. 치이의 배가 꺾인다. 벽이 충격을 이기지 못하고 무너지며, 치이가 그 잔해에 깔린다.

"헛소리 작작해! 그러면 내 낭군님은 도대체 무슨 잘못을 했다고 그리 세상을 뜨셔야 했는데? 강해지기 위해서! 좀 더 강해지기 위해서! 요괴라면 누구나 가지고 있는 강해지고 싶다는 욕구에 따라 행동하신 것이 무엇이 잘못이었다고?!"

아라의 분노가 하늘을 찌른다. 번개가 내리친다. 허물어진 벽을 통해 비바람이 들이친다.

"그런데! 그런데 어째서 네까짓 것을 살리기 위해 내 낭군님이 돌아가셔야 했단 말이냐?! 너 같은 것 때문에! 어째서 낭군님께서 네까짓 것 때문에 그리 가셔야 했단 말이냐고! 대답해봐!"

치이는 움직이지도, 대답하지도 못했다. 아라는 치이의 대답을 기다렸다. 나는 일어섰다.

지금 일어서지 못하면, 지금 대답하지 못하면 사람도 아니다. 그야말로 인간 말종이다.

"약하니까 죽었지."

"―?!"

아라의 분노가 온전히 내게 향해진다. 뜬금없는 말이지만 미안하다. 랑이가 화를 냈을 때 나만 그렇게 태평스러워서 미안하다.

"널 보니까 알 것 같다, 야. 네 남편이란 것도 똑같았겠지. 약해 빠져서……"

"아가야. 네 근성을 높이 사서 살려두기는 했는데, 슬슬 한

346
나와 호랑이님 2

계란다? 조금이라도 오래 살고 싶으면 그 입 다물렴."

"미안하지만, 난 그 유명한 호랑이님 앞에서도 내가 할 말은 다하고 살았거든요?"

다리에 힘을 준다. 흔들리는 머리를 근성으로 바로잡는다. 토할 것 같지만 참는다. 아니, 못 참았다.

"우에에엑—!"

속에 있는 것을 게워냈다. 식도가 타는 것 같다.

그래도 지금은 말해야 한다.

"내가 요괴들의 상식 같은 건 잘 모르겠지만 말이야. 강해지고 싶어서 다른 요괴를 먹는다는 생각을 한다는 거 자체가 약한 거 아니야?"

나는 치이를 보았다. 지금같이 돌무더기에 깔려 고통스러워하면서도 아프다고 말하지 않는다. 그게 습관이 된 거다. 몸이 아파도, 아프다고 말하지 않는다. 외로워도, 외롭지 않다고 말한다. 슬퍼도, 슬프지 않다고 말한다.

왜냐고?

그 전에 나는 세희의 질문에 대답해야 한다. 제대로 된 만점짜리 대답이 지금에서야 생각났으니까.

"아무리 힘이 약하다고 해도 요괴인 까치 부부가 종을 울린 것만으로 정말 목숨을 잃었을까요?"

치이에게 들었다. 치이의 부모님이 어떻게 되셨는지.

"구렁이는 과연 모든 복수를 포기했을까요?"

지금 내 눈앞에 있는 것이 그 구렁이 요괴다.

"남겨진 새끼 까치 요괴는 어떻게 되었을까요?"

병을 얻은 부모님. 복수를 포기하지 않은 구렁이 요괴. 그 가운데 치이는 혼자 남겨졌다. 자신을 도와줄 것이라 생각한 선비는 모든 것을 잊고 자신의 길을 떠났다. 구렁이가 언제 다시 돌아와 목숨을 위협할지 모르는 상황에 혼자 남게 되었다. 그런 상황 속에서 가족을 지키기 위해서 치이는 강해져야만 했다.

그래서 치이는 말로써 자신을 표현 못한다. 아파도 아프다고, 외로워도 외롭다고, 슬퍼도 슬프다고 말 못한다. 그런 건 약한 사람이나 하는 거라고 생각하니까. 치이의 상황이 약한 것을 허락하지 않으니까. 나도 그랬다. 나도 어렸을 때 이모에게 허세를 부리고 그랬다.

하지만 그것은 틀렸다. 자신의 감정을 솔직하게 말하는 것은 약한 게 아니다. 아니, 자신의 감정을 솔직하게 말할 수 있는 것이 강한 것이다.

치이는 그저 강한 사람을 연기하는 약한 꼬맹이일 뿐이다.

그렇지만 말이야.

457년 전부터 지금까지 강한 사람을 연기한다는 게 쉬울 것 같아? 나는 일주일도 안 돼서 동생들하고 같이 울었다고!

그래서 치이는 강하다. 그 방법은 틀렸지만 그 마음만은, 가족을 위해서 혼자 500년 가까이 노력한 치이의 강한 마음은 진짜다.

그걸 알고 있는데, 내가 지금 가만히 있을 수 있겠냐고!!

"너희들이 말하는 게 뭔지는 모르겠지만, 내가 봤을 때는 말이야. 너한테 맞서서 죽을 지경인 치이가, 너보다 훨씬 강하게 보인다고."

"우리 딸도 중학교 2학년일 때 그런 헛소리를 해서 죽도록 맞았단다."

웃기지 마. 요괴가 학교를 다닐 리가 없잖아?

"그래, 헛소리야. 그래! 아무것도 모르는 내가 하는 헛소리다! 잘 들어! 자기가 약하다고 다른 것을 빼앗아서 채우려는 건, 정말로 약해 빠진 놈들이나 하는 짓으로 보인다고!!"

나를 올려다보고 있는 치이를 가리킨다.

죽음이 무섭고 두렵지만 가족들을 위해 희생하려고 했다.

사람을 믿지 못하게 되었지만, 그런 자신을 변화해 나가기 시작했다.

다른 사람을 이해할 수 있는 마음을 가지고 있다.

자신의 약함을 인정하고 도움을 요청하게 되어 가고 있었다.

치이는 정말로 강한 아이가 되어 가고 있었다.

"웃기지마! 치이는 강해! 너희들같이 기생충 같은 놈들은 생각도 못할 정도로 치이는 강하다고! 우습게 보지 마, 이 아줌─!!"

뭐랄까. 유종의 미를 거두기는 힘들구나. 나는 그런 생각을 하며 문을 부수며 부엌에 나동그라졌다.

"그래, 그래. 알겠으니까 거기서 그 강한 아이가 죽는 꼴이나 보고 있으렴."

아라가 단순히 힘만으로 내던진 거다. 나는 부엌 서랍장에 부딪혔고, 그 충격으로 벽에 걸려 있던 여러 요리 도구가 산발적으로 떨어졌다.

"—윽?!"

그중에는 당연하겠지만 칼도 있었다. 운이 좋은 건 그것이 조금 작은 과도였고 내 손등에 찍혔다는 것. 왜 운이 좋냐고? 머리보다는 나으니까 그렇지! 여유롭고 대수롭지 않게 말하려고 했지만 아파! 젠장! 아프다고! 이래서 부엌에서 장난치면 안 된다는 거냐? 타오르는 듯한 통증 때문에 짜증이 확 일어난다. 내 손에 과도가 꽂혀 있다는 것이 짜증나서, 손잡이를 잡고…… 한 번에 뽑았다.

"으가야악?!"

영화에서 주인공들이 이런 일을 해도 멋있게 얼굴만 한 번 찡그리고 마는 거를 본 적 있지? 그거 다 거짓말이다. 나는 손목을 붙잡고 기절할 듯이 비명을 지르며 바닥을 굴렀다. 피가! 피가아아!! 이건 침 바른다고 낫는 수준이 아니잖아! 그렇지만 여기서 아파하고 있다가는 침도 못 바르게 되겠지!

나는 뭔가 지혈할 것을 찾기 위해서 주위를 둘러보았다. 행주가 보인다. 저거라도 쓰는 게 낫겠지. 나는 그걸 이와 오른손으로 어떻게든 매듭을 짓다가, 그것을 보았다.

그건 다른 요리 도구들 사이에 널브러져 있었다. 당연하지. 그런 용도로 쓰이는 거니까. 하지만 나는 그것을 본 순간 한 가지 생각이 거짓말같이 떠올랐다.

하. 내가 멍청할지는 몰라도 잔머리 하나는 잘 돌아가는구

나. 나는 오른손으로 그걸 들고 안방으로 뛰어 들어갔다.

내가 잠시 부엌에서 굴러다니고 있을 때, 안방에서는 하체를 구렁이의 그것으로 변신시킨 아라가 치이의 몸을 돌돌 휘감고 있었다. 도망치지 못하게 하기 위해서가 아니라 치이에게 고통을 주기 위해서. 치이의 얼굴이 일그러져 있다. 하지만 비명도 지르지 않는다. 그런 치이의 손을 들어 올려 혀로 핥고 아라가 입을 벌렸다. 인간이라면 절대로 벌어질 수 없을 정도로 크게.

"멈춰!!"

있는 힘껏 달음박질친다. 지금의 나는 우사인 볼트보다 빠르다!

"어머?"

아라가 입을 다물고 흥미롭다는 듯이 나를 돌아본다. 내가 달려드는 게 우스운지 미소까지 짓는다. 그래, 웃어라. 그 방심이 이 상황을 역전시킬 테니까.

아라의 시선이 내 손으로 향한다. 미소가 경악으로 바뀌는 건 순식간이었다.

"그건 도대체?!"

아, 이제야 눈치챘냐? 나 같은 사람이 보면 단순한 **부엌칼**이다. 하지만 요괴인 너는 알 수 있겠지? 이것이 랑이와 연관이 있다는 것을!

그래, 내가 든 부엌칼은 랑이의 신체로 만든 그것이었다.

아라가 당황하는 틈을 타 거리를 좁힌다.

"윽?!"

세 발자국. 1초면 닿는 거리다. 아라가 급히 무슨 짓을 하지만, 그것들은 내 몸에 닿기도 전에 랑이의 이빨에 먹혀 사라진다. 이제 한 걸음!

"이건 어떠니?!"

아라가 치이를 자신의 방패로 삼는다. 아라는 혹시나 몰라 치이를 내 쪽으로 쭈욱 내밀며 당장이라도 꽁무니를 뺄 수 있는 모양을 취했다. 그래서 치이를 잡은 꼬리에 힘이 안 들어가는지, 치이가 몸을 비틀어 도망가려고 한다. 안 돼. 그래서는 안 된다. 네가 피하면 안 된다고. 그렇다고 이제 와서 설명하기는 너무 늦었다. 나는 치이한테 달려들며 소리쳤다.

"피하지 마!"

그 말에, 치이는 움찔 몸을 떨고,

나를 바라보던 그 눈을 감았다.

그리고…… 이상한 소리와 함께 치이의 몸을 뚫고 부엌칼이 빨려 들어가는 느낌이 손끝에 달라붙는다. 그 기분 나쁜 감각에 세상이 일그러지는 듯한 느낌이 들었지만, 이상하게 기뻤다. 치이가 나를 믿어주었다는 것이 기뻤다.

"뭐가 그리 기분 좋니? 죄책감으로 실성이라도 했어, 젊은 오빠?"

아라가 나를 비웃는다. 나도 그녀를 비웃어 준다.

"글쎄다?"

그날. 치이가 얼어 죽을 뻔했던 그날. 세희는 이 부엌칼을 가지고 와서 치이를 치료하려고 했다. 그렇다. 세희의 말에 따르면 이것은 부엌칼로도 쓰이는 영양제다. 랑이의 기운을 빌려주는, 한 번 찔리게 되면 호랑이 기운이 솟아나게 되는 영양제라고!

두 눈을 감고 죽음을 기다리고 있던 치이가,

"아, 아우우?"

칼에 찔렸는데도 멀쩡한, 아니, 오히려 기운이 넘치는 것에 당황한다. 칼날 부분이 치이의 몸에 녹아 들어간다. 여름날의 눈처럼 녹아서 스며들어간다. 이제 남은 것은 내가 잡고 있는 손잡이 부분뿐이다.

"……이건?!"

사태가 이상해진 것을 눈치챈 아라가 황급히 입을 벌려 치이를 삼키려고 했지만, 바로 그 때. 제대로 눈도 뜰 수 없는 강렬한 빛이 터져 나왔다. 마치, 눈앞에 번개가 친 것과 같다.

눈을 다시 떴을 때, 그곳에 있는 건 뒤로 물러나 있는 아라와…… 세희만큼 키가 커버린 치이였다. 그러고 보니 세희는 그런 말도 했지.

"까치 님 같은 요괴는 그로 인한 부작용으로 힘이 넘쳐서 일시적으로 신체가 성장할 수도 있겠지만……."

자세한 설명은 생략한다. 몸이 커진 치이의 모습에 넋이 나갈 것 같으니까.

몸이 성장한 치이는 나와 키가 비슷해졌다. 그뿐만 아니라

꽁지머리는 풀어 헤쳐져서 등을 가리며, 평소에는 크던 색동 저고리가 이제는 완전히 작아져서 가슴 밑부터는 완전히 드러내며 몸에 달라붙어 있다. 워낙 몸에 딱 맞게 입고 다니던 치마는 뜯어져서 아래에 떨어져 있다. 다행히, 푸른 바탕에 흰색 줄이 들어간 팬티는 입고 있었다. 늘어나는 옷은 초록색 괴물 아저씨만 입고 다니는 게 아닌가 보다. ……지금 이런 생각이나 하고 있을 때가 아니다. 그런데 왜 상처에서 피가 더 나오는 것 같지?

"……아우?"

치이는 목소리도 더 이상 어린아이의 것이 아닌 내 나이 또래의 여자아이의 것으로 변했다. 그러고 보니, 치이는 자기가 요력만 있었다면 어른의 모습이 된다고 말했었지? 다시 말해 지금은 그럴 만한 힘이 치이에게 있다는 것이다.

나는 치이에게 소리쳤다.

"해치워 버려, 치이야!"

자신의 급격한 변화에 당황하고 있던 치이가,

"알겠어요!"

내 말을 따라주었다.

치이는 지금 무슨 일이 일어났는지 갈피도 못 잡고 있는 아라를 밀어붙였다. 마음이 흔들리자 아라의 손 역시 흔들려, 순식간에 수세에 몰린다. 치이의 날개에서 깃털이 날려 아라의 얼굴에 달라붙어 시야를 가린다.

"이것이!"

앞이 보이지 않게 되자 마구잡이로 꼬리를 쳐보지만, 이미

치이는 그 주변에 없었다. 치이는 아라의 눈을 가리자마자, 날 갯짓하며 순식간에 천장을 뚫고 **번개가 치는 폭우 속**을 날아 오른 것이다.

뭐냐, 너. 이런 상황에서도 제대로 날 수 있잖아? 번개가 무 섭다는 말은 거짓말이었냐? 정말 거짓말이었다면 여우주연상 급이다. 나하고 같이 시상대에 오르자.

"이것이 잔재주를!"

치이의 깃털을 털어낸 아라가 치이를 찾기 위해 주위를 돌 아본다. 하지만 보이는 건 자신의 꼬리로 황폐화가 된 우리 집 뿐. 눈물 나는구만.

아라의 시선이 내게 향한다. 나는 느긋하게 어깨를 으쓱했 다.

"나한테 신경 쓸 틈 있겠어?"

내 말에 아라가 고개를 들어 뚫려버린 천장을 보았다.

그 순간, 치이가 마치 화살과 같이 날아들어 아라의 얼굴을 발로 찍었다. 처음, 치이가 내 목숨을 노렸을 때 보여줬던 날 아 차기다. 그 속도가 마치 번개와 같아서 나는 제대로 보지도 못했다.

[————!]

뭔가 부서지는 소리와 함께 먼지가 일어났다. 잠시 후, 나는 방바닥을 부수고 처박혀 있는 아라와, 그 위에 당당하게 서 있 는 치이의 모습을 볼 수 있었다.

……화나게 해서는 안 되는 요괴의 목록에 치이의 이름이 추가되었다.

"오라버니!"

이상한 생각을 하고 있자니 치이가 갑자기 달려와서 나를 껴안는다. 야, 어이, 잠깐만! 갑자기 무슨 짓이야?! 평소와 다른 그 풍만한 육체가, 그, 뭐라고 할까, 지금내가무슨꼴을당했고지금무슨일이일어났는지그게무슨상관일까나는이감촉을소중히여겨야하니까지금의혼란을틈타마음껏만져야한다 같은, 말도 안 되는 생각이 들 정도로 너무 기분 좋잖아! 가, 가슴팍에서 느껴지는 이 감촉은 저, 정말 시, 신세계로구나! 생각 같아서는 내 쪽에서 꽈악 껴안고 싶을 정도다.

"괜찮으세요, 오라버니? 다친 곳, 다친 곳은 없나요?"

나는 초인적인 인내심을 발휘해서 치이의 몸을 한 손으로 밀며, 내 왼손을 들어 보여줬다. 행주는 이미 피로 붉게 물들어 있었다. 지금까지는 몰랐는데 긴장이 풀리자 상당히, 매우, 끔찍하게, 기절할 정도로 아프다. 아파서 미치겠다.

치이의 얼굴이 새파랗게 질리며 머리카락이 붕 뜬다. 그 모습으로 변해도 그건 어째 똑같냐?

"어, 어떻게 해요?! 피가! 피가 나잖아요!"

나는 예전에 했던 치이의 말을 그대로 되돌려 주었다.

"이런 건 침 바르면 낫는 거예요."

"어딜 봐서 나을 상처예요! 이렇게 피가 나는데!!"

개그가 안 통하네. 너무 걱정할 건 없는데 말이야. 머리카락을 파닥이는 치이에게, 넌 이런 상처를 치료할 줄 아는 요술 같은 거 모르냐, 라고 농담 삼아 물어보려고 하던 찰나! 나는 치이의 뒤에서 뭔가 움직이는 것을 보았다. 나는 생각할 겨를도 없이, 치이를 잡아당기며 몸을 틀었다. 무엇인가가 내 등을 강타했다.

아프다. 아파서 죽겠다. 죽을 만큼 아프다.

"커헉!"

"오라버니?!"

치이에게 몸을 기댄 채 뒤를, 아래를 내려다본다. 커다란 돌멩이가 떨어져 있다. 누가? 이런 짓을 할 요괴가 또 어디 있겠냐?!

"……우습게 보지 마렴."

아라다. 방금 전에 치이의 일격을 받아서 그런지, 치마의 옆부분이 트여서 허벅지가 드러나고, 상의도 이곳저곳이 찢어져서 노출도가 더 높아졌지만 그런 것에 신경을 쓸 수 없을 정도로, 아라의 분위기는 몇 배나 무시무시해져 있었다.

"겨우 까치 따위가 힘을 좀 얻었다고 너무 기고만장하는 거 보기 안 좋단다. 이 정도에 당할 거라면, 이미 옛날에 죽었다고!!"

그 목소리에 귀기가 넘쳐흐른다.

"너도 호랑이님의 신물을 가지고 있다고 방심하면 죽게 될 거야. 방금 전에는 실험 삼아서 힘을 아낀 바람에 살아남은 것뿐이니까."

잔머리가 재빠르게 돌아간다. 에, 그 말은…… 그러니까 요력을 이용해 돌을 던지면, 돌에 실린 요력은 랑이의 이빨이 막아줄지 몰라도 돌이 가지고 있는 운동 에너지는 그대로 유지된다 이거군요?

어, 어. 이거 어쩌지? 차라리 방패로라도 쓰게 솥뚜껑을 큰 거로 달라고 할 걸 그랬나? 치이도 이런 상황이 될 줄은 몰랐는지 깜짝 놀라며 내 앞으로 나선다.

"오라버니는 제 뒤에 계세요!"

나는 치이의 뒤쪽으로 물러났다. 몇 분 전에 괜찮아, 내가 지켜줄게, 라고 말한 사람이 누구게? 젠장! 이럴 때도 농담할 기운은 남아 있냐?

아라는 얼굴을 일그러뜨리며 말했다.

"그래. 그래야지, 까치야. 네년부터 죽여주마."

그녀가 꼬리로 돌무더기를 걷어찼다. 넓은 면적에 수십 개의 돌이 이쪽으로 날아온다. 그것들은 신기하게도 정확히 치이를 향해…… 아니, 나를 향해 날아왔다.

"윽?!"

그래서 치이는 피하지 못하고 날아오는 돌덩이들을 모두 날개로 받아내거나 쳐내야만 했다. 미처 받아내지 못한 돌들이 치이의 몸에 부딪힌다. 그 사이, 아라는 어느새 거리를 좁혀왔다.

"너희들은 어차피 죽은 목숨이야!"

"아우우!"

치이다운 기합을 지르며 날개로 아라의 꼬리를 쳐낸다. 아라는 미끄러지며 날갯짓을 피하고, 꼬리로 치이의 다리를 후린다. 치이는…… 어라? 나를 안아 들고 천장을 뚫고 다시 하늘로 뛰어오르며 피했다. 집 천장에 구멍이 하나 더 생겼다.

"날아오를 테니까 꼭 잡아요!"

"알았어!"

손에 난 상처가 미칠 듯이 아플 것 같지만 떨어져서 죽는 것보다는 낫겠지! 나는 치이의 가슴팍을 꽉 끌어안는다.

미지의 세계를 경험했다. 이젠 랑이나 세희가 부럽지 않아.

"어, 어딜 만져요! 이런 상황에 그럴 기분이 들어요? 꺄우! 손가락 움직이지 말라고요, 아, 거긴, 아우우!!! 이 변태 오라버니가 정말!"

치이가 날개를 펼쳐 날아오르며 소리쳤다. 나는 급하게 손을 허리 쪽으로 옮겼다.

"실수다! 오해라고!"

"오해는 무슨 오해에요! 오라버니가 가슴 큰 여자 취향이라는 건 옛날에 알았다고요!"

너 만날 나보고 로리콘이라며!

"지금이 그런 말이나 하고 있을 때냐?!"

사실 그런 말이나 하고 있을 때가 아니었다. 방 안에서 대공사격을 하듯, 집안 살림을 내던지고 있는 아라가 있었으니까. 정말 별의별 것이 다 날아온다. 구들장부터, 온돌에 선반에 장기판에, 유리창까지. 치이는 그것들을 솜씨 좋게 피하다가,

"사, 살 좀 빼세요! 무거워서 피할 수가 없……꺄우우!"

내 몸무게로 인해 몸을 제대로 가누지 못하고, 머리에 기와를 얻어맞으며 아래로 추락했다.

"으아악!!"

떨어지는 새에게 날개가 없다는 말이 순간적으로 떠올랐다. 내 사인은 추락사가 될 것 같다. 하지만 다행히도 빙글빙글 돌

며 마당에 추락하기 직전, 치이가 정신을 차리고 날개를 펼쳤다. 좌악 하고 물이 사방으로 튄다.

발이 땅에 닿기 바로 직전이었다. 이, 일단 살았다.

"치이야! 일단 도망가자!"

"오라버니를 놔두고 어떻게 도망쳐요?!"

치이가 바보 같은 말을 하며, 젖어서 이마에 달라붙은 머리카락을 뒤로 쓸어 넘기며 화를 냈다.

"날아서 밖으로 도망치면 되잖아!"

"전 집 밖으로 나가면 약속 때문에 오라버니를 죽여야 한단 말이에요! 생각 좀 하세요!"

아차! 그랬지?!

"지금은 좀 봐주면 안 되냐?"

"그런 상황 좋은 말이 안 통하니까, 이름을 건 약속인 거예요!"

그런 말도 안 되는 게 어디 있어!!

"그러면 너라도 도망가! 난 세희가 준 솥뚜껑으로 도망치면 되니까!"

다행히 치이는 솥뚜껑으로 어떻게 도망칠 수 있냐고 묻지 않았다. 다만, 이 폭우 속에서도 알 수 있을 정도로 얼굴을 새빨갛게 물들이며 말했다.

"생각 좀 하시라니까요! **오라버니가 곁에 없는데** 제가 이런 폭우 속을 어떻게 날 수 있겠냐고요!"

그건 무슨 뜻이야? 번개가 칠 것 같으면 나를 하늘로 던져서 피뢰침으로 삼겠다는 거냐?

"그러면 뛰어서는 도망 못 쳐?"

"……저 달리기 느려요."

최악이군. 어떻게 할지 고민하고 있는데 치이가 말을 걸어왔다.

"오라버니."

"왜."

"저는 걱정 마시고 오라버니라도……."

나는 뒤의 말을 들을 생각도 없이 손을 들어 치이의 머리를 쥐어박았다. 키가 커서 힘들구만.

"아우웃! 아프잖아요!"

"그딴 소리 한 번만 더하면 다음에는 엉덩이 맞는다. 그건 싫지?"

나는 혀를 내밀며 웃었다. 비가 입 안으로 흘러 들어가서 바로 집어넣었지만.

상황은 나아지지 않았지만 왠지 그때의 일을 생각하며 농담을 하는 것만으로도 조금은 긴장이 풀린 것 같다.

아니, 난 별로 변태는 아니라고. 치이의 뽀얀 엉덩이 같은 건 생각하지 않았습니다. 치마가 벗겨지는 바람에 드러난 엉덩이에 시선이 가는 것도 절대 아니에요. 정말이에요.

"……오라버니."

치이가 내 말에 대답했다.

"그렇게 제 엉덩이를 때리고 싶은 건가요? 아프지만 오라버니라면……."

"언제까지 기다리게 할 거니?"

뭐라 대답할 틈이 없다. 우리 집 살림을 거덜 낸 아라가 마당으로 기어 나온 것이다.

"어쨌건 저와 오라버니가 같이 살아남고 싶으면 여기서 저 여자를 쓰러뜨리는 방법밖에 없는 것 같네요."

그 쓰러뜨리는 방법이 없는 것 같아서 문제지. 겉으로 보면 치이나 아라나 힘은 호각 같아 보인다. 까치와 구렁이라는 태생적 한계가 있기는 하지만, 그것은 랑이의 힘으로 어떻게 무마된 것 같으니까. 하지만 치이에게는 나라는 족쇄가 있다. 내가 있는 이상, 치이는 자기 마음대로 못 움직인다. 아라가 진심으로 요력을 담아 던진 돌에 맞으면 나는 죽는다. 단순히 돌을 던지는 것 말고도 방법은 많다. 랑이의 이빨은 요력과 요술을 막아주는 거지, 요술으로 일어난 일들까지 막아주는 것은 아니니까. 원래 랑이가 이빨을 준 것도 비상시에 단순한 시간 벌기용으로 쓰라고 준 거였다고. 그러니까 나를 지키면서 치이가 아라를 상대하는 것은…….

어라?

다시 한 번 머릿속에서 한 가지 꾀가 번쩍였다. 그건 이 상황을 역전시킬 수 있는 기막힌 방법이었다. 뭔가 마음에 걸리는 게 있는 것 같지만, 생각이 나지 않는 걸 보니 큰 문제는 아니겠지. 뭐냐. 나 혹시 잔머리의 천재 아니야? 아까 우리들에게 날아온 가구들을 생각해본다. **그건 없었다.** 그렇다는 것은 아직 방 안에 있다는 거다. 거리는 그리 멀지 않다. 치이는 그저 높이 날아오른 것뿐이었으니까.

빗물에 젖은 머리카락을 뒤로 넘긴다. 잘 될까? 안 되더라도 잘 해야 된다. 긴장감에 미칠 것 같지만, 내 입가에는 이상하게도 미소가 걸렸다.

"치이야."

"말 걸지 말아요, 오라버니."

여유 있게 이곳으로 스멀스멀 기어오는 아라와는 다르게 치이는 긴장한 기색이 역력하다. 나는 그것을 들고 치이의 손을 쥐었다.

"—오라버니?!"

치이가 놀랐지만 나는 말하지 말라는 뜻으로 한쪽 눈을 찡긋거렸다. 재수 없는 윙크일 거지만 아라가 의심을 사게 만들고 싶지는 않았다. 아라가 나에게 직접적인 요력을 안 쓴다는 것이 이 작전의 핵심이니까.

"방법이 있어."

나는 치이를 안심시키기 위해 엄지손가락으로 나를 가리켰다.

"믿어봐라. 네 오라버니다."

내 말에 치이는 울 것 같은 표정으로 나를 보다가 이내 고개를 끄덕였다.

"변태 오라버니를 도대체 뭘 보고 믿으라는 건가요."

이 자식이. 나는 히죽 웃어줬고, 치이는 혀를 내밀었다.

내가 생각한 작전을 알려주자 치이는 **표정을 굳혔다가**, 이내 고개를 끄덕였다. 그리고 우리 둘은 달렸다. 치이가 계획대로 아라에게 달려든다. 나 역시 아라가 치이에게 신경을 쓰기 전에,

"어이, 아줌마! 아줌마는 이제 좀 쉬시지?! 비 오니까 무릎이 시리잖아?!"

그녀를 도발한다.

"이것이?!"

역시 여자에게 있어서 나이 가지고 놀리는 건 즉효약인 것 같다.

아라가 꼬리로 땅을 내려친다. 땅이 깊게 파이며 큰 돌덩어리가 하나 하늘 높이 올라갔고, 내 쪽으로 그것을 걷어찼다. 예상외다. 끽해야 작은 돌멩이밖에 없는 마당이니까 맞아도 별문제 없을 줄 알았는데 갑자기 바위를 끄집어내다니!

저건 피할 수 없다. 보이지만, 몸을 숙일 수가 없다고! 하지만 바로 그 순간, 진흙에 발이 미끄러져서 슬라이딩하듯이 넘어졌다. 그런 내 머리 위로 아슬아슬하게 바위가 이마에 스쳐 지나갔다. 뒤쪽에 쿵 하고 바위가 떨어진다. 믿기지 않는 행운이었다. 죽지 않았으니까! 역시 여기는 랑이의 홈그라운드라는 건가?! 나는 그대로 달리던 힘을 이용해서 벌떡 일어나 있는 힘을 다해서 뛰었다! 똑같은 행운이 두 번 일어날 리가 없으니까! 마루를 뛰어 올라갔을 때,

"어째서?!"

"안 놓아주는 거예요!!"

뒤에서 큰 소리가 난다. 뒤를 돌아본다. 사람을 해하려는 요력을 쓸 수 없게 된 아라가 다시 인간의 다리로 변한 상태로 자신에게 들러붙은 **조금 작아진 것 같은 치이**를 밀어내고 있었다.

"어째서 네가 호랑이님의 영체를 가지고 있어?!"

들킨 것 같다.

내가 치이에게 랑이의 이빨을 건네준 것을!

랑이의 이빨은 요력을 무효화시킨다. 그래서 내가 가지고 있는 것이 아라의 입장에서는 당연할 것이다. 치이가 가지게 되면, 치이도 요력을 쓰지 못하게 되니까. 하지만 다른 말로 하면, 치이가 그걸 가지고 아라에게 달라붙을 수만 있다면 아라 역시 치이를 떼어놓는 잠깐 동안은 요력을 사용하지 못한다는 것이다. 그 짧은 시간이면 충분하다!

나는 폐허가 돼 버린 안방에 들어가 구석에 남아 있는 서랍장의 첫 번째 서랍을 열었다. 그곳에는 그것이 있었다. 나는 그것을 손에 들고,

"까악!"

그 순간. 마당에서 단발마의 비명이 들렸다. 나는 뭔가 안 좋은 느낌이 들어 재빨리 마당으로 뛰쳐나왔다.

숨이 막혔다.

눈을 의심했다.

마당에서는 얼굴이 진흙탕에 잠긴 채 아무런 움직임 없이 아라의 발목을 붙잡고 있는, 어느새 어린 모습으로 돌아온 치이와,

"놔! 이것아!"

그런 치이의 머리를 다른 쪽 발로 짓밟고 있는 아라가 있었다. 흙탕물이 튄다. 전기에서 튀는 불꽃으로 보인 그 흙탕물은 붉었다. 왜? 왜 저렇게 붉지?

"죽었으면 좀 놓으라고! 정말, 끈질겨서!"

······잠깐. 지금 뭐라고 했어? 빗소리가 커서 내가 잘못 들은
것 맞지?

"이 독종이! 죽어서까지 방해를 하네!"

다시 한 번 발로 밟는다. 치이는 비명도 지르지 못했다. 그
저 경련하듯 몸을 떨었다. 아니, 몸이 튕긴다. 이미 죽어버린
치이의 몸이 아라의 힘에 의해 그저 튀어 오른 것같이 보인다.
그래. 그래서 사람이 죽은 뒤에 찾아오는 경련과 같이 보인 것
이다. 그러니까, 죽었다는 말이다. 이미 죽어 있다는 말이다.

죽어버렸다.

누가?

치이가.

거짓말 마.

치이가 죽을 리가 없잖아?

현실 도피하지 마라. 치이가 죽었다. 네 말을 듣고, 너를 믿
어서 죽었다.

생각 못했잖아. 무시했잖아. 요괴인 치이가 요력을 잡아먹
는 랑이의 이빨을 가지게 되면 원래의 모습으로 돌아갈 수 있
다는 걸 경고했는데 너는 무시했잖아. 그래서 치이는 아라에
게 죽었다.

아니, 네가 죽였다.

치이는 내가 죽였다.

"우아아아아아아아아아아아아!!"

눈이 시뻘게지면서 소리를 지르며 아라에게 달려든다. 빗물

이 눈에 들어가서 볼을 타고 흘러 앞이 보이지 않지만, 나는 있는 힘껏 내달렸다.

"그 더러운 발 치워—!!"

"—?!"

아라가 고개를 돌린다.

"그, 그걸 왜 네가?!"

내가 손에 든 걸 보고 깜짝 놀라 소리친다. 그래. 놀랄 만도 하겠지.

바로 어제. 나는 서랍장에서 약상자를 찾다가 맨 위에서 세희가 넣어둔 이것을 찾아냈다. 방금 전. 나는 그 사실을 기억해내고 이것을 가지고 와서 이 상황을 역전시킬 생각이었다.

세희는 말했다. 나 같은 인간도 요괴를 죽일 수 있게 된다고. 대 요괴인 랑이조차 이것만은 피하려고 했다. 그래. 내가 손에 쥐고 있는 것은 다름 아닌 웅녀의 **뼈 몽둥이다!**

"죽어버려!!"

"칫!"

아라는 상황이 안 좋다는 것을 깨닫고 몸을 날려 피하려고 했지만, 그녀의 발목은 치이가 붙잡고 있었다.

"이, 이게?!"

아라가 당황한다.

그래. 죽어서까지 치이는 아라의 발목을 놓지 않았다. 그것이 약속이었으니까. 그것이 내 작전이었으니까. 그래서 치이는 자신이 죽을 때까지 아라의 발을 놓지 않았고 지금도 놓지 않고 있다. 나와의 약속을 지켰다.

그래서 넌 도망칠 수 없다.

도망칠 수 없다는 것을 깨달은 아라가 몸을 숙이려 든다. 그것을 나는 놓치지 않았다. 나는 있는 힘껏 몽둥이를 아래에서 위로 휘둘렀다. 몽둥이는 정확히 아라의 가슴에 맞았다.

[───────────!]

단발마의 비명과 뼈가 부러지는 소리가 몽둥이를 타고 내게 전해지며 아라가 뒤로 쓰러졌다. 다시 한 번 그 배에 몽둥이를 내려친다. 아라가 몸을 한 번 튕기며 고개를 떨어뜨렸다. 죽었든지, 정신을 잃었든지 둘 중에 하나다. 하지만 지금 내게 중요한 것은 그게 아니다. 나는 끓어오르는 분노를 삼키고, 무릎을 꿇고 치이를 안아 들었다. 코에 손을 대본다. 아무것도 느껴지지 않는다. 가슴에 귀를 대본다. 뛰지 않는다. 점점 차가워지고 있다. 아이들 특유의 따뜻함이 사라져 있다. 뒤통수에서 흘러내리는 피가 붉다.

생명을 잃어 싸늘하게 식어가는 치이의 몸을 끌어안고 오열한다.

내 잘못이다. 내 잘못이다. 내가 바보였다. 애초에 무리한 일이었다. 살아온 시간도, 태생의 한계도, 경험의 차이도, 힘의 차이도 있었다. 그런 것도 고려하지 않고 나는 치이에게 죽으라고, 나를 믿고 죽어달라고 말한 것이다. 바보다. 내가 멍청했다.

"치이야. 흐끅, 치이야."

싸늘하게 식어가고 있는 치이의 몸을 안고 오열한다 해서, 이미 꺼져가고 있는 이 작은 생명이 다시 불타오를 리 없다.

나는 도대체 무슨 짓을 한 거냐. 이 작고 어린아이가 죽어야 할 이유가 어디 있냐고. 이제 행복해질 준비가 된 이 아이가, 치이가, 왜.

도대체 왜 죽어야 하는데?!

그 때, 쓰러져 있는 여자가 보였다. 아라다. 죽지 않았는지 그 가슴이 미약하지만 움직이고 있다.

무엇인가가 내 가슴속에 파고들어 증오를 부추기기 시작한다. 그렇지만 거부감은 들지 않았다. 그것은 비웃는 듯한 목소리로 내게 물었다.

'어리석구나. 너는 저것이 없었어도 그 아해가 죽었으리라 생각하는 것이느냐?'

그래. 그렇다. 아라가 오지 않았다면 이런 일은 일어나지 않았다. 그래. 이 모든 것이 아라 때문이다. 이 구렁이 때문이다. 이 구렁이 요괴 때문에 치이가 죽었다.

이 요괴 때문에!!

나는 치이를 끌어안은 채 몽둥이를 잡은 손을 높이 들어 올렸다. 머리. 머리다. 이것으로 이 요괴의 머리를 내려치면 확실하게 죽일 수 있다. 복수다. 이건 복수라고.

죽여도 된다. 죽여야 한다. 죽여서, 다시는 이런 일이 일어나지 못하도록 경고해야 한다. 까치같이 불쌍한 아이가 더 이상 없도록 확실하게 해야 한다.

죽이자. 어차피 인간도 아니다.

그래. 인간과 요괴는 다르다. 양심의 가책 같은 것은 느낄 필요 없다.

그러니까 죽이자. 아니, 죽인다.

번쩍, 번개가 내려친다. 그것을 신호로 나는 손을 힘껏 뒤로 젖혔다.

그 때였다.

"으냐?! 이게 웬 난장판이느냐?!"

탁한 내 정신을 깨우는 맑은 목소리에 깜짝 놀랐다. 고개를 들어 대문 쪽을 바라보니, 물에 빠진 생쥐 꼴이 다 된 랑이가 당황해서 허둥대며 고개를 두리번거리고 있었다. 그 순간. 가슴속을 가득히 채웠던 증오가 분노로, 분노가 울분으로. 그 울분은 다시 슬픔으로 변해서, 나는 몸 안에서 터져 나오는 감정을 주체하지 못하고 몽둥이를 땅에 떨어뜨리며 그 이름을 불렀다.

"랑이야……"

아주 작은, 흐느끼는 듯한 목소리였지만 랑이에게 닿았다. 어두운 여름밤의 폭우 속에서도 선명하게 보이는 그 호박색 눈동자가 나를 향해 빛난다. 반가움이 그 눈동자를 채우고, 이내 경악에게 그 자리를 내준다. 어느새 랑이는 내 앞에 서 있었다. 손발을 바동거리며 당황하고 있다는 것을 감출 생각 없이 내게 말했다.

"성훈아! 이게 무슨 일이느냐? 손은 왜 다쳤느냐? 까치는 또 왜 그러느냐? 저것은 누구이느냐? 내가 없는 사이에 도대체 무슨 일이 있었던 것이느냐?!"

"치이가, 치이가……!"

나는 랑이의 말에 제대로 대답도 하지 못하고 흐느끼며 치이의 이름만을 불렀다. 내 품에 잠든 것처럼 눈을 감고 있는 치이의 모습을 보고 랑이가 안색을 굳혔다. 나는 흘러내리는 눈물을 비가 속여 줄 거라 생각하며 랑이를 올려다보며 말했다.

"나 때문에."

한 마디 한 마디 하는 것이 힘이 든다. 그래도 말해야 한다. 나는 가슴을 쥐어짜며 계속 말했다.

"나 때문에, 내가 바보짓 해서, 치이가, 흑, 주, 죽었어. 나 때문에."

난생처음 겪어보는 가까운 사람의 죽음에, 눈물이 쉬지 않고 흘러나온다. 입은 힘없이 떨리고, 이 차오르는 감정을 어떻게 해야 할지 몰라 미치겠다. 이럴 때 어떻게 해야 하는지 나는 모르겠다. 아니, 이런 일이 일어날 거라고는 상상도 하지 못했다. 내 선택으로 누군가가 죽게 될 거라고는 생각도 하지 못했다.

"자, 잠시 보겠느니라."

랑이가 거짓말같이 듬직해 보인다. 랑이는 무릎을 꿇고 치이를 안아 들어 그 가슴에 손을 댔다. 그러기를 잠시. 랑이는 랑이답지 않은 진지한 표정으로 내게 말했다.

"허락해 주거라, 빨리!"

그 말을 나는 이해하지 못했다. 그렇지만 나는 랑이가 치이를 위해 무엇인가를 하려고 한다는 것을 본능적으로 알 수 있었다. 나는 입을 열면 울음이 터져 나올 것 같아서 고개를 끄덕였다. 내 행동에 랑이는 작게 고개를 끄덕인 다음…… 몸을 숙여 치이에게 입을 맞췄다.

갑자기 무슨 짓이냐고 물을 생각은 들지 않는다. 나는 그저 랑이가 치이에게 입을 맞춘 모습을 멍하니 바라볼 뿐이었다. 어두운 밤하늘에 비에 젖은 머리카락이 흘러내려 랑이와 치이의 얼굴을 감춘다. 더 이상 보는 것은 수줍다는 듯이.

랑이는 긴 시간 동안 한 번도 입을 떼지 않고 그렇게 있었다. 그런데 어느 순간부터, 랑이의 몸에서 빛이 일어났다. 반딧불이 그러하듯, 랑이는 스스로 빛을 내었다. 그 빛은 랑이에게서 치이에게로 옮겨갔다.

그 때, 나는 깨달았다. 랑이가 자신의 무엇인가를 치이에게 나눠주고 있다는 것을. 랑이는 자신의 몸이 영약과 같다고 말했고, 벌써 몇 번이나 그 사실을 증명했다.

나는 꺼져버린 희망의 심지에 불을 붙였다.

랑이가 치이와의 입맞춤을 끝냈다. 끈적거리는 타액이 긴 다리를 이루다, 떨어지는 빗줄기에 끊어진다. 랑이가 치이를 내게 인도해 주기에 두 손을 들어 받아 든다.

……따듯하다.

코에 손을 대본다. 숨을 쉰다. 맥을 짚어본다. 미약하지만 뛰고 있다.

"후에에에~."

그것에 놀라기도 전에, 갑자기 랑이가 눈을 빙글빙글 돌리면서 몸을 가누지 못하고 뒤로 쓰러지려고 했다. 나는 깜짝 놀라 한 손으로 랑이의 몸을 받쳐서 끌어안았다. 랑이가 내 품에 안겨서 나를 올려다보았다.

"기, 기운이 쫙 빠져서 힘드느니라."

랑이는 정말로 헥헥, 숨을 가쁘게 쉬면서도 기분 좋다는 듯이 웃었다.

"그래도 걱정하지 말거라. 까치는 이제 괜찮으니라. 괜찮으니까…… 그렇게 슬프게 울지 말거라."

랑이가 손을 들어 내 볼을 닦아주었다.

"내 낭군님은 그리 쉽게 눈물을 흘려서는 안 되느니라. 보아라. 내가 네 곁에 있지 않느냐? 그러니까 여느 때처럼 행복해하거라."

그 말에, 내 마음을 감싸 안아주는 따스한 랑이의 손길에 나도 모르게 참았던 눈물을 터트리며, 랑이의 앞에서 펑펑 울고 말았다.

하지만 이상하게도 나는 웃고 있었다.

끝마치는 이야기

집 안에서 유일하게 피해를 입지 않은 내 방에, 랑이와 치이를 자리에 눕혔다. 둘 다 속옷까지 비에 쫄딱 젖은데다가 아무도 없어서, 어쩔 수 없이 내가 둘의 옷을 벗긴 다음에 물기를 닦아주고, 갈아입힐 옷이 없어서 알몸으로 내 이불 속에 사이좋게 눕혀줘야만 했다. 랑이가 해도 될 일이었지만,

"까, 까치에게 내 힘을 나눠주느라 손 하나 까딱할 기운이 없느니라. 그러니까…… 헤헤헤."

라고 말하는 랑이를 시키고 싶은 생각은 들지 않았다. 지금은 결혼해 달라고 해도 해줄 수 있을 정도로 랑이가 고마웠으니까.

이불 속에 눕힌 지 얼마 지나지 않아, 랑이와 치이의 안색이 평소대로 돌아가 나는 어깨의 무거운 짐을 조금은 내려놓을 수 있었다.

"성훈은 안 자느냐?"

"아. 난 조금 있다가 잘게. 세희가 오면 사정을 설명해야 하니까."

"으냐…… 알겠느니라. 세희도 금방 올 것이니라."

"응."

랑이가 자리에 누워서 눈을 감는다.

"고마워, 랑이야."

랑이가 해맑게 웃는다.

오랜 시간이 지나지 않아서, 랑이는 고른 숨소리를 내며 잠이 들었다. 날씨가 추워서 그런지 치이에게 딱 달라붙는다. 치이도 그게 싫지는 않은지 랑이를 껴안는다. 서로 껴안고 잠들어 있는 모습을 보고 있자니, 안도의 한숨이 나온다. 이렇게 자는 모습을 보고 있자면, 랑이나 치이나 천사와 같이 보인다. 한 녀석은 바보, 한 녀석은 솔직하지 못한 녀석이지만 말이야.

벽에 등을 기댄 채 한숨을 쉬며 방문으로 고개를 돌린다. 등잔불에 흔들리는 내 그림자가 문에 비친다.

지금 내 손에는 랑이의 이빨과 웅녀의 뼈 몽둥이가 있다. 이 두 가지라면 다른 요괴가 온다 해도 세희가 올 때까지는 버틸 수 있을 거다. 아니, 버틴다. 이 두 녀석은 내가 지킨다. 그렇지만 솔직히 피곤한 건 어쩔 수 없다. 빗방울이 천장을 두드리는 소리가 마치 자장가처럼 들린다. 이대로 눈을 감고 싶지만 안 될 말이다. 세희가 곧 올 거다. 무슨 이유인지는 모르겠지만, 나한테 무슨 일이 있다는 걸 깨달은 랑이가 제일 먼저 전력 질주해서 온 것 같으니까. 그것 말고 세희가 랑이와 떨어질 만한 이유가 생각나지 않는다.

……그러고 보니 랑이는 어떻게 알고 돌아와 준거지? 이 녀석하고 난 운명으로 엮여져 있기라도 한 건가?

"요괴 하나 잡을 것 같은 중무장이십니다, 도련님."

"으허라아아그엑?!"

나는 깜짝 놀라 비명을 지르며 어느새 내 오른편에 앉아 있는 세희를 피해 헐레벌떡 도망쳤다. 뭐, 뭐야 이 녀석?! 도대체 언제 온 거냐!

가슴을 누르며 깜짝 놀란 심장을 진정시키고 있자니 세희가 아, 하고 말을 이었다.

"너무 놀라게 해드린 것 같군요. 다시 오겠습니다. 이번에는 도련님의 그림자에서 나오며 말을 걸어드리죠."

진짜로 할 것 같아서 일단 말린다.

"됐어!"

"아쉽군요. 재미있는데 말이죠."

너의 재미를 위해서 방금 전까지 마음고생한 사람을 심장 마비로 죽일 짓은 하지 마라. 그건 그렇고 내가 깜짝 놀라 큰 소리를 내버려서, 랑이와 치이의 잠을 깨워버리지 않았을까 걱정된다. 하지만 다행히도 힘을 소진한 랑이는 꼬리를 한 번 흔들었을 뿐이고, 죽다 살아난 치이는 머리카락을 한 번 들었다 놨을 뿐이었다. 여러모로 신기한 녀석들이다.

"어찌되었건, 무사하셔서 다행입니다. 용무를 마치고 아르헨티나에서 돌아가려는데 주인님께서 도련님이 당신의 하늘이 점지해준 이름을 입에 담고 맹세를 하였다 하여 급히 달려가셔서, 결국 도련님께 무슨 일이 생겼다 생각했는데……. 역시 그렇군요."

참으로 멀리에서 빨리도 왔다는 말 대신, 나는 속에서 끓어
오르는 화를 참느라 고생했다.

"알고 있었으면 말해주지 그랬냐."

"말씀드리지 않았습니까? 도련님께서 남으시면 위험할 것
이라고."

……내가 지금 세희에게 화를 낼 입장이 아닌 것 같다. 이 녀
석이 그렇게 에두르게 말을 하는 것을 가볍게 넘긴 내 잘못이다.

"그래. 내가 멍청했다."

"조금씩 성장해 나가시는 것 같아서 안심입니다. 그래 봤자
아메바에서 민달팽이 수준이지만요."

화낼 입장이…… 아니다. 뿌득.

"그건 그렇고, 랑이의 이름에 그런 힘도 있었냐?"

"하늘이 점지해준 이름을 대며 누군가가 맹세를 하면 당연
히 알게 되는 것 아닙니까? 그건 상식입니다."

"너, '요괴라면 누구나 알고 있어야 하는 절대적이고 상대적
인 백과사전' 같은 거 있으면 나 좀 빌려줘라."

"집필에서 출판까지 시간이 걸립니다."

"기다려 줄게."

"그 전에, 팔리지도 않을 책을 출판할 바보가 어디 있겠습
니까?"

"네가 지은 은혜 갚은 까치 위에 손을 얹고 말해봐."

"그것보다."

세희는 말을 돌렸다.

"마당에 널브러져 있는 구렁이 요괴는 어찌하실 겁니까? 지금은 일단 죽지는 않게 치료를 한 뒤, 바둑이가 지키고 있기는 합니다만……."

나는 문을 열고 밖을 내다보았다. 원래의 모습으로 돌아간 바둑이가, 붕대를 감고 널브러져 있는 아라를 옆에 둔 채 마당에 커다란 구덩이를 파고 있었다. 꽤 깊숙이 구덩이를 파고서 아라를 얼굴만 나오게 그곳에 집어넣고 그 위에 흙을 덮는다. 바둑이는 그 후 다시 인간으로 변해 우산을 펼친 다음 그 옆에 꽂아 넣고 마루로 올라와서 복날의 개처럼 뻗어버렸다. 랑이와 세희를 따라오느라 힘들었나 보다.

……아라를 땅에 묻은 건 못 본 걸로 하자.

내가 문을 닫고 다시 원래 자리로 돌아가자 세희가 말했다.

"구렁이 찜도 괜찮지요."

"너는 왜 입만 열면 그렇게 무서운 소리를 하냐?"

"이번에도 도련님의 목숨을 노린 것을 살려두자는 말씀입니까?"

농담 삼아 던진 말에 세희가 차가운 시선으로 나를 노려보았다. 책망하듯, 꾸짖듯이 나를 보다 이내 한숨을 내쉬며 말했다.

"하아……. 결단력이 없는 우유부단한 것도 정도가 있습니다. 그러시다가는 나중에 나래 님께 육교 위에서 톱으로 목이 썰릴지도 모릅니다."

농담도 참 무섭게 한다.

"……그런 게 아니야."

"그러면 무엇입니까?"

세희의 대답을 촉구하는 말에 나는 말했다.

"아라가 나를 죽이려고 찾아왔다는 건 사실이야. 하지만 그건 원래는 랑이를 위한 행동이었어. 내가 나쁜 놈으로 알려져 있었기 때문이었지. 치이를 죽이려 든 것도, 자신의 남편에 대한 복수심 때문이었겠지."

치이가 죽었을 때. 나는 아라에 대한 분노로, 속된 말로 눈이 돌아갔다. 그런 감정을 그녀도 가지고 있었을 것이다. 누가 뭐래도 자신의 반려자를 영원히 잃어야만 했으니까. 그것은 세월이 지난 지금까지 잊지 못할 정도로 강했을 것이다.

"그래서 무슨 말씀이십니까?"

세희가 나를 시험하듯 말했다. 나는 말했다.

"난 이미 각오했다고 했어. 랑이를 위해서라면 내가 무슨 일을 당해도 각오하겠다고. 그러니까, 했던 말을 또 하게 만들지 마."

"호오."

세희가 감탄한다. 내가 설마 이런 말을 할 거라고는 상상도 못한 것 같다.

"그리고 아라의 처우는 치이가 결정할 문제야. 랑이의 힘 때문에 살아났다고 해도, 아니, 그렇기 때문에 그건 치이에게 맡기고 싶어."

나는 이미 각오했다. 이제 와서 그 각오를 번복할 생각은 없다. 아라의 일은 치이가 자신의 과거와 확실하게 담판을 짓게 만들어주고 싶다. 세희는 내 대답에 고개를 끄덕였다.

"알겠습니다, 도련님."

"그런데 말이야."

"궁금하신 것이라도?"

"일은 어떻게 된 거야?"

"잘 마무리되었습니다. 이제 오늘과 같은 일은 벌어지지 않을 것입니다."

안도의 한숨이 나온다.

"다행이네. 그러면…… 누가 이 일을 꾸민 건지 알아냈어?"

세희의 놀란 모습은 적응이 안 된다.

"눈치채셨습니까?"

"어쩌다 보니까. 그래서 누구야?"

세희는 내 말에 잠시 고심하더니 고개를 흔들었다. 거절의 표시다.

"알려드릴 수 없습니다."

"왜?"

"주인님께 진실을 말씀드리지 못했던 것과 같은 맥락입니다."

세희가 무슨 말을 하는지 알 것 같다. 세희는 랑이에게 봉인과 관련된 진정한 약속을 숨겼다. 랑이를 위해서. 지금은 랑이가 나로 바뀐 것뿐이다. 그렇게 생각하니 이상하게 안심이된다.

"알았어."

"……묻지 않으시는 겁니까?"

세희의 말에 나는 피식 웃음이 나왔다.

"결과적으로는 나와 랑이에게 도움이 될 거라고 생각하니까 말 안 해주는 거잖아. 그런데 왜 묻겠냐?"

"민달팽이에서 개구리로 진화하셨군요."

포유류로 진화할 날은 언제쯤일까.

"그건 그렇고."

마지막으로 남은, 물어봐야 할 것을 입에 담는다.

"너, 치이의 부모님. 낫게 하는 방법 알고 있지?"

세희가 미소 지었다.

"알고 있습니다."

역시나……. 세희는 이 일을 해결할 방법 중, 가장 쉬우면서 간단한 것으로 치이를 죽이는 것이 있다고 말했었다. 그것은 곧 다른 방법도 있다는 것이다. 나는 그 방법이 치이의 부모님을 치료하는 것이 아닐까 방금 전에 생각해낼 수 있었다. 그렇게 되면 더 이상 치이가 나를 노릴 이유가 없어지니까.

"어떻게 아셨습니까?"

"죽을 뻔한 치이를 살리는 걸 눈앞에서 봤는데 모르겠냐. 그래서 치이를 도와줄 수 있어?"

"가능은 합니다. 하지만 도련님. 그 전에 궁금한 것이 있습니다."

"뭔데?"

세희가 슬쩍 치이 쪽으로 고개를 돌리더니, 다시 나를 보며 말했다.

"왜 그렇게까지 까치 님에게 잘 해주시려는 겁니까?"

왜일까? 나는 생각나는 대로 말했다.

"처음에는 랑이를 보는 것 같아서 가만히 둘 수 없었어. 조금 지나니까 옛날의 내 모습 같아서 잘 해주고 싶었지. 하지만 지금은 아니야. 지금은 그냥 치이가 좋아. 그래서 치이가 웃어줬으면, 행복해줬으면 좋겠어. 지금까지 고생한 만큼 말이야. 치이는 지금까지 너무 고생했으니까 이제는 그만큼 행복해져도 괜찮잖아. 안 그래?"

내 말에 세희는 단 한 마디를 내뱉었다.

"불치병이라더니."

그 앞에 잘린 단어가 뭔지 모르면 내가 정말 바보지.

"아니다, 이 자식아. 누가 로리콘이라는 거야?"

"전 로리콘이라는 말을 한 적 없습니다. 그것 또한 불치병이지만요."

세희의 무표정이 이렇게 열 받을 때가 또 있을까.

"그렇군요. 그렇다면 제가 죽을 때까지 로리콘이신 도련님을 위해 손을 봐두겠습니다. 물론 그 전에 할 것이 있지만요."

세희가 소매 안에 손을 집어넣는다. 뭘 꺼내려고 하는 걸까 지켜보고 있는데, 소매에서 나온 세희의 손에는 흰색의 호리병이 몇 개나 들려 있었다.

"……뭐냐 그건."

"술입니다. 매실주죠."

"그걸 왜?"

세희가 미간을 찌푸렸다.

"반파되어버린 저택을 제가 아니면 누가 고치겠습니까?"

나는 할 말이 없었다. 그저 한 가장의 아버지처럼 묵묵히 할 일을 하러 가는 세희를 응원해줄 수밖에.

"……수고해라."

세희는 술병을 입에 물고 내용물을 벌컥벌컥 들이마시며 밖으로 나가려 했다.

"아, 도련님."

술병에서 입을 뗀 세희가 술냄새를 풍기며 말했다.

"주인님께서 오시기 전에 뭔가 이상한 소리를 듣지 않으셨습니까?"

이상한 소리? 기억을 되살려 봐도 이상한 소리라고 할 만한 건 아무것도 없었다.

"응? 뭐가?"

"아닙니다. 그럼 실례하겠습니다."

지금부터 해야 할 일이 산더미처럼 쌓인 것이 마음에 안 드는지, 얼굴을 찡그린 세희가 문을 열고 나갔다.

힘내라, 세희. 너야말로 참된 일꾼이다.

세희가 나가고 다시 조용해진 방 안. 이제 세희와 바둑이도 왔으니 안심하고 자자.

……그런데 나는 어디서 자지? 이불은 하나뿐이고, 그건 이미 랑이와 치이가 점령한 지 오래다. 이불 없이 잤다가는 비도 맞고, 피곤에 쩌든 내가 괜찮을 리가 없다.

음. 별수 없네. 나도 그냥 랑이 옆에 껴서 자야지. 나는 랑이의 옆으로 들어가려다가,

"……."

치이의 얼굴이 달아올라 있다는 것을 눈치챘다. 감기 기운

이 있나? 얼굴을 들이대고 자세히 살펴본다. 괴로운 기색은 없는 것 같아 보이니 감기는 아닌 것 같다. 단지 내 숨이 얼굴에 닿자 그 표정이 조금 미묘하게 바뀐다. 오호. 이 녀석 잠에서 깼구나. 언제 깼데? 나는 아무 말 없이 치이의 옆에 앉아 엎어지면 코 닿을 거리까지 얼굴을 들이댔다. 등잔불에 비치는 치이의 얼굴이 아까보다 한층 더 붉어진다. 귀 위 머리카락이 파르륵 떨린다. 헤에, 이거 재밌는걸?

"아—우."

치이가 티 나게 잠투정을 하며 등을 돌린다. 덕분에 드러난 귀에 나는 속삭이듯 말했다.

"치이가 정신을 잃었으니까 이 틈을 타서 야한 짓이나 해볼까?"

나는 잽싸게 머리를 치웠다. 치이가 벌떡 일어난 덕분이다. 치이는 얼굴을 새빨갛게 물들이며 소리쳤다.

"무, 무슨 말인가요, 오라버니?!"

그 평소와 다름없는 태도에 눈물이 핑 돌 것 같아서, 나는 억지 미소를 지으며 치이에게 말했다.

"미안, 미안. 농담이었어. 그러니까 깼으면 깼다고 말을 하지. 사람 걱정하고 있는데."

"바, 방금 전에 일어나서 그런 거예요."

그렇게 말하는 치이의 머리카락이 심하게 파닥거리고 있다. 뭐가 그렇게 신경 쓰이는 거냐?

"몸은 괜찮냐?"

"……괜찮은 거예요. 아픈 곳 없으니까 기분 나쁘게 걱정할 필요 없어요."

"그것 참 다행이, 크, 다행이네."

눈이 붉어지고 울음이 터져 나올 것 같아서 억지로 웃는다. 웃자. 랑이가 한 말을 기억하자. 그렇지만 이렇게 있자니 정말로 다시 울어버릴 것 같아서, 나는 일부러 피해야 하는 이야기를 꺼냈다.

"아, 그건 그렇고 미안."

"아우?"

"그대로 재우면 감기에 걸릴 것 같아서 어쩔 수 없었다."

"……무슨 말인가요?"

나는 손을 들어서, 방금 전에 일어나느라 세상에 드러나게 된 치이의 봉긋한 가슴을 손가락으로 가리켰다.

치이는 내 손가락을 따라 시선을 내리고 고개를 들어 나를 한 번 본 다음, 다시 고개를 아래로 향하고 다시 위로 들었다. 펑! 하는 소리가 들릴 것같이 얼굴을 붉히며 이불을 끌어 올려 가슴을 가린다.

"뭐, 뭐, 뭐, 뭘 보는 건가요!! 누, 눈 안 치워요?! 이, 이, 이, 변태!!"

자연스러운 미소가 지어진다.

"볼 것도 없구만."

네가 기절해 있는 동안 물기를 닦아준 것도 나다. 그리고 난 어린애의 몸에 흥분하는 변태가 아니다.

……아닐 거야.

……아니겠지.

"그것보다."

나는 랑이를 손가락으로 가리켰다. 이불 총량 보존의 법칙에 따라 치이가 이불을 들어 올리는 바람에, 랑이의 몸 반쪽이 아슬아슬하게 밖에 나와 있다. 갑작스러운 한기에 랑이가 몸을 부르르 떤다.

"랑이 춥겠다."

"아우—!"

치이는 분한 듯 머리카락을 높이 들어 올리며 자신의 몸을 가릴 수 있으면서도 랑이의 몸도 덮을 수 있는 한계점을 찾아냈다. 재주도 좋다.

"미안. 갈아입을 옷이 내 것밖에 없었거든."

"그러면 그걸 제가 입으면 되잖아요? 노린 거죠? 노린 거 맞죠?"

내가 뭘 노리냐.

"너희들이 잠들어 있을 때 무슨 일이 일어나면 나보고 팬티 하나 입고 싸우라는 거냐?"

내가 마계에서 창 들고 싸우는 턱수염 기사 아저씨도 아니고 말이야.

"됐으니까, 좀 비켜봐라. 나도 졸려 죽겠으니까 좀 자자."

"같이 자게요?!"

"그럼 어쩌라고. 이불이 하나밖에 없는데. 설마 나보고 이런 날씨에 밖에서 자라는 거냐?"

"아우우—! 오라버니는 그래도 돼요!"

그렇게 말하면서도 슬쩍 몸을 이불 가장자리로 옮긴다. 나

보고 가운데에 들어가서 자라는 거냐? 그 모습에 나는 웃음이
터져 나올 뻔했다.

"솔직하지 못한 것도 그 정도면 병이다, 병. 우리 치이, 이제
는 이 오라버니를 믿고 의지할 수 있잖아?"

"아, 아우!! 누가 솔직하지 못하나요! 그리고 누가 우리 치이
에요! 친한 듯이 부르지 말라고요!"

야, 목소리가 너무 크잖아.

"으냐아아……."

덕분에 잘 자고 있던 랑이가 깨어났다. 랑이가 허리를 세워
졸린 눈을 쓱쓱 비비며 나를 보았다.

"성훈으…… 왜 안 자?"

잠결이라 그런지 말투가 원래대로 돌아갔네.

"아, 잘 거다. 지금 잘 거야. 깨워서 미안."

"으응……."

랑이가 이불을 치이 쪽으로 걷어 올린다. 덕분에 등잔불에
비쳐지는 랑이의 불그스름한 나신이 눈에 들어온다. 별 감흥
은 없다.

랑이가 손을 내민다. 나는 눈을 돌린 채 반사적으로 그 손을
잡았다. 랑이가 그 손을 잡아당기자,

"어?"

나는 랑이와 치이의 사이에 엎어지고 말았다. 그 위에 이불
이 덮어진다.

"이제 자자."

"호, 호랑이님? 이, 이건 아니잖아요?!"

치이의 절규에 랑이는 태평한 손놀림으로 엎어져 있는 내 몸을 툭툭 밀어 돌아눕게 한 다음, 내 안으로 파고들며 말했다.

"무슨 문제라도 있느냐?"

잠이 좀 깼나 보네.

"아우우⋯⋯."

치이는 말을 잃었다. 그저 조심스럽게 내 옆에 몸을 눕힐 뿐. 하지만 최대한 몸을 빼서 내게 닿지 않으려고 용을 쓰고 있다. 그래도 이불이 작아서 다 닿지만.

"아."

그러고 보니 랑이에게 물어볼 것이 있었다.

"랑이야."

"왜 그러느냐?"

랑이가 내 가슴에 볼을 비비며 대답한다.

"아까 전에, 뭘 허락해달라고 한 거야?"

랑이는 주저 없이 대답했다.

"너는 나의 것이고 나는 너의 것이다. 그러니 내 입술을 치이에게 주는 것의 허락을 받은 것뿐이니라."

그 말에 나는 부끄러웠지만 이상하게 웃음이 나왔다. 이상하게 철저한 녀석이란 말이야. 그래도 마음이 놓인다. 랑이가 내 옆에 있어줘서 그런 걸까. 아니면 치이가 좀 더 내 곁으로 슬쩍 다가왔기 때문일까. 아마 둘 다겠지.

그래서 나는 누운 지 얼마 되지 않아서 잠에 빠져들었다.

분명히 어제 그런 일이 있었는데도, 나는 이른 시간에 일어나고 말았다. 랑이 때문이다. 랑이가 내 몸 위에서 대자로 뻗어서 자고 있었거든. 치이는 어디로 갔는지 안 보인다.

흠……. 나는 랑이를 제대로 눕히고 그 위에 이불을 덮어준 뒤 기지개를 펴며 밖으로 나왔다. 우으……. 좀 춥네.

"기침하셨습니까, 도련님."

그런 나를 맞이해준 것은 주위에 빈 술병을 널브러뜨린 채, 멀쩡해진 담벼락 주위를 정리하고 있던 세희였다. 눈 밑에는 평소에 볼 수 없던 다크서클이 짙다.

"……안 잤나?"

"지금 막 안방과 마루와 담벼락과 대문의 보수가 끝나서 뒷정리를 하고 있었습니다."

하룻밤 사이에 참 많은 일을 했구나.

"어……. 그래. 좀 쉬면서 하지."

세희가 매서운 눈으로 나를 노려본다.

"미안. 입만 살았다."

"알고 있습니다."

말도 못하겠군.

"치이는?"

"떠날 준비를 하고 있습니다. 치료약을 전해드리니, 뭔가 떠나시기 전에 적을 것이 있다고 안방으로 들어가시더군요."

"그러냐?"

치이가 간다라. 그런데 말이다. 이제 더 이상 치이가 날 죽이려 들 이유는 없어졌지만 한 가지 걸리는 게 있다.

"치이가 한 약속, 괜찮은 거냐. 이름을 걸고 한 약속을 치이 마음대로 취소할 수 있겠어?"

"괜찮을 겁니다. 그분은 이미 자신이 원한 것을 성취하였으니, 까치 님의 부탁을 흔쾌히 받아줄 것입니다."

세희가 눈썹을 찡그리며 말했다. 뭐가 그렇게 마음에 안 드는 거냐. 그래도 세희의 말에 난 한 가지 정보를 알았다. 그 흑막이라는 녀석은 세희에게 그분이라고 불릴 만한 요괴라는 것을. 나머지는 차차 알아갈 수 있겠지.

치이가 떠난다는 게 조금 아쉽기는 하지만 말릴 수는 없겠지. 누구보다 염원하던 일이 이루어지는 순간이니까. 그 때 마침 안방 문이 열리고 치이가 마루로 나왔다. 문 열리는 소리에 고개를 돌린 나와 눈이 마주치자 치이가 들고 있던 종이를 주머니 속에 집어넣었다. 뭐냐, 그건.

"얼굴은 안 보고 떠나려고 했는데 아쉽네요."

"보자마자 그런 소리냐?"

변함없이 까칠한 녀석이다.

"갈 거냐?"

"갈 거예요."

치이가 맨발로 마당으로 내려온다. 그대로 자기 집까지 갈 기세라 배웅할 겸 치이의 뒤를 따라간다. 그리고 나는 대문 앞에서 멈춰 섰고 치이는 나보다 한 걸음 더 걸어갔다. 치이가 몸을 돌렸다.

"혼자 가도 괜찮겠어?"

그런 치이에게 빙긋 웃어준다. 치이가 혀를 내밀었다.

"전 애가 아니에요."

"그래. 알아서 잘 하겠지."

"아, 그리고 저 구렁이 아줌마는 세희 언니에게 맡길게요."

그러고 보니 아라는 여전히 마당에 묻혀 있었다. 뭔가 불쌍한걸.

"언니도 그 편이 좋겠죠?"

세희가 두 눈에 불꽃이 튀었다. 아, 이 녀석. 집 안을 박살낸 원한을 철저하게 갚을 생각이구나.

"예."

아라의 미래를 위해 짧은 기도 정도는 해주자.

"그럼 갈게요."

"아, 그래. 잘 가라."

치이는 다시 뒤돌아서서 한 걸음, 한 걸음 우리 집에서 멀어져갔다. 그런데, 걸음을 옮길 때마다 머리카락이 파닥거리기 시작한다. ……설마 진짜 머리카락으로 날아가는 건 아니겠지. 요괴라고 해도 그건 외관상 아니라는 얼빠진 생각을 하고 있을 때.

치이가 뒤돌아섰다. 뭘 놓고 간 게 있나 생각하고 있자니 갑자기 이쪽으로 성큼성큼 걸어왔다. 대문 안쪽까지 들어와서 바로 내 앞에 선 치이가 손을 꼼지락거리며 말했다.

"좀 앉아 봐요, 오라버니."

"왜?"

"하라면 하는 거예요!"

그렇게 힘든 일도 아니고 해서 나는 무릎을 굽히고 쭈그려 앉았다. 그 순간, 치이는 묘하게 얼굴을 붉히면서 내 옆으로 다가오더니…….

"오, 오해하지 마세요! 빚을 갚는 것뿐이니까요!"

내 볼에 입을 맞췄다.

"어?"

깜짝 놀라서 몸을 펴며 뒤로 물러서는데,

"나, 나머지 빚은 나중에 갚으러 올 거니까 기다리고 있으세요, 오빠!"

치이가 얼굴을 새빨갛게 물들인 채 머리카락을 파닥이며 소리쳤다. 그리고 내가 뭐라 말하기도 전에 뒤로 돌아서서 한 마리의 까치가 되어 재빠르게 날아갔다. 순식간에 치이는 내 눈에 보이지 않게 되었다.

그 녀석, 부끄러워하기는. 겨우 볼에 뽀뽀한 것 정도 가지고.

"얼굴이 새빨갛습니다, 도련님."

"……시끄러."

〈2권 끝〉

글쓴이의 끼적끼적

글쓴이의 끼적끼적의 반은 픽션이라는 말로 안전지대 확보를 먼저 해두고 시작하겠습니다.

안녕하십니까. 작년에 왔던 글쓴이 죽지도 않고 또 왔네, 식으로 다시 돌아온 카넬입니다. '내 호랑이가 이렇게 귀여울 리 없어'에 이어 '우리 까치가 달라졌어요' 2권을 선택해주셔서 감사합니다.

1권에 이어 2권도 라이트 노벨이라고 보기에는 힘든 두께로 찾아왔습니다. 양손에 들고 호로관 메뚜기가 되어 랑이 무쌍을 찍으시기에 좋게 제작되었습니다. 한 권이 더 나오게 된다면 입에 물 수도 있겠군요. 삼권류입니다. 참고로 입에 무는 것은 1권으로 해주세요. 표지 디자인 때문입니다. 랑이의 배. 랑이의 뱃살. 호랑이님의 뱃사아아알 핥고 싶다아아!

다시 말씀드리자면 반은 픽션입니다.

2권은 1권에 비해 발전한 모습을 보여드리기 위해서 노력했습니다. 결과가 잘 안 보이는군요. 그런 의미로 RPG 게임은 참 좋지요. 스탯 상승치가 바로바로 보이니까요. 신기한 것은

1권을 쓴 다음에 '2권은 양을 줄이자!' 라고 결심했는데 어째 더 많아졌다는 것입니다. 덕분에 이번에도 고생하게 생겼습니다. 다음에는, 다음에는 반드시 300p 안쪽으로! 아니, 270p 안쪽으로!!

그 긴 내용에서 딱 두 번 등장하시는 어딘가의 무녀 씨나 수녀 분과 동급이 되어버리신 그분을 위한 묵념. 팬들 분들께 뭐라 말씀드려야 할지 모르겠습니다.

치이에 대해서 이야기하자면, 계속 이름을 까치라고 쓰다 보니 ㄲ이 Shift키에 ㄱ을 눌러야 하는 불편함이 있어서 까치의 뒤에 '이'를 붙여서 이름이 치이가 되었습니다. 정말 대충 이름 지은 것같이 보일지도 몰라서 다시 말씀드리면 반은 사실입니다.

치이는 자신의 마음에 솔직하지 못해서 오빠로서 껴안고 보살펴 주고 싶은 여동생으로 키우고 싶었습니다. 랑이의 경우에는 아버지의 마음이었죠.

질투는 아버지의 마음!

치이는 사랑스럽기보다는 불쌍한 녀석이라는 면에서 다가가게 되더군요. 그래서 글을 쓰는 것이 정말 힘들었습니다.

싫어하는 척하면서 앙탈부리는 이 녀석을,

후우━. 숨 좀 한 번 쉬고.

막 껴안아서 볼을 비벼주고 비행기를 태워주고 어부바를 해주고 자기 전까지 자장가를 불러 주고 씻겨주고 옷 갈아입혀주고 머리카락을 땋아주고 발찌를 가지고 놀아보고 밥을 먹여주고 싫어하는 일을 해서 울려버리고 싶고 쎄쎄쎄하고 동요를 가르쳐 주고 손잡고 밖으로 나가 손을 앞뒤로 흔들며 놀아주고 싶어서 폭주하는 저를 말리느라 힘들었다는 말이죠.

치이는 저 하늘의 별이 되어서 "치이는 더는 없어! 하지만 내 가슴에!" 이러쿵저러쿵할 예정이었지만, 제가 담당 편집자님 손에 별이 될 것 같아서 포기했습니다.

수수께끼 액체 X의 정체는 당신이 설마하고 생각하는 그것입니다.

1권을 낸 다음, 주위 친구들에게 제가 〈나와 호랑이님〉을 썼다고 말하니 "네가 그 녀석이었냐?!"라는 반응이 많았습니다. 현실이나 인터넷이나 별다를 게 없더군요.

2권은 가족 분들께 보여드릴 수 있는 내용을 쓰자고 생각했습니다만, 생각만 했기 때문에 후회도 없습니다. 후회가 없으니 반성도 없습니다. 반성이 없으니 발전도 없습니다. 이게 지금 뭔 소리인지 모르겠습니다.

저는 벽이 아닌 모니터와의 대화를 시도하고 있습니다. 대답해줄 때가 점점 늘어나고 있습니다.

이번에는 퇴고를 처음부터 끝까지 입으로 읽어보면서 해봤습니다. 그러다 보니 아이들이 제게 말을 해주더군요. 이런 무대에서 놀기 힘들어요! 좀 잘해보라고요! 미안합니다, 미안합니다, 미안합니다. 내세, 내세가 안 된다면 내내세라도 열심히 노력하겠습니다.

이것이 현재의 제가 가진 재능과 시간과 노력으로 나올 수 있는 전부입니다. 줄여서 말하면 이것이 나의 전력 전개!

그래서 어쩌라는 겁니까? 세희가 차가운 시선으로 노려봅니다. 아니, 그게……. 죄송합니다, 죄송합니다, 죄송합니다. 다음에는 더 잘해보겠습니다.

뭔가 혼잡한 후기입니다.

어찌되었건 이번에도 이어지는 감사 타임.

1권에 이어 2권을 선택해주신 독자 분들. 감사합니다. 정말 감사합니다. 덕분에 목숨을 연명하며 살아가고 있습니다.

엉망진창인 저를 이끌어 가고 계시는 시드노벨 편집부 분들이 정말 대단하다고 생각합니다. 저 같으면 목에 개 목걸이를 채워서 강원도 산골에 끌고 가서 땅에 묻어버리고 "제대로 글쓸래, 군대 다시 갈래?"라고 협박할 텐데 말이죠.

치이와 아라를 정말 예쁘고 귀엽게 태어나게 해주신 영인 님께도 감사의 인사를 드립니다. 제가 한 권, 한 권 이야기를 쓸 수 있는 것은, 저도 독자의 입장으로 영인 님이 태어나게 해주신 아이들을 보고 싶어 하는 것이 상당한 비율을 차지하고 있습니다. 다음에도 잘 부탁드립니다.

부모님께도 감사 인사를 드립니다. 도서관 가서 글 쓰고, 원고를 타자로 옮기기 위해 밤늦게 PC방에 가는 저를 이해해 주셔서 감사합니다. 놀다가 아침 8시에 집에 돌아가서 오후 2시에 일어나도 의자로 내려찍거나 물을 부어 깨우지 않으셔서 감사합니다. 이제는 포기했기 때문이 아니라고 믿습니다.

형님께도 감사 인사드립니다. 형님이 집에 없으셨기에, 저는 편안하게 글을 쓸 수 있었습니다, 라고 말했다가는 전역하신 형님이 이 내용을 보고 — 보지 말라고 해도 안 볼 사람이 아니니까요. — 그 복수로 제 눈앞에서 〈나와 호랑이님〉 1권을 낭독하실 테니 농담은 그만하겠습니다. 군대에서 아무런 일 없이 나와 주셔서 감사합니다.

친구들도 고맙습니다. 모일 때마다 잊지 않고 전화나 문자 보내주는 것만으로도 고맙습니다. '나는 친구가 적다'라는 건 어떤 소설의 제목뿐만이 아닙니다. 그러고 보니 그 소설, 친구는 적지만 여자 친구는 있더군요. 제가 하고 싶은 말은 "바른 말, 고운 말을 사용합시다."입니다. 언어가 필터에 걸려서 나오는군요. 이제 머릿속의 칩이 깨지는 순간 저는 욕설을 무기로 사탄으로부터 세계를 구할 수 있게 될 겁니다.

그럼 마지막으로 제 친한 친구 나미에게 제 꿈을 응원해줘서 정말 고맙다고 말하고 싶습니다.

이만 줄이겠습니다.

◆ 본 작품의 의견, 감상을 기다리고 있습니다 ◆

보내실 곳 _

서울시 마포구 망원동 485-37 연세빌딩 6층
우편번호 121-230 디앤씨미디어 시드노벨 편집부

카넬 작가님 앞
영인 작가님 앞

카넬 시드노벨 저작 리스트

『나와 호랑이님』 2
『나와 호랑이님』

나와 호랑이님 2

1판 1쇄 발행 2011년 3월 1일
1판 20쇄 발행 2021년 7월 30일

지은이_ 카넬
발행인_ 신현호
편집장_ 이호준
책임편집_ 유석희
편집부_ 유석희 송영규 강진경
편집디자인_ 한방울
영업·관리_ 김민원 조인희

펴낸곳_ ㈜ 디앤씨미디어
등록_ 2002년 4월 25일 제20-260호
주소_ 서울시 구로구 디지털로 26길 111 JnK디지털타워 503호
전화_ 02-333-2513(대표)
팩시밀리_ 02-333-2514
E-mail_ seed_dnc@dncmedia.co.kr
홈페이지_ www.seednovel.com

값 6,800원

ⓒ카넬, 2011

ISBN 978-89-267-8067-1 04810
ISBN 978-89-267-8052-7 (세트)

방지연 지음
유카 일러스트

카니스 디루스 **1**~**3**

'로아를 구하고 싶다면 마수 맥시멈을 찾아서 죽여.'

팀 대항 토너먼트를 통해 특별 포상 휴가를 얻게 된 레그바.
그에게는 반드시 카니스 디루스 부대를 벗어나야 할 이유가 있었다.
마수 맥시멈에 대한 단서가 헬라이오 시티에서 포착된 것.
로아와 호즈, 소린과 함께 헬라이오 시티로 입성한 레그바는 맥시멈의 단서를 찾
는 데 정신이 팔리고 그로 인해 로아와 약속했던 '데이트'에 소홀해진다.
한편 그들의 주변으로 마피아와 현상금 사냥꾼들, 파견 나온 카니스 디루스 부대와
정체불명의 집단까지 모여들어 이상한 기류를 형성하기 시작하는데…….

작가 방지연이 선보이는 스타일쉬 현대전기로망 제3탄!